KB034055

버림 받은 황비

THE ABANDONED
EMPRESS

버림 받은 황비

정유나 장편소설

외전

그리고 그들은, 행복하게 살았을까

D&C
BOOKS

1. 어느 달콤한 하루 · 9

2. 검과 장미 上 · 25

3. 메리골드 · 39

4. 마지막 한 시간 · 65

5. 꿈은 이루어진다? · 89

6. 태양의 몰락 · 105

7. 루나의 하루 · 151

8. 검과 장미 中 · 163

9. 한밤중의 불놀이 · 191

10. 장미와 티아라 上 · 203

11. 장미와 티아라 中 · 213

12. 장미와 티아라 下 · 229

13. 검과 장미 下 · 247

14. 그림자의 하루 · 263

15. 아드리안의 일기 · 283

16. 오후의 티타임 · 355

17. 항상, 늘, 언제까지나 · 367

작가 후기 · 388

부록 · 391

1. 비하인드 스토리 · 392

2. 아리스티아 라 모니크 관찰 일기 · 398

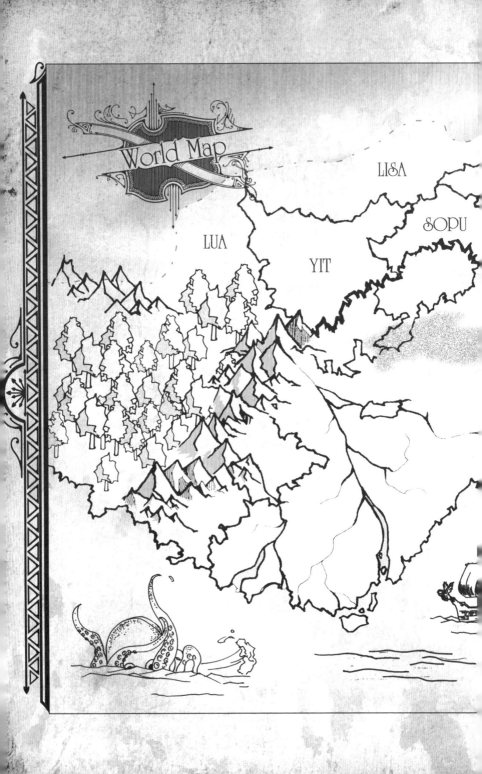

1. 어느 달콤한 하루

1. 어느 달콤한 하루

그 사건은 어느 추운 겨울날 아침, 아침부터 심심하다며 들이닥친 알렌디스의 질문에서 시작되었다.

"있잖아, 티아."

"응?"

"넌 뭘 좋아해?"

"그게 뭐야. 질문이 너무 추상적이잖아."

"어떤 것이든 괜찮아. 뭐가 가장 좋아?"

"음, 글쎄. 좋아하는 것이라."

나는 들고 있던 찻잔을 내려놓으며 생각에 잠겼다.

어떤 것이든 괜찮다고? 어디 보자, 내가 좋아하는 게 뭐였더라.

하지만 갑작스레 질문받은 탓인지, 한참 동안 이것저것을 생각해 보아도 이렇다 할 것이 떠오르지 않았다.

어떡하지? 그냥 없다고 답할까?

망설이며 돌아보는데, 문득 창밖의 풍경이 눈에 들어왔다. 밤새 소복하게 내린 눈이 그득그득 쌓여 있는 모습이.

순간 입가에 미소가 걸렸다. 그래, 바로 이거다.

"눈."

"눈?"

"그래. 아무도 밟지 않은, 한밤중에 창밖을 내려다보면 소복하게 쌓여 있는 새하얀 눈. 나는 눈이 좋아."

"왜? 아름다워서?"

"음, 물론 아름답기도 하지만…… 따뜻해 보이잖아. 달콤할 것 같기도 하고."

"그게 뭐야."

알렌디스는 황당하다는 표정으로 나를 바라보았다. 얼핏 '뭐가 따뜻하고 달콤하다는 거야.' 라는 중얼거림이 들렸지만, 나는 아랑곳하지 않고 계속해서 말을 이어 나갔다.

"눈처럼 하얗고, 따뜻하고, 달콤한 게 있으면 좋겠다. 상상만 해도 기분이 좋네."

"그래? 흐음……."

'하얗고 달콤하고 따뜻한 거란 말이지.' 라고 되뇌며 고개를 끄덕이는 소년. 갑자기 그건 왜 묻는 건지 궁금했지만, 그는 웃기만 할 뿐 끝내 내 질문에 답해 주지 않았다.

"뭐야, 먼저 물어봐 놓고 이유도 말해 주지 않는 게 어디 있어."

작게 투덜거리자, 알렌디스는 싱긋 미소 지으며 내 머리카락을 쓰다듬었다.

"지금은 좀 곤란하고, 나중에 얘기해 줄게."

"뭐, 알았어."

"가자, 아침 수련해야지."

"아, 응."

알렌디스의 뒤를 따라 서둘러 연무장으로 향하며 나는 무심코 그 일을 넘겨 버렸다. 그리고 오늘까지 까맣게 잊고 있었다. 그랬는데…….

"아가씨, 베리타 공자께서 만남을 청하고 계십니다."

고개를 갸웃했다. 어차피 같이 수련하는 사이인데, 왜 연무장으로 찾아오지 않고 따로 만남을 청한다는 거지? 뭔가 공식적인 루트로 할 얘기라도 있나?

무슨 일인지 알 수는 없었지만, 일단 검을 내려놓은 뒤 응접실로 향했다. 서둘러 안으로 들어서자 평소와는 다르게 새하얀 예복을 갖춰 입은 연두색 머리카락의 소년이 보였다.

갑자기 웬 예복? 오늘 어디 갈 데라도 있나?

의아하게 바라보는 나를 향해 빙그레 웃어 보인 소년이 작은 상자 하나를 내밀었다. 녹색 리본이 예쁘게 묶인 작은 은빛 상자를.

"이게 뭐야, 알렌?"

"몇 달 전에 했던 얘기 기억나? 왜, 네가 좋아하는 게 뭔지 물었던 거."

"아, 응. 기억나. 그게 왜?"

"일단 열어 봐."

대체 뭐가 들었길래 이러나 싶었지만, 나는 일단 말없이 리본을 풀어낸 뒤 뚜껑을 열었다. 순간 절로 눈이 동그랗게 뜨였다.

자그마한 은빛 상자 안에는 온갖 모양의 초콜릿이 들어 있었다. 하트, 별, 동그라미, 세모, 네모는 기본이거니와 검과 방패, 심지어는 본가의 문장 모양 초콜릿까지도.

"예쁘다……."

"어때, 맘에 들어?"

나도 모르게 튀어나온 감탄에 싱긋 미소 지은 알렌디스가 물었다. 나는 상자에 시선을 고정한 채 작게 고개를 끄덕였다.

"응, 나 이런 거 처음 봐. 어떻게 한 거야?"

"네가 눈처럼 하얗고 따뜻하고 달콤한 게 좋다고 했잖아. 그래서 한번 만들어 봤지."

갖가지 모양을 만들어 낸 것도 대단하다 싶었지만, 정말 신기한 것은 그게 아니었다. 작은 상자 안에 빼곡하게 담긴 각양각색의 초콜릿은 놀랍게도 갈색이 아니라 모두 눈처럼 새하얀 색이었다.

"이게 하얗게도 만들 수 있는 거였어?"

"먹으면 달콤하고 몸이 따뜻하게도 되니까 딱 좋다고 생각했는데, 아무리 찾아 봐도 하얀 건 없더라고. 그래서 하얗게 만들려다 보니 시간이 좀 걸렸어."

"와아…… 진짜 대단하다. 정말 고마워, 알렌."

전혀 생각지 못했다. 새하얀 초콜릿이라니. 초콜릿을 이렇게 만들 수도 있는 거였구나.

볼수록 신기한 마음에 차마 먹어 볼 생각조차 못하고 들여다보고만 있는데, 갑자기 머리 위에 검은 그림자가 드리워졌다. 해사한 얼굴 가득 미소를 머금은 알렌디스가 나를 내려다보고 있었다.

"있잖아, 티아."

"응?"

"사실 그 조건에 맞는 게 하나 더 있거든? 화내지 않는다면 얘기해 줄게."

"안 그럴게. 뭔데? 궁금하다."

"나야."

응? 이게 무슨 소리지? 나라니?

아무리 생각해도 이해가 되지 않아서, 나는 고개를 갸웃하며 천천히 되물었다.

"……그게 무슨 소리야?"

"나라고. 잘 봐. 눈처럼 새하얗고, 마음은 따뜻하다 못해 뜨겁고, 게다가 달콤하기까지 한 사람이야, 내가. 어때? 네 조건에 딱 맞지 않아?"

"……."

"그러니까 나 좀 데려가라, 응?"

"……."

"알았어, 알았어. 오늘은 여기까지."

무어라 할 말이 없어 입만 벙긋거리자, 알렌디스는 장난스럽게 웃으며 두 손을 들어 보였다. 그러고는 쿡쿡 소리 내어 웃으며 손을 뻗어 내 머리카락을 쓸어 넘겼다. 부드러운 음성이 귓가를 울렸다.

"안 먹어 볼 거야?"

"하지만 아까운걸. 이렇게 예쁜데……."

"괜찮아. 다 먹으면 또 만들어 줄게."

머뭇거리는 나를 바라보던 에메랄드색 눈동자가 무언가를 생각해 낸 듯 반짝 빛났다. 또 왜 그러나 싶어 고개를 갸웃하자 알렌디스는 내게서 상자를 빼앗아 들고는 동그란 초콜릿을 하나 집어 들며 말했다.

"자, 아— 해 봐."

"내, 내가 먹을게."

"어서. 팔 아프다."

"하지만…….."

"열심히 만들어 온 성의를 봐서, 이번 한 번만."

나는 얼굴이 화끈 달아오르는 것을 느끼며 눈을 질끈 감았다. 약았어, 알렌디스. 그렇게 얘기하면 더 이상 거절할 수가 없잖아.

머뭇머뭇 입을 벌리자 작게 열린 입술 사이로 동그란 초콜릿이 쏙 지나갔다. 혀끝에서 사르르 녹아드는 하얀 초콜릿은 그동안 먹어 보았던 어떤 것보다도 달콤하고 부드러웠다.

"달다. 맛있어."

"맛있다니 다행이다. 고생한 보람이 있네."

"정말 고마워, 알렌디스!"

활짝 웃으며 목을 끌어안자 잠시 멈칫하던 그는 이내 나를 감싸 안고는 머리카락을 부드럽게 쓰다듬었다.

"어때? 하얗고, 따뜻하고, 달콤했어?"

"응, 정말 그랬어. 내가 바라던 그대로였어."

속삭이듯 들리는 낮은 목소리는 어쩐지 달콤했고, 새하얀 예복에 감싸인 품은 무척이나 따뜻했다. 머릿속에서 울리는 부드러운 음성, 눈처럼 하얗고 따뜻하고 달콤한 것이 자신이라던 그 목소리에 귀 기울이며 나는 스르르 눈을 감았다. 온몸을 감싸고 있던 긴장이 나른하게 풀려 갔다.

……그때까지 나는 나와 알렌디스의 마지막 대화를 들은 사람이 있었다는 것을 전혀 몰랐다. 이 대화가 모든 사건의 발단이 될 것이라는 사실도.

"이게 다 뭔가요, 여러분?"

"선물입니다, 아가씨!"

"선물이요?"

"하얗고, 따뜻하고, 달콤한 것을 원한다고 하셨다면서요? 저희가 그런 것을 구해 왔습니다!"

"네, 네에?"

연무장 한구석에 가득 쌓여 있는 상자와 잔뜩 긴장한 표정의 기사들.

나는 얼핏 보기에도 수십 개는 넘어 보이는 꾸러미와 서로를 치열하게 노려보고 있는 남자들을 번갈아 바라보았다. 이게 다 선물이라고?

"한번 뜯어보십시오, 아가씨!"

"네? 아, 네. 가, 감사해요, 여러분."

'하얗고, 따뜻하고, 달콤한 것'이라는 부분만 들었는지, 상자에서 나오는 선물의 종류는 참으로 다양하기도 했다.

새하얀 여우 털 목도리, 하얀 레이스로 짠 여성용 장갑, 몹시 부드러워 보이는 백색 실크 손수건, 새하얀 생크림을 얹은 케이크와 온갖 종류의 설탕 과자, 그리고 그 외의 수많은 것들.

선물을 모두 뜯고 나자, 상자를 푸는 동안 주위를 동그랗게 감싸고 있던 기사들이 너 나 할 것 없이 앞다투어 입을 열었다.

"어떤 것이 제일 마음에 드십니까?"

"네? 그, 그게……."

"아무래도 제 것이지요? 목도리 따위, 하얗고 따뜻할지는 몰라도 달콤하지는 않잖습니까."

"무슨 소리야? 척 보기에도 따뜻하면서도 달콤한 하얀색 아닙니까, 아가씨? 케이크 따위야 먹어 버리면 끝이지만, 이건 계속 쓸수도 있습니다!"

투닥투닥 말싸움을 벌이는 기사들을 보자 어쩐지 기가 질렸다. 무어라 말도 못하고 서 있는데, 조심스레 손목을 잡아챈 알렌디스가 나를 살며시 잡아끌었다.

발소리를 죽여 가며 연무장을 빠져 나왔다. 누구에게도 들키지 않고 응접실로 돌아오자 긴장감에 빠르게 뛰던 심장이 그제야 비로소 가라앉았다.

보아하니 아까 전 알렌디스와의 대화를 들은 것 같은데, 저걸 언제 다 준비한 거람.

오전 내내 뛰어다녔을 기사들을 생각하자 절로 웃음이 나왔다. 왠지 따뜻해지는 기분에 스르르 미소 지으며 새하얀 초콜릿을 입에 넣는데, 갑자기 '똑똑' 하고 노크 소리가 들렸다.

"리나입니다, 아가씨. 들어가도 될까요?"

"응, 들어와."

응접실에 들어서는 리나는 뭔가 커다란 것을 손에 들고 있었다. 고개를 갸웃하는 내게 그것을 불쑥 내민 그녀는 기대에 가득 찬 표정으로 나를 바라보았다.

"이게 뭐야, 리나?"

"솜사탕이에요, 아가씨."

"솜사탕?"

"네, 하얗고 따뜻하고 달콤한 것이 좋다고 하셨다면서요? 집사님과 조리장님, 그리고 고용인 모두가 심혈을 기울여서 만든 회심의 역작이랍니다!"

"회심의…… 역작?"

이제는 놀랄 힘도 없었다. 그리 크게 대화한 것도 아니었는데, 대체 몇 명이 들은 거란 말인가.

기운 없이 대꾸하자, 리나는 방긋 웃어 보이며 말했다.

"이건 사탕을 녹여서 하얗게 실처럼 뽑은 다음 막대에 감은 거예요. 어때요, 솜뭉치처럼 따뜻해 보이지요? 아가씨께서 바라신 대로 하얗고, 달콤하고, 따뜻한 것이랍니다!"

"그렇구나."

"한번 드셔 보세요. 네?"

"그래…… 이것도 달콤하네. 고마워, 리나. 그리고 모두에게도 고맙다고 전해 줘."

"어때요, 아가씨? 이게 바로 아가씨께서 원하시던 것이지요? 그렇죠?"

잠시 망설였다. 어떡하지? 모두가 심혈을 기울여서 만든 거라는데, 사실은 그런 의미가 아니었다고 답할 수도 없고.

물론 그냥 네 말이 맞다고 해 주면 될 일이었지만, 알렌디스도 그렇고 조금 전 기사들도 그렇고, 어쩐지 잘못 대답했다가는 큰일 날 것 같은 분위기였다.

어쩔 줄 몰라 하며 머뭇거리는데, 때마침 응접실로 들어서는 사람이 보였다. 나는 예상치 못한 구원군의 등장에 반색하며 자리에서 일어났다.

"오셨어요, 아버지? 아침부터 저 때문에 조금 소란스러웠지요? 죄송해요."

"안녕하십니까, 후작 각하."

"반갑군, 베리타 공자. 그리고 괜찮다, 티아. 아비가 되어 그 정도쯤 이해 못하겠느냐. 흠, 그런데 그보다 말이다."

"네?"

"네가 하얗고 따뜻하고 달콤한 것을 원했다고 들었다. 바라는 것이 있다면 이 아비에게 말하지 그랬느냐."

"……."

아버지께서는 알렌디스의 인사를 받는 둥 마는 둥 하시고는 내게 곧장 서운하다는 표정으로 말씀하셨다.

나는 섭섭함을 토로하시는 아버지를 향해 어색하게 웃었다. 이제는 뭐라고 말할 기운조차 없었다.

"네가 원한다는 게 무엇을 의미하는 건지 한참 고민해 보았다만, 답을 구하기가 쉽지 않더구나. 흠, 부디 네가 바라던 것이었으면 한다."

아버지께서 내미신 것은 찻잎이었다. 자그마한 상자 안에 담긴 길쭉길쭉한 찻잎들은 보통 보는 것과는 달리 은은한 은빛을 띄고 있었다.

와, 백차白茶잖아. 쌉쌀한 맛 뒤에 달콤한 맛이 따라오는 그것.

"정말 감사해요."

작은 상자를 조심스레 갈무리하며 말하자, 여기저기서 따끔따끔한 시선이 느껴졌다. 아버지와 알렌디스, 집사와 리나, 그리고 어느새 들어온 것인지 알 수 없는 리그 경까지, 응접실에 있는 사람 모두가 나를 빤히 바라보고 있었다.

"왜, 왜들 그러세요?"

"크흠."

"그게요, 아가씨, 그러니까……."

"어떤 선물이 제일 마음에 들어, 아리스티아?"

부드럽지만 똑 부러지는 목소리에 모두가 눈을 빛내며 나를 바라보았다.

갑자기 등에서 오스스 소름이 돋았다. 아까 전부터 계속 드는 기분이었지만, 지금은 정말이지 대답을 제대로 못하면 큰일 날 분위기였다. 심지어는 무뚝뚝한 아버지조차 내 입술만을 빤히 응시하고 계시는 것이 아닌가.

"음, 그러니까……."

"'전부 다'라는 대답은 하지 말고 하나만 골라, 알았지?"

어떻게 알았지?

나는 빙그레 미소 짓는 알렌디스를 슬쩍 흘겨보며 잠시 생각에 잠겼다. 그렇지만 아무리 고민해 봐도 어차피 처음부터 답은 하나였다.

"……초콜릿."

"역시! 그럴 줄 알았어!"

"어, 어째서입니까, 아가씨?"

"흑, 회심의 역작이었는데……."

"……."

알렌디스는 환호작약하며 나를 끌어안았고, 리그 경과 리나는 분하다는 표정을 감추지 못했다. 겉으로 드러내지는 않았지만 아버지께서도 내심 섭섭하신 기색이었다. 수긍하지 못하겠다는 모두의 반응에 나는 어쩔 수 없이 알렌디스를 떼어 내며 첨언했다.

"주신 선물은 모두 마음에 들고 감사하지만, 이 초콜릿은 알렌디스가 이미 몇 달 전부터 고심한 끝에 만들어 온 것인걸요. 게다가 제게 뭘 좋아하느냐고 제일 먼저 물어본 사람도 알렌디스고……."

"고마워, 아리스티아. 역시 너만은 내 노고를 알아주는구나. 자, 초콜릿 하나 더 먹어. 앞으로도 많이 만들어 줄게."

"……기사단 하나를 이기겠다고 호언장담해 놓고도 초콜릿을 직접 만들 정도로 시간이 남았단 말인가. 아무래도 내가 너무 느슨하게 가르쳤나 보군. 그런 의미에서 베리타 공자, 내일부터는 좀 더 수련의 강도를 높여도 되겠지?"

"헉, 각하, 그런……."

가라앉은 목소리로 한마디를 남긴 아버지께서 돌아서시자, 그 뒤를 이어 한마디씩의 말이 남겨졌다.

"우리도 각하께 한 팔 보태기로 하지. 내년에 두고 보자고."

"두고 보세요, 공자님! 내년엔 기필코 이기고 말 테니!"

어째서 내년이라는 말이 나오는 거지? 설마, 아니겠지. 저 말이 내가 생각하는 그 뜻은 아닐 거야. 응, 그럼. 아니고말고.

내년이라는 말이 계속해서 머릿속을 맴돌았지만, 나는 애써 현실을 외면하며 별 모양 초콜릿을 집었다.

하얀 초콜릿도 있냐며, 티타임을 열 테니 한번 가져오라는 황제 폐하의 전갈을 받은 것은 후일담이다. 이듬해부터 점점 더 커지는 선물 보따리에 한숨 짓게 된 것 역시도.

　……사랑하는 사람에게 달콤한 화이트 초콜릿을 선물하는 날, 속칭 '화이트데이'의 기원에 대해서는 여러 의견이 있으나, 제33대 황제인 미르칸 루 샤나 카스티나의 치세 당시 베리타 공작가의 차남이자 희대의 천재라고 불리던 알렌디스 데 베리타가 같은 계파 소속으로서 오랜 친분을 유지하던 모니크 후작가의 아리스티아 영애—후일 제34대 황제 루블리스 카말루딘 샤나 카스티나의 황후가 되는—에게 눈처럼 새하얀 초콜릿을 선물한 데에서 시작되었다는 것이 다수의 견해이다. 이 설에 따르면 그는 눈처럼 하얀 것을 좋아하던 영애를 위하여 직접 새하얀 초콜릿을 만들어 내 선물하였다고 하는데, 기존의 초콜릿과는 달리 새하얀 초콜릿의 색깔에서 이름을 따 이 날을 '화이트데이'라고 명명하였다고 한다…… (하략)
　—『재미로 보는 제국의 야사』제33권, 저자 미상, 789페이지에서 발췌

2. 검과 장미 上

2. 검과 장미 上

어린 시절, 처음으로 내 시선을 사로잡은 것은 가문의 문장이었다. 이상하게 생각될지도 모르겠으나 그것은 사실이었다. 아버지는 항상 바빠서 거의 볼 수 없었고, 어머니는 본디 그리 따뜻한 성정을 가진 분이 아니었다. 하나뿐인 형은 어릴 때부터 예비 후계자로서 이런저런 교육을 받느라 나를 챙겨 줄 처지가 되지 못했다. 의무적으로 나를 챙기는 아랫사람들을 제외하면 나는 늘 혼자였다.

항상 외롭던 그때, 집안 곳곳에 새겨져 있던 가문의 문장이 내 시선을 사로잡은 것은 어찌 보면 당연한 일이었으리라.

기억이 가물가물한 어린 시절 가문의 문장은 분명 커다란 양손 대검이 바닥에 꽂혀 있는 모습이었는데, 내가 대여섯 살쯤 되었을 때 그것은 이유는 알 수 없으나 은빛 롱소드와 그를 휘어감은 붉은 덩굴장미의 모습으로 바뀌었다.

나는 그 문장에 심취했다. 내 머리색처럼 타오르는 듯한 붉은 장미에도 시선이 갔지만, 그보다 먼저 내 시선을 사로잡은 것은 검이었다. 은빛으로 은은하게 빛나는 검에서 눈을 뗄 수가 없었다.

눈길을 끈 존재에게 호기심을 갖는 건 당연한 일이었으므로, 내가 검을 잡게 된 것은 우연이 아닌 필연이었다. 일곱 살이 되었을 때, 예비용 목검을 가지고 놀던 나를 아버지가 발견한 것이 내 인생의 전환점이었다. '제국의 검'이라 불리는 가문의 아들답게 어린 나이에 검을 만지는 내가 대견하다며 아버지는 시험 삼아 몇 가지 동작을 가르쳐 주다가 경악했다.

그때부터였다. 내가 검술의 천재라고 불리기 시작한 것은.

많은 사람들에게 관심을 받기 시작했다. 더 이상 외로울 일도 없었다. 내가 밀쳐 내고 무시해도 사람들은 알아서 먼저 내게 손을 내밀었다. 하지만 이제 관심 따위는 필요 없었다. 모든 것이 귀찮았다. 내 관심은 오로지 한 곳에 쏠려 있었기에.

은은하게 빛나는, 차가우면서도 따뜻한, 날카로우면서도 부드러운 그것, 검.

나는 검과 사랑에 빠졌다. 사람들과 보내는 시간보다 검과 함께 보내는 생활이 훨씬 행복했다. 하루 종일 검과 대화를 나누며 수련했다. 그것이 소녀를 만나기 전까지의 내 일상이었다.

열다섯 번째 생일을 몇 달 앞둔 어느 초가을 날, 집에 돌아온 아버지가 말했다. 모니크가의 영애가 검술을 배우고자 종종 들를 것이라고.

짜증이 났다. 어쩔 수 없이 얼굴을 마주할 때마다 보이는 여자들의 모습은 거의 비슷했으니까. 그들은 그저 내 생활을 방해하는 시끄럽고 귀찮은 존재일 뿐이었다. 검술을 배운답시고 찾아와서는 귀찮게 굴 것이라는 생각이 들자 아직 보지도 못한 모니크 영애에 대한 반감이 들었다.

어머니가 티타임에 참석하라며 나를 불렀을 때, 직감적으로 그녀가 왔을 거라는 생각이 들었다. 그래서 나는 역시 초면부터 사람을 귀찮게 한다고 생각하며 불만에 가득 차서 어머니의 응접실로 찾아갔다.

무례한 행동은 삼가라 꾸짖는 어머니의 말을 한 귀로 흘리며 돌아보는 순간, 내내 고고하게 서 있던 작은 소녀가 내게 살며시 고개 숙여 인사했다. 찰랑이는 은빛 머리카락이 스르르 흘러내리는 그 모습에서 나는 순간 달빛을 받은 검날의 빛을 보았다. 한순간 넋을 잃고 바라보았을 정도로 그 빛은 시리도록 아름다웠다.

그러나 호감 어린 첫인상은 함께 검술을 수련하라는 어머니의 말씀 한마디에 흔적도 없이 사라졌다. 아버지에게 지도를 받기 위해 찾아오는 것이라 해도 짜증스러울 판에 뭘 하라고?

기가 막혀서 말조차 나오지 않았다. 검을 제대로 휘두를 힘조차 없어 보이는 소녀를 위해 내 시간을 할애하라는 것이 말이 되느냐고, 나는 신경질적으로 생각했다.

그 때문이었으리라. 도움을 요청하는 소녀를 비웃고 그녀에게 짜증을 부린 것은. 귀찮기도 했지만, 무엇보다도 내가 사랑하는 검을 쉽게 본다는 사실이 마음에 차지 않았다. 내게 관심을 보이던 다른 여자들이 그러했듯 그녀 역시 무례하게 굴면 화를 내며 갈 것이라고 생각했다.

하지만 소녀는 화를 내는 대신 검술을 시전해 보였다. 노력한 흔적이 역력한 모습에 막말을 한 것이 내심 미안해졌지만, 사과를 하려니 자존심이 상했다. 그래서 나는 싸늘하게 돌아서는 그녀에게 간신히 몇 마디 조언만을 던졌을 뿐 결국 미안하다는 말을 하지 못했다.

소녀는 그 이후로 한 번도 찾아오지 않았다. 그 때문인지, 잊어버리려고 해도 자꾸만 소녀가 생각났다. 역시 사과할 걸 그랬나 싶어 내심 후회도 들고, 쉽게 포기할 것 같지 않았는데 찾아오지 않는 소녀에 대한 궁금증도 일었다.

그래서 결국 참다못해 모니크가를 찾아간 날, 나는 애써 먹은 마음과는 달리 또다시 화를 냈다. 그러지 않을 수가 없었다. 검을 수련하겠다는 사람이 어떻게 그런 말도 안 되는 짓거리를 하고 있단 말인가.

하지만 그렇게 화를 내고 왔어도, 두 번 다시 보지 않겠다고 생각했어도 정신을 잃고 쓰러진 소녀가 계속해서 마음에 걸렸다. 창백하던 안색이, 윤기를 잃은 은빛 머리카락이, 몇 주 사이 빼빼 말라 버린 모습이 눈에서 떠나지 않았다. 검을 수련하면서 집중하지 못한 것은 처음이었다. 참다못해 소녀를 찾아갔다가 축객령을 받은 이후, 상처받은 자존심에 이제는 정말로 만나지 않겠다고 굳게 다짐했지만 어느새 나는 또다시 소녀를 찾고 있었다. 그렇게 나는 나도 모르는 새 소녀에게 조금씩 물들어 갔다.

함께 지내는 시간이 점점 즐거워지고 드물게 미소 짓는 모습에 가슴 한구석이 간질간질해질 무렵, 나는 놈의 존재를 알게 되었다. 한참 수련을 하다 낯선 인기척에 고개를 돌렸을 때 눈에 들어온 것은 소녀를 끌어안고 있는 어떤 놈의 모습이었다.

한 번도 보지 못했던 환한 미소가 그를 향하는 모습에 화가 치밀었다. 나에겐 꼬박꼬박 경칭을 붙이면서, 그와는 다정하게 이름을 주고받는 모습에 짜증이 났다. 웃고 있는 얼굴과는 달리 차갑게 가라앉은 놈의 눈동자를 보고서도 아무것도 모르는 모습에 기가 찼다. 억지를 부려 이름을 허락받자마자 바로 애칭을 허락받는 놈 때문에 자꾸만 약이 올랐다.

대화를 좀 나누자며 그녀가 없는 곳으로 자리를 옮긴 후에도 놈은 여전히 내게 예의를 차렸다. 어이가 없어 비아냥거렸다. 그따위 눈빛을 쏘아 보내는 주제에 말로만 친근한 척하면 뭐한단 말인가.

이제 그만 본색을 드러내 보라는 말에도 놈은 주위를 한 번 둘러본 후에야 비로소 본래의 성격을 드러냈다. 세기의 천재라 불린다고 하더니, 빌어먹게도 말이 청산유수였다. 풀떼기라고 비웃자마자 네놈은 당근이냐고 받아치던 주제에 소녀 앞에서는 예의 바른 척, 다정다감한 척하는 모습이 무척이나 가증스러웠다. 그것만 해도 어이가 없는데, 그런 놈의 본색을 전혀 모르는 소녀 때문에 더 분통이 터졌다.

하지만 놈을 견제하느라 나는 정작 중요한 점을 잊어버리고 있었다. 소녀는 장차 내 주군이 되실 황태자 전하의 약혼녀라는 사실을.

황실의 서찰을 받은 이후로 눈에 띄게 우울해 보이던 그녀는 황태자 전하의 성인식에서 그의 파트너로 등장했다. 서로의 머리색에 맞춰 옷을 차려입은 그들은 너무도 다정해 보였다. 뭐가 그리도 좋은지, 함께 춤을 추는 동안 전하께서는 계속해서 소녀와 대화를 나누고 다정하게 귓가에 뭔가를 속삭이셨다. 더욱이 전하께서는 춤이 끝난 후에도 한참 동안이나 자리에서 벗어나지 않고 소녀만을 응시하고 있었을 뿐만 아니라, 상석에 나란히 앉은 후에도 끊임없이 그녀와 대화를 나누셨다.

단단하게 결속되어 있는 것 같은 그 모습에 속이 쓰렸다. 차마 끼어들 수가 없었다. 혼약한 사이라는 것은 알고 있었지만, 소녀가 검술을 배운다는 것을 알고 있었기에 진실로 맺어질 것이라고는 생각조차 하지 않았다. 그저 형식적인 약혼일 뿐이라 믿었는데, 다정해 보이는 그들의 모습을 보자 가슴 한구석이 싸늘하게 내려앉았다.

불안한 마음을 애써 다스리며 수련에 집중하려고 노력하던 어느 날, 모니크가와 거래를 했으니 소녀에게 검술을 전수해 주라는 아버지의 명을 받았다. 주군이 될 분의 여자와 가까이 해서는 안 된다는 생각에 거리를 두려던 때의 일이었다.

그날 이후로 차갑게 가라앉았던 심장이 다시 두근거리며 뛰기 시작했다. 사랑하는 검과 꼭 닮은 은발 소녀가, 희미하게 미소 짓던 모습이, 조용조용하게 카르세인이라 부르던 목소리가 선명하게 떠올랐다. 어딘가 망가진 것 같았던 가슴이 비로소 제자리로 돌아온 듯한 기분이었다.

설레는 마음을 안고 모니크 영지로 출발하기 하루 전, 뜻밖의 손님이 나를 찾아왔다. 햇볕 아래에서 수련하느라 조금은 그을린 나와는 달리 늘 멀끔한 피부 때문에 나를 더욱 짜증 나게 했던 풀떼기 자식은 그답지 않게 침울해 보이는 얼굴로 말했다. 너도 성인식 때 전하의 모습을 보지 않았냐고, 마음에 들지는 않지만 우선 우리 둘이서 힘을 합치는 것이 어떠냐고.

고민 끝에 그 제안을 수락하자 놈은 씁쓸한 표정으로 내게 말했다. 자신은 자격을 잃었으니 부디 제 몫까지 소녀를 지켜 달라고. 무슨 일이냐고 물었지만, 놈은 소녀에게 전해 달라며 편지를 한 통 내밀었을 뿐 끝내 답변을 거부했다.

모니크 영지에서 소녀와 함께 보낸 시간들은 열다섯 내 인생에 있어서 가장 행복한 시간이었다. 함께 식사를 하고, 장난을 치고, 검술을 수련하며 보내는 소소한 일상들이 너무 즐거웠다. 내가 가장 아끼는 두 가지, 검과 소녀와 함께 있다는 기쁨에 잔뜩 취했다. 툭하면 날아드는 풀떼기 자식의 편지는 짜증이 났지만, 그것만 제외하면 평온한 일상이었다. '평생 소녀와 함께 이렇게 살 수만 있다면 얼마나 좋을까.' 라는 생각이 들 정도로.

그렇게 나는 내 행복에만 취해 소녀의 불행을 미처 보지 못했다.

전하께서 잠시 들르신다는 서찰을 받았을 때부터 소녀는 어딘가 이상했다. 하지만 나는 다정해 보였던 두 사람의 모습만을 생각해 그저 그녀가 들뜬 것일 뿐이라 생각했다.

자꾸만 심술이 나서, 전하께서 도착하시는 날까지 유독 소녀를 괴롭히고 장난을 걸었다. 함께하는 시간에 행복감을 느끼는 것은 나 혼자뿐이었나 하는 생각에 더더욱 못살게 굴었다. 그것이 엄청난 후회로 돌아올 줄도 모르고.

황태자 전하의 행렬을 열렬하게 맞이하는 영지민들을 보자 입맛이 썼다. 모니크가는 대대로 맹세, 그리고 황실에 대한 절대적인 충성으로 유명한 가문이었다. 핏줄은 속이지 못한다는 말이 있던데, 그 때문에 소녀도 전하에게서 헤어 나오지 못하는 것일까.

내게는 아무런 권리도 없다는 것을 잘 알고 있었지만, 그럼에도 가슴 한구석이 계속해서 쑤셔 왔다.

무척 차가운 성정이라는 세간의 평과는 달리 소녀를 바라보는 전하의 입가에는 엷은 미소가 지어져 있었다. 말끝마다 '내 약혼녀'라 강조하는 전하, 그리고 만찬 내내 그를 챙기는 소녀를 보며 나는 속으로 계속 쓴웃음을 삼켜야 했다. 단둘이서 시간을 보내고 싶다는 전하의 말씀에도 무어라 반박할 수 없는 내 자신이 너무도 초라했다.

응접실에서 나와 문에 등을 기댔다. 대기하고 있던 근위기사들의 눈길이 느껴졌지만, 그 자리에서 벗어날 힘조차 없었다. 둘 사이에서 흐르던 미묘한 감정의 교류에 가슴이 선득했다. 나를 대하던 태도와는 다른, 그리고 풀떼기 녀석을 대하던 것과도 다른, 조심스러우면서도 세심한 배려로 전하를 대하던 소녀의 모습이 눈에서 사라지지가 않았다.

그 순간이었다. 소녀의 비명 소리와 다급하게 황궁의를 찾는 전하의 목소리가 들려온 것은.

근위기사들과 함께 응접실 안으로 뛰어들었다. 대관절 그새 무슨 일이 있었던 건지, 소녀는 실신한 채 전하의 품에 안겨 있었다.

그제야 보였다. 황실의 전갈을 받은 이후로 창백하게 질려 가던 얼굴이, 제대로 먹지 못해 말라 가던 몸이, 항상 침착하던 소녀답지 않게 안절부절못하던 행동이.

그제야 떠올랐다. 일 년 전, 무리하게 검술을 수련하다 쓰러졌던 그녀의 모습이.

바보 같았다. 그저 취미 삼아 검술을 배우는 것이 아님을 알고 있었음에도 불안정한 소녀의 모습을 그저 들뜬 것으로 치부해 버린 내가. 모니크가의 후계자와 황태자비는 양립할 수 없는 성질의 것이었는데, 기를 쓰고 검술을 수련하는 것을 보면 소녀는 황태자 전하의 반려가 아니라 모니크가의 후계자가 되고자 하는 것이 분명했는데, 질투심에 눈이 멀어 소녀의 마음을 제대로 살피지 못했던 내가 너무도 한심했다.

긴 기다림 끝에 간신히 깨어난 소녀의 모습을 보았을 때, 심장이 덜컥 내려앉았다. 따스하게 빛나던 황금색 눈동자가 공허하게 비어 있었기에. 설상가상으로 소녀는 말조차 잃은 듯 그 어떤 소리도 입 밖으로 내지 않았다. 정신을 차리게 해 보려 아무리 애를 써 봐도 그녀는 내 말에 조금도 귀 기울이지 않았다. 마치 아무것도 들리지 않는 사람처럼.

무거운 가슴을 안고 연무장으로 향했다. '검을 휘두르다 보면 답답한 마음이 조금은 가시지 않을까.' 라는 생각에서였지만, 함께 지내는 시간에 취해 있느라 제대로 수련을 못한 탓인지 마음먹은 대로 검이 움직여지지 않았다. 그럴수록 가슴속에 엉킨 무언가는 점점 무게를 더해만 갔다.

그렇게 얼마나 검을 휘둘렀을까?

문득 정신을 차렸을 때, 나를 바라보는 서늘한 눈빛과 시선이 마주쳤다. 황급히 예를 갖추는 내게 전하께서는 평소 검술의 천재라 불리는 나와 한번쯤 겨뤄 보고 싶었다며 대련을 요청했다. 별로 그러고 싶은 기분은 아니었지만, 거부할 수 있는 권리 따윈 존재하지 않았기에 나는 말없이 검을 들었다.

몇 번 검을 부딪치며 탐색을 하고 있을 때, 하늘에서 무언가가 팔랑팔랑 떨어지는 것이 보였다. 반사적으로 위를 올려다보자 창가에 서서 멍하니 하늘을 올려다보고 있는 소녀가 눈에 들어왔다.

흩날리는 은빛 머리카락에 잠시 시선을 빼앗긴 사이, 검이 아슬 아슬하게 어깨를 스치고 지나갔다. 집중하라는 전하의 조언이 있었지만 자꾸만 신경이 분산되었다. 결국 아차 하는 사이 서로 목에 검을 맞대게 되었다.

대련을 마친 전하께서는 내게 서늘하게 충고하셨다. 지키고 싶은 것이 있거든, 잠시라도 한눈팔지 말고 끝까지 최선을 다해야 할 것이라고.

화가 났다. 당장의 평온함에 정신이 팔려 내가 사랑하던 검에게도, 그리고 소녀에게도 최선을 다하지 못했다는 사실이 새삼 가슴에 와 닿아 나 자신이 정말 바보 같다는 생각이 들었다.

그렇게 점점 커져 가던 자괴감은 소녀의 아버지의 등장으로 절정에 이르렀다. 넋을 놓고 있던 소녀는 아버지의 호통을 듣고서야 비로소 정신을 차렸다. 덜덜 떨면서 횡설수설하는 모습을 보자 가슴이 꽉 막히는 듯했다.

멍청한 놈. 그동안 대체 나는 뭘 했단 말인가.

늘 옆에 있었음에도 불안한 소녀의 상태를 전혀 모르고 있었다는 사실에, 그리고 내 행복에만 눈이 멀어 좋아한다 하면서도 정작 그녀에 대해 아는 것은 아무것도 없었다는 사실에 나 자신이 너무도 한심스러웠다.

다음 날 소녀를 찾아갔을 때, 먼지를 뒤집어쓴 차림 그대로 서 있던 소녀의 아버지가 나를 막았다. 잠시 열린 문틈으로 보인 소녀는 뭔가에 홀린 사람처럼 펜을 놀리고 있었다. 왠지 건드리면 안 될 것 같은 분위기에 나는 그곳에서 소녀의 아버지와 함께 말없이 기다렸다.

반나절이 더 지난 후에야 굳게 닫혀 있던 방문이 열렸다. 당장에라도 쓰러질 듯, 비틀비틀 걸어 나온 소녀는 아비의 품에 쓰러지듯 안겼다.

하얗게 질린 모습에 가슴이 시렸다. 지키고 싶은 것을 위해 최선을 다하라던 전하의 말씀이 머릿속에서 빙빙 맴돌았다.

지켜 주고 싶었음에도, 풀떼기 녀석의 몫까지 다하겠노라 약속했음에도 나는 결국 소녀를 지켜 주지 못했다. 자칫 몸을 망칠 정도까지 악착같이 수련하는 모습을 봤음에도 그 일이 있기 전까지 나는 소녀가 그토록 검술에 매달리는 이유를 미처 몰랐다. 미리 알았더라면 절대로 그날 둘만 있도록 자리를 비워 주지 않았을 텐데. 늘 함께했음에도 소녀에게 있어서 나는 도움을 요청할 수 있을 만큼 믿음직한 사람이 아니었다는 사실이 너무도 가슴 아팠다.

수도로 올라가는 동안 울적한 마음에 내내 창밖만을 바라보았다. 모니크가에는 맹세가 있으니 충분히 벗어날 수 있을 테지만, 나는 전하의 충고대로 소녀를 지키기 위해 최선을 다하기로 결심했다. 그때와 같은 모습은 두 번 다시 보고 싶지 않았으니까.

바퀴를 빼내는 동안 황금빛 벌판을 걸었을 때, 재잘재잘 떠드는 소녀를 보며 안도했다. 생기가 도는 얼굴을 마주하자 심장이 뻐근했다. 늘 저렇게 밝은 모습이었으면 좋겠다고, 두근거리는 가슴을 안고 기도했다.

앞서 가는 소녀를 조심스레 불렀을 때, 돌아보는 그녀의 모습에 순간 말을 잃었다. 붉게 타오르는 황금색 들판 속에서 사르르 흩날리던 은색 머리카락은 마치 달빛에 반사되는 검광처럼 신비롭

고도 찬란하게 빛났다.

자신을 멍하니 바라보는 나를 향한 의아한 얼굴, 궁금함을 가득 머금고 빛나는 황금색 눈동자를 보자 문득 고백하고 싶어졌다. 너를 좋아한다고.

그렇지만 용기를 짜내 입을 열려던 그때, 소녀와 나를 부르는 목소리가 들렸다. 순간 정신이 번쩍 들었다. 지켜 주지도 못한 주제에 고백을 해서 어쩌겠다는 거야, 바보 멍청이. 나는 아직 소녀에게 고백할 자격이 없었다.

수도에 도착해서 나를 내려 주고 떠나는 마차의 뒷모습을 하염없이 바라보았다. 은발 소녀의 모습이 점점 작아지다가 마침내 사라진 후에야 나는 이를 악물며 돌아섰다. 내게는 반드시 해내야 할 일이 있었다. 다시 만나는 그날까지, 나는 소녀에게 부끄럽지 않도록 최대한 실력을 기를 생각이었다.

지켜 줄게. 네 힘으로 벗어나지 못할 때를 대비해서 최선을 다해 힘을 기를게. 다시는 네가 그토록 불안해하지 않도록, 다시는 너의 창백한 모습을 보지 않도록 지켜 줄게. 황금빛 벌판에서 봤던 생기 있는 모습으로 살아갈 수 있도록 너를 지킬게.

조금만 기다려. 네 옆에 당당하게 설 수 있는 남자가 되어서 나타날 테니까.

그러니 그때까지, 나를 조금만 기다려 주지 않을래? 사랑하는 나의 소녀, 나의 은빛 검, 아리스티아.

3. 메리골드

3. 메리골드

"제5왕녀 베아트리샤 데 리사를 제국의 태자빈 후보로 보낸다. 왕녀는 앞으로 나와 명을 받들라."

베아트리샤는 천천히 고개를 들어 올려 저 멀리 높은 단상 위에 앉아 있는 중년 남자를 바라보았다.

크리얀스 3세.

위대한 리사 왕국의 오직 하나뿐인 지배자. 호전적인 성향으로 유명한 왕국의 역대 왕들 중에서도 야심이 가장 큰 남자, 그리고…… 그녀의 아버지.

번들거리는 청록색 눈동자에 부정 따위는 담겨 있지 않았다. 가치를 평가하듯 샅샅이 훑어보는 시선에 증오심이 끓어올랐다.

자꾸만 욕지기가 흘러나와, 베아트리샤는 황급히 입을 틀어막았다. 난생처음으로 마주하는 아버지라는 자는 지금 왕국의 이익을 위해 그녀를 팔아넘기겠다 말하고 있었다.

"왕녀는 무얼 하고 있는 건가. 당장 앞으로 나와 명을 받들지 못할까!"

베아트리샤는 못마땅하다는 듯 소리치는 젊은 여자, 크리얀스 3세의 네 번째 왕비를 잠시 바라보다 천천히 눈을 내리깔았다.

'당신은 언제까지 그 자리에 앉아 있을 수 있을까?'

어머니의 시녀로 궁에 들어와 결국은 왕비의 자리까지 오른 여자. 지금은 저리 기세등등하게 나온다지만, 왕의 총애를 잃게 되는 순간 몰락 가도를 걷게 되겠지. 크리얀스 3세의 관심에서 멀어지자마자 폐위된 베아트리샤의 어머니와 마찬가지로. 그리고 그녀의 아이들 역시 자신처럼 이곳저곳으로 팔려 갈 것이 뻔했다.

"제5왕녀 베아트리샤, 위대하신 국왕 전하의 뜻을 받드나이다."

"흠, 내 너를 각별히 여겨 기회를 내려 주는 것이니, 반드시 태자빈이 되어 왕국의 번영을 위해 힘쓰도록 하라. 알겠느냐."

"……그리하겠습니다."

"긴 시간이 걸리지는 않을 것이다. 우리 군이 제국의 땅을 밟는 그날까지 왕국을 위해 최선을 다하도록 하라."

야망에 가득 찬 크리얀스 3세에게서 그녀에 대한 걱정 같은 것은 찾아볼 수가 없었다. 그녀의 눈과 똑 닮은 청록색 눈동자는 오직 탐욕으로 번들거리고 있을 뿐이었다.

정중하게 허리를 숙여 보인 베아트리샤는 뒷걸음질 쳐 왕의 앞에서 물러나왔다. 호화롭기 짝이 없는 국왕의 거처에서 나와 냉궁으로 향하며 그녀는 뜨거운 숨을 몰아쉬었다. 헛웃음이 자꾸만 터져 나왔다. 대관절 무엇을 기대했던 걸까.

버려진 왕녀, 베아트리샤 데 리사. 왕의 총애를 잃고 폐위된 왕비의 자식.

그것이 바로 지난 십육 년간 그녀를 따라다닌 이름이었다. 냉궁에 처박아 놓고 평생을 잊고 지낸 주제에 이제 와서 쓸모를 찾아낸 왕에게 베아트리샤는 감탄이라도 해 주고 싶은 심정이었다.

게다가 뭐? 특별히 기회를 내려 주는 거라고? 선심 쓰듯 얘기했지만, 결국은 제국을 침공할 시간을 벌기 위해 자신을 이용하겠다는 소리가 아닌가.

저 멀리 보이는 궁의 모습에 절로 한숨이 나왔다. 처소에 점점 가까워질수록 왕에 대한 분노와 함께 또 다른 감정이 그녀의 가슴을 잠식했다.

'오늘만큼은 마주치지 않았으면 좋겠는데.'

죄를 지은 사람처럼 주위를 재빠르게 훑어보았지만 그는 보이지 않았다. 베아트리샤는 가슴을 쓸어내리며 조심스럽게 문고리를 잡았다.

"이제 돌아오십니까, 왕녀님."

너무 놀란 탓일까? 베아트리샤는 소리조차 지르지 못한 채 뻣뻣해진 목을 억지로 움직여 뒤를 돌아보았다. 밤색 머리카락을 단정하게 빗어 넘긴 젊은 기사가 걱정스러운 눈빛으로 그녀를 바라보고 있었다.

심장이 욱신거려, 베아트리샤는 가슴 위에 살며시 손을 얹었다.

질리언 수 페덴. 이제는 몰락해 버린 페덴 백작가의 가주이자 육 년이라는 세월 동안 그녀의 곁을 지킨 사람. 그리고…… 그녀가 사랑하는 남자.

"페덴 경."

"무슨 일이라도 있으셨던 겁니까? 안색이 영 좋지 않으십니다."

"아, 아뇨. 별일은 없었어요."

"그럴 리가 없지 않습니까. 난생처음으로 국왕 전하를 알현하셨는데 말입니다."

믿을 수 없다는 듯한 눈빛에 베아트리샤는 잠시 고민했다.

'말을 해야 하나, 말아야 하나.'

그러나 그것도 잠시, 그녀는 이내 피식 웃어 버렸다. 어차피 조만간 소문이 일파만파 번질 터인데 굳이 숨길 이유가 어디 있겠는가. 차라리 직접 얘기해 주는 것이 지난 육 년 세월에 대한 배려이리라.

"실은 제국에 태자빈 후보로 가라는 명을 받았어요."

"……그렇, 습니까."

"사절단이 꾸려지는 대로 떠날 것이니, 왕국에 있을 날도 이제 얼마 남지 않았군요."

밤색 눈동자에서 휘몰아치는 수많은 감정을 보며 베아트리샤는 처연한 미소를 지었다.

알고 있었다, 그가 자신을 사랑한다는 사실을. 그 때문에 자신의 곁에 남아 있다는 사실도.

지긋지긋한 궁에서 벗어나 그와 함께하는 세월을 꿈꾸었던 적이 있었다. 왕녀와 호위기사라는 신분의 차이 때문에 소리 내어 말해 본 적은 없었지만, 내심 그의 아내가 되어 오순도순 사는 것을 그려 본 적도 있었다.

그러나 그 모든 것은 허상이었을 뿐. 성인식을 보름 앞둔 지금 그녀에게 주어진 것은 얼굴도 모르는 남자와 함께하는 삶이었다.

"차라리 잘되었습니다. 이참에 절 호위하는 임무는 그만두고 기사단으로 복귀하세요. 경에게는 지켜야 할 가문이 있지 않습니까."

"저는 왕녀님의 호위기사입니다. 그럴 수는 없습니다."

딱딱하게 굳은 목소리에 어쩐지 미안해졌지만, 베아트리샤는 일부러 버럭 화를 내며 말했다. 이대로 두면 그는 결코 떠나지 않을 것이 분명했기에.

"모르겠어요? 어차피 제국으로 떠날 몸, 이제 호위기사는 필요 없단 말입니다."

"왕녀님."

"가세요. 명령입니다."

"……알겠습니다. 대신, 떠나시는 날까지만이라도 모시게 해 주십시오."

"……."

"제발…… 간청 드립니다."

간곡한 목소리에 베아트리샤는 몸을 돌리며 작게 고개를 끄덕였다. 당장 그만두라 하는 것보다는 조금씩 정을 떼는 편이 더 나을지도 모른다고 애써 위안하면서.

최고급 장인이 세공한 각종 보석들과 최신 유행에 맞춘 온갖 드레스, 그리고 호화로운 은제품들과 각종 물품들.

생전 가져 본 적 없던 것들이 하나둘 늘어나는 모습에 베아트리샤는 헛웃음을 지었다. 언제부터 그렇게 사랑하는 딸이었다고, 크리얀스 3세는 그녀의 성인식을 대대적으로 호화롭게 치러 주고 각종 사치품을 하사하는 등 공을 들였다.

'그런다고 제국에서 넘어갈까?'

그녀의 아버지라는 작자는 아무래도 제국의 정보력을 우습게 보는 모양이었다. 예물이라는 명목하에 쌓여만 가는 혼수품을 보고 있자니 어처구니가 없었다. 그저 후보 중 한 사람일 뿐인데, 크리얀스 3세는 마치 그녀가 태자빈으로 확정이 된 것처럼 행동하고 있었다.

"찾으셨습니까, 국왕 전하."

"내일이던가, 제국으로 출발하는 날이?"

"그렇습니다."

"내 너를 부른 것은, 네게 특별히 부여해야 할 임무가 있기 때문이다. 하나 그전에 하나만 묻겠다. 정략결혼이라 하여 불만이 있거나 한 것은 아니겠지?"

"……아닙니다, 전하."

"잘 생각했다. 왕녀의 삶이란 본디 그런 법. 제국의 태자빈 정도라면 네게 과분한 자리라는 것을 명심해야 할 것이다."

냉랭한 목소리에 베아트리샤는 드레스 자락을 움켜쥐며 더욱 깊숙이 고개를 숙였다. 그런 그녀의 태도가 마음에 든 것인지, 크리얀스 3세는 좀 전보다는 다소 풀어진 어조로 말했다.

"네게 부여할 임무는 이것이다. 황태자를 유혹해 네게 빠지도록 만드는 것. 알겠느냐?"

"네?"

"무척 차가운 성품인 데다 여자에게는 그리 관심이 없는 인물이라 들었다. 하나, 그런 자일수록 한 번 빠지면 정신을 못 차리는 법. 그러니 수단과 방법을 가리지 말고 그를 사로잡도록 하라. 너는 제법 반반한 편이니, 유혹만 잘 한다면 네게 빠져드는 것은 시간문제일 것이다."

움켜쥔 드레스 자락이 거칠게 비틀렸다.

'뭐가 어쩌고 어째? 유혹을 하라고?'

만족스럽다는 듯 고개를 끄덕이며 위아래로 훑어보는 크리얀스 3세의 모습에 베아트리샤는 깊은 모멸감을 느끼며 이를 악물었다. 아무리 버렸다 해도 제 피를 이어받은 왕녀가 아닌가. 그런데 어찌 제 딸에게 일개 창부나 할 법한 일을 지시할 수 있단 말인가.

"수치스럽다 생각하지 말거라. 모두 왕국을 위한 길이다."

"……네, 전하."

"황태자를 사로잡은 다음에는 살살 구슬려 정보를 캐내도록 하라. 들키지 않도록 최선을 다해야 할 것이다. 그리만 해 준다면, 내 제국 정벌 후 네게 큰 상을 내릴 것이다."

'큰 상 좋아하시네. 죽으러 가라는 소리겠지.'

뒷걸음질 쳐 물러나오며, 베아트리샤는 신경질적으로 드레스 자락을 쥐어뜯었다. 뭐 하나 해 준 것도 없으면서 애국심을 운운하는 왕이 어이없었다. 이제 와서 왕국을 위해 희생하라는 말에 억울하고 분했다. 차라리 평범한 여자로 태어났으면 좋았을 텐데, 그녀는 왜 하필이면 왕녀로 태어나서 이런 삶을 살아야 하는 걸까.

도무지 알 수가 없었다.

"이제 그만 드십시오, 왕녀님. 취하셨습니다."

"어어, 나 안 취했어요. 진짜예요."

"……취하셨군요. 이건 그만 치우겠습니다."

베아트리샤는 와인병을 빼앗아 드는 질리언을 향해 생글 미소를 지었다. 그러고는 천천히 자리에서 일어나 테이블에 몸을 기댔다.

뜨거운 숨을 훅 불어넣자, 병을 치우던 질리언이 멈칫했다. 사랑해 마지않는 남자를 바라보며 베아트리샤는 천천히 드레스 자락을 걷어 올렸다. 서서히 드러나는 새하얀 다리에 질리언이 급한 숨을 들이켜며 고개를 돌렸다.

나른한 미소를 지은 그녀가 젖은 목소리로 말했다.

"이리 와요."

"와, 왕녀님."

"내가 아름답지 않나요? 갖고 싶지 않아요?"

"……많이 취하셨습니다. 이제 그만…….."

시선을 맞추지 못하고 어물거리는 질리언을 향해 베아트리샤는 더욱 짙게 미소 지었다. 비틀거리며 테이블에서 손을 뗀 그녀가 귀찮다는 듯 드레스를 거칠게 잡아 뜯었다.

후두둑.

단추가 떨어지며 헐거워진 드레스의 윗부분이 흘러내렸다. 하얀 가슴을 드러낸 채 몸을 바짝 붙인 베아트리샤가 그의 팔을 쓰다듬었다.

"이래도 날 갖고 싶지 않아요?"

"왕녀님, 제발…….."

"뭐야, 이렇게 해도 안 되는 거야? 이럼 안 되는데."

"……."

"어떡하지? 황태자를 유혹해야 하는데. 그래서 왕국을 위해 왕녀로서의 의무를 다 해야 하는데."

"……쉬십시오."

입술을 꽉 다문 그가 비틀대는 베아트리샤를 부축해서 침실로 향했다.

그렇지만 그녀를 침대에 눕히고 곧장 돌아서려던 질리언은 처음의 생각과는 달리 멈칫하며 자리에 멈춰 설 수밖에 없었다. 어느새 몸을 반쯤 일으킨 그녀가 소맷자락을 꼭 붙든 채 눈물이 그렁그렁 맺힌 눈으로 바라보고 있었기에.

"가지 말아요."

"……왕녀님."

"알고 있어요. 경이 날 사랑한다는 것을."

"……."

"오늘이 지나면 다시는 보지 못한다는 것도 알아요. 국왕 전하께서는 큰 상을 내리겠노라 하셨지만, 그것은 그저 말일 뿐. 아마도 전쟁이 나는 순간 나는 이미 죽은 목숨이겠죠."

말없이 고개를 돌린 채 서 있는 질리언을 향해 베아트리샤는 점점 젖어 드는 목소리로 말했다.

"당신을 사랑해요."

"……왕녀님."

"이 밤이 지나 제국으로 떠나더라도…… 짧은 생이나마 추억을 안고 살아갈 수 있게끔."

"……."

"날 안아 줘요."

떨리는 손으로 소맷부리를 끌어당긴 베아트리샤가 그의 손을 뺨에 가져다 댔다. 보드라운 감촉에 움찔 몸을 굳힌 질리언이 천천히 그녀를 돌아보았다. 그러고는 촉촉이 젖은 눈동자로 올려다보는 베아트리샤를 고통스레 바라보다 허리를 휙 잡아당겼다.

입술과 입술이 맞닿고, 거칠게 비집고 들어온 혀와 그녀의 혀가 얽혀들었다. 으스러뜨릴 듯 강하게 조여 오는 팔, 떨어질 줄 모르는 입술 때문에 호흡이 점점 가빠 왔지만, 그럴수록 그녀는 그의 목을 더욱 세게 끌어안았다.

"사랑합니다, 베아트리샤."

숨을 몰아쉬는 베아트리샤의 입술에 다시 입술을 겹치며 그가 속삭였다. 무겁디무거운 그 고백에 눈앞이 뿌옇게 변했다. 사락사락 옷이 벗겨지는 소리, 부드럽게 몸을 스치는 손길에 위태롭게 매달려 있던 눈물방울이 또르르 흘러내렸다.

사랑하는 남자의 체온을 가슴 깊은 곳까지 새기려 몸부림치며, 베아트리샤는 떨리는 손으로 그의 목을 꼭 껴안았다.

"어째서 경이 여기 있죠? 분명 기사단으로 복귀하라 했을 텐데요."

"……."

매서운 추궁에도 침묵으로 일관하는 질리언을 바라보며 베아트리샤는 욱신거리는 가슴 위에 손을 얹었다.

'바보 같은 남자.'

밤색 눈동자 안에 휘몰아치는 수많은 감정들을 차마 보고 있을 수가 없어서, 베아트리샤는 그를 외면한 채 차갑게 몸을 돌렸다.

마차 안에 들어선 그녀의 눈에 손수건에 곱게 싸여 있는 메리골드 한 송이가 들어왔다. 목이 메는 듯한 느낌에 베아트리샤는 말 없이 노란 꽃잎만 만지작거렸다. 이걸 줄 때는 언제고 이제 와 따라온 거란 말인가.

그와 하룻밤을 보내고 난 다음 날 머리맡에 놓여 있던 한 송이 꽃, 메리골드.

이별의 슬픔이라는 꽃말을 가진 그 꽃을 보며 얼마나 울었던가. 이제는 정말 끝이라는 생각에 미어지는 가슴으로 궁을 나섰던 그녀는, 마지막까지 배웅조차 하지 않는 크리얀스 3세에게 섭섭함을 느끼지도 못할 만큼 슬픔에 잠긴 채 마차에 올랐었다.

그랬는데―.

"바보 같은 남자……."

만일 태자빈 경합에서 떨어진다면 크리얀스 3세의 성격상 후궁으로라도 밀어 넣을 것이 뻔했으므로, 그녀가 제국 황태자의 부인이 되는 것은 이제 기정사실이나 다름없었다. 그 때문에 베아트리샤는 더욱 가슴이 아팠다.

물론 그가 왕국에 남는다 하더라도 몰락한 가문을 부활시키는 것은 어렵겠지만, 그래도 이건 아니었다. 마음만 아플 것이 뻔한데 무엇하러 여기까지 따라온단 말인가.

'여기서 흔들리면 안 돼.'

베아트리샤는 흐르는 눈물을 닦아 내며 결연한 표정을 지었다. 황태자의 부인이 되기 위해 왕국을 떠난 이상 감정을 주체하지 못해 그와 다시 엮이기라도 하면 곤란했다. 왕국에 대한 애국심 같은 것은 없었지만, 자칫하다가는 사랑하는 남자의 목숨마저 위태롭게 될 터였다.

'쉽지는 않겠지만, 최대한 냉랭하게 그를 대해야 해.'

노란 꽃잎을 쓸어 보며 베아트리샤는 다시 한 번 마음을 다잡았다.

"제국의 작은 태양, 황태자 전하를 뵙습니다. 리사 왕국 제5 왕녀 베아트리샤 데 리사입니다."

"반갑소, 리사 왕녀. 제국에 있는 동안 편안히 지내길 바라오."

"감사합니다, 전하."

"배정된 궁으로 시종장이 안내해 줄 것이오. 그럼."

냉담하게 인사를 건넨 뒤 돌아서는 황태자를 향해 베아트리샤는 천천히 고개 숙여 예를 갖췄다.

명백히 선을 긋는 모습에 애매한 기분을 느낀 것도 잠시, 배정된 궁에 들어선 그녀는 놀란 눈으로 주위를 둘러보았다. 역시 제국은 다르다는 것인지, 후궁들을 위한 작은 궁 중 하나일 것임에도 그녀에게 배정된 곳은 크리얀스 3세의 처소 못지않게 잘 꾸며져 있었다.

깔끔하게 정돈된 방에 앉아 그녀는 좀 전에 있었던 황태자와의 만남을 떠올렸다.

무표정한 얼굴, 아무런 감정도 담겨 있지 않던 바닷빛 눈동자.

크리얀스 3세의 명을 따를 생각도 없었지만, 냉랭하기 짝이 없던 태도를 보건대 황태자는 유혹한다 해도 넘어올 만한 인물이 아니었다.

'차라리 잘됐지, 뭐.'

그녀는 태자빈이 되고 싶은 생각은 없었다. 조용히 황태자의 후궁 중 하나가 되어 쥐 죽은 듯 사는 것이 그녀의 목표였다. 어차피 전쟁이 나면 스러질 목숨, 짧은 기간 동안이나마 편안하게 살고픈 마음뿐이었다.

하지만 그런 베아트리샤의 결심은 그리 오래가지 못했다.

"……회임이십니다."

"뭐라고? 다시 한 번 말해 보게. 내가 뭘 했다고?"

"외람된 말씀이오나 분명 회임이십니다, 왕녀님."

"이럴 수가…….'

분명 어느 순간부턴가 도통 음식을 넘기지 못하긴 했었다. 지나치게 짜거나 싱겁고, 너무 달거나 쓴 것 같아 삼킬 수가 없었다. 즐겨 먹던 음식들조차 역겹게 느껴지고 급기야는 헛구역질마저 났다.

뭔가 이상하다고는 생각했지만, 그저 단순히 환경이 바뀐 탓이라 생각했다. 그럼에도 자꾸만 걱정스레 바라보는 페덴 경 때문에 어쩔 수 없이 사절단을 따라왔던 왕궁의를 불러온 것뿐이었다. 그랬는데.

"하온데 왕녀님, 이것이 어찌 된 일인지요? 이제 두 달 정도 된 듯하니, 황태자 전하의 아이라고 보기에는……."

"어디서 입을 함부로 놀리는가! 함구하도록 하게. 이 일이 알려지면 우리 모두 죽은 목숨이라는 것은 알고 있겠지? 어디 그뿐인가? 전쟁이 일어날지도 모르는 일일세."

"무, 물론입니다."

"그럼 나가 보도록. 다시 한 번 말하지만, 반드시 입을 조심하도록 하게."

불안한 듯 눈을 굴리는 의원에게 단단히 엄포를 놓고서 베아트리샤는 생각에 잠겼다. 이제 어떻게 해야 할지 도무지 감이 서지 않았다.

한참을 서성이던 베아트리샤는 결연한 표정으로 일어섰다. 그녀도 그녀였지만, 이 일이 알려지면 페덴 경은 반드시 목숨을 잃을 터였다.

왕국이야 이 일로 얼마나 손해를 보든 상관없었다. 어차피 그런 곳에 애정 따위는 없었으니까. 하지만 질리언은 달랐다. 그녀는 그를 반드시 살려야만 했다. 이 사실이 알려지기 전에 뭔가 대책을 강구해야만 했다.

"물러가시오."

"전하."

"오늘 일은 없었던 것으로 해 주겠소. 그러니 이만 물러가시오."

싸늘한 황태자의 눈빛에 그녀의 가슴도 서늘하게 식어 내렸다. 냉정하게 돌아서는 그를 멍하니 바라보다 베아트리샤는 허탈한 기분으로 황태자궁을 나섰다.

자꾸만 헛웃음이 나왔다. 어떻게든 황태자를 유혹하려 애를 썼던 좀 전의 제가 떠오르자 부끄러움에 몸이 떨렸다. 돈을 위해 몸을 파는 창부와 사랑하는 남자를 지키기 위해 황태자를 유혹하려 한 그녀. 양자가 도대체 무엇이 다르단 말인가.

"어딜 다녀오신 겁니까."

지친 마음으로 처소에 들어서자 입술을 꾹 다문 질리언이 그녀를 가로막았다. 활활 타오르는 눈으로 바라보는 남자가 낯설어, 베아트리샤는 저도 모르게 뒷걸음질을 쳤다.

성큼성큼 다가오는 그를 피해 한 걸음 두 걸음 물러서다 보니 어느새 차가운 벽에 등이 닿았다. 눈앞에 버티고 선 그에게서 뿜어져 나오는 알 수 없는 위압감에 베아트리샤는 저도 모르게 떨리는 목소리로 변명을 늘어놓았다.

"자, 잠시 산책을……."

"호위 기사 하나 없이 말씀이십니까? 그것도 본국도 아닌 이곳에서요?"

"그냥, 잠시 답답해서……."

"후우, 황태자궁으로 향하셨단 얘기는 이미 전해 들었습니다. 뭘 하려 하셨던 겁니까?"

"그게……."

우물쭈물 시선을 회피하는 그녀를 향해 질리언이 단호한 목소리로 말했다.

"제게 숨기시는 게 뭡니까."

"그, 그런 거 없……."

"의원이 다녀간 뒤부터 뭔가 제게 숨기고 계시지 않습니까. 그동안은 모르는 척해 드렸으나, 이제는 들어야겠습니다. 뭡니까, 그토록 필사적으로 숨기고 계시는 사실이."

"……."

"왕녀님."

부드럽게 부르는 음성에 갑자기 목이 메어서, 베아트리샤는 흐릿해진 눈을 훔치며 더듬더듬 사실을 털어놓았다.

말없이 그녀의 이야기를 듣던 질리언의 눈에 일순간 경악이 어렸다. 하지만 그것은 잠시뿐, 그는 천천히 팔을 뻗어 그녀를 품으로 끌어당기며 나지막한 목소리로 속삭였다.

"이토록 큰 짐을 지워 드리다니…… 송구합니다. 참으로 송구합니다, 왕녀님."

"이젠 어떻게 해야 하죠? 이 사실이 알려졌다간……."

"이 일을 알고 있는 자는 얼마나 있습니까? 왕녀님과 저, 그리고 그 의원뿐입니까?"

"네."

"그럼 됐습니다. 이 일은 제게 맡겨 주시고, 왕녀님께서는 그저 마음 편히 계십시오. 제가 알아서 처리하겠습니다."

듬직한 목소리와 등을 토닥이는 손길에 그동안 졸여 왔던 마음이 스르르 풀어졌다. 오랜만에 느끼는 편안한 기분에 베아트리샤는 한결 밝아진 표정으로 질리언의 품에 몸을 기댔다. 쉽게 해결될 일이 아니라는 건 알고 있지만, 어쩐지 모든 게 잘 풀릴 것 같다는 생각이 들었다.

"택하시오. 전쟁이냐, 망명이냐."

살얼음판을 걷는 기분으로 하루하루를 버텨 나가던 어느 날, 갑작스럽게 찾아온 황태자가 던진 말은 그나마 누리던 평온을 모조리 부수어 버렸다.

뼛속까지 얼어붙는 듯한 기분에 바르르 몸을 떠는 그녀를 무표정한 얼굴로 바라보던 황태자가 말했다.

"전쟁을 원한다면 그리해 주겠소. 하나 그게 아니라면, 한 가지 제안을 하고 싶은데."

"어, 어떤 제안이십니까?"

"그전에 이것부터 말해야 할 듯하군. 아이의 아버지가 왕녀의 호위기사라는 사실은 이미 알고 있소. 그러니 발뺌할 생각은 하지 마시오."

"그, 그걸 어떻게⋯⋯."

떨리는 목소리로 묻는 그녀를 향해 피식 웃어 보인 황태자가 멀찍이 서 있던 질리언을 향해 손짓했다. 그러고는 검을 풀어 근위기사에게 넘겨준 질리언이 가까이 다가온 후에야 다시금 입을 열었다.

"제국의 정보력을 너무 우습게 보는군."

"그, 그런 뜻으로 한 말은 아니었습니다."

"뭐, 그거야 그렇다고 치고, 어쨌든 제안은 이렇소. 본인은 아직 태자빈을 맞이할 생각이 없소. 하지만 왕국들의 체면을 생각한다면 무작정 싫다고 할 수만은 없는 노릇. 그러니 왕녀 쪽에서 먼저 포기하겠다 선언해 줘야겠소."

"그리하겠습니다."

"이 일이 밝혀진다면 당장 전쟁이 일어날 거라는 것쯤은 알고 있을게요. 하지만 그대들에겐 전쟁보다는 두 사람, 아니지. 세 사람의 목숨이 우선이겠지?"

꿰뚫는 듯한 눈초리에 베아트리샤는 흠칫 몸을 떨었다. 슬쩍 몸을 틀어 그녀를 황태자의 시선에서 가린 질리언이 말했다.

"저희에게 더 바라시는 것이 무엇인지요?"

"흠, 경과는 말이 통할 듯하군. 많은 걸 바라는 것은 아니네. 그저 주전파를 납득시킬 만한 무언가가 필요할 뿐이지."

"전하께서 원하시는 것을 드린다면, 저희에게는 무엇을 해 주실 수 있습니까?"

"음? 목숨을 얻는 정도로는 부족하단 말인가?"

"물론 충분합니다만, 대신 전하께 넘겨 드릴 수 있는 것도 조금은 달라지겠지요."

"지금 일개 기사 따위가 감히 본인을 상대로 협상을 시도하는 건가?"

냉기를 뿜어내는 바닷빛 눈동자와 결연한 빛을 머금은 밤색 눈동자가 공중에서 맞부딪혔다. 두 남자 사이에 흐르는 살벌한 기류에 베아트리샤는 저도 모르게 입을 틀어막았다. 당장에라도 황태자가 그를 끌어내리고 할 것만 같아 두려웠다.

얼마나 시간이 지났을까? 조마조마한 마음으로 그녀가 두 사람을 지켜보기를 한참, 차가운 눈빛으로 질리언을 쏘아보던 황태자가 슬쩍 입꼬리를 들어 올렸다. 그러고는 좀 전보다 한결 부드러워진 표정으로 손깍지를 끼며 말했다.

"오래된 명문인 페덴가의 주인이라더니, 과연 기대 이상이군."

"……과거의 일일 뿐입니다."

"그래, 첫 번째 왕비가 총애를 잃으면서 함께 몰락했단 얘긴 들었네. 안타까운 일이로군."

"……."

"본디 적당한 대가만 받고 끝내려 하였건만, 이렇게 되면 얘기가 달라지지. 좋네, 원하는 바를 말해 보도록."

"저는……."

이어지는 질리언의 말에 베아트리샤는 경악을 금치 못했지만, 어느새 대화에서 완전히 소외된 그녀로서는 황태자와 담판을 짓는 그를 막아설 방법이 없었다. 결국 그녀는 흡족한 표정으로 궁을 나서는 황태자를 배웅한 뒤에야 간신히 옆에 선 남자와 대면할 수 있었다.

바보 같은 남자. 그녀를 위해 무엇을 희생했는지 정말 모른단 말인가?

"어찌 그런 눈으로 보십니까."

"정말 몰라서 묻는 거예요? 당신이 날 위해 희생한 게 무엇인지?"

"어차피 다 내려놓을 것, 무엇이 그리 중요하단 말씀입니까."

"이건 그저 죽은 것으로 위장하고 사는 것과는 다르잖아요. 당신은 변절자가 되었다고요, 리언! 평생 따라다니는 불명예를 얻었단 말이에요!"

"저는 괜찮습니다. 그깟 불명예쯤 조금 얻으면 어떻습니까. 그대와 우리 아이에게 편안한 삶을 줄 수 있다면 저는 백 번이고 천 번이고 그리할 것입니다."

"하지만……."

뭔가 말을 하려는 그녀를 휙 끌어당겨 품에 가둔 질리언이 입술을 겹쳐 왔다. 잠시 반항했지만, 점점 깊어지는 입맞춤에 베아트리샤는 결국 스르르 눈을 감으며 그의 목에 팔을 둘렀다. 뜨거운 열기가 그들을 휘어 감았다.

"리사 왕국의 백작, 질리언 수 페덴에게 남작위를 내린다. 그대는 리사 왕국의 작위를 포기하고 제국의 귀족으로서 충성을 다하겠는가?"

"그리하겠습니다."

"그대, 제국의 남작 질리언 로 페덴은 기사로서 영광스러운 카스티나 제국을 위해 충성을 바칠 것을 맹세하는가?"

"맹세합니다."

변절자라 손가락질하며 수군대는 사람들 사이에서도 꿋꿋하게 충성의 맹세를 마친 그가 자리에서 일어났다. 그러고는 황태자를 향해 고개 숙여 예를 표한 뒤 그녀를 향해 성큼성큼 걸음을 옮겼다.

한 걸음 한 걸음, 질리언이 다가올 때마다 그녀의 가슴이 두근두근 뛰었다.

마침내 그녀의 앞에 멈춰 선 그가 부드럽게 미소 지었다.

"베라."

"……리언."

한참 동안 말없이 그녀를 응시하던 질리언이 천천히 무릎을 꿇었다. 놀란 눈으로 바라보는 베아트리샤의 손을 잡아 살며시 입을 맞춘 그가 말했다.

"이제야 말할 수 있게 되었습니다. 오래전부터 마음속에 감춰 왔던 소원을, 저 질리언 로 페덴은 지금 그대에게 청하고자 합니다."

"리언."

"그대와 함께 걷고 싶습니다. 그대와 함께 행복한 매일을 살고 싶습니다. 죽음이 우리를 갈라놓을 때까지, 그대의 동반자로서 함께하고 싶습니다. 이런 제 청을 받아 주시겠습니까?"

"리언……."

"대답해 주십시오, 베라. 저와 결혼해 주시겠습니까?"

"네, 네. 물론이에요."

커다란 눈동자 가득 눈물을 그렁그렁 매단 채, 베아트리샤는 환한 미소를 지으며 사랑하는 남자의 품에 뛰어들었다.

지금 이 순간, 그녀는 세상에서 가장 행복한 여자였다.

"신랑 질리언 로 페덴은 신부 베아트리샤 데 리사를 아내로 맞

이하여 기쁠 때나 슬플 때나 괴로울 때나 즐거울 때나 한결같이 사랑할 것을 맹세합니까?"

"맹세합니다."

"신부 베아트리샤 데 리사는 신랑 질리언 로 페덴을 남편으로 맞이하여 기쁘나 슬프나 괴로우나 즐거우나 변함없이 사랑할 것을 맹세합니까?"

"맹세합니다."

"오늘부로 이 두 사람은 부부의 연을 맺는 결혼을 하게 되었습니다. 이 결혼에 이의가 있는 분은 지금 말하거나, 아니면 영원히 침묵하십시오. 이의가 있습니까?"

새하얀 신관복을 입은 고위 신관이 주위를 둘러보며 말했다.

베아트리샤는 손에 들고 있는 부케를 가만히 내려다보았다. 노란 메리골드로 만들어진 꽃다발을 만지작거리는 그녀에게 질리언이 낮은 목소리로 물었다.

"왜 그러십니까, 베라? 혹 이 결혼이 망설여지시는 겁니까?"

"아뇨, 그런 건 아니에요. 다만……."

"다만?"

"메리골드는 이별을 뜻하는 꽃이잖아요. 그런데 왜……."

흔들리는 목소리가 입술을 비집고 나오는 순간, 고위 신관이 엄숙하게 선언했다.

"이로써 두 사람이 부부가 되었음을 주신 비타의 이름으로 선언합니다."

맹세의 키스를 하기 위해 새하얀 베일을 걷어 낸 질리언이 불안하게 떨리는 청록색 눈동자를 보며 빙그레 미소를 지었다. 사랑하는 왕녀에게 입술을 겹치며, 밤색 머리카락의 기사는 낮게 속삭였다.

"메리골드의 숨겨진 꽃말은, 반드시 오고야 말 행복이랍니다."

4. 마지막 한 시간

4. 마지막 한 시간

"폐하, 이제 그만 돌아가셔야 합니다."

"알겠네, 모니크 경. 그만 돌아가세."

예상은 했지만 이 정도였을 줄이야. 즉위한 지도 벌써 삼 년이라는 세월이 흘렀거늘, 그토록 노력했음에도 아직은 역부족이란 말인가. 몇 대에 걸친 악습과 폐단을 하루아침에 몰아낼 수 있을 거라 생각한 것은 아니었지만 이것은 해도 해도 너무하지 않은가.

뭘 해도 그저 괜찮다, 훌륭하다 입바른 소리만 하는 자들 때문에 진절머리가 나서, 작정하고 황궁을 나와 평민 구역을 시찰하는 길.

제복을 입은 채 검을 차고 있는 라스 경과 모니크 경 때문에 달려들지는 못했지만, 당장에라도 덤빌 듯 번들거리던 백성들의 눈동자가 머릿속에서 떠나지 않았다. 어찌나 헐벗고 굶주렸던지, 속살이 드러날 정도로 헤진 옷차림에 깡마른 그들의 눈동자는 독기와 악의로 빛나고 있었다.

"살려 주세요! 누구 없어요?"

그때였다. 내 생에 처음이자 마지막으로 마음을 주었던 여인을 알게 된 것은.

깊은 한숨과 함께 돌아섰을 때 들려오던 여자의 비명 소리. 평소였다면 먼저 뛰어드는 것 같은 위험한 짓은 결코 하지 않았겠지만, 본능적으로 발걸음이 비명 소리가 들려오던 골목으로 향했다.

자홍색 머리카락의 여자를 둘러싸고 있던 복면인들이 인기척에 뒤를 돌아보았다. 혀를 찬 괴한이 여자를 향해 검을 휘두르는 순간, 바람처럼 달려든 모니크 경이 검을 강하게 내리그었다. 그 바람에 진로가 흐트러진 괴한의 검이 여자의 머리카락을 스치고 지나갔다.

바닥으로 나풀나풀 떨어져 내리는 자홍색 머리카락에 나도 모르게 시선이 향했다. 놀란 눈으로 모니크 경을 바라보는 여자의 눈동자가 마치 보석과도 같이 빛나…… 삽시간에 마음을 빼앗겼다.

"제 몸 안에 흐르는 피와……."

무릎을 꿇고 고개를 조아린 모니크 경을 내려다보았다. 초대 황제 시절부터 내려오는 황실과 모니크가의 질긴 인연의 고리, 피의 맹세를 읊조리는 은발 청년의 표정은 흘러내린 머리카락에 가려 보이지가 않았다.

"······이 생명과 마음을 걸고······."

나의 이상을 실현하기 위해서는 무슨 일이 있어도 절대적으로 충성하는 자들이 필요했다. 그렇기에 모니크가의 후계자인 그에게 접근했다. 절대적으로 충성을 바칠 수밖에 없는, '피의 맹세'를 받아 내기 위해서.

그러나 그는 맹세의 존재를 무척이나 꺼렸다. 황실에 있어서는 무엇보다 큰 축복이었지만, 모니크가에 있어서 맹세란 양날의 검이자 굴욕의 상징이기도 했으므로. 애초에 피의 맹세란 초대 황제의 정복 전쟁 당시 한 나라의 왕가였던 모니크가가 왕국과 백성들을 온전히 보존하기 위해 스스로에게 채웠던 족쇄가 아니던가.

"평생을 바치오니······."

그런 맹세 따위 없어도 평생 충성을 다하겠노라던 말을, 듬직하던 그 눈빛을 믿었다. 처음에는 신뢰하지 못했지만 차츰 마음 한구석에 믿음이 쌓여 나갔다. 나이와 지위의 차이에도 불구하고 어느새 친우로 여기고 있을 만큼, 계승권 다툼으로 인해 하나둘 죽어 나간 형제들 사이에서 겨우 하나 남은 여동생을 줘도 되겠다 생각할 만큼.

그랬던 그가 무릎을 꿇고 고개를 조아린 채 피의 맹세를 읊조리고 있었다. 내가 사랑하고 있는 여인을 얻기 위해서. 가문에 명예를 더해 줄 황녀 대신, 평생 아이를 가질 수 없을지도 모른다는 여인을 달라 말하면서.

'송구합니다, 폐하. 소녀는 그분을 진심으로 사모하고 있습니다.'

아직도 귓가에 울리는 그녀의 목소리······.

맹세의 말을 마친 모니크 경을 내려다보다 눈을 질끈 감았다. 당장에라도 그녀를 빼앗고 싶다는 광폭한 심정과 내가 가장 신뢰하는 이 청년을 놓칠 수는 없다는 이성이 수십 번 교차했다.

"그대의 소원을 허락하니……."

맹세를 받아들이는 약속된 언약의 문구를 내뱉기 시작하자, 군청색 눈동자가 환희의 빛으로 물드는 것이 보였다. 눈물이 그렁그렁 맺힌 황금색 눈동자도, 수치심에 몸을 부들부들 떨고 있는 에르니아의 모습도 보였다.

"……사자와 창에 새겨진 피의 맹세라."

그렇게 나는, 유일하게 사랑했던 여인을 가장 믿음직스러운 친우에게로 떠나보냈다.

"뻬아, 뻬아."

"오, 그래. 우리 아가씨가 왔구나."

아장아장 걸어와 내게 손을 벌리는 아이를 덥석 안아 올렸다. 까르르 웃으며 내 머리카락을 잡아당기는 아이가 너무나도 사랑스러웠다. 그녀를 쏙 빼닮은 황금색 눈동자에 가득 담긴 내 모습이 좋아 나는 더욱 인자하게 미소를 지으며 아이를 얼러 주었다.

그런 나를 보며 살며시 미소 짓는 여인. 벌써 십 년이라는 세월이 흘렀음에도 여전히 처음 만났을 때 모습 그대로인 그녀가 눈에 들어왔다. 천천히 일어나 고개를 숙이는 황후와 갈망 어린 눈빛으로 나를 바라보는 루블리스도.

문득 한숨이 나왔다.

아리엘 루 샤나 카스티나. 귀족파의 핵심 세력이었던 하이델 공작가의 여식으로 태어나 정략적으로 황후가 된 여인.

가문마저 멸문당해 간신히 황후 자리를 지키고 있는 그녀가 안쓰럽기는 했지만, 워낙 차가운 여자여서인지 나름대로 노력을 해봐도 영 정이 가지 않았다. 그저 그런 여자를 어미로 알고 있는 루블리스가 애처로울 뿐. 정을 모르고 자란 그 아이는 제레미아가 입궁할 때면 그녀의 주위에서 떨어지려고 하질 않았다.

부러움에 가득 찬 시선이 느껴졌지만, 나는 루블리스를 애써 외면하며 품에 안긴 여아의 볼을 쓰다듬어 주었다. 사자의 새끼는 사자답게 키워야 하는 법. 내 아들이기 이전에, 루블리스는 앞으로 제국을 이끌어 나갈 황태자였다.

"……하, 폐하. 정신이 드십니까."

"……대신관이 아니오. 오랜만에 보는군."

거듭해서 부르는 목소리에 길고 긴 꿈에서 깨어났다. 무겁기만 한 눈꺼풀을 들어 올리자 기다란 백발을 늘어뜨린 청년이 보였다. 흔들리는 눈빛으로 나를 바라보는 루브도, 펜릴 백작의 일그러진 얼굴도 보였다.

문득 깨달았다. 내게 남은 시간은 얼마 되지 않는다는 것을. 관례대로 황제의 유언을 받기 위해서, 거의 남지 않은 생명력을 폭발시켜 마지막으로 의식이 돌아오게 한 것이라는 사실도.

"표정들을 보아하니…… 아무래도 짐에게 주어진 시간이 얼마 남지 않은 모양이군."

"송구하오나 폐하, 그러합니다."

"그렇군…… 대신관, 그리고 펜릴 백작, 들으시오. 지금부터 유언을 남길 터이니."

"부황 폐하!"

"내 그토록 가르쳤거늘, 아직도 감정 조절이 되지 않는 것이냐. 쯧, 이제 곧 제국을 이끌어 가야 할 사람이 이리도 나약해서야."

가슴이 아팠지만, 나는 떨리는 목소리로 나를 부르는 루브에게 끝까지 서늘한 말을 내뱉었다. 그러고는 상처받은 아이의 눈동자를 외면하며 대신관을 향해 입을 열었다.

"짐, 위대한 카스티나 제국의 제33대 황제 미르칸 루 샤나 카스티나는 주신의 품에 돌아가기에 앞서 마지막으로 몇 가지 말을 남기노라. 짐의 뒤를 이어 제위를 물려받을 자이자 제국의 제34대 황제가 될 자는 현 황태자, 루블리스 카말루딘 샤나 카스티나이다."

"주신 비타의 이름으로 확인합니다."

"또한 향후 오 년간 각 기사단장과 재상의 지위에는 변동이 없도록 하라."

"주신 비타의 이름으로 확인합니다."

"마지막으로……."

내게 시선을 고정하고 있는 루브를 흘낏 바라보았다.

어린 시절에는 지나치게 오만해 보여 다소 걱정하였으나 다행히 비뚤어지지 않고 잘 자라 준 자랑스러운 나의 아들.

어째서 그런 점까지 나를 닮은 것인지, 그런 내 아들이 요즘 들어 여자 때문에 마음고생이 심한 것 같아 걱정스러웠다. 전전긍긍하는 모습이 몹시 안타까웠지만, 그래도 보는 눈은 있는 것 같아 다행이었다. 제가 원하는 대로 그 짝이 내게는 또 다른 자식과도 같았던 은발 여아라면 더할 나위 없이 좋겠으나…… 굳이 그 아이가 아니라 하더라도 지금의 루브라면 믿어도 될 것 같았다.

"루블리스의 반려가 될 여인은……."

"……."

"반려가 될 여인을 고르는 일은 오로지 루블리스의 뜻에 맡기노라. 어떠한 결격 사유가 있더라도 그가 원하는 여인이라면 상관없다. 이것이 내 마지막 유언이다."

"……부황 폐하?"

"대신관, 공증을."

"……이 또한, 주신 비타의 이름으로 확인합니다."

신을 믿었다, 그 존재를 증명하는 생생한 증거물들이 있었기에. 그러나 내색할 수 없었다. 제국민을 피폐하게 만드는 주범 중의 하나가 바로 신전이었으므로. 대신관의 사연을 알았지만 외면했다. 무너져 가는 황권을 다시 세우고 귀족파를 견제하기 위해서는 신전을 멀리해야 했기에.

그리고 지금 나는, 마지막 순간까지 신의 이름을 이용하고 있었다. 귀족파들을 싫어하는 대신관에게 공증이라는 업을 맡겨 그들과 더욱 멀어지도록. 황권의 개입이 한정되어 있는 신전이기에,

대신관을 이용하여 최고위 신관들과 대립하도록. 그것을 알아차렸기에 그도 저리 씁쓸한 미소를 짓고 있는 것이겠지.

"고맙소, 대신관. 그리고 미안하오."

"……아닙니다, 폐하."

"이제 정말로 남은 시간이 얼마 되지 않는 듯하군……. 마지막 알현을 시작하도록 하지."

"분부 받듭니다, 폐하."

기나긴 세월을 함께 보냈던 시종장이 눈물을 훔치며 대기실로 향하는 모습이 보였다. 곧이어 들어서는 라스 공작과 에르니아, 그리고 그 가족들의 얼굴도 보였다.

나는 곧장 침대 곁으로 다가온 라스 공작을 향해 슬쩍 미소 지었다.

"이런, 공작. 그대에게 그 표정이 어울린다 생각하는가."

"……폐하."

"처음 그대를 찾아갔을 때가 엊그제 같은데 벌써 세월이 이렇게 흘렀구먼. 그때는 그대도 짐도 많이 어렸었지."

"말씀 마십시오. 폐하께 넘어가는 바람에 제가 얼마나 고생했는지 아십니까."

금세 장단을 맞춰 주며 빙그레 웃는 라스 공작을 보자 이제는 희미해진 옛 기억이 떠올랐다.

일 황자로 태어나 황태자의 지위는 손에 넣었으되 아무런 힘도 없던 시절, 배다른 형제들을 내세운 귀족들의 이목을 피하기 위해 납작 엎드려 하루하루 간신히 목숨을 연명해 나가던 그 시절, 나는 우연히 들른 기사단에서 갓 성년이 되어 입단한 라스 공작을 처음 만났다.

그는 몹시 우수한 인재였다. 공작은 제국의 검이라 불리는 가문의 후계자답게 무술도 뛰어났을 뿐만 아니라 현란한 말솜씨와 뛰어난 정치 감각으로 내게 전율을 느끼게 했다. 그때 나는 결심했다. 그를 반드시 내 사람으로 만들겠다고. 그 바람에 비교적 온건한 축이었으나 귀족파에 속해 있던 그를 설득하기 위해 얼마나 고생을 했던가.

"그대만 고생했던가? 짐도 공작을 설득하느라 몹시 힘들었다네."

"저는 가문에서 축출당할 뻔했단 말입니다."

"그래서 후회하는가?"

"그럴 리가 있겠습니까? 제국 제1의 가문으로 도약하기까지 했으니, 당시 가문의 어른들께서 지금 저를 본다면 더는 아무런 말씀도 못하실 겝니다."

"그것참 다행이군."

목숨을 위협당할지도 모르는 위험을 무릅쓰고 접근하기를 수차례. 수십 번이 넘는 격렬한 토론 끝에 그는 내 이상에 동참하기로 결정했다. 죽을 고생 끝에 충성을 맹세받던 순간의 감동은 이루 말로 표현할 수 없을 정도였다. 자꾸만 벅차오르는 가슴에 궁으로 돌아온 뒤에도 잠 못 이룰 정도였지.

온 마음을 던져 얻어 낸 첫 신하답게 라스 공작은 내 기대를 한 번도 저버린 적이 없었다. 상대적으로 소수인 황제파를 귀족파와 엇비슷한 수준으로 올려놓을 정도로 놀라운 정치 감각을 발휘했고, 그를 위해서라면 손에 피를 묻히는 것을 결코 주저하지 않았다. 어디 그뿐인가? 친귀족적 성향이 강하던 제2기사단, 지금은 제1기사단으로 승격된 그곳을 황제의 충실한 심복으로 만들어 낸 사람도 그였다.

"라스 공작, 짐에게 보여 주었던 그대의 충성을 황태자에게도 바치겠다고 확언해 줄 수 있겠는가."

"아시잖습니까, 폐하. 저는 케이르안과는 다릅니다. 무조건적인 충성은 다짐할 수가 없습니다."

"알고 있네."

"하나 이것만은 맹세할 수 있습니다. 황태자 전하께서 폐하와 같은 꿈을 품고 제국을 다스리시는 한, 라스가는 황실에 온몸과 마음을 바쳐 충성할 것입니다."

"그거면 충분하네. 고맙군."

흡족한 미소를 지으며 자꾸만 가빠 오는 숨을 골랐다. 아직은 때가 아니었다. 나는 좀 더 버텨야 했다.

"에르니아."

"네, 폐하."

"아직도 오라비를 원망하느냐."

"아니어요. 하오니 폐하, 제발 강건하게 일어나시어요."

"황위를 위하여 잔인하게 굴었다고는 하나…… 내 나름대로 널 아꼈느니라. 황제로서의 판단이 없었다고는 말 못하나, 네 행복을 위해서 그리했던 것도 있었으니. 이제 그만 이해하고 용서하려무나. 덕분에 사랑받으며 살고 있지 않더냐."

눈물을 흘리는 에르니아를 향해 희미하게 미소 짓고서, 나는 라스 공작을 꼭 빼닮은 젊은 청년과 그 부인에게도 당부의 말을 남겼다. 그런 뒤 공작의 차남을 보며 잠시 생각에 잠겼다. 그 아이의 일에 대해 못을 박아야 하나, 아니면 모르는 척 넘어갈 것인가.

몹시 고민스러웠으나 그냥 입을 다물었다. 그 일은 루브에게 맡기기로 하지 않았던가. 게다가 제국의 거대한 동량棟樑이 될 아이에게 괜한 상처를 심어 주고 싶지도 않았다.

마지막으로 깊숙이 허리 숙여 예를 올리는 라스 공작을 바라보았다.

참으로 고마웠네. 그대가 있었기에 내 이상을 실현해 낼 수 있을 거라는 꿈을 꾸었어. 부디 그 이상을 이어 나갈 수 있도록 내 아들과 제국을 잘 부탁하네, 아르킨트.

라스 공작 일가가 나가고서, 나는 곧이어 등장하는 사람을 향해 희미한 미소를 지었다.

지적으로 생긴 녹색 머리카락의 남자. 라스 공작과 모니크 후작이 무武로써 나를 보좌했다면, 문文에 있어서는 타의 추종을 불허했던 자. 뛰어난 머리와 화려한 언변으로 나를 반하게 했던 남자, 베리타 공작.

"오랜만일세, 베리타 공작."

"폐하."

"내 그대를 얻지 못했다면 어찌 지금과 같은 제국을 만들 수 있었을까. 참으로 고마우이."

"어인 말씀이십니까? 폐하를 만나지 못했다면 저 또한 지금과 같은 삶은 누리지 못했을 것입니다."

나서부터 후계자로 정해져 보장받은 삶을 살아왔던 라스 공작과는 달리, 베리타 공작의 삶은 험난하기 그지없었다. 당시에는 후작가에 불과했던 베리타가의 삼남이었던 그. 어떻게든 공을 세워 작위를 얻어 보기 위해 수도에 올라왔으나 별다른 빛을 보지 못하던 그를 찾아낸 것은 다름 아닌 라스 공작이었다.

뛰어난 두뇌와 치밀한 계획성, 냉철한 이성과 침착한 성품.

그가 있었기에 황제파는 날개를 달았고, 그는 그 대가로 가문의 멸문을 막았을 뿐만 아니라 공작가로 그 지위를 상승시키기까지 했다.

"공작, 그대와 내가 함께 꾸었던 꿈을 위해 계속해서 힘쓰겠노라고 약속할 수 있겠는가."

"물론입니다, 폐하. 황태자 전하께서 그 꿈을 이어 나가시는 한, 끝까지 헌신하겠나이다."

"고맙네. 그래, 작은 아들은 찾았나?"

"아직…… 찾지 못하였습니다."

"쯧, 내 이해 못하는 바는 아니다만, 누구보다 총명한 그대가 어찌 그런 실책을 범했누."

후회로 물드는 짙은 녹색 눈동자를 바라보며 혀를 찼다.

형제들과 계승권을 두고 다투던 기억 탓에 도리어 후계자 문제에 있어서 완고했던 공작. 물론 장남이 병약하여 경계하는 마음이 더욱 컸던 탓이겠지만, 그가 잃어버린 차남은 희대의 천재라 불리는 아이였기에 몹시 안타까웠다. 그는 라스가의 차남과 더불어 루브에게 날개를 달아 줄 수 있는 아이였으니까.

"찾을 수 있을 게야. 다시 만나거든, 더는 그런 실수를 하지 말게나. 제국을 위해 크게 쓰일 아이가 아닌가."

"네, 폐하. 명심하겠습니다."

"그래…… 짐이 없더라도 제국을 잘 부탁하네. 공작을 만난 건 짐에게 있어 몇 안 되는 행운 중 하나였네."

침통한 표정으로 예를 올리는 베리타 공작을 향해 무언의 말을 건넸다.

루스, 그동안 고마웠네. 그대가 있었기에 짐은 그토록 세가 크던 귀족파와의 싸움에서도 우위를 점해 나갈 수 있었어. 앞으로 더 힘겨워질 그 싸움에서, 부디 내 아들과 제국이 무사하도록 도와주게나. 내 이리 부탁함세.

"의전 서열 3위, 모니크 후작과 영애는 들어오십시오."

시종장의 목소리가 희미하게 들리고 곧이어 반짝이는 은빛의 물결이 밀려오는 것이 보였다. 가장 신뢰하는 친우와 딸처럼 생각해 온 작은 여아의 모습에, 나는 점점 가빠 오는 숨을 고르며 희미하게 미소 지었다.

"오랜만이군, 후작. 영애도. 다행일세. 내 두 사람에게 꼭 해야 할 말이 있었는데, 대신관 덕분에 이렇게 마지막 인사를 나눌 수 있게 되었군."

"그런 말씀 마십시오, 폐하."

평소 감정을 잘 드러내지 않는, 무뚝뚝하기 짝이 없는 후작의 눈에 가득한 슬픔을 보았다.

절로 미소가 나왔다.

그래. 모두가 황제의 죽음을 생각할 때, 그대만은 황제가 아닌 나 미르칸의 죽음을 애도해 주리라 생각했네. 피를 타고 내려오는 맹세로 굳게 연결된 사이였지만, 그것을 제외하고서라도 그대는 내게 가장 믿음직스러운 친우였어. 비록 단 한 번도 입 밖으로 내어 말해 본 적은 없었지만 분명히 그랬네.

"부탁하네. 지난날 짐과 그대가 함께 꿈꿔 왔던 제국을 이뤄 나갈 수 있도록…… 그대의 힘을 빌려 주게나."

젖어 들어 가는 군청색 눈동자를 보았다. 그 누구보다 믿는 자였지만, 단 한 가지 불안한 요소가 있었기에 다짐을 받고 싶었다. 그것은 다름 아닌 후작의 딸, 후작을 닮은 은빛 머리카락과 그녀를 닮은 황금색 눈동자가 너무도 사랑스러운 바로 그 아이, 아리스티아였다.

어떤 이유에서인지는 모르겠으나 아이는 루브의 반려가 되는 것을 몹시 꺼렸다. 모니크가의 대가 끊기는 걸 우려하는 것이라면, 후일 은발을 타고난 황자를 양자로 보내면 되는 일임에도.

후작은 그 아이를 제 목숨처럼 아꼈다. 그녀가 남기고 간 유일한 아이이니 그것은 당연한 일일지도 몰랐다.

그러나 나는 그 때문에 내내 불안했다. 만일 그 아이를 억지로 데려오려 할 경우 후작이 어떻게 나올지 알 수가 없어서. 피의 맹세로 이어져 있으니 황실에 불충한 행동을 할 수는 없을 터이지만, 만에 하나 그를 잃는다면 그것은 제국에 있어서 큰 손실이었으므로.

"네, 폐하. 그리하겠습니다."

무거운 목소리로 다짐을 하는 그를 보자 마음이 조금은 가벼워졌다. 그는 일단 한 번 입 밖으로 낸 것은 반드시 지키는 사람이었으니까.

절로 안도의 한숨이 나왔다. 이제 안심하고 떠나도 될 것 같았다. 후작이라면, 황실에 절대적인 충성을 바칠 그라면 아직은 혼자서 버텨 내기 힘겨울 루블리스에게 크나큰 힘이 되어 줄 것이 분명했으므로.

"영애, 무사한 모습을 봐서 참으로 다행이군."

그녀를 쏙 빼닮은 작은 아이를 불렀다. 머리카락 색깔만이 다를 뿐, 반짝이는 황금색 눈동자나 미소 짓는 얼굴, 가냘픈 몸매까지도 어찌 그리 그녀와 똑같은지.

어쩐지 향수에 젖어서, 나는 눈물을 가득 머금은 채 나를 바라보는 아이의 눈을 바라보았다. 강보에 싸여 있던 작은 아이가 처음으로 눈을 떴을 때, 그녀를 쏙 빼닮은 눈동자를 보고 얼마나 감동받았던가.

조막만 한 손을 내밀며 나를 향해 아장아장 걸어오던 모습이 아직도 생생했다. '만일 그녀와 나의 아이가 있었다면 이렇지 않았을까.'라는 생각에, 루블리스에게 주지 못한 몫까지 합쳐 애정을 쏟아부었다. 자그마한 저 아이가 신탁으로 인해 중간 이름을 부여받기 전까지.

"송구합니다, 폐하. 참으로 송구합니다⋯⋯."

눈물이 그렁그렁 맺힌 모습이 안쓰러웠다. 가문의 후계자가 되겠노라 말하고 있으나 정계에서 아귀다툼을 하기에는 너무나도 여린 소녀. 그동안 배운 것으로 훌륭하게 대처해 내기야 하겠지만, 그때마다 계속해서 상처받겠지.

적극적으로 나서서 뭔가를 하기보다는 후방에서 지원하는 것에 익숙한 아이였다. 가뭄에 대해 얘기했을 때, 대책보다는 위로를 먼저 건네는 모습에 확신했다. 내겐 딸과도 같은 이 작은 아이에게는 가문을 이끌어 나가야 할 후계자보다 황제를 내조하는 황후의 역할이 더 어울린다고.

"⋯⋯이 일이 매듭지어질 때까지 버텨 줬어야 하는데, 참으로 미안하구먼."

결국 눈물을 떨구고 마는 아이를 보자 마음이 짠했다.

어릴 적부터 혹독하게 훈육한 끝에 최고의 황후감으로 만들어 낸 아이. 몹시 영특했기에 열 살 이후로는 따로 가르칠 필요조차 없었던 소녀.

처음에는 황후감으로 만들어 낸 세월이 아쉬워 붙잡았고, 다음에는 황위계승권이 저어되어 놔주지 않았으며, 그 후에는 루블리스가 사랑했기에 놓아줄 수 없었던 아이였다. 그럼에도 정작 무엇 하나 투명한 미래를 만들어 주지 못하고 가게 되어 마음이 편치가 않았다. 나를 아버지처럼 생각했다는 속삭임에 행복하면서도 미안했다.

그만 나가 보라고 하려다 멈칫했다. 자유를 박탈한 채 거듭 붙든 나를 아버지처럼 생각한다는 아이가, 그리고 그토록 벗어나고 싶어 하는 아이를 사랑해서 마음 고생하는 내 아들이 자꾸만 눈에 밟혔다. 함께 행복하다면 좋을 테지만, 만일 그리되지 않는다 하더라도 서로 보듬어 주며 살아가길 바라는 마음에 나는 루블리스에게 벗이라도 되어 달라 부탁했던 그 옛날의 약속을 들먹였다.

"마지막으로 영애를 위한 작은 선물 하나를 주지. 부디 영애를 지키는 데 도움이 되었으면 하는구먼."

자꾸만 돌아보는 두 사람을 향해 속으로 마지막 인사를 건넸다.

미안하네, 후작. 자네에게 이토록 큰 짐을 지워서. 사랑하는 여인을 보내 주는 대가로 자네의 평생을 저당 잡은 짐은, 그럼에도 결국 누구도 제대로 지켜 주지 못했구먼. 자네에게는 참으로 할 말이 없네. 아무것도 해 준 게 없으면서도 그대에게 딸마저 내놓으로 못살게 군 짐이 아닌가.

미안하구나, 아이야. 마지막 선물조차 순수하게 줄 수 없는, 네게 또 다른 족쇄가 될지도 모르는 말만 남기고 가는 짐을 부디 용서해 다오.

"시종장, 다음 알현에는 제나 공작과 그 후계자만 들어오라 이르라."

"네? 하오나 폐하, 그것은 관례상……."

"짐의 마지막 명을 거역할 셈인가?"

"아, 아닙니다. 폐하."

"하면 그대로 이르도록. 만일 소란을 피울 경우 알현을 불허하겠다고도 전하라."

밭은 숨을 내쉬며 간신히 한 자 한 자를 내뱉었다. 점점 내게 허락된 시간이 줄어들고 있는 것이 느껴졌다.

이 말이 전해지면 제나 공작은 또 한 차례 나를 원망하고, 그 여아는 또다시 새카만 증오를 뿜어내겠지.

어느 날 갑자기 황궁에 나타난 검은 머리카락의 여인. 귀족파에서, 그리고 신전에서 신탁의 아이라고 떠받들고 있는 그 아이는 분명 그녀의 딸에 비하면 떨어지기는 했으나 객관적으로 보았을 때엔 황후가 될 수 있는 자질이 충분했다. 체계적으로 교육을 받은 티는 나지 않았지만 그거야 훈육을 통해 해결하면 되는 일이었고, 대범함이나 사교계를 휘어잡는 기술, 상황을 판단하는 능력 같은 것은 훌륭한 편이었으니까.

그러나 그 아이는 절대로 루블리스의 반려가 되어서는 안 됐다. 대회의에서 처음으로 그 아이가 자신의 뜻을 밝혔던 날, 나는 검은 눈동자에서 휘몰아치는 여러 가지 감정을 보았다. 루블리스를 바라보는 그 아이의 눈에는 깊은 증오와 집착이 짙게 자리하고 있었다.

한 번도 루브를 만난 적이 없었던 아이가 어째서 그런 감정을 갖고 있는 것인지는 알 수 없었지만, 그녀는 너무 위험했다. 그런 아이를 내 아들의 반려로 삼았다가는 어떤 일을 당할지 알 수가 없었다. 황제파의 가문에 양녀로 입적되었더라도 허락하지 않았을 것인데, 제나가로 들어간 지금은 말할 필요조차 없었다.

다행히도 루브는 그녀의 딸에게 푹 빠져 있어서 그 여아에게는 그다지 관심이 없는 모양이었다. 그토록 유혹을 하는데도 넘어가지 않는 것을 보면.

"제국의 태양, 황제 폐하를 뵙습니다."

"제나 공작."

"하명하소서."

"공작에게는 항상 고맙게 생각하고 있네만."

점점 가쁘게 차오르는 숨을 몰아쉬었다. 욕심으로 가득 찬 눈빛을 보자 입맛이 썼다. 제나가 역시 초대 황후를 배출했던 명문가이거늘. 당시에는 분명 황제와 뜻을 함께하는 가문이었는데, 어째서 세월이 지난 지금은 이토록 심하게 갈라진 것인지.

카이실과 하이렐, 그리고 라우렐. 세 개의 공작가를 멸문시키면서 차마 라스가를 제외한 모든 공작가를 쓸어버릴 수는 없어 남겨둔 것이었는데, 그래도 그녀의 외가라 생각해서 한 번 온정을 베푼 것이었는데 요즘 들어 제나 공작의 행태는 점점 도를 넘어서고 있었다. 어쩐지 내 아들마저도 손에 피를 묻히게 될 것 같다는 예감에 씁쓸했다.

"부디 제국과 백성을 위한 것이 무엇인지 다시 한 번 생각해 주길 바라네."

그렇지 않는다면, 그대가 그토록 아끼는 그대의 가문과 권력 모두가 위태로울 테니. 더불어 제국도 또 한 차례 홍역을 겪어야 할 테니. 그러니 지금이라도 마음을 잡아 주길 바라네, 제나 공작. 라니에르 백작의 일을 생각하면 이미 늦은 것 같기는 하나, 그래도 아직까지는 멈출 수 있는 기회가 남아 있지 않은가.

제나 공작을 내보내고서, 나는 자꾸만 흐릿해지는 눈에 힘을 주어 침대 옆으로 다가서는 백금발 청년을 바라보았다. 그의 옷깃에 달려 있는 문장 브로치가 유독 선명하게 보였다.

금빛 매와 그 목에 걸린 왕관 목걸이, 에네실 후작가.

그곳은 초대 황제 폐하의 동생이 세운 가문이었다. 황가의 방계로서 황실의 충실한 신하였으나, 제9대 대공의 반란 시도로 인해 대공의 작위를 박탈당하고 후작가로 내려앉은 굴욕의 역사를 가진 곳.

"에네실 후작."

"네, 폐하."

"아직도 그대의 가문은 황가를 원망하는가."

"아닙니다, 폐하. 폐하께서는 저희 가문에 다시 기회를 주시지 않으셨습니까."

십 년 전 대대적인 귀족파의 숙청이 있을 때, 라스가와 베리타가, 그리고 모니크가에 이어 충성을 맹세하고 적극적으로 나를 지지한 가문이 바로 에네실 후작가였다. 그 대가로 나는 그들의 문장을 바꿔 주었다. 굴욕의 상징이었던 과거의 문장, 즉 왕관을 향해 무릎 꿇고 있는 작은 사자의 모습을 대신해서 인내를 상징하는 매와 방계 황족임을 의미하는 왕관 목걸이의 형상으로.

그럼에도 그들은 모두의 예상과는 달리 침묵했다. 그리고 그때로부터 십 년이 지난 지금, 이제야 비로소 웅크린 채 기회만을 노리고 있던 금빛 매가 화려하게 비상하려는 모양이었다.

"후작 같은 인재와 함께하지 못해 아쉽구먼."

"황공합니다만 폐하, 그런 말씀은 마십시오. 어서 쾌차하셔야지요."

"되었네. 본디 새 술은 새 부대에 담는 법. 부디 새로운 세상에서 황태자와 함께 화려하게 비상해 보도록 하게나."

"그리하겠습니다, 폐하. 에네실가는 언제나 황실과 운명을 함께할 것입니다."

"고맙네."

흐뭇했다. 라스가의 아이들과 베리타가의 아이들, 그녀의 딸에 이어 에네실 후작까지. 재능 있는 사람을 찾기가 하늘의 별 따기였을 뿐만 아니라 그런 자가 있다 하더라도 내 사람으로 만들기 위해서 고군분투해야 했던 나와는 다르게 내 아들은 많은 인재들과 함께할 수 있을 것 같아서. 그리고 그들과 함께 한결 나은 제국을 만들어 나갈 수 있을 것 같아서.

"의전 서열 6위, 미르와 후작가의……."

"폐하!"

"부황 폐하! 정신 차리십시오!"

"대신관께선 무얼 하십니까. 어서 신성력을……!"

갑자기 숨이 급격하게 가빠 오며 눈앞이 흐릿해졌다. 다음 알현을 알리는 시종장의 목소리가 희미해지고, 나를 부르는 루브와 펜릴 백작의 다급한 음성만이 들려왔다. 서서히 까맣게 변하는 시야 속에서 순간적으로 밝은 빛이 보였다가 사라졌다.

여기까지인가, 내게 허락된 시간이.

나를 부르는 소리가 점점 멀어졌다. 차츰 힘이 빠져 가는 팔을 들어 루블리스가 서 있던 곳을 향해 어림짐작으로 뻗었다. 꽉 잡아 오는 손에서 떨림이 전해져 왔지만 이내 그것조차 느낄 수가 없게 되었다. 받은 숨을 내뱉으며, 나는 마지막 남은 힘을 그러모아 한 자 한 자를 간신히 입 밖으로 내뱉었다.

"황태자."

"말씀하지 마십시오, 부황 폐하! 대신관, 부디 신성력을!"

"부디…… 제국을…… 잘 부탁, 한…… 다……."

"부황 폐하! 부황 폐하!"

내게 허락된 최후의 숨을 크게 들이쉬며 사력을 다해 루블리스의 손을 붙들었다.

루블리스, 루브, 내 아들아. 결코 입 밖으로 꺼내지 않았던 말이지만…… 간절히 바란다는 것을 알면서도 한 번도 해 주지 못했던 얘기이지만, 너를 떠나는 지금 속으로나마 한 번쯤 말해 주고 싶구나.

잘 부탁한다, 아들아. 제국과 이 나라의 국민들을. 비록 한 번도 소리 내어 말해 주지 못했지만…… 아비는 너를 자랑스럽게 생각한단다. 너라면 제국을 잘 이끌어 나갈 거라 믿는다. 그리고…….

이미 새카맣게 변한 시야 속에서 왠지 바닷빛이 일렁이는 것을 본 듯했다. 어디론가 아득하게 끌려 들어가는 듯한 느낌 속에서 최후의 숨을 내쉬었다. 마지막 순간까지도 끝내 해 주지 못한 말이 머릿속을 맴돌다가…… 서서히 사라졌다.

…… 사랑한다, 루블리스. 나의 아들아.

5. 꿈은 이루어진다?

5. 꿈은 이루어진다?

"폐하."

"……."

"그만 일어나세요, 폐하. 벌써 해가 중천인걸요."

"으음……."

"이제 정말 일어나셔야 해요. 바쁘다고 하셨으면서. 오늘따라 왜 이러실까."

조용조용 말을 건네 오는 차분한 목소리.

어딘가 익숙한 그 음성에 루블리스는 눈썹을 찌푸렸다. 조심스럽게 몸을 흔드는 손길에 무거운 눈꺼풀을 들어 올리자 서서히 밝아지는 시야에 은빛의 무언가가 아른거리는 것이 보였다.

'이건 뭘까.'

느릿하게 눈을 깜빡이자, 걱정스러운 표정으로 그를 들여다보고 있는 한 여인이 보였다. 달빛을 머금은 머리카락을 곱게 늘어뜨린 채 커다란 눈동자 가득 그를 담고 있는 그녀가.

"폐하?"

어째서 그녀가 여기 있는 걸까.

루블리스는 천천히 몸을 일으키며 주위를 둘러보았다. 하지만 아무리 살펴봐도 이곳은 그의 침실이 확실했다. 완벽한 예법을 자랑하는 그녀가, 그와 엮이는 것을 극도로 꺼리는 그녀가 있을 만한 장소가 아니라는 말이었다.

그렇다면 지금 그의 눈앞에 있는 여인은 대체 누구란 말인가?

"어찌 그러셔요? 혹여 어디 미령하기라도 하신 것이어요?"

그를 바라보던 여인의 눈빛이 미미하게 흔들렸다. 사뿐사뿐 다가와 그의 옆에 앉은 그녀가 조심스럽게 손을 뻗었다. 걸음걸이, 앉는 동작, 팔을 뻗는 모양, 치맛자락이 물결치는 모습 등 하나하나가 모두 그림 같았다.

옆에 앉은 여인에게서 느껴지는 향에 루블리스는 눈썹을 추켜세웠다. 그리 높지도 낮지도 않은 차분한 목소리, 누구도 흉내 낼 수 없을 정도로 완벽한 몸놀림, 그리고 은은하게 뿜어져 나오는 라벤더 향까지 모두 그녀의 것이 맞았다. 믿기지 않지만 지금 눈앞의 여인은 그녀임이 확실했다.

"아리스티아……?"

"네, 폐하."

"그대가 어찌 이곳에……."

"어젯밤, 오늘은 할 일이 많으니 일찍 깨워 달라 하셨잖아요. 그새 잊으신 것이어요?"

어젯밤이라니. 그렇다면 그때부터 지금까지 계속 곁에 있었단 말인가? 다른 누구도 아닌 그녀가?

도무지 이해가 가지 않는 상황에 몹시 답답해하고 있을 때, 노크 소리와 함께 등장한 시녀들이 더운물을 담은 세숫대야와 새 옷가지들을 내려놓았다.

"황후 폐하, 시중은 어찌할까요?"

"내가 하겠다. 이만 나가 보도록."

"알겠습니다."

도저히 믿을 수 없는 대화에 루블리스는 눈썹을 잔뜩 추켜세웠다. 방금 저들이 뭐라고 한 거지? 황후 폐하라고? 누가 황후란 말인가? 설마, 그녀가?

"황후……?"

"네, 폐하. 부르셨어요?"

시녀들을 내보낸 여인이 돌아보며 미소 지었다. 우아하게 곡선을 그리는 연분홍빛 입술을 보자 가슴이 욱신거렸다.

이것은 꿈인가? 너무도 간절히 바랐기에 신이 그에게 보여 주는 꿈?

작게 중얼거리는 그에게 서둘러 다가온 그녀가 걱정스러운 기색으로 이마에 손을 얹었다. 부드러운 감촉에 루블리스의 몸이 움찔굳었다. 은은하게 번져 오는 라벤더 향에 그의 심장이 빠르게 뛰었다. 오래도록 참아 왔던 깊은 갈망이 타올랐다.

"루브?"

"……티아."

루블리스는 팔을 뻗어 그녀를 꽉 끌어안았다. 처음으로 불려 본 애칭에 가슴이 뻐근하게 차올랐다. 사실 그는 그녀가 친우라 일컫는 이들과 애칭을 주고받는 것을 들었을 때 이 악물며 결심했었다.

그녀 스스로 허락하기 전까지는 결코 애칭으로 부르지 않겠노라고.

"어찌 그러셔요? 오늘따라 좀 이상하신 것 같아요, 폐하. 정말 어디가 미령하신 것이어요?"

"……아니, 아니오. 그저 잠시만 이대로 있어 주시오."

꿈이면 어떠랴. 오랜 세월 바라던 그녀가 여기 있는데.

루블리스는 낭창한 허리에 팔을 휘감으며 보드라운 몸을 더욱 끌어당겼다. 거부하거나 꺼리는 기색 없이 순순히 안겨 오는 그녀의 모습에 저릿한 만족감이 온몸을 타고 흘렀다.

그녀 특유의 라벤더 향을 깊숙이 들이마시며 루블리스는 곱게 빗어 내린 은색 머리 타래에 얼굴을 묻었다. 조심스레 등에 팔을 둘러 오는 그녀가 너무도 사랑스러웠다. 이대로 안아 버리고 싶을 만큼.

"많이 늦었어요, 폐하. 오늘 중요한 회의가 있다고 하셨잖……."

가만가만 말을 건네는 작은 입술 위에 손가락을 얹었다. 그렇지 않아도 커다란 황금색 눈동자를 동그랗게 뜨고 바라보는 그녀의 모습에 심장에서 불길이 일었다.

천천히 고개를 숙이자, 스르르 눈을 감은 그녀가 그의 목을 그러안았다. 루블리스는 망설임 없이 말랑한 입술을 들이마셨다. 오래도록 탐내 왔던 연분홍색 입술에서는 언제나 그녀의 주위를 감돌고 있는 은은한 차향이 났다.

'어찌 이리도 사랑스러운지.'

항상 어딘가 비어 있는 것 같던 가슴이 꽉 차는 느낌이었다. 기분 좋은 충족감이 온몸을 감쌌다.

"그게 아니지요, 백작. 다소 혼란스럽다 하여 유민을 받아들이는 걸 거부한다면 다른 나라들이 제국을 어찌 여기겠습니까. 이럴 때일수록 대국의 면모를 보여 줘야 한다 생각합니다."

"하오나 황후 폐하, 리사 왕국을 비롯한 왕국들의 항의가 점점 더 거세지고 있습니다. 자칫 그들이 역심이라도 품는다면……."

"백작께서는 제국의 힘을 그리 우습게 보시는 겁니까. 또한, 그럴 때를 대비하여 폐하께서 황태자 시절부터 저들을 제어하시지 않았습니까."

루블리스는 한 치의 밀림도 없이 논쟁을 벌이고 있는 그녀를 바라보았다.

한때, 보석처럼 반짝이는 저 지성을 시기하던 때가 있었다. 아무리 노력해도 알아 봐 주지 않는 부황 폐하와 스승들이 그녀의 성과에 대해서는 유독 칭찬하는 것이 몹시 부러웠다. 그래서 질투했다. 서로를 보다 단련시키기 위해서 그랬던 것이라고는 미처 생각조차 못한 채.

하지만 지금은 달랐다. 번뜩이는 저 지성, 우아한 자태, 그리고 한 치의 어긋남도 없는 완벽한 예법을 구사하기 위해 그녀가 쏟은 눈물과 노력을 짐작하기에.

이제 그는 그녀가 감정이 없는 인형, 귀족들의 손에 의해 만들어진 꼭두각시가 아님을 알고 있었다. 황제를 위해 만들어진 여자라는 걸 부정할 수는 없지만, 지금의 그녀가 루블리스 자신을 한 남자로서 사랑하고 있다는 사실 역시도.

은색 머리카락을 장식한 보석 티아라를 보자 루블리스의 입가에 절로 만족스러운 미소가 걸렸다. 아직도 어찌 된 영문인지 알 수는 없었지만, 어쨌든 그는 지금 이 상황이 몹시 마음에 들었다.

"음, 저기, 폐하?"

"어찌 그러시오."

"저기, 그러니까…… 그게……."

"대체 무슨 일이오, 황후. 혹 뭔가 좋지 않은 소식이라도 있는 것이오?"

평소답지 않게 우물쭈물하는 모습에 루블리스는 슬쩍 눈썹을 추켜세웠다. 대체 무슨 일인데 저러는 것인지. 그녀가 망설이는 시간이 길어질수록, 그의 걱정 역시 점점 커져만 갔다.

아무래도 안 되겠다 싶어 시중들던 이들을 모두 물리친 그가 부드럽게 물었다.

"티아, 대관절 무슨 일이기에 이리도 안절부절못하는 것이오. 내게 말해 주시오. 무슨 일로 그러는 것인지."

"그게, 음, 혹시 일전에 제게 하셨던 말씀을 기억하시나요? 그……."

"음?"

"후우, 그러니까, 제 첫 요리는 폐하께 진상하라고…… 하셨던 말씀 말이에요."

"물론 기억하오. 그런데 갑자기 그건 왜…… 아."

불현듯 깨달음이 머리를 스치고 지나갔다. 걱정으로 딱딱하게 굳어 있던 입꼬리가 절로 스르르 올라갔다. 얼굴을 발갛게 물들인 채 어쩔 줄 몰라 하는 그녀가 너무 사랑스러웠다.

보드라운 그녀의 볼을 어루만지며 그는 웃음기 어린 목소리로 말했다.

"설마 그대……."

"……."

"어디 있소? 그대가 만든 요리라니, 어떤 맛일지 몹시 궁금하오."

"……가져오긴 했는데, 영 자신이 없어서……."

"괜찮소. 보여 주시오."

루블리스는 그녀가 쭈뼛거리며 내놓는 자그마한 케이크를 흐뭇하게 바라보았다.

새하얀 크림, 예쁘게 잘라 얹어 놓은 각종 과일. 일단 모양은 합격이었다.

기대 어린 눈초리를 받으며 케이크를 입에 넣은 그가 미미하게 표정을 굳혔다. 하지만 그것도 잠시, 불안하게 흔들리는 황금색 눈동자를 마주한 루블리스는 파르르 떨리는 입꼬리를 억지로 끌어올렸다.

"맛있, 군."

"정말인가요, 폐하?"

"물론이오. 아주 달콤하고, 부드럽게 녹는 것이…… 정말 마음에 드오."

"아, 다행이다. 정말 다행이에요."

햇살처럼 환하게 미소 짓는 모습에 쫓기듯 케이크를 먹어치운 루블리스는 마지막 조각을 입안에 털어 넣은 뒤 황급히 그녀를 안아 올렸다.

담쏙 안겨드는 작은 몸.

작게 비명을 지르며 목을 꽉 끌어안는 그녀를 안아 든 채 루블리스는 그대로 침실로 걸어갔다. 그러고는 하얀 시트에 달무리처럼 흐트러지는 은색의 향연을 감상할 틈도 없이 그대로 입술을 찾았다.

놀라 크게 뜨여 있던 눈이 스르르 감겼다. 다소 거칠게 비집고 들어갔음에도, 그녀는 반항하거나 거부하는 대신 순순히 입술을 내주었다. 뜨거운 숨결과 말캉한 혀가 서로 얽혀들었다.

사랑스럽다. 참으로 사랑스럽다.

가슴이 뻐근하게 차오르는 것을 느끼며 루블리스는 그녀를 내려다보았다. 소중하게 어루만지는 손길에 풍성한 은빛 속눈썹이 파르르 떨렸다. 어느새 다시 열린 황금색 눈동자가 그를 가득 담고 있었다.

"폐하."

"음?"

"감사해요."

"무엇이, 말이오?"

"아까 그 케이크, 너무 달았지요? 입에 맞지 않으셨을 텐데, 다 드셔서……."

"그건 어찌 알았소?"

순간 그녀의 볼이 발갛게 달아올랐다. 무어라 작게 중얼거리는 그녀의 입가에 그가 귀를 가까이 가져다 댔다. 들릴 듯 말 듯 작게 속삭이는 목소리는 늘 차분하던 평소와는 달리 조금 들떠 있었다.

"그야 방금 입맞춤…… 너무 달던 걸요."

"하…… 아리스티아, 티아, 그대……."

"……."

"어찌 이리……."

사랑스럽소. 어찌 이리도 갈망하게 하시오.

뜨겁게 타오르는 심장이 그를 조급하게 만들었다. 느릿느릿 소중하게 어루만지던 손길이 다급해졌다. 화려하면서도 우아한 곡선을 뽐내던 공단 드레스가 흘러내리고, 낭창한 허리를 더욱 가냘프게 보이게 하던 코르셋이 툭 떨어졌다.

수줍은 듯 눈을 내리깐 그녀가 그의 목을 꽉 끌어안았다. 탐스러운 연분홍색 입술이 가만가만 속삭였다.

"사랑해요."

"……티아."

"정말 사랑해요, 루브."

"나 역시…… 그대를 사랑하오, 티아."

"폐하."

"……."

"이제 그만 일어나세요, 폐하."

조용조용 말을 건네 오는 차분한 목소리.

익숙한 그 음성에 루블리스는 눈썹을 찡그렸다. 그녀는 지금 눈앞에 있는데, 어째서 또 다른 목소리가 들려오는 것일까.

천천히 눈을 감았다 뜨자, 사랑스럽게 볼을 붉히고 있던 그녀는 이미 온데간데없었다. 대신 그의 앞에는 구불거리는 머리카락을 깔끔하게 묶은 채 걱정스럽게 그를 바라보고 있는 또 다른 그녀가 앉아 있었다. 얇은 슈미즈 차림이 아니라, 군청색 제복을 단정하게 갖춰 입은 그녀가.

"많이 피곤하셨나 봅니다."

"……."

"폐하?"

등받이에서 천천히 몸을 뗀 루블리스는 자세를 꼿꼿이 하며 주위를 둘러보았다. 삼 층 높이의 통유리 창과 삼면의 벽을 장식하고 있는 거대한 책장이 눈에 들어왔다. 탁자 위에 수북하게 쌓여 있는 서류 더미도 보였다.

'하.'

절로 탄식이 튀어나왔다. 아무래도 상관없다 생각했지만 그래도 현실이길 바랐는데, 결국 그것은 달콤한 꿈이었을 뿐인가?

"혹여, 어디가 미령하기라도 하신 것입니까?"

꿈속에서와 똑같은 표정으로 같은 내용을 묻는 그녀. 꿈에서 그녀가 그랬던 것처럼, 절로 팔이 그녀를 향해 뻗어져 나갔다.

어깨에 손이 닿자 흠칫 몸을 굳히는 그녀의 모습에 루블리스는 씁쓸한 미소를 머금었다. 거리끼는 기색 없이 담쏙 안겨 드는 꿈속의 그녀가 아니라 손댈 때마다 뻣뻣하게 굳는 그녀가 있는 세상. 이곳이 바로 그가 사는 현실이었다.

"……괜찮소. 잠이 덜 깨 잠시 멍했던 모양이오."

"……."

"그래서, 좀 전까지 하던 일이 뭐였소? 설명해 주시오."

"아, 폐하께서 다른 업무를 처리하시는 동안 국경 지역에 기사단을 파견하는 문제에 대해서 정리해 보았습니다. 이것입니다."

루블리스는 언제 걱정했느냐는 듯 금세 일에 집중하는 그녀를 바라보며 한숨을 쉬었다. 자꾸만 꿈속의 그녀가 떠올라 집중할 수가 없었다. 조곤조곤 말을 건네는 연분홍빛 입술을 보자 점점 더 갈증이 났다. 꿈에서 맛보았던 달콤함, 말랑하고 보드랍던 그 입술을 다시 느끼고 싶었다.

"……오늘은 여기까지만 하지."

"하오나 폐하."

"아무래도 좀 피곤해서 말이오. 집중이 영 아니 되는군."

"알겠습니다."

이대로 조금만 더 있다가는 스스로를 제어할 수 없을 것 같아서, 루블리스는 의식적으로 세게 서류를 내려놓으며 말했다. 의아하다는 듯 바라보는 황금색 눈동자를 마주하자 가슴에서 불길이 이는 것 같았지만, 그는 이를 악물며 꾹꾹 눌러 참았다. 눈앞의 그녀는 꿈속의 그녀와는 다르니까. 거부하지도 꺼리지도 않던 꿈속의 그녀와는 달리, 눈앞의 그녀는 잘못 손을 뻗었다가는 놀라 달아날 것이 분명했다. 어디 그뿐인가? 어쩌면 두 번 다시 돌아오지 않을지도 몰랐다.

"저, 폐하."

"음?"

"저, 그러니까……."

꿈속에서 봤던 상황이 또다시 재현되는 느낌에 루블리스는 눈썹을 추켜세웠다. 평소답지 않게 우물쭈물하는 모양새가 어쩐지 꿈속의 그녀와 비슷했다.

'설마 꿈에서처럼 요리를 건네는 건 아니겠지.'

그럴 리가 없다 생각하면서도, 혹시나 하는 마음에 그는 툭 던지듯 물었다.

"어찌 그러시오. 혹, 요리라도 가져온 것이오?"

"그, 그걸 어떻게……."

안절부절못하던 그녀가 갑자기 행동을 뚝 멈췄다. 곧이어 자그마한 얼굴이 새빨갛게 달아올랐다.

허둥지둥 작은 상자 하나를 내놓은 그녀가 황급히 예를 갖추고는 도망치듯 서재를 나섰다. 예상치 못했던 사태에 당황한 것은 마찬가지라, 잠시 후에야 정신을 차린 그는 그녀가 던지듯 내려놓고 간 상자를 끌어당겨 뚜껑을 열었다.

"이것 또한 꿈인가……."

새하얀 크림과 예쁘게 잘라 얹어 놓은 각종 과일. 꿈에서 봤던 것과 똑같은 모양의 생크림 케이크.

'설마 맛도 똑같은 것은 아니겠지?'

혀가 얼얼할 정도로 달았던 꿈속의 케이크를 떠올린 그는 한참 동안 눈앞에 놓인 것을 노려보다 결연한 자세로 은포크를 집어 들었다. 잠시 후 용기를 내어 포크를 입에 넣은 그의 입가에 스르르 미소가 걸렸다. 눈처럼 하얀 케이크는 혀가 얼얼할 정도로 달지도 느끼하지도 않았다. 그녀가 처음으로 만들었다며 가져온 케이크는 놀랍게도 딱 그의 취향이었다.

"제국의 태양, 황제 폐하를 뵙습니다."

"그새 교대했나 보군. 수고가 많네."

그리 크지 않은 케이크였지만, 한 번에 먹어치우기가 아까워 상자째 들고 나오던 루블리스가 눈썹을 추켜세웠다. 황급히 예를 갖추는 근위기사들의 손에 들려 있는 색색의 주머니들을 발견한 탓이었다.

"그건 뭔가?"

"아, 이것은, 그러니까……."

"뭐냐고 물었다."

"모니크 경께서 주신 것입니다. 직접 만드신 것이라고……."

"……이리 내라."

"폐, 폐하."

"이리 내라고 하였다."

이 여자가 정말……! 첫 요리를 그에게 가져오라 하였지, 언제 모든 이들에게 돌리라 했단 말인가.

시무룩한 표정으로 손을 내미는 기사들에게서 주머니를 낚아챈 그는, 하나라도 손대기 전에 모두 수거해야겠다 다짐하며 서둘러 걸음을 옮겼다.

6. 태양의 몰락

6. 태양의 몰락

"어서 찌르도록."

"폐하······."

"경들에게 이런 일을 맡겨서 미안하군. 못난 짐을 만나 그동안 모두 고생이 많았네. 내 이 빚은 죽어서도 잊지 않을 것이야."

"크흑, 폐하!"

눈물을 삼키는 기사들 뒤로 이 상황을 주도한 자들의 웃는 모습이 보이는 듯했다. 순간 속에서 울컥하고 뜨거운 기운이 솟아올랐다. 보라색 눈동자를 번뜩이는 노인의 얼굴이 떠오르자 살심이 일었다. 친근한 척 다가왔던 주제에 그토록 비열한 생각을 감추고 있었다니.

십 년이 넘는 긴 세월 동안 계속되던 음모가 드러났을 때 얼마나 놀랐던가. 그제야 스스로가 저지른 엄청난 일들을 깨달았지만, 이미 때는 늦은 뒤였다.

절망감에 몸부림치다 겨우 돌아온 이성을 동원해 필사적으로 방법을 찾았다. 이 상황을 역전할 수 있는 한 수, 그간의 잘못을 바로잡을 수 있는 수단을. 그러나 그마저도 너무 늦었던 모양이었다.

"시간이 없네. 어서."

씁쓸한 마음을 감추며 아무렇지도 않은 척 평정을 가장했다. 그들의 마음을 모르는 건 아니나 시간이 얼마 없었다. 지금 이 순간에도 적들은 시시각각 다가오고 있을 테니까.

"폐하, 부디 다시 한 번 생각……."

"그만. 경들은 짐에게 포로로 잡히는 수모를 안겨 줄 것인가. 내 비록 암군으로 기억될지언정 마지막 남은 명예만큼은 지키고 싶네. 그러니 당장 찌르도록. 어서!"

"송구합니다, 폐하. 끝까지 보필하지 못하는 신의 불충을 용서하소서."

단검을 뽑아 든 근위기사단장 펜릴 백작이 절규에 가깝게 울부짖으며 내게 달려들었다. 삽시간에 거리를 좁혀 온 그와 부딪힌 순간, 가슴에 화끈한 충격이 느껴졌다. 차가운 검을 타고 뜨거운 액체가 주르르 흘러내렸다.

"펜릴 백작…… 내 마지막으로 부, 탁을……."

"하명, 흐흡, 하소서, 폐하."

"내 몸을 저들이, 이용치 못하도록…… 부디…… 눈에 띄지, 않는 곳에……."

"그리하겠습니다, 폐하. 비타께 맹세코 폐하께 손끝 하나 대지 못하도록 하겠나이다."

"고맙…… 네……."

온몸에서 급속도로 힘이 빠져나갔다. 눈물을 뚝뚝 떨구는 기사들의 얼굴이 점점 흐릿해졌다. 숨을 쉬는 것이 갈수록 힘겨워졌다.

희미해지는 시야 속에 여러 사람들의 얼굴이 떠올랐다. 혀를 차는 부황 폐하와 무심하게 바라보는 황후 폐하. 쉽게 내쫓지는 못할 거라며 표독하게 소리치던 황후와 다정하게 웃음 짓던 보라색 눈동자의 노인. 늘 쓴소리를 하던 두 공작과 후작, 그리고 마지막 순간 눈물 그득한 눈으로 나를 올려다보던 황비까지도.

"부황 폐하……."

한 줄기 눈물이 얼굴을 타고 흘러내렸다. 내가 진정으로 원했던 건 이런 것이 아니었다. 성황이라 불렸던 부황의 그림자에 항상 짓눌려 있었지만, 그래서 늘 반항하곤 했지만, 그렇다고 해서 이렇게 되기를 바랐던 것은 아니었다.

내 의지가 아니었다고 하기에는 이미 뿌려진 피의 길이 너무도 선명했기에, 나는 지금껏 나 자신에게조차 변명해 본 적이 없었다. 어차피 지나간 일. 이제 와 고백해 봤자 아무 소용없다는 건 알고 있지만, 그럼에도 마지막 순간 생각했다. 그 모든 것은 사실 나의 진의는 아니었을 거라고, 아니, 분명 아니었다고.

하아.

피 섞인 숨을 내뱉으며 흐려지는 분노와 원망처럼 서서히 멀어지는 하늘을 올려다보았다. 온갖 기억이 눈앞을 스치고 지나갔다. 길다면 길고 짧다면 짧을 스물여섯 해 동안의 삶이.

"황태자 전하시군요. 제레미아 라 모니크가 제국의 작은 태양을

뵙습니다."

제레미아 라 모니크, 경애하는 나의 어머니.

늘 외롭던 어린 시절, 그녀를 만난 것은 애정에 목말라 있던 내게 가뭄의 단비와도 같았다. 그녀야말로 신이 나를 가엾이 여겨 내려 준 축복이라 생각했을 정도로. 아니, 어쩌면 그것은 오히려 저주였을지도 모른다. 애정이라는 감정을 계속 모르고 살았더라면 뒤늦은 박탈감에 괴로워할 필요도 없었을 테니까.

"전하께서는 나쁜 아이로군요. 억지를 부려 황궁을 나오시면 아니 된다고 몇 번이고 말씀드리지 않았습니까."

냉랭한 두 분 폐하와는 달리 따스하게 바라보는 황금색 눈동자가, 이것저것 챙기면서도 스스럼없이 대해 주는 모습이 좋았다. 맛은 형편없어도 직접 차를 만들어 주는 그녀, 겁도 없이 머리를 쓰다듬어 주기도 하고 때로는 꾸짖기도 하는 그녀를 보며 어머니란 이런 것이 아닐까 생각했다. 비록 낳아 주지는 않았을지언정 그녀야말로 진정한 내 어머니라 여겼다.

"대외적으로는 모후로서의 책임과 의무를 다할 것이나, 그 이상은 기대하지 않는 게 좋을 것이야."

다섯 번째 생일을 며칠 앞두지 않았을 때, 청천벽력 같은 사실을 알게 되었다. 어머니로 믿었던 분의 경멸 어린 목소리, 차갑기 그지없는 황후 폐하의 그 말에 뼛속까지 시려 오는 듯했다.

잊히지가 않았다. 그토록 관심받고 싶었던 모후가 실은 나와 아무런 관계가 아니었다는 것이. 그리고 내 몸에 흐르는 피의 절반은 천하다는 사실이.

"오, 그래. 우리 아가씨가 왔구나."

나무 아래 쪼그리고 앉아 홀로 눈물을 훔쳤다. 사랑받는 건 포기했다 생각했는데, 내겐 어머니 같은 후작 부인이 있으니 괜찮다고 생각했는데, 황후 폐하를 향해 조막만 한 손을 뻗으며 까르르 웃는 아기가 미웠다. 내게는 늘 엄격하던 부황 폐하께서 손수 안아 들고 어르는 모습에 화가 났다. 나를 향하던 후작 부인의 따뜻한 눈빛이 아기에게 고정되어 있는 것을 보자 가슴이 욱신거렸다.

왜 나는 그렇게 대해 주지 않는 거야. 어째서 모두 저 아이만을 예뻐하는 건데.

혹 내가 천한 피를 타고 났기 때문일까?

머릿속을 스치고 지나가는 생각에 몸이 부르르 떨렸다. 어쩌면 부황 폐하도 그 때문에 나를 못마땅해 하는 것이 아닐까. 그래서 나와는 달리 명문가에서 태어난 저 아기만을 예뻐하는 게 아닐까?

뜨거운 원망이 가슴속에서 꿈틀거렸다. 왜 내 생모는 후작 부인처럼 고귀한 피를 타고나지 못했을까. 어째서 부황 폐하는 천한 여인에게서 나를 태어나게 한 걸까.

서러운 눈물이 뚝뚝 떨어져 내렸다. 그토록 노력해도 받지 못하던 관심을 단번에 앗아 가 버린 아기가 몹시 미웠다.

"전하…… 제 딸을, 잘 부탁…… 부디, 아껴 주시……."

이를 악물었다. 뚝뚝 떨어지는 눈물을 닦아 내며 고개를 끄덕이자, 고통스러운 빛이 역력하던 얼굴에 스르르 미소가 걸리는 것이 보였다. 꼭 쥐고 있던 손이 나를 토닥이듯 두어 번 흔들렸다. 꺼져 가는 목소리로 후작의 이름을 부른 그녀의 손에서 힘이 빠져나갔다. 곧이어 가녀린 고개가 옆으로 꺾였다.

이러지 말라고, 정신 좀 차려 보라고 부르짖었지만, 상냥하던 목소리는 더 이상 들려오지 않았다. 늘 따스하던 황금색 눈동자에는 이미 빛이 사라지고 없었다.

다리에 힘이 풀려 털썩 주저앉았다. 가슴이 꽉 막혀 숨조차 쉴 수가 없었다. 황후 폐하께서 돌아가셨을 때는 이렇지 않았는데, 경애하던 어머니의 죽음에 세상이 텅 비어 버린 것만 같았다.

결국 나는 헤아릴 수 없을 정도의 시간이 흐른 후에야 간신히 몸을 일으킬 수 있었다. 내게는 끝내 염려의 말 한마디 남기지 않은 그녀가 야속했지만, 나를 믿었기에 그런 부탁도 한 것이라며 상처받은 마음을 애써 다독였다. 여전히 덜덜 떨리는 팔을 뻗어 남겨 두고 가는 남편과 딸 걱정에 채 감지도 못한 눈꺼풀을 닫아 주고서, 부축하려는 근위기사들을 물린 채 휘청이는 다리에 힘을 주었다.

공허한 가슴속에 마지막 부탁을 새기며 복도로 나왔을 때, 어디선가 아이의 웃음소리가 들려왔다. 천천히 고개를 돌리자 제 몸만 한 인형을 끌어안은 채 즐겁게 웃고 있는 아이가 보였다.

"어? 전하?"

하, 너란 애는……!

반가워하며 달려오는 아이를 확 밀쳤다. 채 정제하지 못한 분노가 작은 아이에게 쏟아졌다.

경애하는 후작 부인, 당신은 겨우 저런 것 때문에 그리도 심려했던가? 제 어미의 죽음조차 모른 채 즐겁게 웃고 있는 저 아이 때문에? 저깟 게 뭐기에 그대는 자신을 어머니처럼 여겼던 내게는 한마디 염려조차 남기지 않았단 말인가? 저게 나보다 무에 그리 잘나서, 저 아이의 무엇이 그리도 대단하기에!

어린 시절부터 켜켜이 쌓아 왔던 원망이 한 번에 터져 나왔다. 나는 엉덩방아를 찧은 아이가 앙앙 울기 시작하는 모습을 싸늘하게 노려보며 몸을 돌렸다. 그녀를 닮은 생김새도, 누가 봐도 그녀와 혈연으로 이어졌음을 증명하는 황금색 눈동자도, 아니, 그냥 아이를 이루고 있는 모든 것이 꼴도 보기 싫었다.

"모니크 영애 말입니다. 이제 겨우 열둘인데 어찌 그리 성취가 뛰어난지요. 예법이면 예법, 학문이면 학문. 성군의 반려로서 진정 나무랄 데가 없습니다."

책을 챙기며 돌아서는 베리타 공작을 노려보았다. 그놈의 모니크 영애, 모니크 영애. 여기서도 저기서도 칭찬 일색이라 아주 귀가 따가울 지경이었다.

뭐? 성군의 반려로서 나무랄 데가 없어? 어떡하나. 아무리 노력해도 나는 결코 부황 같은 성군이 될 수 없는데. 차라리 그냥 그 아이를 황위에 올리지그래? 나 같은 걸 가르치느라 고생하는 것보다 훨씬 효율적일 테니까 말이야.

이를 부득 갈며 잡아 뜯듯 벗어 낸 재킷을 집어던졌다. 곱씹으면 곱씹을수록 짜증이 났다.

"글쎄요. 어머니에 대한 기억이 거의 없는 탓인지, 그분께서 계시지 않는다 하여 특별히 불편하거나 했던 점은 없었습니다."

형식적으로 첫 곡을 추자마자 팽개쳐 뒀던 어느 연회. 그곳에서 나는 그래도 그녀의 아이인데 너무 했나 싶어 찾다가 듣게 된 말에 불같이 분노했다.

뭐가 어쩌고 어째? 특별히 불편하거나 했던 점은 없다고?

기가 막혀 말조차 나오지 않았다.

그래, 너는 모르겠지. 네 어미가 너를 얼마나 사랑했는지, 마지막 순간에도 눈을 감지 못할 정도로 얼마나 너를 걱정했는지. 기억을 송두리째 날려 버린 너는 결코 모르겠지. 지금 그 발언으로 네 어미의 사랑을, 그리고 그것을 갈구했던 나를 부정했다는 사실을.

"신탁의 아이라니. 참으로 교활한 수법이지 않습니까. 하긴, 천한 피가 섞인 여자를 전하의 안곁으로 들여보내기 위해서는 그 방법밖에 없었겠지요."

제나 공작에게서 들은 이야기는 가뜩이나 타오르던 분노에 불을 붙였다.

하, 너 역시 나와 다를 바가 없었으면서 그랬단 말이지? 나처럼 천한 평민의 피가 섞인 주제에, 그리도 고귀한 척 도도하게 굴었단 말이지?

자꾸만 헛웃음이 나왔다. 생각하면 생각할수록 어이가 없었다.

그럼 너는 무엇이 나보다 잘나 내 모든 것을 앗아 간 거지?

입꼬리가 거세게 비틀렸다. 질투하면서도 차마 증오하지는 못했던 건, 천한 평민의 피가 흐르는 나와는 달리 그녀는 명문가의 여식으로 태어났으니 그 모든 것을 받을 자격이 있다 생각했기 때문이었다.

그런데 뭐? 천한 피가 흘러? 그렇다면 대관절 무슨 자격이 있어 너 따위가 내 모든 걸 앗아 갔단 말인가. 네가 대체 무엇이기에!

세찬 분노에 거친 숨을 몰아쉬다 멈칫했다. 그렇다면 후작 부인에게 천한 피가 흘렀단 말인가? 모니크 후작, 천 년이 넘게 이어져 내려오는 명문의 가주가 그럴 리는 없으니.

뜻밖의 사실에 머리가 띵했지만 그보다 앞서 깊은 죄책감이 들었다.

내가 지금 뭐라고 한 거지? 어머니처럼 여기던 후작 부인에게 감히 천한 피가 흐른다 한 것인가?

마음이 무거웠다. 제 어미를 부정했다 하여 그토록 경멸했는데, 나 역시 그녀와 같은 짓을 저지르고 만 게 아닌가.

혼란스러웠다. 너 역시 천한 피가 흐르지 않느냐며 화를 내자니 후작 부인을 모욕하는 것 같고, 모르는 척 덮어 두자니 영문도 모르고 모든 걸 빼앗긴 것이 억울했다.

조금씩 밀려드는 죄책감에 갈 곳 잃은 분노가 더해졌다. 몸집을 키운 그것은 또다시 분노로, 그리고 더 큰 죄책감으로 변하다 마침내 증오로 바뀌었다.

너 때문이야. 너만 없었으면 이렇게 죄책감에 몸을 떨 이유도, 사랑받지 못해 서러워할 필요도 없었어. 매번 내 부족함을 곱씹으며 자괴감이 들 일도 없었어. 그러니 이 모든 건 전부 너 때문이야. 너 때문이라고!

"저기 황제가 있다!"
"황제를 잡아 오는 자에게는 어마어마한 포상이 있을 것이다! 반드시 살려서 잡아 와야 한다!"
갑자기 가물가물한 의식을 일깨우는 고함 소리가 들려왔다. 두두두, 거친 말발굽 소리에 땅이 울렸다.
나를 부축하고 있던 백작이 움찔하는 것이 느껴졌다. 금속의 마찰 소리가 들리는가 싶더니, 흐려진 시야 속에서 은빛의 무언가가 번뜩이는 것이 보였다.
"여기는 저희가 막겠습니다. 어서 가십시오!"
"그렇습니다. 폐하의 마지막 명을 받들어야 하지 않겠습니까."
"……그래, 뒷일을 부탁한다. 모두 저 세상에서 다시 만나자."
누군가가 황급히 나를 둘러업었다. 철제 갑주에 거세게 부딪힌 가슴에서 뜨거운 액체가 주르르 흘렀다. 목을 타고 역류한 피가 입술 사이로 흘러나왔다.
나는 코를 마비시키는 짙은 혈향을 들이마시며 규칙적인 진동에 몸을 내맡겼다. 승마를 하듯 위아래로 흔들거리는 느낌에 스르르 눈이 감겼다

"나, 나 내려 줘요. 도저히 못 타겠어⋯⋯."

귓가에 칭얼거리는 여인의 음성이 들려왔다. 까맣던 시야에 불
현듯 초록빛 숲이 나타났다. 가장 아끼던 애마, 닉스Nix가 눈처럼
하얀 갈기를 흔들며 천천히 걷고 있었다. 새하얀 그 말은 겉보기
에는 여유로워 보였지만, 실은 한시도 가만있지 못하고 꼼지락거
리는 여인 때문에 신경이 곤두서 있는 상태였다.

이 여자는 대관절 할 줄 아는 게 뭘까.

불현듯 치솟아 오르는 짜증에 얼굴을 슬쩍 찌푸렸다. 귀족이라
면 누구나 익혀야 하는 기본 교양이거늘, 어째서 승마조차 못하겠
다는 것인지.

당장에라도 혼절할 것처럼 하얗게 질린 여인을 보며 한숨을 삼
켰다. 나는 어째서 이런 여자를 사랑한다 생각했던 걸까. 무엇 하
나 제대로 해내지 못하는 이런 여자를.

"여기가 어디죠? 당신은 누구예요?"

스스럼없이 대하는 모습이 생소했다. 황태자라고 떠받들 뿐 모
두가 어려워하는 내게 겁도 없이 다가오는 여자가 신기했다. 성황
이라 불릴 정도로 뛰어난 부황 폐하와 벌써부터 훌륭한 황후감이
라 칭송받는 그녀의 딸 사이에서 늘 더 잘해야 한다는 중압감에
억눌려 있던 나. 그런 내게 아무것도 모르는 지은이란 여자는 무
척이나 편안한 존재였다. 그녀 앞에서만큼은 누구와 비교당할 필
요가 없었으니까. 그저 나 자신으로만 존재해도 됐으니까.

"집에 가고 싶어요. 날 좀 보내 줘요."

가족을 그리워하는 모습이 부러우면서도 생경했다. 제 부모에
대해 종알종알 늘어놓는 말을 듣다보면 어느새 그 자리에 부황 폐
하와 후작 부인, 그리고 나 자신을 대입하고 있는 스스로를 발견
하곤 했다.

사랑받고 있다는 착각에 젖어 잠깐의 행복을 맛보고, 차가운 현
실에 더욱 분노하며 절망했다. 지은과 만나는 횟수가 늘어나면 늘
어날수록, 정치적 후계자나 정략적 파트너로만 나를 대하는 이들
에게 넌더리가 났다.

"그 여인을 황태자비로 삼는 것이 어떠하십니까."

제나 공작이 넌지시 건네 온 말은 나를 몹시 당혹스럽게 했다.
태어나자마자 반려로 정해진 그녀의 존재는 내게 숨 쉬듯 당연한
것이었기에, 제아무리 증오하고 꺼려도 그녀가 아닌 다른 여자를
맞이하겠다는 생각 같은 건 해 본 적이 없었다. 애초에 그런 건 선
택지에 존재조차 않았다고나 할까.

그 때문일까? 미워했던 걸 생각하면 단번에 내치는 것이 당연함
에도 그리할 수가 없었다. 그녀를 떠받치고 있는 세력이 신경 쓰
인 탓도 있었지만, 그보다는 왠지 모를 거부감이 더 컸다. 공식 행
사에 그녀가 아닌 다른 여자와 참석하는 내가 잘 상상되지 않았
다. 그녀의 곁에 다른 남자가 있는 모습 역시도.

그래서 나는 그러겠다고 답하는 대신 일단 생각해 보겠노라며

말을 잘랐다.

"무슨 공작이라는 할아버지가 와서 뭐라고 하던데, 하나도 알아들을 수가 없더라. 근데요, 예법 같은 건 좀 안 배우면 안 돼요? 뭐가 이렇게 어려워."

나 좀 살려 달라며 겁도 없이 들이닥친 지은을 물끄러미 바라보았다. 조금은 어이가 없었으나, 이것도 나를 편하게 여겨 그런 것이라고 애써 생각하며 튀어나오려는 핀잔을 삼켰다. 할 일이 잔뜩 쌓여 있었지만, 옆에서 나가자고 자꾸 조르기도 하고 오늘내일하는 부황 폐하 때문에 심란하기도 해서 나는 말없이 펜을 내려놓았다.

쉴 새 없이 쏟아 내는 이야기를 적당히 흘려 들으며 정원을 거닐었다. 신선한 공기를 들이마시자 요즘 들어 계속 답답하던 가슴이 조금은 풀리는 것 같았다.

한결 가벼워진 마음으로 걸음을 옮기고 있을 때, 문득 나무 사이에서 은빛의 무언가가 어른거리는 것이 보였다. 순간 나도 모르게 발이 멈췄다. 쉼 없이 재잘거리는 목소리를 들은 것인지, 흐트러짐 없는 자세로 걸음을 옮기던 여인이 내 쪽을 돌아보았다.

"제국의 작은 태양, 황태자 전하를 뵙습니다."

흔들림 없는 눈빛으로 나를 응시하던 그녀가 천천히 예를 갖췄다. 한 치의 어긋남도 없는 완벽한 자세였다.

반려가 될 사람이 다른 여자와 함께 걷는 걸 보았음에도 조금도 동요하지 않는 모습에 헛웃음이 나왔다. 아무런 감정도 느껴지지 않는 무표정한 얼굴을 보자 그나마 없었던 정마저 뚝 떨어지는 것 같았다.

대체 나는 무엇을 기대했던가. 저 여자에게 있어서 나란 존재는 그저 계파의 이익을 위해 결합해야 할 정략적 파트너에 지나지 않을진대.

부황 폐하를 알현하는 것을 금지해도, 다른 여자와 함께 연회에 참석하겠노라 통보해도, 약혼을 파기하겠다 선언해도, 급기야는 다른 여인과 결혼식을 올리고 저를 정후正后가 아니라 후비로 삼겠노라 했을 때조차 그녀는 무표정했다.

감정이라고는 하나도 느껴지지 않는 얼굴, 텅 빈 눈동자, 그리고 고저 없는 목소리.

제 아비에게조차 차갑게 대하는 그녀를 보고 있노라면 소름이 끼칠 지경이었다. 그건 이미 사람이 아니었다. 제 가문과 계파를 위해 움직이는 인형이었을 뿐.

그러나 지은은 달랐다. 웃고, 울고, 화내고, 신경질을 부렸다. 극명한 감정의 변화를 보여 주는 그녀는 진정 살아 있는 사람 같았다. 철없는 소리나 무지한 발언을 할 때면 짜증이 나기도 했지만, 그 정도는 충분히 웃어넘길 수 있었다.

사랑한다 생각했다. 한 번도 받아 본 적 없었기에 정확하게 알 수는 없어도 분명 사랑일 거라고 믿었다. 오직 황제를 위해 만들어진 인형 같은 그녀와는 달리 지은은 나 자신만을 바라봐 주는 여자라고, 그러니 사랑하는 것이 당연하다고 생각했다.

"닥쳐라."

언제부터인지는 모르겠지만, 이상하게도 자꾸만 짜증과 화가 늘었다. 이유는 알 수 없었으나 황비를 볼 때면 더 그랬다. 무표정한 얼굴도 생기 없는 눈동자도 모두 꼴도 보기 싫었다. 어쩌면 후작 부인을 닮은 외모로 나를 그렇게 보는 것이 더 거슬렸는지도 몰랐다.

늘 신경이 곤두선 탓인지, 생각을 채 정리하기도 전에 몸이 먼저 움직이는 때도 있었다. 급기야는 눈에 거슬리던 시종을 베어 버리기까지 했다. 그럼에도 처벌이 과했다는 생각보다는 해방감과 함께 희열을 느꼈다.

"황비 전하 말이야. 그분께도 호위가 붙어야 하는 것 아닌가? 아무리 법이 그래도 그렇지, 사실상 내궁의 주인이나 다름없는 분이 아닌가."

시찰을 위해 근위기사단을 찾았다가 삼삼오오 모여 있던 기사들의 대화 소리에 멈칫했다. 앞으로 나서려는 펜릴 백작을 저지하며 말없이 귀를 기울였다. 하긴 그렇다고. 지위만 황비일 뿐 황후와 다름없잖느냐고, 성총이 떨어지면 끝일 황후와는 달리 든든한 배경도 있지 않느냐는 말에 기가 찼다.

독한 것. 여러모로 부족한 지은을 보좌하라 하였더니 어느새 실질적 주인인 양 행세하고 있었단 말인가.

"그걸 말이라고 하냐? 당연히 황비 전하 소생이 되겠지. 다른 가

문도 아니고 모니크가 출신 아니냐. 신탁의 아이라고는 해도 태생
조차 불확실한 황후 폐하와는 차원이 달라."

확신에 찬 젊은 기사와 그에 동조하는 다른 기사들의 모습에 헛
웃음이 나왔다.

그렇겠지. 차기 황제는 당연히 그 태에서 나와야 하는 거겠지.
고귀하신 모니크가 출신 황비는 천한 피가 섞인 나나 태생이 불확
실한 지은과는 다른 차원의 사람일 테니까.

아마 저 자신도 그렇게 여기고 있을 터. 그러니 제 윗사람인 지
은을 그리도 무시하는 것이 아니겠나.

"이런 말씀을 여쭙기는 참으로 뭣합니다만 폐하, 이상한 소문이
돌아서 말입니다. 입궁 후 반년이 되어 가는데, 아직 한 번도 황비
전하를 안지 않으셨다는 것이 참입니까?"

정중한 태도를 가장한 채 따지고 드는 라스 공작.

기가 찼다. 참으로 지독한 여자가 아닌가. 궁내부를 장악하고 어
수룩한 황후를 허수아비로 만든 걸로도 모자라 이제는 저를 안으
라 압력까지 넣다니.

절로 이가 갈렸다. 이건 완전히 종마 취급이 아닌가. 하긴, 저들
에게는 제 계파에서 차기 황제를 배출하는 것만이 중요할 뿐 내
의지 같은 건 안중에도 없을 테지. 저들에게 있어서 내 존재 가치
는 그저 허울뿐인 지배자, 그리고 하나의 종마로서 황실의 대를
잇는 것, 그 이상도 이하도 아닐 테니.

헛웃음이 나왔다. 대체 나는 무엇을 기대했나. 어차피 저들의 진정한 주군은 오로지 부황 폐하였을 뿐, 유일한 후계자가 아니었다면 덜 떨어진 나 같은 자를 섬길 리도 없었을진대. 내가 아닌 다른 이가 후계자였다 하더라도 저들은 아마 전혀 개의치 않았을 터였다.

황비 역시 마찬가지였다. 오직 황제를 위해 만들어진 여자이니, 내가 아닌 다른 이가 황제였다 하더라도 아무렇지 않게 그 품에 안겼으리라.

"비록 정후正后는 아니나, 저는 일개 후궁이 아니라 황비입니다. 이리 대하시는 것은 옳지 않습니다. 제 스스로 벗을 것이니, 부디 존중하여 주십시오."

심란한 기분으로 황후궁에 갔을 때, 울고 있는 지은을 보았다. 전부 자신의 잘못이라고, 끼어들어서 미안하다고, 그러니 황비에게 가라며 지은은 계속해서 눈물을 떨궜다. 어디서 그런 이야기를 들었나 싶어 시녀를 추궁하자 그녀는 지은이 오늘 황비궁에 다녀왔노라고 말했다. 그 말을 듣는 순간 머리끝까지 화가 치밀어 올랐다. 분명 지은에게 접근하지 말라 했을 텐데, 이제는 내 명마저 우습게 보는 건가.

마지막으로 경고하고자 찾아간 것이었는데, 그리 위협을 당했음에도 황비는 얄밉도록 침착했다. 잔뜩 흐트러진 차림에도 그녀는 허리를 꼿꼿하게 세운 채 자신을 존중해 달라고 도도하게 요구했다. 위에서 아래를 내려다보는 듯한 태도, 고귀한 태생인 자신은 천한 피가 섞인 너와는 다르다고 말하는 듯한 어조에 간신히 이성을 유지하고 있던 무언가가 툭하고 끊어졌다.

하, 그래. 너는 원래 이런 여자였지. 늘 못 한다고 무시받던 나와는 달리 항상 잘한다며 칭찬받던 너. 관심 받고 싶었던 모든 이의 사랑을 한 몸에 받던 너. 그럼에도 내가 그토록 갈망해도 가질 수 없었던 그것을 하찮게 취급하며 네 할 일만 하던 너.

그래, 너는 원래 이런 여자였지. 오직 황제만을 위해 만들어진 인형 같은 여자.

좋다, 종마처럼 취급하였으니 내 기꺼이 너를 위해 씨를 뿌려 주마.

차가운 몸을 끌어안으며 냉소를 터트렸다. 뻣뻣하게 굳은 여자를 보며 비웃음 지었다.

바라는 대로 해 주겠다는데 어찌 그리 떠는가. 왜, 내키지 않나? 천한 피가 섞인 나와 살을 섞는다는 사실이 그리도 끔찍한가?

그래도 어쩌겠나. 이것이 현실인데. 어차피 너는 황제를 위한 여자. 황제의 관을 쓰고 있는 남자라면 누구든 상관없이 받아들일 수 있는 여자가 아니던가.

제 성품처럼 꽁꽁 얼어붙은 몸을 하고서도, 고통스러운 듯 입술을 잔뜩 깨물면서도 순응하는 여자. 나는 꼭 감긴 눈 사이에서 배어 나오는 눈물을 보며 입술을 비틀었다.

지독한 것. 그리도 황자를 낳고 싶더냐? 사랑 없는 남자, 아니, 네가 그토록 멸시하는 천한 핏줄의 품에 안길 만큼?

그러나 머릿속에서 온갖 생각이 소용돌이치고 있는 와중에도 쾌락에 젖은 몸은 본연의 임무에 충실했다. 꽁꽁 얼어붙은 여자 안에서 뜨겁게 폭발하고 난 뒤에야 비로소 깊은 환멸감이 나를 찾아왔다. 내가 지금 무슨 짓을 한 것인가. 사랑하는 여인을 두고 다른 여자를 안다니.

이 일로 들고 일어날 귀족들을 떠올리자 머리가 지끈지끈 쑤셨다. 울먹거리는 지은의 얼굴이 떠오르자 골치가 아팠다. 그리고…….

황급히 몸을 일으켜 옷을 꿰었다. 어쩐지 돌아볼 수가 없었다. 닫히는 문틈으로 얼핏 보인 모습에 움찔 몸이 굳었다.

너, 지금 울고 있는가? 이게 바로 네가 원하던 것이 아니었나. 네 태에서 차기 황제를 낳기 위해 내게 압력을 넣은 것이 아니었느냐 말이다. 그런데 무엇 때문에 그리 울고 있는 것이냐. 네가 무엇이 서러워서?

아하, 천한 피가 흐르는 남자에게 안긴 것이 억울했던 모양이로구나. 그것이 네 고고한 자존심에 그리도 상처를 입혔더냐? 그래?

이를 갈며 돌아섰지만, 자꾸만 찜찜한 기분이 들어 며칠 후 다시 황비궁을 찾았다. 그리고 잠시나마 죄책감을 가졌던 나 자신에게 분노했다.

평소와 다름없이 무표정한 얼굴로 천천히 단추를 푸는 여자의 모습에 허탈한 웃음이 나왔다. 서늘한 몸을 사납게 끌어안아도 신음성조차 내지 않는 여자를 보자 쓴물이 올라왔다.

하, 그럼 그렇지. 참으로 멍청한 생각이 아니었나. 그저 제 의무를 다할 뿐인 이 여자에게 감정이라는 것이 존재할 거라 생각했다니.

"사랑해요, 루브."

볼을 붉히며 고백해 오는 지은을 물끄러미 바라보았다. 무언가 애매한 기분. 의아했다. 사랑하는 여인의 마음을 얻었다면 세상을 다 가진 것처럼 기뻐야 정상 아닌가.

그런데 이상하게도, 생각보다는 별로 기쁘지가 않았다. 뿌듯하기는 했으나 세상을 다 가진 것처럼 행복하다 할 수는 없었다. 그토록 바라왔던 것치고는 뭔가가 모자랐다.

혹 사랑이 아니었던 걸까.

갑자기 의문 하나가 머릿속을 스치고 지나갔지만 황급히 고개를 흔들어 떨쳐 냈다. 그럴 리가 없었다. 나 자신을 바라봐 주는 이 여자가 아니면 대체 누굴 사랑한단 말인가.

불안하게 흔들리는 검은 눈동자를 보며 애써 미소 지었다. 자꾸만 고개 드는 의심을 무시하며 나 역시 사랑한다 속삭이고, 스스로의 마음을 증명코자 지은을 위해 성대한 연회를 열라 명령했다.

"아직 확실하지는 않지만, 아무래도 회임이신 것 같군요. 만약 사실이라면 분명 경하드릴 일이 아니오리까."

축하 인사를 건네는 라스 공작의 눈에는 희열이 감돌고 있었다.

나는 담담하게 고개를 끄덕였다. 언젠가는 이런 날이 올 거라 염두에 두고 있었기에.

바라는 대로 되어 기쁜가, 공작? 그렇겠지. 종마가 제 역할에 충실하게 행동해 주었는데 어찌 아니 행복할까?

축하 인사가 쏟아지는 와중에도 황비는 무표정했다. 회임 소식을 듣자마자 외마디 비명을 지른 지은과는 참으로 대조되는 모습이었다.

나는 털썩 주저앉은 지은을 잡아 일으키며 속으로 한숨을 삼켰다. 그토록 싫어하던 모습이었지만, 이번만큼은 황비의 손을 들어 주고 싶은 심정이었다.

이 여자는 황후로서의 긍지나 체면은 생각하지 못하는 건가? 어찌 이리도 모자라게 군단 말인가. 지금 이 자리에서 저 소식에 진심으로 기뻐할 자는 채 절반도 되지 않거늘.

짜증이 울컥 치밀어 올랐지만, 나는 애써 웃는 낯으로 지은을 돌아보았다. 나를 사랑해 주는, 그리고 내가 사랑하는 여자가 아닌가. 이쯤은 참아야지. 이 정도쯤은 가려 줘야지. 그것이 바로 내가 바라던 진정한 사랑일 테니까.

"거기 아무도 없나! 어서 황궁의를 불러라!"

붉게 물들어 가는 드레스를 보자 머릿속이 하얗게 비었다. 이럴 생각은 아니었다. 허튼 생각을 할까 저어되어 차갑게 내뱉긴 했으나 내심으로는 그녀의 아이를 황태자로 올릴 생각도 하고 있었다. 그랬기에 어찌할 것이냐는 제나 공작의 물음에도 확답을 내리지 않았던 게 아닌가.

사랑한다는 이유만으로 지은의 아이를 황태자로 올리기에는 여러 가지로 무리가 따랐다. 정치 감각은커녕 기본적인 교양조차 제대로 갖추지 못한 여자가 아닌가. 그 소생을 황태자에 올렸다가 내가 잘못되기라도 하는 날이면 제국은 고스란히 귀족들의 손에 들어갈 것이 분명했다.

그에 반해 황비는 지지 기반이나 정치 감각 모두가 뛰어나니, 그 성품만 어떻게 한다면 훨씬 나은 결과가 나올 것이 분명했다. 하지만 그러기 위해서는 부황 폐하의 측근이었다는 이유만으로 기고만장한 그 계파를 견제할 필요가 있었다. 해서 네 아이는 황태자가 될 수 없다며 마음에도 없는 소리를 한 것뿐이었는데.

새하얗게 변해 버린 얼굴을 계속 바라볼 수가 없어 서둘러 죄악의 자리에서 도망쳤다. 그녀가 유산했노라고, 그리고 다시는 회임할 수 없는 몸이 되었노라는 황궁의의 말에 가슴이 서늘해졌다. 하지만 밀려오던 죄책감은 그녀의 근황을 보고받자마자 사라졌다.

뭐가 어쩌고 어째? 하루만 쉬었을 뿐 다시 궁내부의 일을 돌보고 있다고?

정말이지 지독한 여자였다. 어떻게 제 아이를 잃고서도 끄떡없이 일을 할 수 있나. 다시는 아이를 생산할 수 없는 몸이 되었으니, 궁내부의 일이라도 꽉 쥐고 있겠다는 심산인가.

문득 차갑게 굳은 몸으로 그저 순응하던 모습이 떠올랐다. 만일 지금 너를 찾는다면 너는 어떻게 나올까. 말없이 순종할까, 아니면 거부할까? 너는 생산할 수 없는 몸이 되었으니, 이제는 천한 피가 흐르는 나와 살을 섞을 이유가 없어지지 않았나.

머리를 거세게 흔들었다. 대체 내가 지금 무슨 생각을 하고 있는 것인지. 요즘 들어 자꾸만 머리가 띵한 탓에 별별 생각이 다 드는 모양이었다. 내게는 마음을 나누는 여인이 있지 않은가. 내가 사랑하는 그녀가, 내게 사랑한다 속삭이는 지은이.

"……다!"
"……살을 쏴! 목숨만…… 없다!"
아스라이 먼 곳에서 고함 소리가 들려왔다. 강한 충격과 함께,

규칙적으로 흔들리던 몸이 크게 요동쳤다. 커헉, 이미 다 흘러 버렸다 생각한 피가 입에서 쏟아져 나왔다.

다급하게 나를 고쳐 업은 누군가가 다시 달리기 시작했다. 여태까지와는 다르게 불안정한 흔들림이 온몸으로 전해졌다.

"……돼. 조금만…… 조…… 더…….

알아들을 수 없는 중얼거림 속, 뿌옇게 흐려진 눈에 뭔가가 들어왔다. 검붉은색으로 얼룩진 은빛. 그래, 마치 그날과도 같은…….

"황후 폐하께서 유산하셨습니다. 범인은 모니크가의 기사입니다."

그럴 리가 없지 않은가. 다른 가문도 아닌 모니크가에서 그랬을 리가. 그랬다가는 당장에 후작의 목숨이 날아갈 터인데, 그들이 미치지 않고서야 그랬을 리가 없었다.

말도 안 되는 소리라 일축한 뒤 황후궁으로 향했다. 식음을 전폐하고 울기만 하는 지은을 달래다 보니 진이 다 빠질 지경이었다. 결국 나는 어떻게든 범인을 잡아 응분의 대가를 내려 주겠노라고, 유산을 했건 안 했건 변함없이 너를 사랑하노라고 몇 번이고 다짐하고서야 간신히 지은에게서 풀려 나왔다.

그러나 아무리 이슥한 밤까지 고민해 봐도 진범의 정체는 오리무중이었다. 그래서 나는 생각하기를 포기하고는 지끈지끈 쑤셔오는 머리를 부여잡으며 와인을 가져오라 일렀다. 요 근래 더욱 심해진 불면증 때문에 술이 없으면 잠을 이루기가 힘들었다.

하지만 한 잔 두 잔 와인을 입안에 털어 넣어도 가슴만 답답해질

뿐 잠이 오지 않았다. 결국 나는 마지못해 황궁의를 불렀다. 수면
제라도 먹고 잠을 청할 생각이었다.

"어찌 이리 잠을 못 이루십니까. 혹, 황비 전하 때문에 그러시는
지요?"

 황궁의가 수면제를 조제하는 동안 시종이 조심스레 물어 온 말
은 나를 의아하게 만들었다. 이게 무슨 소리인가 싶어 추궁하자
덜덜 떨던 시종은 뜻밖의 이야기를 꺼냈다. 지은의 소식을 들은
황비가 미친 듯이 웃었다는 소문을. 그리고 그녀가 그렇게 소리
내어 웃는 모습은 처음 봤노라며 시녀들이 쑥덕거리더라던 이야
기도.
 머리끝까지 화가 치밀어 올랐다.
 뭣이 어쩌고 어째? 참으로 독한 여자가 아닌가. 그렇다면 설마
이 일도 그 여자가 한 짓인가? 제 아비의 목숨마저 걸고서 황비의
지위를 지키기 위해 벌인 일이란 말인가?
 거기까지 생각이 미치자, 갑자기 참을 수 없을 정도로 뜨거운 기
운이 가슴을 타고 올라왔다. 당장에라도 가느다란 그 목을 비틀어
버리고 싶었다.
 와장창!
 유리잔이 산산이 부서지고, 은쟁반이 거칠게 내동댕이쳐졌다.
 쨍그랑!
 사납게 집어던진 와인 병이 박살 났다. 깨진 병에서 흘러내린 포
도주가 대리석 바닥과 은쟁반을 검붉게 물들였다.

그럼에도 나는 끓어오르는 가슴을 쥐어뜯으며 더 부술 것이 없나 주위를 두리번거렸다.

독란(毒亂)한 여자 같으니. 들통 난다 하더라도 제 가문은 누명을 썼을 뿐이라 변명할 생각이었겠지. 모니크가 황실에 거역할 거라고는 그 누구도 생각지 않을 테니.

"저, 폐하. 아뢰옵기 황공하오나 분노의 도가 조금 지나치십니다. 혹 환후가 있으신 건 아닌지……."

조심스레 말을 건네는 여자를 죽일 듯 노려보았다.

뭐라? 분노의 도가 지나쳐? 이 상황에서 그럼 침착하란 말이냐?

순간 여의의 얼굴 위로 무표정한 황비의 얼굴이 겹쳐 보였다. 나를 깔아 보는 듯한 그 표정에 잠시 가라앉았던 분노가 다시 타올랐다.

네깟 게 감히 나를 멸시해?

문을 박차고 들어온 근위기사의 검을 빼앗아 그대로 내리쳤다. 힘없이 무너진 여자의 몸에서 붉은 선혈이 뿜어져 나왔다. 답답했던 가슴이 한결 시원해지는 기분에, 그제야 나는 피 묻은 검을 집어던지며 돌아섰다.

하지만 머리끝까지 치솟아 올랐던 화가 가라앉고 나자 뭔가 이상하다는 생각이 들었다. 그간 시종을 두엇 벨 때는 느끼지 못했는데, 이제 와 생각해 보면 그 일들이나 방금 전 황궁의를 벤 것 모두 조금 과했던 것 같았다.

진짜 어디 문제라도 있는 것 아닌가라는 생각이 들었지만, 나는 일단 지끈거리는 머리를 부여잡으며 후작을 호출했다. 우선은 가장 골치 아픈 일부터 해결하자는 생각에서였다.

"송구한 말씀이오나 폐하, 명백한 증거가 없는 이상 아무리 황제 폐하라 하더라도 본가를 처벌하실 수는 없습니다. 하오니 이렇게 하시지요. 가문과 황비 전하의 명예를 지켜 주신다면, 정계에서 은퇴하여 조용히 살겠습니다."

황비가 범인이라는 소리에 후작은 무언가를 말하려다 말고 입을 다물었다. 그러고는 한참 후에야 꺼낸 얘기가 저것이었다. 범인으로 지목받아 명예를 더럽힐 수는 없으나 내 앞에서 사라져 줄 수는 있노라고.

그는 유산의 후유증으로 쇠약해진 그녀가 사망한 것으로 위장해 달라 했다. 그렇게만 해 준다면 두 번 다시 수도에 나타나지 않겠다고 하면서.

말도 안 되는 소리였다. 그가 은퇴하는 것을 두 공작이 가만둘리가 없지 않은가. 게다가 권력욕에 가득 차 있는 그 여자가 순순히 따라나설 리는 더더욱 없었다.

그런 내 마음을 눈치챈 것일까? 후작은 계파는 알아서 정리할 테니 걱정할 필요 없노라며 황비와도 이미 이야기가 됐다고 했다.

뜻밖의 말에 머리가 띵했다. 곧이어 타오를 듯한 분노가 나를 잠식했다.

뭐가 어쩌고 어째? 황궁을 떠나? 누구 맘대로?

무슨 꿍꿍이지? 황실에 들어올 준비로 평생을 보낸 여자가 이제

와 순순히 황궁을 떠나겠다 했다니. 이게 말이나 되는 소린가?

한참을 씩씩대다 문득 스치고 지나가는 생각에 입꼬리를 비틀었다.

너, 생산할 수 없는 몸이 되었으니 더는 나 같은 것과 함께할 필요가 없다는 거냐? 이제는 고귀하신 네 몸을 천한 내게 내주는 수모를 감수할 이유가 없다는 것이냐? 그래?

무표정한 얼굴이 떠올랐다. 늘 초연하던 눈빛과 너 같은 건 아무것도 아니라는 양 홀로 고고하던 태도도.

가슴속에서 뜨거운 기운이 꿈틀거리는 것이 느껴졌다. 나는 치밀어 오르는 울화를 억누르며 후작에게 일단 자택에 돌아가 근신하라고 명했다. 황비와 똑같은 은빛 머리카락을, 더는 보고 싶지가 않았다.

"목숨만은 살려 주십시오, 폐하. 저희 가문이 그동안 황실에 바친 헌신을 보아서라도…… 다른 것은 바라지 않습니다. 제발 목숨만은 살려 주십시오, 황제 폐하."

고개 숙여 간청하는 여자를 보자 기분이 뒤틀렸다.

너, 대체 뭔가. 항상 너보다 더 잘난 이는 없다는 듯 행동하지 않았나. 제국의 주인인 나조차 눈 아래로 깔아 보지 않았나. 그런데 지금 이 태도는 뭐냔 말이다. 그토록 잘난 네 자존심, 드높던 네 긍지는 어디 간 것인가.

엄습해 오는 불쾌감에 입술을 뒤틀었다. 순순히 무릎을 꿇고 이마를 땅에 대는 여자를 보자 기분이 몹시 더러워졌다.

너, 고작 이것밖에 안 되는 여자였나? 겨우 그 정도밖에 안 되는 주제에 그토록 거슬리게 굴었던 것이었나?

공중에 붕 뜬 듯한 부유감이 나를 감쌌다. 이것이 정녕 현실인가? 고귀한 피가 흐르는 저 여자가, 완벽한 황후감이라며 늘 칭송받던 그녀가 저리도 비굴하게 엎드려 있다니.

한참 동안을 미친 듯 웃어젖혔다. 무척이나 현실감 없는 이 상황이 몹시 우스웠다.

견디기 힘들 것임에도 미동도 않은 채 찬 바닥에 엎드려 있는 황비. 나는 그런 그녀에게 그만 일어나라고 하려다 입꼬리를 비뚜름하게 들어 올렸다. 은색 머리카락을 장식한 보석 비녀가 눈에 들어왔기에.

너, 정말 뭔가. 늘 지위를 과시하듯 티아라를 쓰고 다니지 않았나. 그런데 어찌해서? 후작의 말대로, 네 진정 황실을 떠나려고 하였나? 그래서 그런 차림인 것인가? 그래?

순간 화가 머리끝까지 치밀어 올랐다.

네가 감히 나를 거부해? 천한 피가 흐르는 나와 접촉하는 것이 그리도 싫었느냔 말이다.

거친 숨을 내뱉었다.

웃기지 마라. 아무리 고결한 척해 봐야 너는 황제의 여자. 황제의 관을 쓰고 있는 이상, 내게 그 어떤 천한 피가 흐른다 해도 두말없이 벗어 줘야 하는 여자가 아닌가.

만족시켜 보라는 말에 새하얗게 질리는 모습이 만족스러웠다. 분명 못한다 하겠지. 저는 황비이니 그런 천한 여자들이나 하는 짓은 못하겠노라며 존중해 달라 하겠지.

하지만 바들바들 떨던 여자는 내 생각과는 달리 스스로 옷을 벗었다. 그러고는 기가 차서 바라보는 나를 향해 희미하게 웃음 지었다.

무언가 덜컥 내려앉는 것만 같은 기분에 황급히 고개를 돌렸다. 어쩐지 그 미소가 눈앞에서 떠나지 않았다.

시체처럼 뻣뻣하던 이전과는 달리 적극적으로 몸을 움직이는 모습이 낯설었다. 파르르 떨리는 속눈썹이, 꼭 감은 두 눈이, 거칠어진 숨을 내뱉느라 반쯤 열린 입술이 평소와는 너무도 달랐다. 부드러운 손길로 나를 쓸어내리는 그녀는 감정 한 톨 없는 인형이 아니라 살아 있는 사람 같았다.

너는 자존심도 없느냐고 화를 낼 생각이었는데, 나도 모르게 그 움직임에 동조하고 있었다. 서늘하기만 하던 예전과는 달리 온기를 품은 몸을 끌어안았다. 어느새 가슴 가득 쌓여 있던 분노가 스르르 녹아내리고 있었다.

"약조하신 대로 이제 제 아비의 목숨은 살려 주시는 겁니까?"

저릿한 만족감에 취해 있던 것도 잠시, 귓가에 들려오는 목소리에 절로 눈이 번쩍 뜨였다. 어느새 옷을 갖춰 입은 그녀가 무표정한 얼굴로 나를 바라보고 있었다. 언제 그랬냐는 듯 생기 없는 눈동자와 고저 없는 목소리에 헛웃음이 나왔다.

대관절 무엇을 기대했단 말인가. 저 여자는 그저 제가 원하는 걸 얻기 위해 명령에 충실했던 것뿐인데. 차기 황제를 낳겠다는 목적으로 저를 안으라 압력을 넣었던 것처럼, 황궁에서 떠나기 위해 제 몸을 내줬던 것뿐이었는데.

이런 지독한 것.

잠시 사그라졌던 화가 다시 솟구쳤다.

그렇다면 네가 천한 여자들과 다를 게 무어란 말이냐? 돈을 받기 위해 몸을 파는 여자와 원하는 것을 얻으려 다리 벌리는 네가 다를 바가 무엇이야.

광폭한 분노가 소용돌이쳤다. 거짓된 웃음에 속아 저런 여자에게 잠시나마 흔들렸던 내가 바보 같았다.

무표정한 얼굴이 보기 싫어 아무 말이나 되는 대로 뱉어 냈다. 제 아비가 죽었다 하자, 그녀는 하얗게 질린 얼굴로 나를 바라보았다. 황금색 눈동자에서 뿜어져 나오는 짙은 분노에 그제야 비로소 웃음이 나왔다.

너, 이제야 본색을 드러내는가. 그래, 천한 내가 감히 고귀한 너를 욕보였으니, 그간 얼마나 나를 증오했겠나. 참을 수 없는 수모까지 감당하였는데, 널 데려갈 아비가 없다 하니 얼마나 분노했겠나.

피 흐르는 가슴을 움켜쥔 채 황비를 바라보았다. 거칠게 끌려 나가면서도 내게 비녀 쥔 손을 뻗으려는 그녀를, 격렬한 감정의 파도가 휘몰아치는 황금색 눈동자를 바라보며 입꼬리를 끌어올렸다. 견고한 가면이 부서진 그 모습이 무척 만족스러웠다.

"짐에게 뭐 할 말 없나, 후작?"

후작은 제 딸이 감옥에 갇힌 것을 알면서도 아무런 행동도 취하지 않았다. 황비를 처형해야 한다며 귀족들이 들고 일어났음에도 그는 계속해서 침묵했다. 뿐만 아니라 어떻게든 그녀를 살리려 해야 할 부황 폐하의 측근들마저 잠잠했다.

이해할 수가 없었다. 모니크가에 있는 '그것'을 이용하면 될 일인데도 내내 침묵하는 그가. 그것 하나만 내밀면 나조차도 더 이상 어찌할 수 없을 텐데, 대체 무엇 때문에 그는 아무런 행동도 취하지 않고 저러고 있단 말인가.

어찌 된 영문인가 싶어 내내 궁금해하다 결국 소환한 날, 계속되는 추궁에도 묵묵부답이던 그는 한참 후에야 무거운 입을 열어 말했다.

"폐하를 시해하려 한 죄인이 아닙니까. 살아난다 하더라도 평생 불명예가 따라다닐 테지요. 목숨보다 명예가 중요한 분이시니…… 그리 사는 것은 바라지 않으실 것입니다."

말문이 막혔다. 이것이 아비 된 자로서 할 수 있는 이야기인가. 목숨보다 명예가 중요하다고? 살아도 산 것이 아니니 차라리 그냥 죽는 걸 두고 보겠다고? 어쩐지 조용하더라니, 저런 이유를 들어 제 계파마저 나서지 못하게 한 것인가? 그 여자라면 분명 그리 생각할 테지만, 그렇다 하더라도 참으로 독한 부녀가 아닌가.

굳게 입을 다문 후작을 물끄러미 바라보다 한숨 쉬며 내보냈다. 더는 그와 말을 섞고 싶지 않았다.

"빌어먹을."

차도를 보이기는커녕 점점 심해지기만 하는 불면증은 급기야 두

통마저 동반했다. 깨질 듯 아픈 머리를 부여잡으며 침대에 누웠으나 아무리 애를 써도 잠이 오질 않았다.

굳게 감은 눈 위로 문득 황비의 얼굴이 떠올랐다. 희미하게 미소 짓던 그날의 그녀가. 고개를 흔들어 떨쳐 내려 하였지만, 그녀의 환영은 쉽사리 사라지지 않았다. 거친 숨을 내쉬던 입술이, 부드럽던 그 손길이 잊히지가 않았다.

뻐근한 가슴을 움켜쥐며 몸을 일으켰다. 머리맡에 놓인 와인을 한 잔 따라내었을 때, 요란한 소리를 내며 문이 열렸다. 눈물을 흘리는 지은을 보자 한숨이 나왔지만 나는 말없이 그것을 삼키며 영문을 물었다.

많이 다쳤다던데 괜찮은 거냐고, 며칠 동안 찾지 않아 무척 걱정했노라며 품에 안겨 드는 지은을 말없이 토닥였다. 황비궁의 사건이 있고 나서 찾지 않았던 지은이었지만, 막상 그녀와 마주하자 혼란스러웠던 마음이 조금은 가벼워지는 듯했다.

그래, 내게는 지은이 있지 않은가. 눈물까지 흘리며 나를 걱정해 주는 그녀가, 이토록 나를 사랑해 주는 여인이.

"……*참수한다.*"

무릎 꿇은 채 고개를 떨구고 있는 황비를 내려다보았다. 길게 드리워진 은빛 머리카락 때문에 표정을 볼 수가 없었다.

지금 너는 어떤 표정일까? 늘 그랬듯 무표정일까? 아니면 마지막으로 보았던 모습처럼 나를 향한 증오를 불태우고 있을까? 그것도 아니면, 이제야 지긋지긋했던 내게서 벗어날 수 있다 좋아하고 있을까?

문득 웃음이 나왔다. 지긋지긋하다라. 참으로 적절한 단어로구나. 너를 볼 때마다 내가 그랬듯, 너 역시 내가 지긋지긋했을 테지.

어떠한가. 속이 시원한가? 너와 나, 참으로 질긴 인연이 아니었나. 나서부터 계속되었던 악연의 고리를 이제야 끊게 되어 기쁜가? 더는 천한 나와 엮이지 않아도 되어 너, 이제 행복한가?

사형집행관의 도끼가 높이 올라가는 순간, 내내 떨구고 있던 고개를 들어 올린 황비가 나를 응시했다.

전혀 예상치 못했던 모습에 심장이 덜컥 내려앉았다. 그녀는 무표정하지도, 증오를 불태우고 있지도, 즐거워하고 있지도 않았다. 후작 부인을 똑 닮은 황금색 눈동자는 잔뜩 젖어 있었다. 그녀를 처음 안은 날 방을 나서다 보았던 모습처럼.

너, 어째서 울고 있는가.

선득한 가슴 위에 손을 얹으며 한숨처럼 중얼거렸다. 네가 바라던 대로 되었는데, 어째서? 불명예스러운 삶은 원치 않는다 했잖은가. 천한 내 곁에서 사는 것보다 떠나기를 바란다 하지 않았나.

곧 내리쳐질 것 같은 도끼를 보며 망설였다. 정말 이대로 황비를 처형해도 되는 걸까. 지금에라도 집행을 정지시키는 게 낫지 않을까?

고민 끝에 팔을 막 들어 올리려던 순간, 한 손으로 입을 틀어막은 지은이 내게 매달렸다. 어깨에 와 닿는 묵직한 느낌에 멈칫했다. 어차피 나를 멸시하고 증오하던 여자가 아닌가. 이제 와 집행을 정지시킨다 한들 무에 달라지는 것이 있을까.

나를 곧게 응시하는 황비를 보며 주먹을 꽉 쥐었다가 폈다. 젖은 눈동자를 외면하며 지은을 감싸 안았다.

휙!

도끼가 날았다.

"모니크 후작이 자결했다 합니다."

말없이 고개를 끄덕였다. 마지막으로 보았던 모습에서 얼추 짐작하고 있었기에.

사망 일자를 조금 앞당겨 기록하여 제국의 후작으로서 장례를 치르라 지시하자, 내내 침묵하던 베리타 공작이 말했다. 이제 그만 재상의 자리에서 물러나고 싶노라고. 뒤이어 라스 공작이 제복에서 어깨끈을 떼어 내려놓았다. 자신 역시 정계를 은퇴하겠다 말하면서.

두 공작의 눈에 어른거리는 책망의 빛을 보자 불현듯 화가 치밀어 올랐다. 내가 무엇을 그리 잘못했단 말인가? 감히 황제를 시해하고자 했던 반역자를 처형했을 뿐이거늘.

솟구치는 짜증에, 만류하는 대신 고개를 끄덕였다.

그래, 전부 가 버려라. 어차피 너희는 모두 부황 폐하의 측근이었을 뿐, 나를 섬기는 사람들이 아니었잖은가.

아무렇지 않은 듯 서류를 펼쳤으나 집중할 수가 없었다. 왜 이러는 것인가. 눈엣가시 같았던 황비와 그 일파들을 이제야 모두 내쫓았는데.

답답한 가슴을 부여잡고 있을 때, 갑작스레 들이닥친 지은이 직접 만든 것이라며 온갖 음식을 내려놓았다. 비록 모양은 형편없고 심하게 짰지만, 그 마음 씀씀이가 고와 나는 말없이 포크를 놀렸다.

맛있냐고 거듭 묻는 지은을 향해 엷게 미소 지었다. 그래, 지은이야말로 내가 아껴야 하는 여자였다. 끝까지 제 이득만 쫓던 황비가 아니라.

그러니 이리 찜찜해할 이유가 없었다. 드디어 온전한 내 제국을 갖게 된 것이 아닌가. 부황 폐하의 잔재가 남아 있는 곳이 아니라, 오직 나만을 사랑해 주는 여자와 나만을 섬기는 신하들로 이루어진 제국을.

"그 입 닥치지 못할까!"

가득 놓여 있는 서류를 밀치며 고함질렀다.

뭐가 어쩌고 어째? 정신 차리라고? 부황 폐하라면 그렇게 하지 않았을 거라고?

그놈의 부황 폐하, 부황 폐하. 정말이지 지긋지긋했다.

거듭 설득하려 드는 백작을 향해 검을 겨누었다. 한 번만 더 그런 소리를 하면 베어 버리겠노라고 경고하자 노백작은 그제야 입을 다물었다.

하지만 속 시원했던 것도 잠시, 화가 사그라지고 나자 뭔가 찜찜하다는 생각이 들었다.

왜 이러는 것일까. 분명 황궁의는 아무런 이상이 없다 하였는데. 혹 과도한 스트레스 때문인가?

하긴 그럴지도 몰랐다. 요즘 들어 무엇 하나 마음에 드는 것이 없었으니까. 사사건건 트집을 잡는 귀족들도 그렇고 황후의 위에 오른 지 몇 년이 되었음에도 일 하나 제대로 처리할 줄 모르는 지은도 그렇고, 모두가 답답하기 이를 데 없었다.

황비와 그 일파가 있었다면 달랐을까?

문득 생각 하나가 머릿속을 스치고 지나갔다.

아니지, 그 여자나 부황 폐하의 측근들이 있다 하여 무엇이 달랐으랴. 잔존 세력들조차 이렇게 신경을 긁고 있는데, 그들이 있었다면 오히려 심하면 심했지 덜했을 리가.

고개 저어 상념을 떨쳐 냈다. 아무래도 그간 스트레스를 과하게 받긴 했던 모양이었다. 몇 년 동안 잘 잊고 지내 왔던 그들이 새삼 떠오르는 것을 보면.

"폐하께서는 지금 중독되어 계십니다."

뭐라고?

뜻밖의 소리에 기가 막혀서, 조용조용 말하는 벌꿀색 머리카락의 남자를 물끄러미 바라보았다. 얼마 전 상경해서 조금씩 활동 범위를 넓히고 있는 젊은 후작은 무척이나 진지한 표정이었다.

머리가 띵했다. 독대를 청해 왔다기에 별생각 없이 받아들였을 뿐이었는데 이런 엄청난 이야기를 꺼낼 줄이야.

감히 제국의 주인을 상대로 농담하는 것은 아닐 테고, 어느 정도는 근거가 있으니 이런 얘기를 꺼냈을 터. 자세히 설명해 보라는 말에 미르와 후작은 하나둘 이야기를 풀어 나갔다.

그는 리사 왕국의 독 중에 그러한 것이 있다고 했다. 오래도록 복용하면 가슴이 답답하고 현기증이 나며 속이 메스껍다고, 또한 기분이 자주 극과 극으로 치달아 별것 아닌 일에도 짜증과 화가 치민다고 했다.

그래서였나. 몇 년 전부터 자꾸만 분노가 치밀어 오르던 이유가, 감정을 제어할 수 없었던 까닭이?

기막혀 하는 내게 그는 거듭해서 말했다. 제나 공작이 배후라고, 이것은 매우 오랜 시간 동안 서서히 진행되어 온 음모였다고. 그러고는 증거를 보이라는 내게 어렵사리 구한 해독제라며 작은 병 하나를 건넸다. 두꺼운 장부 한 권과 함께.

밤새도록 장부를 넘겨보았다. 그 안에는 제나 공작과 리사 왕국의 유착 관계, 독의 입수 경로 등이 상세하게 나와 있었다. 겹겹이 둘러싼 인의 장막을 뚫고서 시도해 온 온갖 방법들도 적혀 있었다. 약재, 와인, 연무장의 물통 등을 통한 각종 수법들이.

마지막 장을 덮은 채 생각에 잠겼다. 장부에 따르면 제나 공작이 배후임이 확실했지만, 후작의 말만 듣고 판단할 수는 없었다. 역으로 나를 노리는 수법일지도 모르는 일이 아닌가. 그러니 만전을 기하기 위해서는 믿을 수 있는 사람에게 은밀히 조사하도록 명하는 것이 나을 것 같았다.

그럼 누구에게 이 일을 맡긴다?

정계에서 활동하고 있는 귀족들의 얼굴을 하나둘 떠올려 보았지만, 이렇다 할 인물이 없었다. 게다가 그나마 신뢰가 가는 이들은 대부분 제나 공작과 어떤 식으로든 연을 맺고 있는 자였다.

가슴이 선득해졌다.

이럴 수가. 그 많은 사람 중에 믿을 수 있는 자가 단 하나도 없다니. 부황 폐하가 비타의 품으로 돌아간 지도 벌써 사 년이나 지났는데, 그동안 나는 무엇을 해 왔단 말인가. 나만의 제국을 이룬 줄 알았는데, 이것은 마치 제나 공작의 나라 같지 않은가.

"저…… 황제 폐하."

물 한 모금조차 마음대로 마실 수가 없었다. 끝없는 경계와 의심 속에 불면의 밤을 보내고 있던 어느 날, 수석시종장이 조심스레 내민 서류는 가뜩이나 더해 가던 짜증에 불을 질렀다. 궁내부의 일은 대대로 여성의 관할이었기에 자세히는 알지 못했지만, 척 봐도 지은이 처리한 방법에 문제가 있다는 것 정도는 알 수 있었다.

바보 같은 여자. 황후가 된 지 사 년이나 지났는데 이런 일 하나 제대로 하지 못한단 말인가.

그럼 그동안은 대체 어떻게 해 온 거지?

문득 머릿속을 스치고 지나가는 생각에 속으로 혀를 찼다.

그녀로구나. 지은을 대신하여 궁내부를 장악하고 있던 여자, 황비.

갑자기 헛웃음이 나왔다. 그동안 잘 잊고 살아왔는데, 요즘 들어 왜 자꾸만 그녀를 떠올릴 일이 생기는 것인지.

혹시나 했더니 역시나, 궁내부는 그녀와 관련된 서류를 차마 폐기하지 못하고 있었다. 나는 연신 눈치를 보는 궁내부장에게 지은의 정책 대신 황비가 시행하던 것으로 바꾸라 명한 뒤 돌아서다 멈칫했다. 문득 물기를 머금은 황금색 눈동자가 떠올랐기에. 어느새 제멋대로 움직인 입술이 궁내부장에게 황비와 관련된 모든 서류를 가져오라 명하고 있었다.

황후궁의 복도를 걸으며 속으로 되뇌었다. 별다른 의미는 없었다고, 그저 배후를 찾기 위해 그런 것뿐이라고, 궁내부를 전부 관할하던 황비이니 혹 무언가 나올지도 모르기 때문이라고.

자꾸 떠올리고 있었기 때문일까? 아무리 일해도 나아지지 않는 지은에게 무심코 황비의 이야기를 꺼냈다가 그만 큰 싸움을 벌이고 말았다. 그래도 내가 사랑하는 여자이니 참아 줘야 한다 생각하고 있었는데, 순간적으로 솟구쳐 오른 분노는 그간 꾹꾹 참아왔던 속마음마저 모두 털어놓게 만들었다. 표독스럽게 변해서 막말을 쏟아 놓는 모습에 나도 모르게 손을 휘두를 정도로.

중앙궁으로 돌아와 궁내부에서 보내온 서류를 집어 들었다. 그리고 황비가 직접 작성한 것처럼 보이는 동글동글한 글씨들을 읽어 내리다 손으로 이마를 짚었다. 이게 다 뭐란 말인가.

지은을 밀어내고 내궁의 주인으로 행세하려 한다 생각했는데, 그녀는 지은을 위해 내궁의 운영에 관한 서류를 작성해 두고 있었다. 내게는 하등 관심도 없는 여자인 줄 알았는데, 그 누구도 모를 거라 생각했던 사소한 내 취향마저 알고 있었다.

문득 지은이 했던 말이 생각났다. 황비는 뭐 천재라서 처음부터 잘했겠느냐던 이야기가.

그랬나. 부황 폐하를 따라잡기 위해 죽도록 노력했던 나처럼, 너역시 완벽한 황후가 되기 위해 뼈를 깎는 고통을 거쳤던 것이었나. 감정을 감추는 데 점점 익숙해졌던 나처럼, 너 역시 겉으로 드러내지 못했을 뿐 수많은 생각을 가슴속에 묻고 살았던 거였나.

어째서 나는 한 번도 물어볼 생각을 하지 않았을까. 왜 그리 무표정이냐고, 너는 대체 나를 어떻게 생각하는 것이냐고.

늘 지레짐작했을 뿐, 나는 그녀가 무슨 생각을 하는지, 어떤 심정인지 알려고 한 적이 없었다. 당연하게 생각했다. 감정도 없는 인형 같은 여자, 계파만 생각하는 독한 여자라고.

왜 그랬을까. 어째서 나는 늘 편견을 가지고 그녀를 바라봤던 걸까.

"라스 공작, 면구하기 그지없소만 한 번만 짐을 도와줄 수 없겠
소? 짐은 지금 중독되어 있소. 아니, 정확히는 중독이 의심되는 상
황이오. 한데 아무리 생각해도 믿을 만한 자가 그대와 베리타 공
작밖에 없더군. 짐에게 지난 과오를 바로잡을 수 있는 기회를 주
시오. 부탁이오."

고민을 거듭하다 결국 라스 공작에게 서신을 띄웠다. 의심받지
않고 공작과 접촉할 수 있는 사람을 찾기 위해 고생한 시간만 해
도 어마어마했다.

그리고 몇 주 뒤, 갓 작위를 물려받은 에네실 후작이 라스 공작
의 답신을 들고 상경했다. 그곳에는 믿을 수 있는 자가 없다면 모
두가 용의자이니 일단 서신을 들고 가는 자를 중용하라고, 나를
도울 수 있는 방법을 강구해 보겠노라 적혀 있었다.

"황후 폐하께서 회임하셨습니다."

에네실 후작은 조사 결과 제나 공작이 범인이며 미르와 후작이
건네준 것은 해독제가 맞다고 보고했다. 덕분에 나는 독을 해독한
후 한결 맑아진 머리로 이 사태를 해결할 방법을 강구하고 있었다.

그러나 그러던 어느 날 들려온 뜻밖의 소식은 조금씩 나아지던
상황을 또다시 급박하게 만들었다. 황후의 배 속에 든 아이가 황

자라면, 그 아이가 태어나는 즉시 나는 죽은 목숨이었다. 머리가 조금 있는 자라면 갓 태어난 황자를 황위에 올려 국정을 좌지우지하는 편이 훨씬 수월하다는 것쯤은 알고 있을 테니까. 게다가 태후가 될 지은 역시 이용하기 쉬운 여자가 아닌가.

순간 무자비한 생각이 머릿속을 스치고 지나갔다. 그 아이를 없애 버린다면 어떨까. 그럼 보다 안전한 수단으로 현 상황을 반전시킬 수 있을 텐데.

하지만 그 방법은 차마 실행으로 옮길 수가 없었다. 내 손으로 잃게 만든 황비의 아이가 생각나서, 그리고 이미 한 번 아이를 잃었던 지은이 안쓰러워서. 마음에는 차지 않을지언정 한때 사랑했던 여자인데 두 번씩이나 그런 일을 겪게 할 수는 없었다.

그렇다면 남은 방법은 오직 하나였다.

"수도를 벗어나야겠소. 그리고 두 공작과 그대들의 군사를 합쳐 황후가 출산하기 전에 돌아오는 수밖에. 그리되면 병력에서 우위를 점할 수 있으니, 교활한 자들을 징죄할 수 있을 것이오."

두 후작과 더불어 수도를 벗어날 명분을 찾고 있을 때, 시기적절하게도 리사 왕국이 국경 지역의 몇몇 마을을 약탈했다는 소식이 들려왔다. 그리고 긴급하게 소집된 정무회의에서 나는 해독하기 전처럼 화를 이기지 못하는 모습을 연출하며 직접 리사 왕국을 정벌하겠노라 선언했다.

제나 공작은 의외로 별다른 반발 없이 내 주장을 받아들였다. 그 모습이 영 미심쩍었지만, 달리 방도가 없었기에 나는 최대한 주의를 기울이며 수도를 빠져나왔다. 안전거리에 들어서는 즉시 두 공작과 합류하러 갈 생각이었다. 그랬는데…….

"쿨럭! 커헉!"

"저기다! 잡아라!"

"이제 마지막이다!"

풀썩 고꾸라지는 느낌과 함께 무거운 몸이 바닥에 내동댕이쳐졌다. 갑작스레 밝아 오는 시야에 검을 뽑아 든 채 내 앞을 막아서는 금발의 기사가 보였다. 피 칠갑이 된 은색 갑주가 달빛에 반사되어 기괴한 빛을 뿜어내는 모습도.

굳어 가는 입가에 스르르 미소가 걸렸다. 이것이 말로만 듣던 그 현상인가. 목숨이 끊어지기 직전, 아주 잠깐 동안 정상적인 상태로 돌아온다던 바로 그것.

한 줄기 눈물이 흘렀다. 어디서부터 잘못된 걸까. 어째서 나는 이토록 수많은 잘못을 저지른 거지? 늘 질투하고 반항해 왔지만, 사실은 부황 폐하 못지않은 성군이 되고 싶었는데. 누구에게나 존경받고 사랑받는…… 그런 존재가 되고 싶었을 뿐이었는데.

"허, 근위기사단장이었나. 의외로 대어였군. 어차피 절벽이라더는 도망도 못 칠 터. 그대, 이만 포기하고 시신을 내주는 것이 어떠한가."

"시끄럽다. 본관은 적의 무리와 협상하는 법 같은 것은 배우지 못했느니라."

"하는 수 없군. 그대 역시 죽이는 수밖에. 쳐라! 반드시 시신을 확보해야 한다!"

어느새 깜깜해진 하늘 위, 검은 구름 속에 반쯤 가리워진 은색 달이 보였다. 평소에는 그저 홀로 고고해 보이던 그 달이 오늘따라 무척 외로워 보였다.

문득 웃음이 나왔다. 구름에 가려져도 저리 빛나는 달이었거늘, 어째서 나는 구름만 보고 그 안에 가려진 달은 보지 못하였을까.

까마득한 옛날 처음 보았던 작은 아이가 떠올랐다. 조막만 한 손을 뻗으며 까르르 웃던 여아, 혀 짧은 소리로 나를 부르며 졸졸 따라다니던 작은 아이, 치기 어린 마음에 밀쳐 내곤 했지만 사실은 무척 사랑스러웠던 그 꼬마가. 아아, 어째서 나는 그 모습을 까마득히 잊고 있었을까.

펜릴 백작의 모습이 차츰 흐릿해졌다. 몸이 차츰 차갑게 식어 가고, 한 호흡 한 호흡 내뱉는 것이 점점 힘에 겨웠다. 마침내 감각이 사라지기 직전, 누군가가 황급히 나를 둘러업는 것이 느껴졌다. 곧이어 공중에 붕 뜨는 듯한 부유감이 나를 감쌌다.

까맣게 타들어 가는 시야 속, 검은 강물 위에 은빛의 무언가가 아른거리는 것이 보였다.

아아, 그래. 네가 마중 나온 건가. 아무리 무시하고 모진 소리를 뱉었어도 돌아보면 항상 네가 있었지. 너는 늘 먼발치에서 나를 바라보곤 했었어. 언제나 그랬듯, 너 오늘도 그곳에서 나를 기다리고 있는 건가.

지금 너는 어떤 표정일까. 예전처럼 무표정일까, 아니면 너를 죽인 나에게 증오를 불태우고 있을까. 그것도 아니면, 마지막으로 보았던 모습처럼 울고 있을까?

그곳은 어떠한가? 어릴 적 들었던 이야기처럼 진정 아픔도 슬픔도 없이 행복한가? 너, 그곳에서 편안히 지내고 있었나? 아니면 나를 기다리느라 아직 가지 못하였나? 이제는 나와 함께 가자꾸나. 이미 한참 늦었지만, 내 그곳에서…….

차가운 무언가에 잠겨 드는 느낌을 끝으로 감각이 완전히 사라졌다. 뻣뻣한 팔을 뻗어 일렁이는 은빛을 품 안 가득 끌어안았다. 심연으로 빠져드는 의식과 함께, 채 건네지 못한 마지막 말이 스르르 사그라졌다.

……너와 못 다한 이야기를 나누고 싶구나.

7. 루나의 하루

7. 루나의 하루

고로롱, 고로롱.

응? 누구야? 내 털 날리지 마. 하지 말라니까? 잠 좀 자자……. 이익, 하지 말라고! 누가 자꾸 잘 자는 고양이를 깨우는 거…… 음냐…… 캬앙! 그만 좀 하랬지!

뭐? 미안하다고?

미안한 줄 아는 바람이 잘 자는 고양이를 깨우냐!

더 자라고?

너 지금 나랑 장난해? 잠자는 고양이 깨워 놓고 이제 와서 더 자라는 건 뭔데?

자는 모습이 너무 예뻐서 그랬다고?

홋, 이 몸이 원래 좀 예쁘긴 하지. 너, 개념은 없어도 보는 눈은 좀 있구나?

좋아, 내가 묘심猫心 써서 특별히 한 번 봐주지. 너 진짜 운 좋은

줄 알아. 나, 루나야, 루나. 이 동네를 꽉 잡고 있는 고양이 루나가
바로 이 몸이란 말씀이지.

뭐? 믿을 수 없다고? 이게 그냥 확!

잘못했다고?

흥, 진작 그렇게 나왔어야지. 하여간 말로 해서는 못 알아듣는
것들이 꼭 있다니까.

응? 그럼, 안타깝지만 이 집에도 많아. 내 집사야 안 그렇지만.

근데 집사는 어디 갔지? 아침부터 또 밖에 나갔나? 하여간 집사
는 왜 그렇게 부지런한 건지, 원. 미모를 가꾸는 데는 잠이 최고인
데, 내 집사는 너무 잠이 없단 말이야. 이래서야 이 몸에게 실례잖
아. 난 못생긴 집사는 안 키운다고.

뭐? 집사가 못생겼냐고?

아냐, 아냐. 이 몸의 월등한 미모에 비하면야 한참 모자라지만,
그래도 얼핏 보면 이 몸과 조금 닮은 듯도 하다고. 무슨 말인지 알
겠어? 이 루나 님과 닮았을 정도면, 집사도 사람 중에서는 제법 예
쁜 축이란 말이지. 설마하니 이 몸이 허접한 집사를 골랐을까 봐?

"루나야, 루나 어디 있니?"

아, 젠장. 야, 얼른 숨어.

뭐? 넌 바람이니까 모습이 안 보인다고? 맞다, 그랬지.

근데 너, 멀리서 왔지? 어떻게 알았냐고? 그야 쉽지. 이 근처에
살면 나와 내 집사를 모를 수가 없거든. 내 집사가 좀 높은 사람이
라서 말이야. 그러니까 이 몸한테 잘 보이란 말씀!

응? 왜냐고?

너, 머리 나쁘구나? 그야 내 집사는 엄청 높은 사람이고, 이 몸

은 집사의 주인이니까 그렇지. 즉, 이 집에서 내가 눈치 볼 상대는 전혀 없단 말씀이야. 물론 한 명은 아니지만, 그쪽은 좀 특별한 경우니까…….

"여기 있었구나, 루나야. 한참 찾아다녔잖아."

깜짝이야. 아, 난 이제 망했다. 에잇, 이건 다 너 때문이야. 저 여자가 얼마나 시끄러운 줄 알아?

이잇, 쓰다듬지 마! 끌어안지 마! 날 만질 수 있는 건 내 집사뿐이라고! 저리 가란 말이야! 으이씨, 내 집사를 시중드는 여자만 아니었어도 그냥……!

어, 밥이다. 밥…… 츄릅. 아냐, 난 밥 따위에 굴하지 않는 도도한 고양이란 말이…… 냠, 맛있다. 쩝쩝.

뭐, 뭘 그렇게 웃어? 난 절대 밥 때문에 이 여자 품에 있는 게 아니라고. 이건 그러니까…… 그래! 난 그냥 이 여자에게 시중을 받고 있을 뿐이야! 이 여자는 내 집사의 시녀니까, 집사의 주인인 이 몸을 돌볼 의무도 있는 거라고. 맞아, 그런 거야. 그러니까 혹시라도 오해 같은 건 하지 마. 알아들었어?

근데 왜 그렇게 피하느냐고?

음, 내 집사의 시녀는 말이야. 다른 건 그럭저럭 봐줄 만한데, 너무 시끄러운 게 탈이야. 지금도 봐. 그냥 얌전히 털만 빗겨 주면 될 텐데 계속 떠들잖아. 뭐, 그래도 빗질 솜씨는 제법 괜찮아. 이것 봐, 털에서 윤기가 반드르르하게 흐르잖아? 물론 이 몸의 미모가 워낙 뛰어나다 보니 가능한 일이지만 말이지.

"리나, 황궁에 갈 채비를 부탁해."

어, 집사다, 집사. 봤어? 얘가 내 집사야. 나만큼은 아니어도 제법 예쁘지?

뭐? 품위가 넘친다고?

홋, 당연하지. 이 몸이 아무나 집사로 삼았을 리가 없잖아.

냐앙. 향기 좋다. 품도 따뜻하고, 팔도 보들보들하고.

음, 집사, 조금 더 쓰다듬어 봐. 그래, 거기. 널 위해서 시끄러운 여자의 수다도 감수했다고. 냥. 나른하다.

응? 그러엄, 얘가 날 얼마나 좋아하는데. 봐, 지금도 날 품에서 떼어 놓지 못하고 있잖…… 어, 어어?

"다녀올게, 루나야."

쳇, 집사 나빠. 오랜만에 이 몸이 묘심 써서 놀아 주려고 했는데. 높은 사람이면 나처럼 편하게 쉬면서 아랫것들 시중이나 받을 것이지, 뭐가 저렇게 바쁜 거야. 요새는 잘 놀아 주지도, 아니, 이 몸을 제대로 시중들지도 않고 말이야. 흥, 나 화났어. 진짜야. 이번에는 절대로 봐주지 않을 거다, 뭐.

응? 따라가면 되지 않느냐고?

뭐 특별히 한 번 크게 묘심 써서 가 줄 수도 있지만…… 됐어, 안 갈래.

왜 그러냐고?

으음, 그게 말이지. 사실은 예전에 한 번 몰래 따라갔던 적이 있었거든. 놀라게 해 주려고. 근데 커다란 집들이 뒤로 휙휙 지나가는 게, 막 어질어질하고…… 뭐라고?

아니야! 절대 무서워서 그러는 거 아니거든! 아니라니까! 캬앙! 너 죽을래!

흥, 됐어. 몰라. 내가 뭐, 집사 말고 놀 상대 없을까 봐? 나 루나야, 루나. 집사 없어도 잘 지낼 수 있거든!

어디 보자, 누구랑 놀아 줄까?

그래, 너. 이리 와 봐. 이 몸이 특별히 놀아주겠…… 어, 어디가! 이이, 건방진 시녀 같으니. 그럼 시종이라도…… 어어?

쳇, 오늘따라 왜들 바쁜 척하고 난리야. 어쩔 수 없지. 좀 재미없긴 하지만 집사의 집사라도…… 너 이 자식, 그 태도는 뭐냐! 집사의 집사 주제에 감히 이 몸을 보고 한숨 쉬다니!

에잇, 하는 수 없지. 오랜만에 땀내 나는 것들이라도 보러 가는 수밖에. 너, 잘 따라와. 봐 봐, 여기서 나무로 옮겨 간 다음에, 저기로 넘어가서 폴짝 뛰어내리란 말이야.

응? 그냥 움직이면 되는 거 아니냐고?

야, 난 바람이 아니라 고양이거든! 보통 고양이들은 못하는 거란 말이야!

몰라서 미안하다고? 멋있었다고?

훗, 당연하지. 네가 이제야 이 몸을 좀 알아보는구나?

냐냐냐냥, 냐냥. 어디 보자, 여기 어디쯤인데. 오, 그래. 여기다. 역시 난 똑똑해. 이 루나, 아직 죽지 않았다니까?

어이 거기 땀내 나는 인간. 어서 와서 이 몸의 시중을 좀 들어봐. 번쩍거리는 쇳덩이는 좀 내려놓고. 으씨! 너흰 왜 또 피하는 건데! 이것들이 진짜! 나처럼 예쁜 고양이가 놀아 주겠다고 하면 황송하다고 해야지, 감히 도망을 가?

씨이. 나 정말 화났어. 진짜야. 오늘부터 사정없이 삐뚤어질 거라고. 흥, 전부 두고 보자. 일단 날 배신한 집사부터 응징해 줘야겠어. 뭐가 좋을까? 요즘 노래가 흘러나오는 상자를 그렇게 아끼던데, 그냥 확 부숴 버릴까? 아니면 집사가 애지중지하는 머리끈에 발톱 자국이라도 남길까? 거기 너, 거기서 멀뚱히 있지 말고 의견을 내 봐, 얼른.

"또 저택을 빠져나온 것이냐. 이러다 길이라도 잃으면 어찌하려고."

앗, 이런. 왜 하필 지금이야. 털도 흐트러졌는데. 어떡해. 나, 분명 못생겨 보일 거야. 엉엉, 안 돼. 훌쩍. 일단 얼굴이라도 깨끗하게 닦고…… 어어, 깜짝이야.

헤헤. 집사 품도 좋지만, 역시 여기가 최고야. 따뜻하고 든든하고 널찍한 게 정말이지…… 아웅, 진짜 좋아. 손길도 부드럽고, 팔도 엄청나게 단단해!

아웅아웅, 신 난다. 행복하다. 냥냥, 냐냐냐냥.

응? 이 사람이 누구냐고?

아까 말했지? 나는 누구의 눈치도 안 보지만 한 명만 예외라고. 그게 바로 이 사람이야. 듣기론 되게 높은 신분이라고 하더라고. 게다가 얼마나 착하고 다정한지, 집사한테 하는 걸 보면 막 질투나고 그래.

어때? 역시 이 몸이 반할 만한 사내지? 게다가 머리카락도 나랑 같은 은색이라니까? 이런 걸 두고 천생연분이라고 하는 건가 봐. 응응, 그렇다니까.

뭐야, 저것들. 왜 그런 눈으로 보는 건데. 뭘 봐, 고양이 처음 봐? 어쭈, 아까 바쁜 척하던 것들이 다 여기 있네? 이것들을 그냥 확……!

아니지. 지금은 내 님이랑 있는 게 중요하니까, 너희 전부 나중에 두고 보자.

아웅, 진짜 좋다. 어쩜 저렇게 멋있는 건지. 정말이지, 눈을 뗄 수

가 없다니까! 진짜야. 반짝반짝한 게 아주 그냥, 눈을 뗄 수가······

하아암. 왜 이렇게 졸리지. 자면 안 되는데. 계속 봐야 하는데······.

고롱, 고로롱.

"쉿, ······라."

음냐음냐, 여기가 어디냥······?

엇, 어어, 나 안 잤어, 안 잤다고. 진짜야. 근데 내 님은 어디 가고 저것들만 있는 거지?

야, 바람. 내 님을 못 봤어?

뭐? 한참 전에 나갔다고?

야, 그럼 깨웠어야······ 아, 맞다. 나 안 잤지? 응, 맞아. 나 안 잤어.

그럼 왜 못 봤느냐고?

흥, 고양이가 살다 보면 그럴 수도 있지.

으이씨, 그래. 잠깐 졸았다, 어쩔래! 좀 졸 수도 있지, 고양이가 조는 게 죄냐? 죄야? 뭘 자꾸 따지고 그래?

근데 저것들은 왜 또 날 피해? 그럼 내가 못 쫓아갈 줄 아냐! 흥, 이 몸은 다리가 네 개라고. 쟤네들의 두 배나 된단 말씀이야. 이 몸이 맘만 먹으면 저것들쯤이야······ 어, 저건 뭐냥? 저것 말이야, 저거! 빨갛고 동그란 거.

응? 맞춰 보라고?

음음, 어디 보자. 이게 뭐지? 어, 이거 진짜 뭐야? 이상해. 별로 세게도 안 쳤는데 왜 자꾸 도망가지?

야, 빨간 거. 너 거기 서 봐. 어, 또 도망간다. 야아, 거기 좀 서 봐. 안 칠게. 안 친다니까?

얍! 잡았다! 헷, 네가 도망가 봤자 고양이 발바닥 안이지. 근데 이거 진짜 뭐지? 푹신푹신한 게 기분은 좋은데, 내 털처럼 보드랍지는 않네.

어? 어어, 또 도망간다! 너 거기 안 서!

헥, 루나 살려. 나쁜 집사. 제 고양이가 다 죽어 가는데 코빼기도 안 보이고. 정말이지 집사 자격 미달이야.

아무래도 안 되겠어. 집사, 오늘 너 죽고 나 살자. 아까 전부터 얘기했지만 나 진짜진짜 화났어. 두고 봐. 다시는 집사랑 안 놀아 줄 거야. 앞으로 집사라고도 안 부를 거야. 나 루나, 한다면 하는 고양이라고.

"루나, 여기 있었네. 오늘도 잘 지냈니?"

어, 집사다, 집사. 응, 좋은 향기…… 가 아니라! 이 몸은 지금 몹시 화가 나 있다고! 흥, 이제 와 친한 척하기는. 내 몸에 손대지 마! 저리 가!

……어라, 가는 거야? 정말 가? 진짜로?

씨이, 가란다고 진짜 가냐. 쪼잔한 집사. 고양이가 살다 보면 화도 좀 낼 수 있고 그런 거지. 그걸로 치사하게…….

어, 집사, 울어? 냐앙. 이 몸이 좀 안 놀아 줬기로서니 그걸로 울 거까진 없잖아.

야아, 집사, 울지 마. 응? 나는 착한 고양이니까 한 번만 더 봐줄게. 대신 다음부터는 절대로 그러면 안 된…… 어어, 알았어. 혼자 둬도 뭐라고 안 할게. 그러니까 울지 마. 울지 말라니까?

자, 이거 봐. 이거 내가 잡은 거다? 음음, 크기는 좀 줄었지만 내가 잡은 거 맞아. 지가 도망쳐 봤자 고양이 발바닥 안이지. 우리 이거 가지고 놀자, 집사.

봐, 이렇게 톡 하고 치면 저만큼 도망간다? 그리고 말이야. 톡 하고 친 다음에 잽싸게 날아서 낚아채는 방법도 있어. 봐 봐, 이렇게! 어때, 나 좀 멋지지?

냥냥, 냐냐냥, 냐냐냐냥냥.

"우리 루나, 털실 가지고 놀았구나. 나랑 같이할까?"

오, 그쳤다.

집사, 이제 안 우는 거지? 거 봐. 집사에겐 역시 내가 있어야 해. 뭐 좀 마음에 안 차는 구석도 있지만 어쩌겠어. 마음 넓은 이 몸이 이해해 줘야지.

오, 집사, 너 좀 던질 줄 아는데? 기다려 봐, 내가 저 빨간 거 잡아다 줄 테니까. 홋, 이쯤이야 가뿐하…… 야아, 이제 그만 던져. 고양이 힘들다.

"그만 잘까, 루나야?"

응응. 그러자. 오늘은 좀 불쌍해 보였으니까 내가 특별히 옆에서 지켜 줄게. 이 루나 님만 믿으라고.

냥, 따뜻하다. 냄새도 좋고. 헤헷, 역시 집사가 최고야. 그러엄, 나한텐 집사밖에 없어. 진짜야.

아, 맞다. 내가 내일 맛있는 거 가져다줄게. 힘내라고 주는 거니까 고맙게 생각하고 받아야 해, 알았지?

하아암. 진짜 자야지. 잘 자, 집사. 오늘은 특별히 내 꿈꾸는 것도 허락해 줄게.

응? 너 뭐야? 아까 간 줄 알았는데, 아직도 안 갔어? 응? 집사랑 노느라고 못 봤나 보지.

뭐? 섭섭하다고?

알 게 뭐야. 난 내 님하고 집사만 있으면 돼.

야, 얼른 가. 집사 깰라. 어디 숙녀가 자는 방을 기웃거리고 그래?

응응, 잘 가. 너도 특별히 내 꿈꾸는 걸 허락해 줄게.

뭐? 가끔 놀러 와도 되느냐고?

그러든가 말든가. 알다시피 이 몸이 워낙 바빠서 말이지. 뭐, 한 번쯤은 시간 내서 놀아 줄 수도 있고. 영광인 줄 알아. 이 루나 님, 아무랑 놀아 주지 않는다고. 하암.

응, 그래. 잘 가. 안녕…… 고롱, 고로롱.

8. 검과 장미 中

8. 검과 장미 中

"세인, 나와 잠깐 얘기 좀 할 수 있겠느냐."

이 악물고 수련하던 어느 날, 형님이 나를 호출했다. 수련만 해도 모자란 시간이었지만, 나는 어쩔 수 없이 검을 내려놓고 형님을 따랐다. 오랜만에 마주치는 형님의 요청을 거절할 수는 없었다.

"네가 연무장에서 사는 거야 익히 알고 있는 일이다만, 요즘 들어 더 열심인 것 같아서 말이다. 혹시 무슨 일이라도 있는 거냐?"

"별일은 아닙니다. 그저."

"그저?"

"지키고 싶은 것이…… 생겼을 뿐입니다."

"지키고 싶은 것이라고?"

의아한 표정으로 되묻는 형님을 보자 문득 그리운 얼굴이 떠올랐다.

검광처럼 빛나던 은색 머리카락, 햇살처럼 따뜻하던 미소. 늘 차분한 목소리로 조용조용 말을 건네던…… 사랑스러운 나의 소녀, 아리스티아.

보고 싶었다. 수없는 질책에도 군말 없이 검을 고쳐 쥐던 모습이, 언제나 소녀를 따라다니던 은은한 차향이 몹시 그리웠다. 틈만 나면 그녀를 향해 달려가는 생각에 자꾸만 마음이 약해졌다.

하지만 그럴 수는 없었다. 가문의 후계자도 아니고, 잘하는 거라고는 오직 검술밖에 없는 내가 소녀를 지키기 위해서는 실력을 좀더 갈고닦는 방법밖에 없었으니까.

"지키고 싶다는 것이 혹 모니크 영애냐?"

"……아닙니다."

천천히 고개를 저었다. 파혼하고 난 다음이면 몰라도 아직 황태자의 약혼녀인 소녀를 성급하게 거론할 수는 없었기에.

입을 꾹 다무는 나를 물끄러미 바라보던 형님께서 한숨을 내쉬며 말씀하셨다.

"그래, 어쨌든 네 뜻은 알겠다. 그래도 너무 무리하지는 말거라. 어머니께서 걱정이 이만저만이 아니시더구나."

"알겠습니다."

그러마 대답은 했지만, 형님과의 면담이 있은 후에도 나는 밤낮으로 검을 휘둘렀다. 손바닥에 늘어 가는 굳은살의 두께만큼 매일매일 내 마음을 시험하고, 이만하면 됐다는 생각이 들 때마다 한 번 더 검을 휘둘렀다. 머릿속이 새하얗게 빌 때까지 수련해도, 내 힘으로 소녀를 지키기에는 부족할지도 몰랐다.

그런 노력이 헛되지는 않았던 것일까? 약속했던 두 달이 지나기 전 나는 입단 테스트를 통해 정식 기사로서의 실력을 갖추었음을 증명할 수 있었다. 성인식도 치르지 않은 최연소 정식 기사의 탄생에 한바탕 소란이 일었지만 정작 나는 무덤덤했다. 소녀의 곁에 설 수 있는 최소한의 자격을 얻었을 뿐 아직 그녀를 지켜 낸 것은 아니었으니까.

"아, 아버지, 그러니까 좀…… 어?"

서임식 전까지 견습 기사로서 출근하던 어느 날, 나는 아버지를 뵈러 갔다가 우연히 소녀와 마주쳤다.

두 달 만에 보는 그녀는 여전히 작고 가냘팠다. 크게 뜨인 황금빛 눈동자, 구불구불 흐르는 은빛 머리카락을 보자 그간 쉼 없이 수련하며 쌓여 왔던 피로가 싹 풀리는 듯했다. 새침하니 답하는 모습에 소녀와 헤어진 이후 처음으로 웃음이 나왔다.

보고 싶었어, 아리스티아. 네가 정말 그리웠어.

이마를 문지르며 노려보는 소녀가, 입술을 삐죽이는 모습이 왠지 귀여웠다. 수련에 정신이 팔려 미처 정리하지 못했을 뿐인데, 긴 머리가 잘 어울린다며 미소 짓는 모습에 앞으로는 머리카락을 길러야겠다고 결심했다. 따스하게 빛나는 황금색 눈동자를 보자 자꾸만 가슴이 뻐근하게 차올라서, 나는 소녀와 함께 걸으며 다시 한 번 결심했다. 저렇게 웃는 모습을 반드시 지켜 주겠노라고. 늘 밝게 해 주겠노라고.

처음으로 신에게 기도했다. 부디 저 모습을 계속 곁에서 볼 수 있게 해 달라고. 그러기 위해서라면 내가 할 수 있는 모든 것을 다 할 수 있다고. 무엇이든 할 터이니 부디 소녀를 행복하게 해 달라고, 그렇게 나는 기도했다.

소녀는 안타깝게도 검술에는 그다지 소질이 없었다. 평범 이상의 재능을 갖고는 있었지만, 가냘픈 체구와 선천적으로 약한 몸 때문에 기를 쓰고 수련하는 것에 비해서는 성과가 그리 좋지 못했다.

그럼에도 소녀는 악착같이 수련했다. 그녀가 황실에서 벗어나는 방법은 오직 이것밖에 없었으니까. 폐하께서 파혼을 명하신다면 또 모르겠지만, 그분께서 당신의 가장 큰 지지 기반인 모니크가를 저버릴 리는 없었다.

그렇다면 내가 취할 수 있는 방법 역시 오직 하나였다. 소녀가 조금이라도 빨리 정식 기사의 자격을 취득하여 마음 편하게 지낼 수 있도록 돕는 것. 그래서 나는 가문의 검술을 소녀에게 맞도록 개량하면서까지 그녀의 수련을 도왔다.

하지만 마음이 너무 앞선 탓인지, 소녀를 돕겠다는 생각에 시작했던 그 일은 그녀를 깎아내리는 수단으로 사용되고 말았다. 다행히 황실이나 자파의 사람들은 한낱 가십에 불과할 뿐 별로 신경 쓸 일은 아니라 여기는 모양이었지만, 혹시라도 '내가 소녀에게 품고 있는 마음을 들킨 것은 아닐까.' 라는 생각에 내심 두려웠다. 그리고 그것은 신년 인사를 드리러 황제 폐하를 알현했을 때 더욱 심화되었다.

"그러고 보니 짐이 최근에 재미있는 소문을 하나 들었다네. 공자와 모니크 영애가 연인 사이라고 하던가?"

사사롭게는 어머니의 오라비가 되는 분이었기에 간혹 뵙긴 했으나 폐하께서 그렇게 무섭게 보인 것은 처음이었다. 분명 웃고 계셨지만, 재미있는 소문을 들었노라고 말씀하시는 폐하의 눈은 차갑게 가라앉아 있었다.

등골이 오싹했다. 물론 평소의 태도로 보아 소녀가 황태자 전하를 마음에 담을 가능성은 극히 적었고 그녀의 계획이 성공할 경우 그 곁에 있을 사람으로 내가 선택될 확률은 상당히 높았지만, 그것은 어디까지나 파혼이 이루어진 다음에나 논할 수 있는 얘기였다. 소녀가 황태자의 약혼녀라는 신분을 유지하고 있는 지금 내 마음을 들키는 것은 몹시 위험했다.

이 악물며 다짐했다. 그날이 올 때까지, 그리고 소녀의 마음을 얻어 낼 때까지 절대로 내 심장을 열어 보이지 않겠다고. 가뜩이나 머리 아플 그녀에게 이 문제로 또 한 가지 짐을 얹어 주지 않겠다고.

"뜻 깊은 날인데, 축하해 주러 가지 못해서 정말 미안해."

"괜찮아, 괜찮아."

어렵사리 말을 꺼내는 그녀를 향해 아무렇지도 않다는 듯 웃어 보였다. 섭섭하지 않다면 거짓이었지만, 그보다는 소녀의 안전이 우선이었다.

그랬기에 나는 축하연에 소녀가 황태자 전하와 함께 등장했을 때도 풀떼기 녀석처럼 절망하지 않을 수 있었다. 위기감이 들지 않는 것은 아니었지만, 악몽 같았던 그날을 반복하지 않으려면, 그리고 폐하의 의심을 사지 않으려면 또다시 무력감을 맛볼지언정 전하께서 못 박은 '벗'이라는 선을 지켜야 했다. 아니, 적어도 지키는 척이라도 해야 했다.

그러나 벗이라는 선을 지키는 것은 생각보다 어려웠다. 나는 사교계에서 살아남기 위해 발버둥 치는 소녀를 보면서도 울컥하는 마음을 억눌러야 했고, 왕녀의 호위라는 그럴싸한 명분을 내세운 후에야 겨우 함께 외출도 해 볼 수가 있었다. 이 정도는 괜찮다고 자꾸만 합리화하려는 나 자신을 끝없이 추슬러야 했다.

그러던 어느 날 결국 사건이 터졌다. 나와 같은 생각인 듯 필사적으로 노력하던 풀떼기 녀석이 결국 소녀에게 고백했다 실패한 것.

미운 정도 정이라고, 걱정스러운 마음에 찾아갔다 보았던 녀석의 쓴웃음이 잊히지가 않았다. 도망치듯 제국을 떠나는 녀석을 보며 되뇌었다. 참아야 한다고, 내게는 아직 기회가 남아 있다고. 소녀의 마음을 얻는 것도 중요하지만 그보다는 일단 그녀를 지켜 내는 것이 먼저라고.

인정하기는 싫었지만, 나름대로 노력했음에도 아직까지는 나보다 녀석이 소녀에게 더 가까웠다. 그런 그가 거절당했다면, 마음을 드러내지 않겠다는 내 결심은 결코 틀린 것이 아니었다.

그러니 절대로 성급하게 굴지 말자고, 그렇게 나는 거듭 다짐했다.

"조심해, 티아!"

황급히 소리쳤지만 이미 때는 늦은 후였다. 다행히 최초의 일격은 피한 듯했으나, 불시의 습격에 놀란 소녀는 이내 말에서 떨어지고 말았다. 단검을 피해 구르는 소녀를 보자 심장이 서늘하게 얼어붙었다.

슈슉!

번뜩이는 무언가가 달려드는 모습에, 검을 뽑아 들 틈도 없이 말에서 뛰어내려 그대로 소녀를 감싸 안았다. 차가운 검날이 어깨를 뚫고 들어가는 것이 느껴졌으나 아픔보다는 소녀를 구했다는 안도감이 더 컸다.

보통 여자들이었다면 여기서 울거나 히스테리를 부렸겠지만, 기사로서 훈련받은 작은 소녀는 나를 걱정스럽게 한 번 쳐다보고는 그대로 검을 뽑아 들었다. 검과 닮은 여자답게 몹시 서늘하고도 단호한 태도였다.

검광과도 같은 은빛 머리카락을 힐끗 쳐다보고서 나는 하나둘 나타나는 복면인을 향해 검을 겨누었다. 힘이 전혀 들어가지 않는 걸로 보아 아무래도 다친 어깨의 상태가 심상치 않은 것 같았지만, 여기서 팔을 영원히 잃는 한이 있더라도 반드시 소녀를 지켜낼 생각이었다.

걱정 마, 티아. 너만큼은 내가 지켜 줄 테니까. 영원히 검을 못

잡게 되더라도, 아니, 이 목숨을 바치는 한이 있더라도 너만은 반드시 지켜 줄 거야. 나는 이미 오래전부터 두 번 다시 너를 잃지 않겠노라고, 늘 밝고 행복하게 해 주겠노라고 다짐해 왔으니까.

뜨겁게 달아오른 가슴만큼 머리를 차갑게 식혔다. 수십만, 아니 수백만 번은 넘게 휘둘렀을 검로劍路가 손끝에서 자연스레 펼쳐졌다. 습격자들의 주의를 끌어 내게로 가져오고 소녀에게 달려드는 온갖 무기들을 검으로, 그리고 몸으로 막아 내며 나는 그렇게 검을 휘둘렀다. 근위기사들이 나타날 때까지.

목숨을 구한 것은 무척 고마웠으나 피 묻은 하얀 제복을 보는 순간 알 수 없는 불안감이 가슴속을 파고들었다. 그리고 그것은 소녀의 집에 돌아와 들은 이야기로 더욱 심화되었다. 비밀 호위가 붙어 있을 거라고는 예상했으나, 건국기념제 이후로 관심 없는 듯 소녀와 거리를 두던 황태자 전하께서 호위를 붙이셨을 줄은 미처 몰랐기에.

대관절 이 일을 어떻게 해석해야 하는 걸까.

감사를 표하면서도 내심 꺼림칙해 보이는 소녀의 표정을 보자 조금은 안심이 되었지만, 가슴 속을 스멀스멀 타고 올라오는 불길한 기분은 나를 계속해서 긴장케 했다. 그나마 다행스러웠던 건 소녀의 아버지가 나를 그럭저럭 마음에 들어 하는 듯하다는 것뿐이었다.

어쩐지 느낌이 좋지 않았다. 나를 검술의 천재라 불리게 한 이유 중 하나인 본능적 감각이 이건 어딘가 위험하다고 계속해서 경고하고 있었다.

아무래도 뭔가 대책을 마련해야 할 것 같았다. 현실적인 문제 때문에 소녀에게 직접 다가갈 수는 없다고 해도, 풀떼기처럼 실패하지 않으려면 지금부터라도 뭔가 다른 방법을 강구해야 했다.

친구라는 자리를 넘어 소녀에게 부담을 주었던 풀떼기는 실패했다. 약혼자라는 지위를 갖고 있는 황태자 전하는 자신의 위치를 십분 활용하여 조금씩 다가가고 있다. 그렇다면 풀떼기처럼 몹시 가까웠던 사이도 아니고, 황태자 전하처럼 공식적인 관계도 없는 내가 취할 수 있는 방법은 뭐가 있을까?

한참을 곰곰 생각하다 움찔했다. 마음으로 끌린 그녀를 갖기 위해 머리로 이것저것 재는 꼴이라니. 이 무슨 주객전도란 말인가.

지금이면 충분하다.

작게 중얼거렸다. 지금 그녀의 곁에 내가 있다는 것, 그것만으로도 일단은 충분하다고. 그러니 일단은 처음의 결심을 지키며 소녀를 돕는 일에만 집중하자고, 그렇게 생각했다.

"세인, 그동안은 그냥 지켜보았다만 이제는 확실하게 짚고 넘어가야 할 것 같구나. 모니크 영애에게 마음 두고 있는 것이 맞느냐?"

딱딱하게 굳은 아버지의 얼굴을 잠시 살피다 말없이 입을 다물었다. 왜 이런 얘기를 하시는 건지 대충 짐작은 갔지만, 무슨 의도로 말씀하시는 것인지에 대해서는 아직 갈피를 잡을 수가 없었기에.

그런 내 마음을 알아차린 듯, 아버지께서는 슬쩍 한숨을 내쉬며 말씀하셨다.

"탓하자고 하는 얘기가 아니다. 그러니 솔직하게 답해 보거라. 네 진정 그 아이에게 마음을 두고 있는 것이냐."

"……."

"세인."

"……그렇, 습니다, 아버지."

"그렇다면 아비가 왜 하필 이런 시기에 네 마음을 묻는 건지도 알고 있겠구나."

"네."

나는 깔깔한 입술을 축이며 답했다. 인정하고 싶지 않았지만, 아무래도 짐작했던 것이 맞는 듯했다. 아버지께서는 내일 있을 대회의 때문에 나를 부르신 것이 분명했다.

또 다른 신탁의 아이라는 정체불명의 여자가 등장한 이후로 소녀는 몹시 바빴다. 소녀와 그 여자 중 누가 진짜 신탁의 아이인가를 놓고 대회의가 열린다고 했을 때 얼마나 가슴이 떨렸는지 모른다. 내게는 참가 자격조차 주어지지 않은 그곳에서 소녀에게 어떤 일이 벌어질지 상상도 하기 싫었다. 때문에 그동안 나는 살얼음판을 걷는 심정으로 하루하루를 보내고 있던 참이었다.

"후우, 왜 하필 그 아이이더냐. 쉽지 않은 선택이라는 건 네가 더 잘 알고 있을 터인데."

"……."

"그 아이를 택한 이유가 무엇이냐? 혹 작위 때문이라면, 차라리 아비가……."

"아버지!"

고함과도 같은 외침에 말문을 닫은 아버지께서 나를 묵묵히 바라보셨다. 그러고는 슬쩍 한숨을 내쉬며 말씀하셨다.

"진심이구나. 알겠다."

"그 말씀은……? 혹, 도와주시는 겁니까?"

"오냐, 케이르안의 문제도 있고 하니 일단 힘은 써 보겠다. 하나 장담하지는 못한다. 내 너의 아비라고는 하나 동시에 한 계파를 이끄는 수장이 아니냐. 사사로운 이익만을 위해서 움직일 수는 없다. 알겠느냐?"

"알겠습니다. 감사합니다, 아버지."

"밤이 깊었구나. 이만 나가 보거라."

피곤하다는 듯 이마를 짚으며 하시는 말씀에 말없이 고개를 숙여 보인 뒤 방을 빠져나왔다. 조심스레 문을 닫고 어둑한 복도로 나왔을 때에야 두근거리던 가슴이 조금은 가라앉았지만, 이미 박힌 가시 한 조각은 계속 남아 아릿한 통증을 내게 선사했다.

만약 대회의의 결과가 좋지 않게 나온다면 어떻게 해야 하지? 소녀를 황태자비로 삼겠다는 황명이 떨어지기라도 한다면? 소녀를 지키겠다고 맹세하긴 했지만, 나는 오직 황실을 위해 생명을 바치겠노라 서약한 기사가 아닌가.

선득한 가슴을 부여잡은 채 고민하다 고개를 저었다. 아버지께서 힘을 써 주겠다 하시지 않았는가. 게다가 소녀의 아버지가 이 일을 가만히 두고 볼 리도 없으니, 아직 나오지도 않은 일에 대해 벌써부터 고민할 필요는 없었다.

피 마르는 심정으로 하루하루를 기다렸다. 그리고 마침내 면담이 있은 날로부터 나흘째 되던 날, 나는 아버지께 대회의의 결과를 전해들을 수 있었다.

행인지 불행인지, 소녀는 대회의에서 일 년이라는 유예를 받아냈다고 했다.

일 년. 그렇다면 소녀가 성년을 맞이하기 전까지라는 얘기였다. 물론 그것은 완벽하게 만족스러운 결론은 아니었지만, 그래도 일단 시간을 벌었으니 다행이라 여기고, 소녀 역시 그렇게 생각할 거라 믿었다.

그러나 내 생각과는 다르게 대회의 이후 만난 소녀는 어딘가 복잡해 보이는 모습이었다. 예전과 다름없이 함께 시간을 보내면서도 그녀의 마음은 내가 아닌 다른 곳을 배회하고 있었다.

언젠가 한 번 들었던 불길한 예감이 또다시 가슴속을 스치고 지나갔다. 어차피 소녀의 가장 가까운 곳에 있는 건 나라고, 그러니 일단은 그것만으로도 충분하다고 생각했지만, 이제 더는 그러면 안 될 것 같았다. 이대로 멍하니 있다가는 멀어지는 소녀의 뒷모습만 하염없이 바라보게 될 것 같았다.

조금만이야. 정말로, 아주 조금만.

조금만 더 가까이 다가가자. 소녀가 놀라지 않도록, 지금보다 조금만 더 가까이. 멀어지는 사이를 메울 수 있을 정도로만…… 그렇게 아주 조금만 더.

그렇지만 오랜 세월 유지해 오던 거리를 좁히는 건 생각보다 훨씬 높은 균형 감각을 필요로 했다. 자칫 실수라도 하는 날에는 풀떼기처럼 확 밀려날지도 몰랐기에 더욱 그랬다.

조급해지려는 마음을 다독이며 애써 거리를 좁혀 가던 어느 날, 소녀는 황태자 전하와 춤을 추다 그대로 정신을 잃었다. 황급히 불려온 황궁의는 소녀가 중독되었으며 몹시 위독한 상태라고 했다.

딛고 있던 땅이 와르르 무너지는 듯한 느낌이었다. 이럴 줄 알았으면 의원을 부르라고 윽박지르기만 할 게 아니라 직접 데리고 갔을 텐데. 그냥 피곤할 뿐이니 쉬면 괜찮아질 거라던 소녀의 말을 믿는 게 아니었는데.

화가 났다. 말로만 지켜 주겠노라고 했을 뿐, 습격에서 구해 낸 것을 빼고는 소녀를 위해서 무엇 하나 제대로 해 준 것이 없는 나 자신에 대해서. 그리고 소녀가 저렇게 죽어 가고 있는데도 아무것도 할 수 없는 나 자신에 대해서. 그토록 노력했는데도 별로 이뤄 낸 것이 없다는 사실에 깊은 자괴감이 들었다.

무력한 내가, 너무 미웠다.

"카르세인 경, 시간도 늦었는데 식사나 하고 가지."

이제는 시력마저 잃어버린 소녀에게 약을 먹이고 내려왔을 때, 수련을 마치고 들어오던 모니크 후작이 말했다. 홀로 있기 두려운 그 마음을 알 것 같아서 나는 말없이 고개를 끄덕였다.

둘이서 함께하는 식사 시간은 소녀와 더불어 셋이 하던 때와는 달리 무척 삭막했다. 어쩌면 그것은 둘 다 대화보다는 소녀의 빈 자리에 더 신경을 쓰고 있었던 탓일지도 몰랐다.

화기애애한 듯하나 실상은 그렇지 못했던 담소는 결국 한숨을 내쉰 후작이 머리를 감싸 쥔 후에야 끝이 났다. 나는 몹시 괴로워 보이는 그를 향해 조심스레 위로의 말을 건넸다.

"티아는 괜찮을 겁니다. 너무 걱정하지 마십시오."

"대신관은 대체 어디에 있는 것인지. 마음 같아서는 군대를 동원해서라도 잡아 오고 싶군."

"금방 돌아오겠노라고 했다지 않습니까. 조만간 좋은 소식이 있을 것이니, 그리 심려치 마십시오. 식사도 마저 하시고요. 이리 얼굴이 상하신 것을 보면 티아가 몹시 슬퍼할 겁니다."

"고맙네만 음식이 잘 넘어가질 않는군. 딸아이가 저리 누워 있는데, 아비가 되어 어찌 혼자 살겠다고 포크를 놀리겠나."

"이럴 때일수록 더욱 강건히 버티셔야 합니다. 그래야 티아를 저리 만든 자들에게 복수도 하실 수 있지 않겠습니까."

"……경의 말이 맞군. 알겠네, 그리하지."

복수라는 말에 잠시 멈칫하는 듯하던 후작은 이내 사납게 눈을 빛내며 고개를 끄덕였다. 그러고는 다소 전투적인 태도로 음식을 입에 가져가다 말고 물었다.

"그런데 경, 방금 티아라고 했나?"

"……아, 불쾌하셨다면 죄송합니다."

"되었네. 뭐, 경이 내 딸에게 마음 두고 있다는 것쯤이야 이미 알고 있던 사실이고."

"……."

무어라 답해야 할지 몰라 침묵하자, 후작은 뜻밖에도 희미하게 미소를 지으며 말했다.

"본디 이런 얘기까지 해 줄 생각은 없었네만, 지난번에 딸아이를 구해 준 것에 대한 보답으로 내 한 가지 알려 주지. 본인이 경에게 직접 검술을 전수해 주는 이유가 무엇이라고 생각하나?"

"그야 가문 간의 거래 때문 아닙니까?"

"흠, 그거 아나? 티아는 아직 모르고 있겠지만, 본인이 경에게 전수하고 있는 검술은 오직 가문의 직계들만이 배울 수 있는 것이라네."

"네? 그렇다면……."

순간 머릿속에 떠오르는 한 가지 가정에 눈이 크게 뜨였다. 설마 후작이 그런 생각을 가지고 있었다고? 평소의 태도로 미루어 볼 때 그 역시 소녀를 황실로 보낼 생각이 별로 없다는 것쯤은 알고 있었지만, 그리고 지난번 일 이후로 나를 좋게 보고 있다는 것도 알고 있었지만, 그렇다고 해서 내게 이렇게까지 큰 기회를 줄 거라고는 전혀 생각지 못했는데.

"설마…… 제가 짐작하는 것이 맞는 겁니까? 제게, 기회를 주신다고요?"

"그렇다네. 물론 그전에 티아의 마음을 얻어야겠지만."

"가, 감사합니다, 각하! 정말 감사합니다!"

소녀가 쓰러진 이후로 처음 느껴 보는 벅찬 감동이 가슴속을 가득 채웠다. 후작이 직접 지도해 주겠노라고 했을 때 뭔가 이상하다는 생각은 들었지만, 설마하니 그가 내게 전수하고 있던 것이 오직 가문의 직계만이 배울 수 있는 것인지는 미처 몰랐다.

그렇다는 말은, 후작은 가문의 검술을 이어받지 못한 후계자를 대신하여 내게 후세대로의 전수 의무를 부여했노라고 볼 수 있다는 뜻이었다. 그런 중요한 의무를 외인外人에게 시킬 리는 없으니 그것은 곧 나를 소녀의 부군으로 받아들이겠다는 뜻이나 진배없었다.

내내 우울했던 마음이 희망으로 조금씩 부풀어 올랐다. 그러나 그것은 의식조차 제대로 못 차리고 있는 작은 소녀를 떠올리자마자 곧바로 사그라졌다.

나는 소녀가 누워 있을 이 층을 올려다보며 이를 악물었다.

부탁이야, 티아. 조금만 더 버텨 줘. 몹시 힘들고 고통스럽겠지만 대신관이 올 때까지 제발 조금만 더 버텨 줘. 그렇게 해 줄 거지, 티아? 우리, 다시 볼 수 있는 거지?

"세인, 성년의 춤을 출 상대는 정했니?"

"……아니오. 아직 정하지 않았습니다."

"그래? 그럼 내가 몇 명 추천해 줄까?"

소녀가 쓰러진 지도 벌써 두 달이라는 시간이 흘렀다. 그리고 내 성인식 역시 어느새 코앞에 다가와 있었다.

나는 기대에 찬 눈초리로 바라보는 어머니를 향해 씁쓸한 미소를 지었다. 실은 성인식 때 소녀에게 성년의 춤을 청하며 마음을 고백해 볼까 했었다. 황태자의 약혼녀라고는 해도, 그날만큼은 성인식을 맞이한 주인공에게 어느 정도의 자유가 보장되는 날이었으니까.

불과 몇 달 전까지만 해도 어떤 식으로 고백을 해야 하나, 고백을 한다면 과연 받아 주기는 할까 등을 고민하느라 머리가 터질 것 같았는데, 두 달 사이에 내 작은 소녀는 생기를 잃은 채 시들어 가고 있었다.

가슴이 너무 답답했다. 내 심장의 주인이 죽어 가고 있는데, 나는 여기서 한가하게 춤 상대 따위나 골라야 한다니. 그깟 춤 따위 안 추면 어때서. 아무리 중요한 관습이라고는 해도 그래 봐야 고작 한 번의 춤에 불과하지 않은가.

소녀를 상대로 생각했을 때는 나 역시 남들처럼, 아니 어쩌면 남들보다 더 큰 의미를 부여하고 있었음에도, 소녀가 저리된 지금 모순되게도 나는 성년의 춤 따위는 될 대로 되라고 생각하고 있었다.

"왜 대답이 없니? 혹시 누구 생각해 둔 상대라도 있는 거니?"

"……그냥 어머니께서 적당히 골라 주시지요. 저는 아무라도 상관없습니다."

"다른 것도 아니고 성년의 춤을 출 상대인데 내가 고르면 어찌하니. 그러지 말고 한번 골라 보려무나. 휘르가의 장녀가 네게 맘이 있는 것 같던데, 그 아이는 어떠니? 버트가의 차녀도 참하니 괜찮은 것 같고, 리그가의 외동딸도 싹싹하니 애교도 많아 보이더구나. 그리고……."

마치 기다리고 있었다는 양 줄줄이 이어지는 말씀을 한 귀로 흘려 들으며 나는 소녀의 얼굴을 떠올렸다. 보일 듯 말 듯 미묘하게 짓는 특유의 미소가 오늘따라 몹시 그리웠다.

"공녀께, 제 성년의 첫 춤을 신청해도 되겠습니까?"

어이없다는 듯 바라보던 여자의 얼굴이 서서히 일그러졌다. 여기저기서 웅성거리는 소리가 들려왔다. 설마하니 황제파 수장 가문의 아들인 내가 귀족파의 수장인 제나가의 양녀에게 성년의 춤을 청할 거라고는 생각지 못했겠지.

사실 나라고 해서 처음부터 이런 방법을 생각한 것은 아니었다. 그저 어머니가 골라 준 영애들 중 하나를 택할 경우 자칫하면 엮일지도 모른다는 위기감이 들었을 뿐이고, 그러던 차에 마침 예의상 어쩔 수 없이 참석한 저 여자가 눈에 들어왔을 뿐이었다.

본가와 제나가가 양립할 수 없는 사이라는 건 모든 귀족들이 아는 사실. 물론 이 일을 두고 왈가왈부할 자가 전무하지는 않겠지만, 황제파 영애 중 하나와 엮이는 것보다야 이쪽이 훨씬 나았다.

"영광입니다, 카르세인 경."

주위의 시선을 의식한 것인지 여자는 이내 표정을 바로하며 생긋 웃어 보였지만 그 눈빛만큼은 나를 잡아먹을 듯 타오르고 있었다.

그런 여자를 향해 피식 웃어 보이고서, 나는 몹시 정중한 태도로 손을 내밀었다. 평소의 나답지 않게 완벽한 예법의 구사였다. 늘 예법 책을 그대로 옮긴 것처럼 행동하는 내 작은 소녀가 봤더라도 칭찬해 줄 만큼.

갑자기 그리움이 왈칵 밀려왔다.

보고 싶다, 티아. 지금 너와 이 자리에 있었으면 얼마나 좋았을까? 그랬다면 마음에 없는 영애와 엮일까 봐 걱정할 필요도, 사납게 나를 노려보는 성격 더러운 여자와 춤 출 일도 없었을 텐데.

음악에 맞춰서 첫 스텝을 밟자, 그제야 미소를 거둔 여자가 사납게 으르렁거렸다.

"경, 대체 무슨 생각으로 나를 지목한 거죠?"

"별 뜻이야 있겠습니까? 그저 황태자비 후보 중 한 분이시니, 황실에 대한 예의로서 신청한 것뿐이지요."

"하, 예의? 경께서 언제부터 그렇게 예의를 따지는 분이셨죠?"

"흠? 제게 그렇게 관심이 많으신 줄은 미처 몰랐군요. 이런, 설마 뭔가 기대라도 하셨던 건 아니겠죠? 그렇다면 죄송하게 됐습니다. 실례되는 말씀이나 공녀께는 별 관심이 없어서요."

느물느물 웃으며 답하자, 이를 악문 여자가 발을 치켜드는 것이 느껴졌다. 나는 발등을 노리고 내리찍는 굽을 슬쩍 피하며 피식 웃어 보였다. 같은 수법에 당하는 것은 한 번으로 족했다.

전투와도 같은 춤을 무사히 마치자 여자는 싸늘한 표정으로 고개를 까딱해 보이고는 홱 돌아섰다. 나는 그런 그녀를 향해 성큼 다가서며 귓가에 작게 속삭였다.

"혹시나 해서 하는 말인데, 너, 티아에게 독을 먹인 사람 중에 포함되어 있다면 각오하는 게 좋을 거야. 내 검에 맹세코 절대로 가만두지 않을 거니까."

흠칫 하는 여자를 향해 정중하게 예를 갖춰 보이고서, 나는 그대로 그녀를 지나쳐 황제파 영식들에게로 향했다.

검을 닮은 작은 소녀가 몹시 보고 싶었다.

성인식을 치르고 나서 몇 주가 지났을 때, 오매불망 기다리던 대신관이 드디어 모니크가에 당도했다. 그리고 소녀는 석 달 만에 잃어버릴 뻔했던 삶을 간신히 되돌려 받았다.

빛이 돌아온 황금색 눈동자를 마주하자, 그제야 온통 회색빛이던 세상에 색깔이 돌아왔다. 온기가 돌아온 작은 몸을 끌어안으며 가슴 벅찬 감동을 느꼈다. 뭔가 얹힌 것처럼 늘 답답하던 숨통이 이제야 조금 트이는 것 같았다.

좀 더 쉬기를 바랐지만, 기운을 되찾은 소녀는 몹시 바빴다. 중독되기 전에도 그랬으나 생사의 경계에서 살아 돌아온 후로는 훨씬 더 심했다. 검술 사사를 핑계로 매일같이 집에 들러도 얼굴조차 마주치지 못하는 날이 차츰 늘었다.

그러던 어느 날, 나는 황궁에서 돌아온 형님에게 청천벽력과도 같은 얘기를 들었다. 계파의 귀족 모두가 소녀를 버렸다는 이야기를.

믿었던 아버지마저 그러셨다는 말에 가슴이 턱 막혔지만, 마음을 다쳤을 소녀가 걱정되어 고민 끝에 후작가를 찾았다. 아무리 황실과의 연을 끊고 싶어 했다 하더라도 여자로서 그런 모욕적인 말을 들었는데 속상하지 않을 리가 없었다.

하지만 되돌아온 소녀의 답은 내가 예상했던 것보다도 훨씬 더한 것이었다. 모니크가는 이제 본가와 노선을 달리하기로 했다고 담담하게 이야기하는 소녀는 얼음처럼 차가워 보였다.

심장이 덜컥 내려앉았다. 검을 닮은 내 작은 소녀는 여린 심성을 가지고 있으면서도 검처럼 차갑고 날카로운 면모 역시 갖추고 있었으니까. 몹시 아프고 괴로워할지언정, 정말 아니다 싶으면 단칼에 잘라 내 버릴 수도 있는 사람이 바로 티아였다. 그러니 아무리 오랜 친분이 있다 하더라도 라스가의 일원인 나를 예전처럼 편하게 대할 리가 없었다.

미칠 것만 같은 기분에 집으로 돌아오자마자 아버지를 찾았다.
이 이야기를 들었을 때 보이실 반응을 생각하자 가슴이 꽉 막히는
듯했지만, 나는 크게 심호흡한 뒤 아버지를 향해 선언하듯 말했다.

"분가分家하겠습니다."

"……뭐라고? 지금 분가라고 하였느냐?"

"네."

"이유가 뭐지? 혹 그 아이 때문이냐?"

"그렇습니다."

"이런 한심한 것!"

다시 한 번 심호흡하며 분노하는 아버지 앞에 무릎을 꿇었다. 그
동안 나름대로 노력했다고 생각했건만, 고작해야 정식 기사밖에
되지 않는 내게는 여전히 아무런 힘도 없었다. 복잡한 정치 싸움
이 필요한 지금 같은 시기에는 더더욱 그랬다.

"허락해 주십시오, 아버지. 부탁드립니다."

"당장 일어나지 못하겠느냐! 겨우 여자 하나 때문에 지금 무얼
하자는 게냐!"

"제 마음 하나 때문에 이러는 게 아닙니다. 이대로 두면 티아는
분명 버티지 못할 겁니다."

"그게 너와……."

"모니크 영지에서 맹세했습니다. 다시는 넋을 놓게 하지 않겠다
고, 늘 웃을 수 있게 지켜 주겠다고 말입니다. 홀로 발버둥 치다 망
가져 갈 걸 뻔히 아는데, 이렇게 넋 놓고 지켜만 볼 수는 없습니다."

"……."

"그리고, 그리고…… 아, 그렇지! 그리고, 그렇게 된다면 모니크 후작 역시 가만히 있을 리가 없습니다. 그분께서 어떤 분이신지는 아버지께서 훨씬 잘 아시지 않습니까. 정녕 그분과 척을 질 생각 이십니까?"

필사적으로 머리를 짜내어 말하자, 생각에 잠긴 표정으로 잠시 침묵하던 아버지께서 말씀하셨다.

"……알아들었으니 그만 일어나거라."

"그럼, 허락해 주시는 겁니까?"

"알아들었다고 하였지, 허락한다고는 하지 않았다. 그것과 분가 는 별개의 문제다."

"아버지!"

"내 너를 생각해서 하는 얘기다. 만일 아비가 허락했다고 치자. 하나, 그렇다 한들 네 그 아이를 위해 무엇을 해 줄 수 있단 말이 냐? 너 혼자만의 힘으로 그 아이에게 도움을 줄 수 있을 정도의 영 향력을 행사할 수 있다고 보느냐 말이다."

순간 말문이 막혔다. 아버지의 말씀이 옳았다. 내가 지금 분가를 선언하고 정계에 진출한다 한들 대세에 영향을 줄 수 있을 리 없 었다. 모든 귀족이 묵인한 탓에 황제 폐하마저 어쩌지 못하는 석 녀라는 낙인을, 한낱 기사에 불과한 내가 무슨 힘이 있어 뒤집을 수 있겠는가.

천천히 고개를 떨구는 나를 향해 가볍게 혀를 찬 아버지께서 오 래도록 침묵하다 말씀하셨다.

"……정 그렇게 그 아이를 돕고 싶다면, 내 한 가지 방법을 알려 주마."

"그게 무엇입니까?"

"후우, 리사 왕국의 횡포가 점점 심해지고 있다는 건 너 역시 알고 있을 것이다. 이건 아직 대외비인 이야기다만, 폐하께서는 최악의 경우 무력시위까지 불사하겠다고 생각하고 계신다. 그간 여러 차례 대화를 시도했으나 실패한 것으로 볼 때, 현 상태가 계속 유지될 경우 적어도 반년 이내에 기사단이 파견될 확률이 매우 높다는 것이 아비의 판단이다."

"그렇다면……?"

"무관으로서 가장 빠르게 출세하는 방법은 뭐니 뭐니 해도 전공을 세우는 것이 아니겠느냐. 그런 일이 생길 경우, 아비가 책임지고 너를 선봉에 세워 주겠다. 전공을 세워 작위를 얻고 분가한다면 너도 후작이나 그 아이에게 좀 더 면이 서지 않겠느냐. 바라던 대로 영향력도 제법 생길 테고 말이다."

하긴 그랬다. 현 상태에서는 아무리 분가를 한다 한들 별다른 도움이 되지 못할 것이나, 아버지의 말씀대로 전공을 세워 작위라도 얻는다면 얘기가 달라질 것이 분명했다.

모니크가의 이름으로 파혼 요청이 올라갔다고 하니 황실과의 문제는 더 이상 걱정할 필요가 없을 터. 모니크가가 본가와 노선을 달리하는 동안 소녀와 점점 멀어질지도 모른다는 점이 마음에 걸리기는 했지만, 아버지의 말씀은 분명 매력적인 제안이었다. 그래서 나는 잠시 고민하다 천천히 고개를 끄덕였다.

"알겠습니다. 그럼 그때에는 허락하시는 겁니다?"

"오냐, 알았다. 한데……."

"말씀하십시오."

"후우, 꼭 그렇게까지 해야겠느냐? 하도 절박해 보여 말해 주긴 했다만, 아비는 솔직히 네가 가지 않았으면 하는구나."

"괜찮습니다. 이미 각오했습니다."

"……그래, 알겠다. 그만 나가 보거라."

"네, 아버지."

정중하게 고개를 숙여 보인 뒤 방을 나섰다. 소녀가 선물해 준 장미 모양 커프스 단추를 한 번 쳐다보고서, 나는 주먹을 힘껏 움켜쥐며 연무장을 향해 걸음을 옮겼다.

앞으로 반년.

아직까지 확정된 사실은 아니었지만, 그동안 나는 최선을 다해서 실력을 키울 생각이었다. 그토록 고대해 오던 소녀의 파혼이 초읽기에 들어간 만큼 이것은 내게 주어진 가장 큰 기회였으니까.

"안녕, 티아."

"……안녕, 세인. 설마 너야? 내 인도자가?"

"엉, 각하께서 부탁하셨어."

우물쭈물 묻는 소녀를 향해 싱긋 미소를 지었다. 물기 어린 은빛 머리카락을 보자 가슴이 두근두근 뛰기 시작했지만, 나는 애써 아무렇지도 않은 척 입꼬리를 끌어올리며 이런저런 농담을 건넸다. 내내 불안하던 마음이 조금 여유로워진 덕분인지 오늘따라 이상하게 기분이 좋았다.

앞으로 몇 시간.

늦어도 반나절 후면, 소녀는 온전하게 자유의 몸이 될 것이다. 그 모습을 확인하고 난 뒤 나는 내 마음을 고백할 생각이었다. 지난번 일로 전공을 세운 뒤가 아니면 고백하지 않겠다 생각했었지만 언제까지 질질 끌 수는 없는 노릇이 아닌가. 그새 양가의 사이도 회복된 데다 소녀 역시 황실과의 연에서 풀려나게 되었으니, 이제는 마음을 밝혀도 부담이 덜할 것 같았다.

젖은 머리카락을 말려 주며 속으로 몇 번이고 건넬 말을 되뇌었다. 어떤 식으로 얘길 해야 괜찮을지 고민하고, 만일 그녀가 내 마음을 거절하면 어쩌나 걱정했다. 웃으면서 고백을 받아 준다면 정말 행복할 거라고, 진짜로 그렇게 된다면 얼마나 좋을까 생각하며 서임식이 끝나기만을 기다렸다.

그랬는데―.

"피의 맹세? 웃기는군. 그깟 맹세 따위, 받아들이지 않겠다. 절대 동의해 주지 않을 것이다. 내 이름을 걸고 거부하겠다."

머릿속이 하얗게 변했다. 싸늘한 표정으로 걸어 나가는 폐하와 황급히 그 뒤를 따르는 근위기사들을 보면서도 아무런 생각도 들지 않았다. 연무장 전체에 흐르는 기묘한 침묵을 깨달은 건, 그리고 뒤늦은 깨달음에 숨이 막혀 오기 시작한 건 이미 소녀가 연무장에서 자취를 감춘 뒤의 일이었다.

어떻게 이럴 수가. 소녀를 향한 마음이 생각보다 깊다는 것은 알고 있었지만, 늘 냉철한 군주라 평가받던 폐하께서 이러실 거라고는 상상도 못했는데.

애써 외면하고 싶었던 현실이 날카로운 검으로 변해 심장을 후벼 팠다.

그렇다면 이제 나는 어떻게 해야 하지? 그간 폐하의 마음을 알면서도 애써 모르는 척할 수 있었던 건, 소녀에 대한 마음을 은연중에 보였을 뿐 공개적으로 드러내신 적이 없었기에 가능했던 것이 아닌가. 폐하께서 저렇듯 온 천하에 당신의 마음을 공개한 이상, 오직 황실을 위해 생명을 바치겠노라 서약한 나로서는 더 이상 소녀에게 접근할 방도가 없었다. 자칫하면 반역으로 보일 수도 있는 일이었으니까.

이래서 그동안 그렇게 불안했던 건가? 무의식중에 이렇게 될 걸 미리 예감하고 있었기에?

까맣게 변한 시야 사이로 아름다운 은색 머리카락이 조금씩 멀어졌다.

절망의 그림자가 나를 삼켰다.

9. 한밤중의 불놀이

9. 한밤중의 불놀이

  며칠 만에 돌아온 집은 여전히 포근했다. 어쩐지 그날 꿈자리가 뒤숭숭했노라고, 무사하셔서 정말 다행이라며 눈물을 글썽이는 리나를 간신히 달랜 뒤 나는 서재에 앉아 책을 펼쳤다.

  하지만 아무리 오랜 시간 시선을 고정해도, 또 향긋한 차를 마시며 마음을 가라앉혀도 책에 적힌 글자는 쉽사리 눈에 들어오지 않았다. 처음으로 그에게 내심을 드러내 보였던 일과 뜨거웠던 입맞춤, 그리고 사랑하는 두 남자와 함께했던 즐거운 식사 시간이 자꾸만 머릿속을 빙빙 맴돌았다.

  아무래도 안 되겠다 싶어서, 나는 한숨을 쉬며 책장을 덮었다. 호위를 위해 따라야 할 이들에게는 미안하지만 바람이라도 쐬면서 머리를 좀 식혀야 할 것 같았다.

  "무슨 일이십니까, 아가씨?"

  "잠시 산책을 좀 할까 해요. 안에만 있자니 영 답답해서요."

"산책…… 말씀이십니까?"

"네, 오래 있지는 않을 테니 그리 걱정하지 않으셔도 돼요."

"아니, 그게 아니라…… 알겠습니다. 그리하시지요."

잠시 멈칫하던 젊은 기사 엑스 경은 이내 알았다는 듯 고개를 끄덕였다. 아버지께 단단하게 주의를 받은 그로서는 아무래도 이런 늦은 시간에 내가 밖으로 나가는 것이 탐탁지 않은 듯했다.

그리 생각하면 역시 미안하기는 했지만, 나는 별말 없이 그를 지나쳐 정원으로 향했다.

으스름달 아래 펼쳐진 정원은 그윽한 어둠 속에 잠겨 있었다. 흐릿한 달빛 때문인지 늘 은색으로 빛나던 하얀 꽃들이 짙은 잿빛으로 물들어 있었다. 오늘따라 유독 짙어 보이는 밤 그늘에 절로 발걸음이 멎었다. 몸에 와 닿는 밤공기가 왠지 찼다.

어딘가 으스스한 기분에 주춤한 것도 잠시, 나는 저 멀리 연무장 쪽에서 보이는 붉은빛에 황급히 뒤를 돌아보았다. 혹시 불이라도 난 건가 싶은 마음에서였지만, 뒤를 따르는 엑스 경은 태연하기만 했다.

뭐지? 이게 대체 어떻게 된 거람?

"왜 그러십니까, 아가씨?"

"엑스 경, 저건 뭐죠? 연무장에 화재라도 발생한 건가요?"

"아닙니다. 아마 소각할 것이 좀 있어서 그럴 겁니다."

"소각할 것이라고요? 그게 뭐기에 이런 시간에……."

"아가씨께서 신경 쓰실 만큼 대단한 것은 아닙니다."

담담하게 답하고는 있었지만, 엑스 경은 어쩐지 나와 눈이 마주치는 것을 꺼리는 기색이었다. 마치 뭔가를 숨기는 듯한 그 모습에 절로 눈이 가늘어졌다.

엑스 경을 잠시 바라보다가, 나는 붉은빛이 솟아오르는 곳을 향해 걸음을 옮겼다. 가문의 기사인 그가 설마 내게 거짓을 고하지야 않았겠지만, 정말 그의 말대로 별것이 아니라면 어째서 저런 반응을 보인 것인지 궁금했다.

"거 진짜 많구먼."

"당연한 거 아닌가. 자자, 빨리빨리 끝내자고."

연무장에 들어서자 활활 타오르는 모닥불 주위를 왔다 갔다 하는 기사들이 보였다. 뭐가 그리도 기분 좋은 것인지, 날름거리는 불꽃 위로 뭔가를 던져 넣는 그들의 얼굴은 모두 활짝 피어 있었다.

뭘 저렇게 열심히 태우는 거지? 표정들을 보아하니 나쁜 일은 아닌 것 같은데.

나는 고개를 갸웃하며 그나마 가장 한가해 보이는 리그 경에게로 다가갔다. 인기척을 느낀 듯 무심코 돌아보던 그의 눈이 휘둥그레졌다.

"아, 아가씨?"

"안녕하세요, 리그 경. 다들 뭘 그렇게 열심히 하세요?"

"어, 그러니까…… 아, 아무것도 아닙니다!"

손사래 치는 그를 보자 절로 눈이 가늘게 뜨였다.

엑스 경도 그렇고 리그 경도 그렇고, 대체 무슨 일을 하고 있기에 저러는 거지?

막아서는 기사들을 피해 모닥불 근처로 다가갔다. 타닥타닥 튀는 불똥을 피해 열기가 느껴지는 그곳에 다가서자, 기사들이 열심히 던져 넣고 있던 물건의 정체가 한눈에 드러났다. 그것을 확인하는 순간 절로 눈이 휘둥그레졌다.

뜨겁게 타오르는 불꽃 속에는 새카맣게 변한 숯덩이와 함께 각양각색의 옷들이 널브러져 있었다. 온갖 가문의 문장이 수놓여 있는 각종 예복들이.

"이게 대체 무슨 일이죠?"

"크흠, 그러니까, 그게 말입니다."

"왜 예복들이 여기에 있는 거죠? 게다가 이 문장들은 분명……."

자수정 티아라와 그를 감싸고 있는 검은 장미, 하얀 백합, 납작 엎드려 있는 검은 수달, 그리고 붉은 깃펜과 양피지 두루마리를 비롯한 갖가지 문장들. 그것은 전부 제나 공작가를 위시한 귀족파 가문들의 문장이었다.

그런데 어째서 그러한 문장을 수놓은 예복들이 우리 집 연무장에서 불타고 있단 말인가? 그것도 깃에 문장을 수놓은 것으로 보아 가주 혹은 후계자의 소유임이 분명한 예복들이.

아무리 생각해도 영문을 알 수 없어 고개를 갸웃하는데, 갑자기 옆에서 익숙한 음성이 들렸다.

"내가 한 일이다."

"네…… 에?"

황급히 옆을 돌아보자 팔짱을 낀 채 모닥불을 응시하고 있는 아버지의 모습이 보였다.

"그러니까, 아버지께서 하신 일이라고요?"

"그래."

묵묵히 고개를 끄덕이는 아버지께서는 평소와는 다르게 온통 검은색 차림이셨다. 의아한 눈으로 바라보자, 아버지께서는 엷게 웃어 보이고는 말씀하셨다.

"네가 쓰러져 있는 동안, 미르와 후작과 제나 공작을 제외한 다른 자들에 대해 판결이 내려졌다. 확실하게 증거를 확보한 자들을 제외한 나머지는 대부분 증거 불충분으로 관대한 처분을 받았지."

"그렇군요. 그런데 그게 이거랑 무슨……."

"여러 가지 상황상 어쩔 수 없는 처분이라는 건 알고 있지만, 그래도 생각할수록 조금 억울해서 말이다. 흠, 이틀 만에 맞추려면 고생 좀 하겠지. 아니, 이제 하루인가?"

"네…… 에?"

어안이 벙벙했다. 깨달음이 찾아온 것은 잠시 후였다.

그랬구나.

갑자기 웃음이 터져 나왔다. 정기적으로 열리는 정무회의도 아니고 대회의, 그것도 반역죄 여부를 다루는 공판에 감히 예복이 아닌 다른 옷을 입고 나타날 자는 없을 터. 황궁에 가기 위해 옷장을 뒤지다 예복이 사라졌음을 깨닫는다면 얼마나 황당할까? 예복은 온데간데없고, 그렇다고 해서 평상복 차림으로 갈 수도 없어 이러지도 저러지도 못할 귀족과 사람들의 표정을 떠올리자 몹시 우스웠다.

"아, 아가씨?"

당황하는 기사들을 보면서도 나는 웃음을 멈출 수가 없었다. 상상하면 할수록 몹시 통쾌했다. 헉헉 숨을 들이쉬면서도 계속해서 웃는 나를 당혹스러운 표정으로 바라보던 기사들이 안절부절못하며 말했다.

"각하, 어떻게 좀 해 보십시오."

"왜, 보기 좋지 않은가. 저렇게 밝게 웃는 모습은 처음 보는 것 같군."

"그건 그렇지만…… 저러다 숨넘어가시겠습니다."

"흠, 그건 그렇군. 티아? 이제 그만 진정하거라."

입가에 웃음기를 베어 문 아버지께서 가볍게 내 등을 토닥이셨다. 규칙적인 그 움직임에, 나는 겨우겨우 진정하며 눈가에 맺힌 눈물을 닦아 냈다.

정상적인 방법으로는 저것들을 입수하지 못했을 테니 분명 몰래 잠입해서 가져온 것일 터. 다른 사람도 아니고 아버지께서 그런 일을 하셨을 줄은 정말 몰랐다.

"어쩐지, 집에 왔을 때 기사분들이 거의 보이지 않는다 했어요. 여러분께서 담 넘는 재주를 갖고 계신지는 몰랐네요."

빙긋 웃으며 농담조로 말하자, 마주 미소 지은 기사들이 말했다.

"그럼요. 요즘 좀 뜸하긴 했지만, 사실 담치기가 저희의 주 전공입니다."

"에이, 그래도 담치기는 사실 각하께서 제일이시지 않습니까?"

"그야 그렇지. 현역 시절에는 엄청나셨으니까 말일세."

이게 다 무슨 소리일까. 주 전공이라니? 현역 시절이라는 말은 또 뭐고?

의아한 마음에 아버지를 돌아보는 순간, 문득 한 가지 생각이 머릿속을 스치고 지나갔다.

어둠 속에서도 반짝이는 은색 머리카락.

은랑銀狼.

"설마……?"

웃느라 무심코 지나쳐 버리긴 했지만, 생각해 보면 저 예복들을 빼내 오는 일이 쉬웠을 리가 없었다. 하나같이 녹록한 가문의 것이 아닐진대, 그럼에도 저들은 별다른 소란 없이 삼엄한 경비를 뚫고 저택 깊숙한 곳까지 들어갔다 나왔다는 이야기가 아닌가.

그것은 분명 처음 이런 일을 해 보는 사람들이 해낼 수 있는 성질의 것이 아니었다. 정보 조직 중에서도 상위에 속하는 자들의 솜씨라면 모를까.

그렇다면 저들은 오랫동안 이런 일을 해 왔단 말인데. 왜지? 보통 기사단이라 함은 전투를 수행하기 위해 만들어진 집단이지, 이런 일을 위해 존재하는 것이 아니잖은가. 물론 황가의 어둠을 맡고 있는 본가의 특성상 어느 정도 필요할 수는 있다고 해도 이건 좀 과했다.

아무래도 내 짐작이 맞는 걸까?

묻는 얼굴로 올려다보자, 아버지께서는 엷게 미소 띤 얼굴로 천천히 고개를 끄덕이셨다.

"그래, 아비가 바로 은랑이란다."

"그랬군요. 그래서……."

그래서 인장 건으로 은랑을 활용할 수 있느냐 여쭈었을 때 그런 표정을 지으셨던 거구나. 그 후 인장을 건네받은 내가, 누군지 모르겠으나 대단한 실력을 가진 자 같다고 기뻐할 때에도.

일단 한 가지를 깨닫자, 그동안 조금씩 의문을 품고 있었던 일들이 실타래 풀리듯 하나씩 이해가 갔다.

그래서 제나 공작 후계자는 만찬 때 은랑을 언급하면서 아버지를 노려보았던 거구나. 은랑의 정체를 이미 알고 있던 두 공작과 폐하께서 별말씀이 없었던 이유도 그거였고.

짐작대로 수도를 뒤흔든 방화 사건의 범인이 정말 아버지셨다면, 지독한 가뭄이 들었던 해에 선황제 폐하께서 그 소식을 듣고도 아무렇지 않게 넘어가셨던 까닭 역시 알 수 있었다.

그런데 그런 일은 왜 하신 거지?

문득 드는 의문에 나는 아버지를 올려다보며 물었다.

"그런데 가뭄 때 불은 왜 지르신 거예요?"

"당시 귀족파에서는 널 죽이려는 계획을 짜고 있었다. 해서, 내가 지켜보고 있노라고 경고를 한 거였지."

"그랬군요. 그럼 현 황제 폐하의 즉위 이후에는요?"

"겸사겸사였다. 널 해치려 한 자들에게 복수할 겸, 증거를 수집할 겸해서 말이다."

"아, 그렇구나."

배시시 웃는 나를 향해 마주 미소 지은 아버지께서 내 머리카락을 부드럽게 쓸어내리며 말씀하셨다.

"미리 말해 주지 못해 미안하구나. 그렇지만 은랑의 정체를 밝히면 그동안 아비가 해 왔던 일들도 모두 알게 될 텐데, 네게 그런 것을 굳이 알려 주고 싶지는 않았다. 모두 어둠 속의 일이 아니냐."

"아……."

다소 가라앉은 기분에 고개를 끄덕이는 순간, 먹이를 잔뜩 품은 불꽃이 덩치를 부풀리며 크게 몸을 떨었다. 그 바람에 날아든 불티 두엇이 치맛자락에 달라붙었다.

"조심하십시오, 아가씨!"

타닥타닥 타들어 가는 치맛자락을 황급히 벗어 든 웃옷으로 내리친 리그 경이 말했다.

"밤에 불놀이하면 자다가 실례한다고들 하지 않습니까. 그런 추한 꼴은 저희가 감당할 테니, 아가씨는 얼른 들어가십시오. 각하께서도요."

"맞습니다. 이런 일은 저희들의 몫이니 두 분께서는 그저 편안히 계시면 됩니다."

"어서 들어가십시오. 아직 가을이라고 해도, 밤공기는 제법 서늘하답니다."

불을 등지고 있는 탓에 표정은 보이지 않았지만, 자신들만 믿으라며 가슴을 두드리는 모습은 새카만 어둠 속에서도 무척 선명하게 보였다.

나는 묵직해져 오는 가슴 위에 손을 얹으며 스르르 미소 지었다.

"네, 그럼 먼저 들어가 볼게요. 들어가요, 아버지."

"안녕히 주무십시오."

"좋은 꿈꾸십시오!"

칠흑 같은 어둠 속에서 타닥타닥 타오르는 붉은 불꽃.

까맣게 변해 가는 예복들을 한 번 바라본 뒤, 나는 기사들의 인사를 받으며 아버지와 함께 저택으로 향했다. 어딘가 포근하고 든든한, 몹시 기분 좋은 느낌을 가득 끌어안은 채.

10. 장미와 티아라 上

10. 장미와 티아라

꿈을 꿨다. 아주 길고도 긴 꿈을.

너무 그립고 또 생생해서—.

두렵기까지 했던 그런 꿈을.

돌아가고 싶었다, 아무것도 모르던 순수한 그때의 나로.

후회했다, 한 번만 더 기회가 주어진다면 다시는 그런 실수를 하지 않겠노라고.

하지만 간절한 바람에도 결국 꿈에서 깨어났을 때, 내게 남은 것은 짙은 회한과 그리움, 그리고 차가운 현실뿐이었다.

"언니야, 언니는 이거 안 볼래? 따끈따끈한 신작인데."

그것은 아주 오래전의 추억. 이제는 얼굴조차 잘 떠오르지 않는 내 동생 지수와의 평화로웠던 어느 한때의 기억이었다.

"야, 됐어. 그깟 게 뭐가 그렇게 재미있다고 그래? 그럴 시간에 차라리 잠이나 자겠다."

나는 지수가 내미는 책을 힐끔 쳐다보고는 도로 고개를 돌렸다. 오늘은 또 뭐에 꽂혀서 저러는 건지, 원.

시큰둥한 표정으로 채널을 돌리는 내게 달라붙은 지수는 계속해서 종알종알 말을 붙였다.

"진짜 재밌다니까? 들어 봐. 어떤 평범한 여고생이 어느 날 길에서 동전 하나를 주웠는데, 그 순간 갑자기 어디론가 날아간 거야. 그래서 삐까번쩍한 곳에 떨어졌는데, 알록달록한 머리에 혀가 꼬부라지는 말을 쓰는 사람들이 있는 거지. 그러고는 다들 놀란 눈으로 걔를 보다가 신이 보낸 사자라고 떠받드는 거야."

"뭐야, 그게."

오늘따라 영 재미있는 프로그램이 없네. 그냥 지난주에 놓친 주말 예능이나 다시 볼까. 엄마가 보면 고3이 공부는 안 하고 뭐하는 짓이냐고 하겠지만, 사람이 가끔씩은 쉬어 주고 그래야지. 그놈의 공부, 공부, 공부. 넘치는 게 대학인데, 어디가 됐건간에 사 년제 대학만 가면 되는 거 아니냐고.

엄마는 아직도 내가 천재라고 착각하는 것 같지만, 내 머리로는 그게 한계였다. 그럼에도 매번 명문대 타령을 하는 걸 보면 솔직히 말해 어이가 없었다. 성적표만 봐도 빤히 알 수 있는 사실인데, 왜 그렇게 현실을 모르는 건지, 원.

"뭐긴, 다른 차원으로 이동한 거지! 어쨌든 그중에 진짜진짜 냉미남이 있는데, 알고 보면 미남 주제에 황제이기까지 한 거! 황제는 여주한테 한눈에 반해서 걔를 황후로 삼고, 여주는 황제를 노리던 악녀한테 시달림받다 서로의 사랑을 확인하는 거야. 그리고 디 엔드! 그들은 오래오래 행복하게 살았습니다, 이런 거지."

어, 유한도전 재방이네. 저거나 봐야겠다.

나는 몽롱한 얼굴로 책을 끌어안고 있는 지수를 힐끔 돌아보고는 스크린에 시선을 고정했다. 하지만 내가 그러거나 말거나, 지수는 이미 혼자만의 세계에 빠져 허우적거리고 있었다.

"햐, 부럽다. 대학 가려고 아등바등 안 해도 돼, 부자야, 권력 빵빵해, 남편 잘 생겼어. 쩐다, 쩔어. 언니야, 언니야?"

"아, 또 왜?"

"차원이동이라는 게 진짜 있을까?"

"그런 게 어디 있냐?"

"역시 그렇지? 에이씨, 아깝다. 나도 차원이동하면 좋을 텐데. 그러면……."

말없이 리모콘을 들어 볼륨을 높였다. 일곱 남자의 웃음소리와 투닥거리는 대화 속에 종알거리는 목소리가 묻혀 갔다. 그렇게 나는 지수의 말을 흘려버렸다.

왜 그랬을까. 그것이 마지막인 줄 알았더라면, 절대로 그렇게 시간을 보내 버리지 않았을 텐데. 지수가 얘기했던 것 같은 그런 일이 내게 일어날 줄 알았다면, 그때 그 말이라도 좀 더 잘 들어 두는 건데.

정말 그랬더라면, 어쩌면 지금처럼 차가운 현실에 내팽개쳐지지 않았을지도 모르는데—.

"내게 무슨 짓을 한 거지?"

고작 사 년이었다. 거짓으로 시작된 관계가 산산조각 날 때까지 걸린 시간은.

"제정신이었다면, 내가 너를 안았을 리가 없다. 대답해라. 내게 무슨 짓을 한 건가."

경멸 어린 눈빛을 마주하자 삐죽 웃음이 나왔다.

정말 고작 사 년이었다. '그들은 오래오래 행복하게 살았습니다.'로 끝나는 소설의 뒷이야기는.

처음 이 세상에 떨어졌을 때 나는 어쩌면 지수가 해 주었던 이야기 속 주인공처럼 살 수 있을 거라고 생각했지만, 현실은 그렇게 녹록치가 않았다. 소설 속에서 그저 악녀에 불과했던 조연은 사실 모든 조건을 갖춘 완벽한 신부였고, 왕자님과 그저 행복하게 살 줄만 알았던 신데렐라는 현실의 벽에 부딪혀 결국 자기 자신은 재투성이 아가씨에 불과하다는 사실을 깨닫고야 말았다.

그래, 소설과 현실은 그렇게도 달랐다.

사 년.

길다면 길고 짧다면 짧은 그 시간 동안, 나는 끊임없이 내가 행복하다고 되뇌었지만 사실은 전혀 행복하지 않았다. 왕자님과 오래도록 행복하게 살 줄 알았던 신데렐라는 불행했다. 뼛속까지 사무치도록.

"황제에게 이런 약까지 먹이다니, 그대는 진정 제정신인가? 내 지난 정을 보아 이번만은 넘어갈 것이나, 한 번만 더 이런 일이 있을 경우 결코 묵과하지 않겠다. 황후면 황후답게 처신하도록."

"그러죠."

경멸마저 사라진 무감정한 눈빛을 보며 고개를 까딱했다.

그랬다. 이제 나의 존재는 그에게 그 정도로 끔찍한 것이다. 비록 약에 취해서 한 행위였다고는 하지만, 나를 안았다는 사실에 저렇게 몸서리칠 정도로. 다른 연인들처럼 뜨겁게 사랑을 속삭이지는 않았어도, 그래도 한때는 서로 사랑하는 사이라고 믿었던 우리였는데.

하긴 원망할 것도 없었다. 나 역시 그를 사랑해서라기보다는 그저 내 육신의 안온함을 위해서 그런 일을 벌인 거였으니까. 그녀처럼 버림받지 않기 위해 사용할 수 있는 모든 방법을 동원한 것뿐, 나라고 좋아서 차갑기만 한 그의 품에 뛰어든 건 아니었다. 그것도 몸을 파는 여자나 다름없는 이런 수단을 동원하면서까지.

이것은 어차피 도박이었다. 단 한 번의 희박한 확률에 기댄 일생일대의 도박.

그리고 행인지 불행인지, 도박은 성공했다.

그 일이 있고 나서 두 달 뒤, 나는 황궁의로부터 회임했다는 진단을 받았다.

"내가, 당신의 아이를 가졌답니다. 축하해 주지 않을 건가요?"

아직 부르지도 않은 배 위에 손을 얹은 채 싱긋 미소를 지었다. 무감정하던 눈동자에 분노가 어린 모습이 몹시 만족스러웠다.

아무리 그런 눈으로 바라본들, 당신은 이제 나를 어쩌지는 못해. 내가 아이를 가진 걸 이미 온 세상이 알게 되었으니까. 그러니 아무리 당신이 황제라고는 해도, 고작 사랑이 식었다는 이유만으로 후계자를 가진 황후를 내칠 수는 없어.

두고 봐, 나는 절대로 허무하게 죽어 간 티아처럼 되지 않아. 뼛속까지 고상했던 그녀는 그걸 용납했을지 몰라도, 나는 절대로 이용만 당하고 버려지지는 않을 거야.

그거 알아? 열을 가진 자에게 하나를 빼앗는 것은 쉽지만, 하나를 가진 자에게서 그 하나를 빼앗아 내는 것은 몹시 어렵다는 것을. 그러니 내게서 더 이상 무엇을 앗아 갈 생각은 하지 않는 게 좋을 거야. 연인이라 믿었던 당신마저 멀어진 지금, 내게는 이제 황후라는 지위, 이것밖에 남은 것이 없거든.

……이라고 생각했다.

이만하면 됐다고, 사랑 따위 잃었어도 황후 자리만큼은 지켰으니 충분하다고 믿었다. 어리석게도.

이제는 나를 버리지 못할 거라며 득의양양했던 것도 잠시, 더 큰 불행이 찾아온 것은 임신 기간 내내 나를 한 번도 돌아보지 않던 그가 결국 친정親征을 핑계로 수도를 떠난 후 얼마 지나지 않아서였다.

"공작, 내가 얼마나 당신을 믿었는데…… 당신이 어떻게 이럴 수가……."

꿈에도 몰랐다, 제나 공작이 나를 배신할 것이라고는.

늘 경멸 어린 눈초리만 보내던 귀족들 사이에서 유일하게 나를 챙겨 주는 사람이었는데. 루브가 나를 사랑한다고 믿었던 것도, 일신의 안위를 위해서라도 그의 사랑을 받아들여야 한다고 생각했던 것도 모두 그가 해 준 말 때문이었는데.

그래서, 그래서 그의 애정이 식어 가고 있음을 깨달았을 때에도 도와 달라고 요청까지 했었는데…….

"어리석기는. 본 공작이 너 따위 출신도 모르는 천한 여자를 진심으로 도와줄 거라고 생각했나?"

온몸이 부서질 것 같은 고통 속에서 이를 악물며 용을 쓰던 날, 끝내 나를 버리고 간 그에 대한 증오와 복수심을 불태우며 가까스로 황녀를 낳았던 그날, 나는 그동안 겪었던 일들을 모두 합친 것보다도 훨씬 큰 지옥을 맛보았다.

막 아이를 낳아 힘이라고는 하나도 들어가지 않는 다리를 끌고 도망쳐야 했고.

영원히 끝날 것 같지 않던 비밀 통로에서 간신히 벗어나자마자 비열하게 웃고 있는 노인과 마주쳐야 했으며.

갓 태어난 황녀를 빼앗긴 채, 루브와 사이가 멀어진 이후로 유일하게 믿었던 자의 손에서 최후를 맞이해야만 했다.

그리고—.

다시 눈을 떴을 때, 나는 순백의 공간에 서 있었다.

"내 축복의 아이가 왔구나."

처음으로 대면한 신이라는 존재, 그에게서 나는 처음으로 내가 이곳에 온 이유를 듣게 되었다. 그리고 그 말은 나를 이해시키기는커녕 더욱 분노케 했다.

신을 저주했다. 뭐가 축복의 아이란 말인가.

진정 내가 그의 축복의 아이였다면, 그는 그냥 나를 평범한 고3으로 두었어야 했다.

그가 정말 나를 아꼈다면, 이런 지옥 같은 곳에 던져 버려서는 안 되는 거였다. 운명이 꼬였다는 이유로 아무 설명도 없이 다짜고짜 데려올 것이 아니라.

그리고 만약 나를 데려오는 것이 불가피한 일이었다면, 그는 내게 고작 이깟 신성력이 아니라 제대로 된 재능을 부여했어야 했다. 이 세계에서 보내지 못한 열아홉 해를 보충할 수 있는, 재투성이 아가씨에 불과한 신데렐라라도 공주님 흉내를 낼 수 있을 만한 바로 그런 것을.

그리고 그렇게 생각한 결과—.

나는 두 번째 지옥을 맞이했다.

11. 장미와 티아라 中

Ⅱ. 장미와 티아라 中

다시 얻은 삶, 두 번째로 얻은 기회.

한 번만 더 기회가 주어진다면 다시는 그런 실수를 하지 않을 거라 믿었다.

내게 아픔을 주었던 모든 사람에게 복수할 거라고 다짐했다.

만반의 준비를 갖추었으니, 적어도 이번 생에서만큼은 그녀보다 잘해 낼 수 있을 거라고 자신만만하게 생각했다.

하지만 격렬한 저주와 분노의 토로 끝에야 간신히 받아 냈던 또 한 번의 생은—.

여전히 실패였다.

'독한 년.'

지은은 이미 사라지고 없는 여인의 뒷모습을 바라보며 속으로 중얼거렸다. 야음을 타고 들어와 몇 마디 말만을 남기고 간 그녀, 아리스티아를 바라보며.

정말이지 마지막 순간까지도 지독하기 짝이 없었다. 보통은 살아난 것만으로도 다행이라 여길 텐데, 그 와중에 이해득실을 계산하며 제 목숨을 왜 살렸느냐고 따져 묻던 모습이라니.

"냉정하기 짝이 없는 것 같으니. 저건 분명 피도 차가울 거야."

피식 웃음이 나왔다. 하긴 이제 와 새삼스러워할 것도 없었다. 오늘 보인 그 태도야말로 그녀의 본모습이었으니까. 여러 번에 걸쳐 제 목숨을 위협받음에도 복수하겠노라며 날뛰기는커녕 그와 계파의 이익을 위해 오래도록 침묵하던 그녀가 아닌가. 그러고는 기회를 잡자마자 박살 내 버렸지.

"훗, 그것 하나는 마음에 드네."

결코 좋아할 수 없는 그녀였지만, 정말이지 그것 하나만큼은 마음에 든다고 지은은 생각했다. 이 년이라는 세월 동안 기회를 노렸음에도 자신의 힘으로는 결코 무너뜨릴 수 없었던, 마지막 순간을 제외하고는 작은 틈조차 보이지 않던 곳이 아니던가.

회귀 전 제국을 집어삼키려 했던-그리고 아마도 성공했을 것으로 짐작되는-제나 공작은 두 번째 얻은 삶에서도 결코 만만한 자가 아니었다. 그녀와 경쟁해 보고 싶다는 생각에, 그리고 가까운 곳에서 신뢰를 얻은 뒤 무너뜨리겠다는 생각에 접근했지만 공작은 자신에게 결코 빈틈을 보여 주지 않았다. 게다가 황제와 루블리스가 제 뜻대로 움직이지 않자 서서히 자신을 귀족파 내에서 고립시키기까지 했다. 신탁으로 받은 이름이 있었기에 망정이지, 그것마저 없었다면 진작 버려지고도 남았을 것이다.

하지만 그녀는 그런 공작을 한 번에 무너뜨렸지.

옆에서 지켜본 제나가는 결코 만만한 곳이 아니었음에도 아리스티아는 그곳을 결국 무너뜨렸다. 가진 것이 다르기 때문이기도 했지만, 같은 것을 노렸음에도 이토록 결과가 다른 것은 그녀와 자신의 근본적인 역량 차이 때문이리라. 실제로 자신은 아직도 왜 과거의 그가 저를 버려두고 수도를 떠난 것인지 알지 못했지만, 그녀는 몇 마디 말을 듣자마자 그 이유를 짐작한 것 같지 않던가.

도대체 무엇 때문에 돌아온 걸까.

지은은 쓰게 웃었다. 결국 그녀와의 대결에서 제대로 이겨 보지도, 그에게 복수하지도 못했다. 제나 공작에게 죽음을 내리기는 했지만 그조차 자신이 해낸 것이 아니었다. 그렇다고 해서 과거를 극복해 낸 것도 아니었고.

"차라리 처음부터 그렇게 생각하기라도 했더라면……."

지은은 허탈하게 중얼거렸다. 단호한 목소리로 과거와 현재의 그는 다르다고 말하던 그녀가 자꾸만 떠올랐다.

믿지 않았다. 그녀에게 다정하게 구는 그를 보면서도, 과거에 저를 대하던 것과는 달리 진심이 느껴지던 그의 여러 가지 모습을 보면서도 믿을 수가 없었다.

사람의 본성이란 변할 수 없는 거라고, 똑같은 모습을 한 사람인데 다를 게 뭐냐고, 그러니 과거의 그가 제게 저지른 죗값을 물어야 한다고 생각했다.

하지만 그녀의 죽음 앞에서 울부짖던 그를 보는 순간 그런 생각은 눈 녹듯 사라졌다. 처음으로 그녀의 말에 공감했다. 자신이 알던 그라면 결코 그런 모습을 보일 수 없었을 것이기에.

어쩌면 그 때문일지도 몰랐다. 저도 모르게 그녀를 살려 달라고 간절히 빈 것은. 신성력이라는 기적이 주어졌음에도, 원하던 대로 또 한 번의 기회를 받았음에도 증오하고 있던 신에게 애원하다시피 바랐던 것은.

꼭 한 번 묻고 싶었다, 유일하게 저와 같은 경험을 갖고 있는 그녀에게. 너는 이 지독한 괴리감을, 이토록 공허한 기분을 대관절 어떻게 이겨 냈느냐고.

하지만 자신은 그조차 결국 묻지 못했다.

"하하하……."

한참을 허탈하게 웃던 지은의 눈에 문득 그녀가 놓고 간 유리병이 들어왔다.

지은은 천천히 몸을 일으켜 탁자 앞으로 다가갔다. 그러고는 느리게 손을 뻗어 유리병을 손에 쥐었다. 달빛을 받아 영롱하게 반짝이는 그것은 몹시 차가웠다. 자신을 바라보던 그녀의 눈빛처럼.

"내가 죽는 모습을 지켜보고 싶지 않다고 했던가……."

그녀가 남기고 간 말을 생각해 보면, 유리병에 든 것은 아마도 독일 확률이 높았다. 만인의 앞에서 치욕을 당할 바에는 차라리 이걸 마시고 깨끗이 자결하라는 것일 터. 그 배려 아닌 배려엔 아마도 회귀 전의 기억이 작용했을 거라고 지은은 생각했다. 그것은 분명 그리 좋은 추억은 아니었으니까.

회귀 전 그녀의 처형식에 참석했던 기억이 떠오르자 절로 쓴웃음이 나왔다.

자신에게는 한 치의 시선도 주지 않은 채 곧게 그만을 응시하던 황금색 눈동자, 수감 생활 때문에 초췌해졌음에도 마지막 순간까지 우아하고 당당하던 그녀의 모습.

이 병 안에 든 것을 마시지 않는다면, 그녀의 말마따나 이제는 그게 바로 제 모습이 될 것이 분명했다. 물론 그녀만큼 당당하게 보일 수 있을지는 모르겠지만.

그날의 붉은 내음, 그리고 핏빛 광기.

자신을 둘러싸고 있는 공기에서 혈향이 물씬 배어 나오는 듯해, 지은은 저도 모르게 흠칫하며 몸을 떨었다. 그녀처럼 담담하게 죽음을 맞이할 자신이 없었다. 무표정한 혹은 희미한 웃음을 띤 사람들 사이에서, 한낱 구경거리로 전락해 비참하게 죽고 싶지는 않았다. 절대로 그렇게 끝나고 싶지는 않았다.

어떻게 해야 하나.

유리병을 쥐고 있는 손에 절로 힘이 들어갔다.

죽고 싶었다. 동시에 죽고 싶지 않았다. 돌아온 목적을 상실한 이상, 더는 낯선 이 세계에서 미움받으며 살고 싶지 않았다. 하찮은 것처럼 취급당하며 멸시받는 삶은 이제 지긋지긋했다.

하지만 그렇다고 해서 삶을 포기하고 싶지도 않았다. 어떻게 돌아온 세상인데, 어떻게 다시 찾은 삶인데 이렇게 허망하게 끝을 낼 수 있단 말인가. 더욱이 아무것도 제대로 이루지 못한 이런 상태로.

"후우……."

한참을 이러지도 저러지도 못한 채 차가운 유리병을 응시하고 있을 때, 굳게 닫혀 있던 문이 열리는 소리가 들렸다.

지은은 반사적으로 유리병을 소매 속으로 감추며 천천히 고개를 들어 올렸다. 복도에 걸어 둔 햇불 덕에 환하게 밝은 문가에는 검은 인영人影 둘이 서 있었다.

"……."

혹시 그녀가 되돌아온 건가 싶어 인영을 살피던 지은의 표정이 미미하게 굳었다. 빛을 등지고 선 탓에 누구인지 알아볼 수는 없었지만, 검은 그림자는 둘 다 그녀라고 보기에는 너무 컸다.

그렇다면 저들은 또 누구란 말인가. 무슨 목적으로 자신을 방문한 걸까?

긴장감에 조금씩 가빠 오는 숨을 고르며 생각을 가다듬는 사이, 뚜벅뚜벅 걸어 들어온 인영 하나가 가볍게 손짓을 했다. 뒤따라 들어선 그림자가 문가에 버티고 서는 모습을 확인한 지은이 제게 다가오는 인영에게로 시선을 옮겼다. 품새를 보아하건대 자신에게 용무가 있는 쪽은 이자임이 분명했다.

"제나 공녀."

겨울을 닮은 냉랭한 목소리.

귓가를 울리는 익숙한 그 음성에, 엄습해 오는 불안감을 누르려 마른침을 삼키던 지은이 주춤했다. 그 모습을 바라보던 인영이 로브의 모자를 뒤로 젖혔다. 스르르 흘러내리는 천 조각 위로 푸른 빛이 드러났다. 바다를 담은 눈동자도.

어째서 그가 이곳에 나타난 걸까.

전혀 예상치 못했던 사람의 등장에 지은의 눈빛이 흔들렸다. 아리스티아의 등장도 놀라웠지만, 루블리스가 자신을 찾아올 줄은 정말이지 꿈에도 몰랐다. 그녀야 그럴 만한 이유가 있었으니 그렇다손 치더라도, 그가 자신에게 가질 만한 용무 같은 것은 없지 않은가. 하물며 제나가를 비롯하여 눈엣가시 같던 귀족파에 대한 재판까지 전부 끝난 지금은 더더욱.

잠시 주의를 잃었던 탓일까? 소매 속에서 무언가가 스르르 흘러내리는 듯하더니, 채 어찌해 볼 틈도 없이 바닥으로 떨어졌다. 푹신한 카펫 위를 구르는 유리병을 잠시 바라보던 그가 특유의 서늘한 목소리로 말했다.

"투명한 병이라. 역시 그렇군."

"……네?"

"이럴 거라 예상은 했지만…… 후우, 머리가 아프군."

지은의 반문에도 알 수 없는 말만 중얼거리던 루블리스가 갑자기 고개를 돌려 그녀를 바라보았다. 지은은 애써 평정을 가장하며 시리도록 차가운 그 시선을 받아 냈다. 왠지는 모르겠지만, 어쩐지 지금 침착하게 행동하지 않으면 무언가 돌이킬 수 없는 일이 벌어질 것만 같았다.

얼마나 시간이 지났을까? 뭔가를 고민하듯 한참 동안 서늘한 눈빛으로 바라보던 그가 눈길을 거두며 작게 한숨 쉬었다. 그러고는 다소 누그러진 음성으로 물었다.

"제나 공녀, 저것이 무엇인지 알고 있소?"

"……."

지은은 침묵했다. 어딘가 서럽기도 하고 짜증스럽기도 한 기분이 가슴속을 스멀스멀 타고 올라왔다. 장난치자는 것도 아니고, 사람을 앞에 두고 대체 뭐하는 짓들인지. 곧 죽을 자이니 마음대로 해도 상관없다 이건가? 아픈 상처를 실컷 들쑤시고서야 스스로 죽으라며 독을 놓고 간 그녀도, 그런 사실을 뻔히 알면서도 굳이 물어보는 그도 어처구니가 없기는 매한가지였다.

그런 기색을 알아차렸음인가? 약간 풀어진 것처럼 보이던 좀 전과는 달리 어느새 무표정한 얼굴로 돌아온 그가 말했다.

"그런 눈으로 볼 것 없소. 저것은 독이되 독이 아니니."

"그게 무슨 말씀이십니까? 독이되 독이 아니라뇨?"

머릿속을 읽혔다는 생각에 멈칫한 것도 잠시, 지은은 저도 모르게 눈썹을 찡그리며 되물었다.

그게 무슨 말도 안 되는 소리란 말인가. 설마하니 저 안에 든 것이 소설 속 이야기처럼 한 방울만 마시면 약이 되나 과용하면 독으로 작용한다는 전설의 명약이라도 된다는 소린가? 아니면 뭐, 줄리엣이 마셨던 것처럼 일시적으로 숨을 멎게 해 주는 약이라도 된다는 소리야?

그러나 루블리스는 생각에 잠긴 얼굴로 침묵할 뿐 아무런 말이 없었다. 못 들었나 싶어 다시 한 번 불러 봐도 마찬가지였다.

겨우 눌렀던 짜증이 또다시 불쑥 치밀어 오르는 것이 느껴졌지만, 지은은 애써 아무렇지도 않은 척 말을 붙였다. 어쨌거나 지금 불리한 쪽은 그녀였으니까.

"말씀해 주십시오, 폐하. 독이되 독이 아니라는 것이 무슨 의미인지요?"

"……"

"폐하?"

"……."

"말씀, 안 해 주실 건가요?"

이를 악물며 내뱉은 마지막 말조차 무참히 무시당한 순간, 간신히 붙들고 있던 한 줄기 이성의 끈이 툭 끊어졌다.

지은은 눈매를 사납게 추켜세우며 루블리스를 노려보았다. 어차피 죽을 몸, 이제는 이판사판이었다.

"지금 장난쳐?"

"……방금 뭐라고 하였나."

"지금 장난치느냐고 물었어. 갖고 노는 것도 정도껏이지, 정말 해도 해도 너무하는…… 꺅!"

목에 와 닿는 싸늘한 감촉에 지은은 발작적으로 소리치다 말고 비명을 질렀다. 어느새 다가온 것인지, 문가에 서 있던 검은 로브의 남자가 그녀에게 검을 겨누고 있었다.

바르르 떠는 지은을 서늘한 눈초리로 바라보던 루블리스가 말했다.

"괜찮소, 후작. 물러나시오."

"하오나 폐하."

"괜찮다고 하였소."

"……명을 받듭니다."

마지못해 고개를 숙여 보인 남자가 물러나자 루블리스는 아무 일도 없었다는 듯 태연한 음성으로 말했다.

"계속해 보도록. 짐이 뭘 어찌했다는 것인가."

지은은 선득한 목을 슬쩍 쓸어 보며 루블리스를 노려보았다. 몹시 놀라기는 했지만, 그렇다고 해서 이대로 물러나고 싶지는 않았다. 애초에 그런 생각으로 입을 연 것이 아닌가.

"틀린 말은 아니잖아. 지금 쌍쌍이 사람 갖고 노는 거야? 지 앞에서 죽는 꼴은 보고 싶지 않다며 독을 주고 가질 않나, 뜬금없이 들이닥쳐서는 선문답이나 던지질 않나. 이렇게 사람 갖고 노니까 재밌냐? 반역 죄인은 인권도 없냐고?"

욱하는 마음에 시작한 말이었지만, 얘기를 하면 할수록 엄습해 오는 억울함에 눈물이 핑 돌았다.

지은은 젖어 오는 눈을 부릅뜨며 루블리스를 사납게 노려보았다. 절대로 그에게 우는 모습 따위를 보여 줄 수는 없었다.

"그 반역죄라는 것도 그래. 애초에 그 습격 사건을 알려 준 사람이 누군데, 내가 왜 제나 공작 때문에 죽어야 하지? 다 죽어 가는 사람 살려 줬더니 돌아오는 게 고작 이따위야? 하! 실컷 이용해 먹고는 이제 와 버리시겠다? 너희는 죄책감이라는 것도 없어? 내게 미안하지도 않냐고!"

"짐이 어째서 미안해야 하지?"

"뭐…… 라고?"

너무 기가 막힌 탓인지 입술만 벙긋거리는 지은을 차갑게 바라보던 루블리스가 말했다.

"선황 폐하께서는 네게 입적할 가문을 선택할 기회를 주셨다. 심지어는 황녀로 삼겠다고도 하셨지. 그럼에도 제나가를 택한 것은 너 자신이 아닌가. 한데 이제 와 운명을 같이하기는 싫단 소린가?"

"그, 그건……!"

"그리고 그 이용 운운 말인데, 너 역시 짐을 이용하기 위해 접근한 것이 아니었나? 그래, 그동안 짐이 너를 대함에 있어 지나치게 매몰찼던 점은 인정한다. 하나 그것은 네가 생각하는 것만큼 너의 쓸모가 크지 않았기 때문이고, 또한 너 역시 짐을 이용하기 위해 나름의 정성을 다했을 뿐 그 안에 진심을 담은 적은 없다는 것을 알고 있었기 때문이다."

"……."

"너는 너의 필요로 인해 짐에게 접근했고, 짐은 그런 너를 짐이 필요한 곳에 썼을 뿐이다. 피차 계산으로 만난 관계이거늘, 이제와 죄책감 운운하는 건 조금 우습지 않나?"

냉정하기 그지없었으나 루블리스의 말은 정곡을 찌르는 것이었다. 창백한 얼굴로 침묵하는 지은을 잠시 바라보던 루블리스가 말했다.

"모두가 널 죽이자고 했고, 짐 역시 황제로서 찬성했다. 너를 살려 달라고 한 사람은 오직 하나, 아리스티아뿐이다."

"……."

"그녀는 회의가 끝난 후에도 짐을 찾아와 너를 살려 달라고 간청했다. 쉬운 결정은 아니었으나 짐은 결국 그녀의 말을 들어줄 수밖에 없었다. 목숨 빚을 갚고 싶다는 데야 어찌할 도리가 없었지."

"마, 말도 안 돼. 그럼 저건 뭔데…… 요?"

꼭 쥐고 있던 주먹이 저도 모르게 스르르 풀어졌다.

지은은 떨리는 입술을 열어 머뭇머뭇 질문을 던졌다. 어차피 죽을 몸이라며 자포자기했던 것이 얼마 되지도 않았는데, 어느새 살 수 있을지도 모른다는 희망의 싹이 움찔거리며 머리를 내밀고 있었다.

"저것은 복용자를 일시적인 가사 상태로 만드는 약이다."

"그, 그렇다면……?"

"간단한 문제다. 귀족답게 죽을 것인가, 평민으로나마 살아남을 것인가. 제국의 공녀로 남고 싶다면 열흘 뒤 처형장으로 나와라. 하나 약소국의 일개 평민으로라도 살고 싶다면 저걸 마셔라. 네가 어느 쪽을 택하건 상관없다. 저걸 마시든 마시지 않든 간에 열흘 뒤 너는 죽은 사람으로 기록될 것이니."

차갑게 말을 마친 루블리스가 로브의 모자를 다시 눌러썼다. 그러고는 냉담하게 돌아서다 말고 말했다.

"이제 와 이런 말을 해 봐야 무슨 소용이 있겠느냐마는."

"……."

"그녀를 살려 준 것만큼은 진심으로 감사한다."

저벅저벅, 묵직한 발걸음이 망설임 없이 문가로 향했다. 단단한 철문이 소리 없이 열렸다 닫히고 마침내 짙게 드리운 어둠만이 방 안에 남았다.

얼마나 시간이 지났을까? 한참 동안 닫힌 문만을 응시하던 시선이 서서히 움직였다. 굳게 잠긴 문고리로, 차가운 돌벽으로, 그리고 푹신한 카펫으로 옮아가던 눈길이 마침내 발치에 닿았다. 그곳에는 그늘에 가려진 탓에 검게 물든 유리병이 놓여 있었다.

"……."

지은은 천천히 허리를 숙여 병을 집어 들었다. 손 안에 쏙 들어오는 작은 유리병은 마치 얼음을 품은 듯 차가웠다. 손바닥에서 시작된 냉기가 뼛속까지 침범해 오는 듯했지만, 그녀는 하얗게 질린 입술만을 꼭 깨물었을 뿐 손아귀에 쥔 힘을 결코 풀지 않았다.

'선택의 문제라…….'

유리병을 쥐고 있는 손에 절로 힘이 들어갔다.

화가 났다. 좀 전까지는 죽느냐 사느냐의 문제였지만, 루블리스의 이야기를 들은 지금 자신에게는 제3의 길, 즉 죽음을 택하면서도 동시에 살 수 있는 방법이 생겼다는 것을 알고 있었기에. 그리고 그 길을 택한다면 자신에게는 한층 더 짙어진 패배감만이 남을 것이라는 사실을 알고 있었기에.

만일 자신과 같은 처지였다면, 아리스티아는 귀족답게 죽음을 선택할 것이 분명했다. 실제로 회귀 전 그녀는 마지막까지도 당당한 모습을 잃지 않은 채 죽음을 맞이하지 않았던가.

그러나 자신은 달랐다. 홀로 적대감을 불태우는 것도 매번 열등감에 빠지는 것도 이젠 모두 지긋지긋했지만, 그럼에도 지은은 간신히 되찾은 삶을 이렇게 허무하게 끝내고 싶지는 않았다. 설사 그것이 고고한 저 남녀에게 차가운 경멸만을 받는 길이라 할지라도.

"하, 하하……."

허탈한 웃음이 나왔다. 마지막 순간까지도 제게 주어진 것은 오직 패배뿐, 이제 제게 남은 것은 단 하나도 없었다.

손에 든 병을 오래도록 노려보다, 지은은 단호한 표정으로 병의 마개를 열었다. 그러고는 병 안에 든 내용물을 단숨에 들이켰다.

어쩐지 나른한 기분이 들었다. 극심한 탈력감이 온몸을 감쌌다. 점점 흐릿해져 오는 눈을 스르르 감으며, 지은은 푹신한 카펫 위로 쓰러지듯 몸을 뉘었다. 굳게 닫힌 눈꺼풀 사이로 눈물 한 방울이 또르르 굴러 떨어졌다.

안녕, 루브. 그리고…….

……아리스티아.

12. 장미와 티아라 下

12. 장미와 티아라 下

지쳤다.

첫 번째 생은 나의 선택이 아니었고.

두 번째 생은 나의 선택이었지만—.

나는 언제부턴가 그저 내가 황후가 아니길 바랐고.

언제부턴가 나는 그저 내가 공녀가 아니길 바랐다.

매일매일 잠들 때마다 기도했다.

순수하던 열아홉의 어느 날, 아무것도 모르던 그때로 돌아가게 해 달라고.

그게 안 된다면, 버거운 이 현실에서 벗어나 이제는 자유롭게 살 수 있게만이라도 해 달라고.

손안에 든 병을 보며 자문했다.

네가, 그렇게 만들어 줄 수 있을까?

잔뜩 지쳐 버린 나를.

이미 망가질 대로 망가진 나를─.

이제 그만, 자유롭게 만들어 줄 수 있을까?

＊＊＊

"……니다, 아가씨."

"……."

"아가씨?"

지은은 낯선 목소리에 멈칫하며 몸을 일으켰다. 흐릿한 눈을 깜빡이는 순간, 축축한 눈꺼풀에서 뜨거운 물방울이 또르르 굴러 떨어졌다.

그녀는 황급히 고개를 숙이며 눈물자국을 지워 냈다. 아무리 그날 이후로 그녀를 돌봐주고 있는 사람이라고는 해도, 모니크가의 심복이라고 할 수 있는 저 노인 앞에서 약한 모습을 보여 주고 싶지는 않았다.

"……네, 말씀하세요."

"심한 악몽을 꾸시는 것 같다는 얘기를 들었습니다. 하여 결례를 무릅쓰고 들어왔습니다만…… 괜찮으십니까? 안색이 많이 좋지 않으신데, 의원을 부를까요?"

"아뇨, 괜찮습니다. 신경 쓰지 않으셔도 돼요."

지은은 단호하게 말을 자르며 몸을 일으키려는 시늉을 했다. 대귀족가에서 평생을 바친 노인은 그 모습을 보자마자 슬쩍 옆으로 돌아서며 말했다.

"아침 식사를 준비하라 이르겠습니다. 그럼."

뒤돌아 사라지는 노인의 옷차림은 흠 잡을 곳 하나 없이 훌륭했다.

지은은 잠시 그 모습을 바라보다 깊은 한숨을 쉬었다. 그가 나름 대로 자신을 챙긴다는 것은 알고 있었지만, 그럼에도 그녀는 그가 어딘지 모르게 불편했다. 어쩌면 그것은 한 치의 어긋남도 없는 저 몸가짐에서 자꾸만 아리스티아가 연상되기 때문일지도 몰랐다. 아니면 그날의 대화를 들은 탓일지도 몰랐고.

악몽을 꾸었기 때문일까, 아니면 아침부터 노인과 대면한 탓일까? 문득 반년 전 있었던 일이 떠올랐다. 투명한 병을 열어 약을 들이켰던 그날 밤의 일이.

그날 지은은 야음을 틈타 찾아왔던 아리스티아와 루블리스가 돌아간 뒤 약을 마셨다. 그리고 나른한 수면 상태에 빠졌다가 일어났을 때, 그녀는 이미 자신이 갇혀 있던 감옥이 아닌 낯선 곳에 와 있었다. 그곳에서 그녀가 만난 사람은 다름 아닌 모니크 후작, 즉 아리스티아의 아버지였다.

왠지 모를 두려움에 바르르 떠는 지은을 향해 그는 말했다. 누구의 눈에도 띄지 않게 그녀를 제국 밖으로 추방하라는 황명이 내려졌다고. 차후 제국으로 돌아올 수는 없을 것이나, 아리스티아를 구해 준 공로를 참작해 상당한 재산이 주어질 것이니 생계를 걱정할 필요는 없을 거라고. 그러고는 사람을 붙여 줄 테니 즉시 국경 지역으로 떠나라고 했다.

뼛속까지 얼려 버릴 듯 냉랭한 목소리에 움찔하던 기억이 떠올랐다. 회귀 전에도, 그리고 후에도 모니크 후작은 지은에게 있어 몹시 어려운 사람 중 하나였다. 늘 무표정한 얼굴 때문에도 그랬지만, 자신을 바라보는 싸늘한 눈빛 때문에 더 그랬다.

"집사, 내 그대에게만큼은 솔직하게 얘기하겠다. 저 안에 있는 여인은 제나가의 양녀다. 하나 동시에 티아의 생명의 은인이기도 하지. 내 말이 무슨 뜻인지 알겠나?"

"……물론입니다, 각하."

"저 여인을 잘 부탁한다. 참으로 미안한 이야기지만, 그대밖에 믿을 사람이 없군."

아무 말도 못하고 물러나왔다가 그래도 마지막으로 감사 인사라도 해야겠다 싶어 돌아갔을 때, 반쯤 열린 문틈으로 들려오던 대화는 지은의 등골을 오싹하게 만들었다. 그러나 그보다 더 소름이 돋았던 건 화들짝 놀라 돌아서려다가 그만 후작과 시선이 마주쳤을 때였다. 이미 알고 있었다는 듯 무덤덤한 눈빛으로 바라보던 후작의 모습을, 그녀는 아직도 잊을 수가 없었다.

"하……."

깊은 한숨이 나왔다.

제국을 떠나온 지도 어느새 반년. 행여나 들킬세라 조심스레 국경을 넘어 이곳 리사 왕국에 정착한 지도 벌써 몇 달이 지났건만, 지은은 아직도 이곳이 어색하기만 했다.

낯선 나라, 낯선 사람들, 그리고 자신의 일거수일투족을 살피는 감시자들.

외로웠다. 동시에 두려웠다. 루블리스나 후작의 태도로 짐작건대 저들은 자신이 살아 있는 걸 별로 원치 않는 것으로 보였기에. 이렇게 감시하다 언제 어떤 식으로 없애려 들지 모른다는 생각에 잠조차 제대로 이루기가 힘들었다. 마음 터놓을 사람 하나 없다는 현실이 몹시 버거웠다.

생각을 거듭할수록 가슴만 답답해져서, 지은은 아침을 먹는 둥 마는 둥 물리고 곧장 집 밖으로 나섰다. 이국異國의 거리 역시 낯선 것은 마찬가지였지만, 그래도 감시자라는 것을 빤히 아는 사람들과 한 공간에 있는 것보다는 나았다.

얼마나 멍하니 걸었을까?

찢어질 듯 날카로운 목소리에 몽롱하던 정신이 돌아왔다. 지은은 저도 모르게 눈썹을 찡그리며 고개를 들어 올렸다. 아직 멍한 시선에 화려한 옷차림의 남녀가 자신을 매섭게 노려보는 모습이 들어왔다.

어이가 없다는 듯 그녀를 위아래로 훑어보던 여자가 말했다.

"네 이년! 천한 평민 따위가 감히 어디서 꼿꼿하게 고개를 세우고 있는 것이냐!"

"뭐라고? 이년? 감히 지금 누구 앞에서…… 아."

무심코 반박하던 지은은 아차 하며 황급히 입을 다물었다. 여인의 뒤편에서 슬쩍 찌푸린 얼굴로 다가오는 낯익은 남자를 발견했기에.

"감히? 감히라니, 그럼 네가 귀족가의 여식이라도 된단 소리냐? 누구냐. 어느 가문의 여식이지?"

"……송구합니다, 영애. 소…… 인이 아직 잠이 덜 깨어 그만 실수를 하였나이다. 용서하여 주십시오."

지은은 황급히 고개를 숙이며 사과의 말을 건넸다. 눈앞의 여자도 여자였으나 그보다는 지금 저기서 다가오고 있는 모니크가의 기사가 더 문제였다. 조금 전의 반박은 그저 제법 긴 세월 동안 최상위 계급으로 떠받들어지던 기억이 무의식적으로 튀어나온 것에 불과했지만, 눈앞의 저 기사가 만일 자신이 정체를 드러내려 했다고 생각하기라도 하는 날에는 제 신변을 장담할 수가 없었다. 그렇잖아도 언제 어떤 식으로 없애려 들지 모른다는 생각에 내내 불안해하던 자신이 아닌가.

그러나 공손한 사과에도 여자는 코웃음을 치며 매서운 눈초리로 말했다.

"그래? 그럼 평민이란 말이냐?"

"그렇…… 습니다."

"훗, 그래? 그런데 감히 평민 주제에 내게 꼿꼿이 고개를 들고 있었단 말이지?"

장갑 낀 손이 휙 올라갔다.

지은은 질끈 눈을 감았다. 정체를 숨기고 살아야 하는 이상, 더는 소란을 피울 수가 없었다. 한 대로 이 상황을 끝낼 수 있다면 감내하는 것이 옳았다.

짝!

강렬한 힘에 고개가 휙 돌아갔다. 그 바람에 깊게 눌러쓴 모자가 벗겨지며 감추었던 머리카락이 흘러내렸지만, 지은은 그것을 알아차릴 정신이 없었다. 볼에서 느껴지는 뜨거운 열기와 찝찔한 피 맛에 머리가 핑핑 돌았다.

공기를 가르며 다시 한 번 다가오는 소리에 움찔하는 순간, 갑자기 서늘한 무언가가 자신을 휙 끌어당겼다. 곧이어 당황한 듯한 여자의 목소리가 들려왔다.

"뭐, 뭐예요? 제국의 기사가 왜……."

"그쯤 하시지요. 대낮부터 길거리에서 이러는 것, 별로 좋아보이지는 않습니다만."

어디서 많이 들어 본 듯한 음성에 절로 몸이 굳었다.

지은은 마른침을 삼키며 질끈 감았던 눈을 떴다. 천천히 움직이는 시선이 검은 옷자락에, 너른 어깨에 달린 두 줄의 붉은 끈에, 그리고 마침내 타오르는 불꽃같은 긴 머리카락에 닿았다.

'카르세인 데 라스……!'

등골을 타고 식은땀이 흘렀다. 잠시 멈춰 서서 관망하던 모니크가의 기사가 재빨리 자취를 감추는 모습을 보자 가슴이 선득해졌다. 이것은 좀 전보다 훨씬 더 나쁜 상황이었다. 그녀는 공식적으로는 이미 죽은 사람이 아닌가.

누구의 눈에도 띄지 않게 제국 밖으로 추방하라는 황명이 내려졌다며, 차후로도 절대로 그녀의 정체를 알아차리는 사람이 없도록 주의하라던 모니크 후작의 말이 귓가를 윙윙 울렸다. 언제 어떻게 꼬투리를 잡혀 목숨을 잃을지도 모르는 지금, 그와의 만남은 지은에게 있어서 몹시 위험한 일이었다. 감시자들이 예의주시하고 있는 현 상황에서는 더더욱.

"하찮은 평민을 잠시 다스렸을 뿐입니다. 제국의 기사께서 상관하실 일이 아니에요."

"그렇습니까? 그러나 저는 상관해야겠습니다."

차분한 반박에 얼굴을 확 찡그린 여자가 무어라 말을 하려던 때,

생각에 잠긴 표정으로 그를 곰곰이 살펴보던 남자가 여자를 저지하며 말했다.

"혹시…… 라스 경이십니까?"

"보통은 제 형님이 그렇게 불리시죠. 본인은 라스가의 차남, 카르세인 데 라스입니다."

"라, 라스가라고요?"

표독스러운 표정을 어느새 지워 버린 여자가 한결 누그러진 목소리로 말했다.

"라스가의 분께서 바라시는 일이라면야 어쩔 수 없지요. 제가 양보하겠습니다."

"감사합니다, 영애."

"저, 경, 이것도 인연인데 잠시 시간을 내주실 수 없겠습니까? 저는 베번 자작가의 삼남…… 겨, 경?"

"꺅!"

세 사람이 대화를 나누는 틈을 타 슬금슬금 뒷걸음질을 치던 지은은 팔목을 낚아채는 힘에 소스라치게 놀라 비명을 질렀다. 어느새 다가온 것인지, 손목을 꽉 움켜쥔 카르세인이 그녀를 휙 돌려 세웠다. 그 바람에 채 가리지 못한 얼굴이 푸른 눈동자에 정면으로 담겼다.

"너……?"

크게 뜨였던 눈이 이내 의심스럽다는 듯 가늘게 좁혀졌다. 그 모습을 보자 소름이 오싹 돋았지만, 지은은 필사적으로 아무렇지 않은 척 표정을 가다듬었다. 여기서 정체를 들킬 경우 어떤 후환이 있을지 몰랐다.

"가, 감사합니다, 나리."

"나리?"

"어, 얼핏 기사님이시라고……."

우물쭈물하며 어찌할 바를 모르는 척 고개를 푹 숙이자, 카르세인은 뭔가 생각을 정리하는 듯 잠시 침묵하다 말했다.

"……하긴, 그럴 리가 없나. 이미 죽은 사람인데."

"네?"

"아니, 아무것도 아니다. 그보다 너, 혹시 모니크가와 관계가 있나?"

'그건 또 어떻게 안 거지?'

소스라치게 놀랐지만, 지은은 아무것도 모르는 양 최대한 순진한 음성으로 되물었다.

"모니크가라니오? 귀족가 말씀이십니까?"

"그렇다. 모르나?"

"소인은 미천한 평민입니다. 고귀…… 하신 분들과는 아무런 관계가 없습니다."

"흠, 그래?"

미심쩍다는 듯한 음성에 입안이 바짝바짝 말라붙었다. 흐르는 침묵이 마치 영원과도 같이 느껴져, 지은은 고개를 더욱 푹 숙이며 얼굴을 감추었다.

'그냥 좀 넘어가라, 제발.'

간절한 바람이 통했음인가? 고개를 갸웃한 카르세인이 가볍게 손을 휘저었다.

"알았다. 그만 가 보도록."

"감사합니다, 나리."

지은은 절로 새어 나오는 안도의 한숨을 삼키며 깊숙이 허리를 숙였다. 그러고는 자꾸만 빨라지려는 다리에 힘을 주어 천천히 그의 시야에서 벗어났다. 이 이야기가 보고되면 또 어떻게 상황이 변할지 두려웠지만, 일단은 이 자리에서 벗어나는 것이 우선이었다.

그녀는 그렇게 카르세인과의 조우를 무사히 넘겼다고 생각했다. 바로 그다음 날, 외출을 엄금한다는 후작의 명을 받기 전까지는.

"오늘도 안 되나요?"

"죄송합니다, 아가씨. 당분간은 나가지 않으시는 편이 좋을 것 같습니다."

지은은 어김없이 자신을 막아 세우는 노인을 보며 한숨을 쉬었다. 그동안은 공연히 반항했다가 악영향이 올까 봐 꾹꾹 눌러 참았지만, 집 안에 갇힌 지도 벌써 한 달이 넘어가는 지금 그녀는 슬슬 인내심의 한계를 느끼고 있었다.

대관절 자신이 무얼 그리 잘못했단 말인가? 물론 그날 귀족 여자와 부딪힌 것은 제 잘못이 맞았지만, 하필이면 거기서 카르세인데 라스와 마주칠 줄 어찌 알았겠느냐 말이었다.

지은은 짜증스레 입술을 물어뜯었다. 선택 아닌 선택을 강요받았을 때에는 설사 그들에게 차가운 경멸만을 받는다 할지라도 삶을 포기하고 싶지는 않았는데, 반년이 넘도록 받아 온 극심한 스트레스 때문인지 이제는 그런 마음마저 조금씩 옅어지고 있었다. 이렇게 사느니 차라리 속 시원하게 죽임을 당하는 쪽이 나았겠다는 생각마저 들었다.

'그래, 어차피 이판사판이야. 까짓 것 한 번 죽지 두 번 죽나?'

문득 머릿속을 스치고 지나가는 생각에 지은은 사납게 눈을 치뜨며 노인을 노려보았다. 평소였다면 그냥 수긍했겠지만, 오늘은 왠지 그러고 싶지가 않았다. 어차피 이렇게 살다 시들시들 말라 죽을 거라면 차라리 속 시원하게 말이라도 해 보고 싶었다.

"각하를 뵙게 해 주세요."

"갑자기 그게 무슨 말씀이십니까?"

"당신들이 원하는 대로 해 줄 테니까, 후작 각하를 뵙게 해 달라고요. 어차피 매일매일 보고를 올리고 있을 것 아니에요?"

"죄송하지만 그건 곤란합니다, 아가씨."

"아, 진짜! 사람 하나 미치는 꼴 보고 싶지 않으면 그렇게 해 달라고요, 좀! 원하는 대로 다 해 주겠다는데 대체 왜 그러는 건데요?"

신경질적으로 바락 소리를 지르는 지은을 말없이 바라보던 노인은 잠시 후에야 천천히 고개를 끄덕였다. 내내 얌전하던 그녀가 갑작스럽게 히스테리를 부리는 모습에 놀랄 법도 한데, 그는 마치 늘 그런 그녀를 보아 왔던 것처럼 아무런 표정 변화도 없었다.

지은은 후작에게 얘기를 전달하겠노라고 담담하게 답하는 노인을 바라보며 부르르 진저리를 쳤다. 가주에 후계자에 집사까지, 하여튼 이놈의 모니크가 인간들은 죄다 감정을 거세한 듯 누구 하나 사람다운 사람이 없었다.

짜증을 부린 덕분일까? 그날 저녁 지은은 그토록 바라던 후작의 방문을 받았다. 아무리 그래도 며칠은 걸릴 거라고 생각하고 있었기에 그녀는 약간 당황했지만, 무표정한 얼굴로 나타난 후작은 그녀가 채 할 말을 정리하기도 전에 냉랭한 목소리로 물었다.

"날 보자고 했다던데, 이유가 뭐지?"

차가운 눈빛을 마주하자 입안이 바싹 말랐다. 하지만 지은은 요 근래 쌓였던 스트레스를 생각하며 속으로 전의를 다졌다. 여기서 머뭇거렸다가는 죽도 밥도 안 될 것이 분명했다.

"한 가지 여쭙고 싶은 것이 있어 뵙자 청하였습니다. 각하께서 제게 바라시는 게 정확히 뭡니까? 혹 제가 자진自盡하기를 바라시는 겁니까?"

"어째서 그리 생각하지?"

싸늘한 물음을 듣자 가슴이 답답해졌지만, 지은은 속으로 '참을 인' 자를 새기며 다시금 말문을 열었다. 후작의 태도로 보아 직접적으로 얘기하지 않으면 계속 대화가 겉돌 것 같았다.

"목숨을 살려 주마 하실 때는 언제고, 무엇 때문에 이렇듯 사람 숨통을 죄시는지 알고 싶어서 말입니다. 집사를 비롯한 시중인들, 그리고 기사들. 어디 그뿐인가요? 제 일거수일투족을 감시하는 걸로도 모자라 최근에는 집밖에도 못 나가게 하셨잖습니까. 이것이 저를 말려 죽이려는 게 아니라면 뭐란 말입니까?"

"금족령을 내린 이유는 알고 있을 텐데?"

"아아, 그래요. 카르세인 경과 마주친 건 인정합니다. 하지만 결코 의도한 건 아니었어요. 정체도 들키지 않았고요. 그럼 된 것 아닌가요? 굳이 이렇게까지 사람 숨통을 죌 이유가 있느냔 말입니다."

"이유가 있느냐고? 정말 몰라서 묻는 건가?"

곧게 뻗은 은빛 눈썹이 꿈틀거리는 모습에 꾹꾹 눌러 왔던 짜증이 일시에 폭발했다. 지금 화를 내야 할 사람이 누군데 제가 불쾌해한단 말인가.

"아, 진짜! 그런 식으로 핑계를 대며 기어코 말려 죽일 거라면 차라리 그냥 지금 죽이시라고요! 대체 나한테 왜 이러는 건데요, 네? 이럴 거면 처음부터 죽이든가! 꼭 이런 식으로 사람을 가지고 놀아야 직성이 풀리세요? 내가 당신 딸 목숨도 살려 줬잖아!"

지은은 거친 숨을 몰아쉬며 후작을 노려보았다. 자신이 제 앞에서 죽는 모습을 보고 싶지는 않다느니 어쩌느니 하면서 꼭 독약처럼 말해 놓고는 다른 것을 놓고 간 아리스티아와 기껏 살려 준다 해 놓고는 죽일 듯 말 듯 사람을 가지고 노는 후작. 하여간 이놈이고 저년이고 간에 저 가문의 족속들은 하나같이 마음에 안 들었다.

하지만 버럭버럭 화를 내는 지은을 보고서도 후작은 슬쩍 눈썹만 찌푸렸을 뿐 별다른 표정의 변화가 없었다. 제법 모욕적인 언사에 기분이 상했을 법도 한데, 그는 그것에 대해서는 별다른 말 없이 그저 무심한 눈빛으로 지은을 바라보다 말했다.

"흠, 아무래도 설명이 다소 부족했던 것 같군."

"……?"

"처음부터 정리해 보지. 우선 폐하께서 바라시는 것은 제나 공녀의 공식적인 죽음이다. 따라서 너의 생존 사실은 적어도 국내가 완벽하게 안정될 때까지는 드러나서는 안 된다. 이해했나?"

어쩐지 바보 취급당하고 있다는 생각에 조금 불쾌해졌지만, 지은은 일단 말없이 고개를 끄덕였다. 우선은 그가 무슨 말을 하는지 들어 봐야 할 것 같았다.

"좋다, 그럼 다음으로 넘어가지. 지금 이 상황을 네가 어떻게 받아들이고 있는지는 알 것 같다만, 너를 죽일 생각이었으면 애초에 국경 밖으로 보내 주지도 않았다. 황후 폐하 때문에 일단 보내 준 것이라고는 하지 마라. 그럴 것이었으면, 번거롭게 이럴 필요 없이 그냥 죽여 놓고 보내 주었노라고 보고를 올리기만 하면 되는 일이 아닌가."

"……."

"그리 오래 걸리지는 않을 것이다. 오 년, 딱 오 년만 버티도록. 그때쯤이면 너에 대한 사람들의 기억이 흐릿해질 테니, 오 년 뒤에는 너를 온전한 자유의 몸으로 풀어 주겠다."

"……정말인가요?"

뜻밖의 말에 놀란 지은이 되묻자, 후작은 무표정한 얼굴로 고개를 끄덕이고는 말했다.

"그렇다. 내 이름을 걸고 약속하지. 하나 한 가지 조건이 있다. 그 기간 동안 너는 무슨 일이 있어도 정체를 들켜서는 안 된다. 이것은 애초에 폐하께서 너를 살려 줬던 조건이기도 하다. 알아들었나?"

"네, 알겠습니다."

"명심하도록. 만일 그 조건을 어길 경우, 본인은 너의 목숨을 앗아 갈 수밖에 없다. 정체를 들켰을 때 곤란해지는 건 너 하나뿐이 아니니까."

"아, 알겠습니다."

뜨끔한 지은이 허둥지둥 답하자, 후작은 언제 다소 누그러졌냐는 듯 냉랭한 음성으로 물었다.

"좋다, 더 할 얘기가 있나?"

"······아뇨, 없습니다."

"그럼 되었군. 앞으로는 만날 일이 없길 바라지."

"네, 각하. 감사합니다. 그리고······ 좀 전의 무례를 용서하십시오."

"알고 있었다니 다행이군."

잠시 멈칫했던 후작은 싸늘한 그 한 마디 말만을 남긴 채 뚜벅뚜벅 걸음을 옮겼다. 그녀와 똑 닮은 은색 머리카락에 한참 동안 시선을 고정하다, 지은은 후작의 모습이 완전히 사라진 뒤에야 그가 남기고 간 말을 천천히 곱씹었다.

'오 년이라.'

길다면 길고 짧다면 짧은 세월이었지만, 어쨌든 오 년이라는 시간이 흐르면 그녀는 완전히 자유의 몸이 될 수 있었다.

명예를 중시하는 기사가 이름을 걸고 한 약속이니 분명 허언은 아닐 터.

그가 말한 조건만 충실히 지킨다면, 이제 더는 언제 죽을지 모른다며 불안에 떨 필요도 매일같이 불면의 밤에 시달릴 이유도 없었다.

내내 죄고 있던 긴장의 끈이 스르르 풀어지는 것이 느껴졌다. 비록 본래의 세계로 돌아갈 수는 없지만, 그리고 두 번 다시 최상위 계층으로서 화려한 삶을 살 수는 없겠지만, 이제야 비로소 지난 팔 년간 결코 가질 수 없었던 휴식을 취할 수 있겠다는 생각이 들었다. 제국을 떠난 이후로 처음 느껴 보는 깊은 안도감이 온몸을 감쌌다.

지은은 손을 뻗어 천천히 허공을 움켜쥐었다. 누구에게도 비교당하지 않고 그저 자기 자신으로 살 수 있는 그런 삶, 언제부턴가 잠들기 전이면 늘 기도하며 갈구했던 자유가 저만치까지 다가와 있었다.

'오 년이야. 오 년만 잘 버티면 자유롭게 살 수 있어.'

늘 무언가가 얹힌 듯 무겁던 어깨가 한결 가벼워지는 기분이었다. 뒤돌아서는 지은의 입가에 한 조각 희망의 미소가 걸렸다.

13. 검과 장미 下

13. 검과 장미 下

"카르세인 경, 황후 폐하께서 잠시 뵙기를 청하십니다."

깃펜을 놀리던 손이 멈칫했다. 그 바람에 근무일지의 중간에 보기 싫은 얼룩이 생겼지만, 지금 중요한 것은 그것이 아니었다.

귀를 의심하며 옆을 돌아보자 단정한 옷차림의 시녀가 눈에 들어왔다. 옷의 색깔이나 소맷자락에 수놓인 티아라 문양을 보아 황후궁의 시녀가 확실했다.

나는 깔깔한 입술을 축이며 고개를 숙이고 있는 여자에게 물었다.

"황후 폐하께서, 나를 찾으신다고?"

"네, 사절단으로 떠나기 전에 잠시 담소를 나누었으면 하니, 근무가 끝나는 대로 황후궁으로 와 주었으면 한다고 전하라 하셨습니다."

"알겠다, 그럼 지금 가지."

눈치 빠르게 손을 내민 동료에게 근무일지를 넘겨준 뒤, 나는 시녀를 따라 황후궁으로 걸음을 옮겼다. 근무지에서 황후궁까지는 제법 가까웠지만, 예전이었다면 달가웠을 그 거리가 지금은 복잡하면서도 혼란스러운 심정으로 와 닿고 있었다.

국혼이 치러진 지도 벌써 넉 달. 피의 맹세가 거절되는 것을 본 날로부터는 어느새 반년이 훌쩍 지났다.

그날 그 광경을 지켜보았을 때부터, 그리고 죽어 가는 그녀를 안고 절규하는 폐하의 모습을 보았던 때부터 나는 이제 더 이상 그녀에게 다가갈 수 없다는 사실을 깨달았고 또 실감했다. 가슴 아파해야 했다, 거절당할지언정 마음을 고백해 볼 수조차 없게 되었다는 현실을.

이럴 줄 알았으면 얘기라도 해 보는 건데. 물론 한 번도 시도해 보지 않았던 것은 아니었지만, 이렇듯 운명의 장난에 놀아날 줄 알았다면 적당한 시기를 기다릴 것이 아니라 기회가 닿았을 때 바로 말이라도 해 봤을 것을.

하루에도 몇 번씩 후회했다. 그녀를 잃은 것도 가슴 아팠지만, 전해 보지도 못한 내 마음이 너무 서글펐다. 결국 그녀가 다친 나를 병문안 왔을 때, 나는 몇 번이고 고민하다 고백 대신 이별을 고했다. 이기적인 행동이라는 것은 알고 있었지만, 그럼에도 오랜 세월 품어 왔던 마음을 간접적으로나마 한 번쯤 전해 보고 싶었다. 그래야만 쓰린 가슴이 조금은 후련해질 것 같았다.

예상했던 대로 그녀는 내 말의 의미를 알아들은 듯했다. 현명한 여자답게 그 일에 대해서는 어떠한 언급도 하지 않았지만, 그날 이후로 그녀는 한 번도 나를 사사롭게 찾은 적이 없었다. 모르는 이들은 어린 시절의 인연을 어쩜 그리 뚝 끊을 수가 있느냐며 그녀를 매정하다 했지만, 나는 그것이 나를 위한 그녀만의 배려임을 알 수 있었다.

그렇기에 지금의 부름은 내게 있어 다소 의문스러운 것이었다. 이것은 분명 그녀다운 행동이 아니었으니까.

의아한 마음 반 복잡한 마음 반으로 알현실에 들어서자 잠시 후 기다렸다는 듯 그녀가 안으로 들어섰다. 오전 중에 다른 행사를 소화하기라도 했던 듯, 그녀는 황가의 문장이 수놓인 정복 차림이었다.

은색 머리카락 위에 놓인 보석 티아라를 보자 씁쓸한 기분이 들었지만, 나는 오랜만에 보는 그녀를 향해 빙긋 미소 지으며 정중하게 예를 갖췄다. 내 마음이야 어쨌든 간에, 그녀에게 부담을 지우는 건 지난번 한 번으로 족했다.

"제국의 달, 황후 폐하께 카르세인 데 라스가 인사 올립니다. 그간 강녕하셨습니까, 폐하?"

"오랜만이에요, 카르세인. 그동안…… 잘, 지냈어요?"

"저야 뭐 별다른 일이 있었겠습니까. 저보다는 폐하께서 많이 바쁘셨을 테지요."

부러 밝게 답하자, 잠시 멈칫하던 그녀는 이내 살며시 미소를 지으며 말했다.

"그러게요. 정신을 차리고 보니 어느새 많은 시간이 흘렀더군요. 하여 그동안 소원했던 것에 대해 사과도 할 겸, 먼 길을 떠나는 그대에게 배웅 인사도 할 겸해서 보자고 하였어요. 바쁠 텐데 시간 내 주어서 고마워요, 카르세인."

"어인 말씀이십니까, 다른 분도 아니고 황후 폐하의 부름인데

열 일을 제치고라도 달려와야지요."

조곤조곤 건네는 말에 웃으며 답하기는 했지만, 의아한 마음은 아직 조금 남아 있었다. 말로만 봐서는 인사도 없이 먼 길을 보내기가 마음에 걸려 부른 것이 맞는 것 같은데, 그렇게 생각하고 넘어가자니 어쩐지 뭔가 찜찜했다. 내가 아는 그녀라면 아무리 그래도 내 기분을 먼저 배려했을 것이 분명했으니까.

혹시 무슨 일이라도 있었던 걸까?

문득 머릿속을 스치고 지나가는 생각에 관찰하듯 바라보았지만 그녀에게서는 평소와 다른 점을 찾을 수가 없었다. 뿐만 아니라 오랜만에 만나는 나를 다소 어색해하는 기색을 제외하고는 외려 그동안 보아 왔던 모습 중 가장 나아 보이기까지 했다. 황제 폐하와 잘 지낸다는 소문은 들었어도 아직 모니크 영애이던 당시 내내 그를 꺼리던 그녀의 모습을 떠올리며 혹시라도 원치 않는 결혼을 하게 된 것은 아닐까, 그래서 불행한 것은 아닐까 걱정했는데, 아무래도 그것은 그저 내 기우였던 듯했다.

아무래도 내가 과민했나 보다 생각하며 뭔가 말을 꺼내려 했을 때, 노크 소리가 들리고 곧이어 들어온 시녀가 탁자 위에 주전자와 찻잔, 그리고 차 상자를 내려놓았다. 그러는 동안 내내 침묵하던 그녀는 할 일을 마친 시녀가 예를 갖춘 뒤 물러나자 곧장 차 상자를 끌어당겼다. 어색한데 마침 잘됐다는 듯 열중하는 그 모습에 나는 말없이 입을 다물었다. 어쩐지 그것이 그녀를 도와주는 길 같았다.

정성스럽게 차를 우려내는 그녀를 보자 이제는 추억이 되어 버린 기억들이 하나둘 떠올랐다.

때로는 즐겁고 때로는 슬펐던 시간들. 힘들고 화나고 아팠던 기억마저 하나의 그리움이 되어 버린 그녀와의 아름다운 한때.

쓸쓸한 마음으로 스쳐 지나가는 기억들을 곱씹다가 멈칫했다. 그녀와의 추억을 떠올릴 때면 언제나 가슴이 쓰라렸는데, 어쩐지 오늘따라 그 아픔이 덜한 것 같다는 생각이 들어서.

왜지?

떠오르는 의문에 고개를 갸웃하는 순간, 붉은색 히비스커스를 진하게 우려낸 그녀가 내게 말없이 은찻잔을 건넸다.

나는 포효하는 황금 사자의 문장이 새겨진 그것을 받아 들며 빙긋 웃었다.

"오랜만에 들어 보는 황후 폐하의 차로군요. 감사합니다, 폐하. 일신의 영광으로 삼겠습니다."

"영광이라니, 과한 칭찬이네요."

"아닙니다. 아무리 과거의 연이 있다고는 하나 황후 폐하께서 손수 만들어 주시는 차를 마셔 볼 수 있는 사람이 얼마나 되겠습니까. 신과의 우정을 잊지 않아 주신 것만으로도 충분히 감사드려야 할 일인 것을요."

"그런, 가요?"

"물론입니다."

그녀의 목소리가 순간 흔들리는 것이 느껴졌지만, 나는 그것을 못 알아챈 척 아무렇지도 않은 표정으로 고개를 끄덕였다. 물끄러미 나를 바라보던 그녀가 조금 가라앉은 음성으로 말했다.

"……고마워요, 카르세인."

"별말씀을. 그나저나, 각하께서 오래 수도를 비우시게 되어 섭섭하시겠습니다."

"아니라고는 말 못하겠네요. 물론 지금도 예전처럼 자주 뵐 수 있는 건 아니지만…… 수도에 계시는 것과 멀리 떠나시는 건 또 다른 문제니까요. 하필이면 리사 왕국이라는 점도 조금 신경 쓰이고요."

"물론 그렇기는 합니다만, 그저 시찰 겸 조약의 세부 사항을 조율하러 가는 길이 아닙니까. 그러니 너무 걱정하지 마십시오. 제가 잘 모시고 다녀오겠습니다."

장담하듯 말하자, 잠시 멈칫하던 그녀는 말없이 찻잔을 들어 올려 루비색 찻물을 한 모금 마셨다. 그러고는 평소답지 않게 달그락 소리를 내며 잔을 내려놓고는 말했다.

"그래요. 아버지를 잘 부탁해요, 카르세인. 그리고 조심해서 돌아와요. ……반드시."

엉?

뭔가 이상한 기분에 나는 고개를 기울이며 그녀를 바라보았다. 반드시 돌아오라니. 아무리 상대가 호전적인 태도를 보이는 리사 왕국이라고는 해도 그저 사절단으로서 방문하는 것뿐인데 걱정이 조금 과하다 싶었다. 이건 마치 죽으러 가는 사람에게 하는 말 같지 않은가. 두 번 다시 못 볼 것도 아닌데 뭘 또 그렇게까지…….

아.

문득 머릿속을 스치고 지나가는 생각에 낮은 탄성이 새어 나왔다. 혹시 그 자식 때문인가. 루아 왕국 사절단으로 떠났다가 자취를 감춰 버린 풀떼기 자식처럼, 나 역시 영영 돌아오지 않을까 봐 걱정하고 있는 건가?

그제야 나는 그녀가 나를 부른 이유를 깨달았다. 어쩐지 좀 이상하다 했더니, 그래서 그랬던 것이었구나. 두려운 마음에 부르기는 했으나, 막상 얼굴을 보니 내 기분을 고려 않고 보자 한 것이 마음에 걸려 얘기조차 제대로 못 꺼내고 있었던 거겠지.

풀떼기 녀석과의 마지막 대화를 생각하자 쓸쓸한 웃음이 나왔지만, 나는 서둘러 그 미소를 지워 내며 담담하게 말했다.

"황후 폐하."

"네."

"혹시 지난 일 때문에 그러시는 거라면, 신은 괜찮습니다."

"……."

찻잔을 쥐고 있던 그녀의 손이 파르르 떨렸다. 나는 그 모습을 못 본 척 고개를 들어 올려 황금색 눈동자에 시선을 맞췄다. 그러고는 최대한 진심을 담아 그동안 내내 해 왔던 다짐을 한 자 한 자 힘주어 말했다.

"솔직히 아직은 괜찮다고 말씀 못 드리겠지만…… 그래도 예전보다는 많이 나아졌고, 앞으로는 더 그럴 겁니다. 그러니 폐하께서는 이제 그만 신경 쓰셔도 됩니다."

말에는 최면 효과가 있다고 했던가?

그저 내내 해 왔던 다짐을 입 밖으로 꺼냈을 뿐인데, 그것만으로도 무거웠던 가슴이 한결 가벼워진 느낌이었다. 단순히 그녀를 안심시키기 위한 빈말이 아니라, 이제는 진짜로 조금 내려놓을 수 있을 것 같았다. 그래서 나는 좀 전보다 훨씬 편안해진 마음으로 웃어 보이며 말했다.

"귀환할 때에는 우정만 가지고 돌아오겠습니다. 그러니 걱정 마시고, 부디 조금만 더 기다려 주십시오."

"……그럴게요, 카르세인. 정말…… 정말 고마워요."

물기 어린 눈으로 물끄러미 나를 바라보던 그녀의 얼굴에 스르르 미소가 걸렸다. 가슴을 누르고 있던 마지막 근심을 덜어 낸 듯 몹시 편안해 보이는 그 표정에 문득 한 가지 깨달음이 머릿속을 스치고 지나갔다.

아아, 그래. 저것 때문이었구나.

그랬나 보다. 그녀와의 추억을 떠올리면서도 오늘따라 아픔이 덜하다 느꼈던 건 바로 저 모습 때문이었나 보다. 언제나 삶의 무게에 짓눌려 있었던, 그래서 늘 힘겹고 지쳐 보이던 그녀가 이제는 근심 걱정을 내려놓은 듯 한결 편안해 보였기에, 이제 그녀는 황금색 들판에서 보았던 그때처럼 밝고 행복해 보였기에 나 역시 아픔이 덜하다 느낀 것이었나 보다.

인정하기는 싫지만, 내가 아닌 '그'가 그녀를 변화시킨 것은 확실해 보였다. 그녀가 저런 표정을 짓는 것을 보면.

어쩐지 씁쓸한 기분이 들었지만, 그와 동시에 묵직한 안도감 역시 가슴속을 채웠다. 언제부턴가 마음까지 원하게 되었으나 본디 내가 그녀에게 바라던 것은 바로 저런 모습이었으니까. 더는 불안에 떨며 시들어 가지 않도록, 그래서 황금빛 벌판에서 보았던 것처럼 생기 있는 모습으로 살아갈 수 있도록 지켜 주겠다는 것이 처음의 내 다짐이었으니까.

우는 듯 웃는 그녀에게 미소를 되돌리며 속으로 생각했다. 행복한 너를 보았으니 이제 되었다고, 언젠가는 지금처럼 겉으로만이 아니라 진심에서 우러나오는 우정을 네게 돌려줄 날이 올 거라고.

너와 나 모두를 위해서 반드시 그런 날이 오게 만들 거라고.

그러니 조금만 더 기다려 달라고, 묵묵히 찻잔을 들어 올리며 나는 그녀를 향해 무언의 말을 건넸다.

"흠, 그래? 알았다. 그만 가 보도록."

"감사합니다, 나리."

깊숙이 허리를 숙여 보인 여자가 허겁지겁 걸음을 옮겼다.

나는 어느새 저만치 멀어진 여자를 보며 눈을 가늘게 떴다. 처음에는 그저 은발로 보이는 머리카락 색 때문에 붙들었을 뿐이었지만, 그것은 제나 공녀와 똑 닮은 얼굴보다는 덜 중요한 문제였다. 어느 정도 닮았다면 그런가 보다 하고 넘어갔을 텐데, 여자는 머리카락 색을 제외하고는 키나 몸매, 심지어는 목소리까지도 제나 공녀와 거의 흡사했다.

하지만 닮았다고 해서 여자를 제나 공녀라고 생각하기에는 문제가 있었다. 분명 공녀는 자진했다고 하지 않았던가. 물론 죽은 것으로 위장하고 몸을 빼냈다고 생각할 수도 있겠지만, 과연 누가 그녀를 위해 그런 일을 감행했겠는가? 제 한 몸 살기 급급했던 귀족파가? 아니면 늘 그녀를 눈엣가시로 여겼던 황제파가? 그것도 아니면, 귀족파의 핵심 세력을 일시에 쓸어버린 황제 폐하께서?

알쏭달쏭한 기분으로 수도 구경을 마친 뒤, 나는 숙소로 돌아가려다가 생각을 바꿔 후작을 찾았다. 어쨌거나 은발에 가까운 머리카락 색을 갖고 있었으니 혹시라도 여자가 모니크가의 방계일 경우를 대비해서 알려 주는 편이 나을 것 같았다.

"카르세인 경이 아닌가. 수도 구경을 하러 나간다고 들었는데, 어째서 돌아오자마자 나를 찾았나? 혹 외출 중에 무슨 일이라도 있었는가?"

면담 요청에 곧바로 모습을 드러낸 그는 조금 의아한 표정이었다. 아무래도 타국이니만큼 혹시 뭔가 외교적인 마찰이 생긴 것은 아닐까 우려하는 듯했다.

나는 빛이 부서지는 은색 머리카락에 슬쩍 눈길을 주며 말했다.

"염려하시는 그런 사안은 아닙니다만, 실은 수도에 나갔다가 우연히 은발을 가진 것처럼 보이는 여인을 발견해서 말입니다. 각하나 황후 폐하처럼 금속성을 띠는 은색은 아니었습니다만, 혹 리사왕국에 거주 중인 방계가 있는지요?"

"방계라. 공식적으로는 없네만, 혹시나 하는 마음에 주시하고 있는 사람은 있네. 아무래도 그 여인을 만났나 보군."

"아, 그렇습니까?"

괜한 오지랖을 부렸나 싶어 겸연쩍은 미소를 짓자, 물끄러미 나를 바라보던 후작이 슬쩍 입꼬리를 들어 올리며 말했다.

"그래, 혹시나 해서 알려 주러 온 건가? 본가의 일에 이렇듯 신경을 써 주니 고맙군."

"아, 아닙니다, 각하."

"하면 내 경에게 한 가지 부탁을 해도 되겠나? 본가의 방계인지여부가 밝혀질 때까지는 여인의 존재에 대해서 함구해 줬으면 하네. 경도 알다시피 본가에는 적이 제법 많지 않던가."

"아, 네. 그리하겠습니다."

공녀를 닮은 외모에 대해서는 한 마디 언급도 없다는 점이 조금 찜찜하기는 했지만, 나는 흔쾌히 고개를 끄덕였다. 이유야 어쨌건 간에 타 가문의 행사에 깊게 관여하는 것은 결례였으니까. 애초에 그녀의 친정이 아니었다면 관심조차 두지 않았을 일이기도 했고.

그렇게 나는 우연히 마주쳤던 여자와의 일을 까마득히 머릿속에서 지워 버렸다. 사절단으로서의 모든 임무를 마친 뒤 리사 왕국을 떠나던 그날까지.

"그럼 사절단 여러분의 무사 귀환을 빕니다. 도착하시는 그날까지, 빛의 가호가 함께하기를."

"몹시 유익한 시간이었소. 귀국에 주신의 축복이 함께하기를."

무뚝뚝하게 인사를 건넨 후작이 말머리를 돌렸다. 담담함을 가장하고 있었지만, 목적을 모두 이루고 귀환하게 된 덕분인지 그는 무척 흡족한 기색이었다.

제법 긴 시간 동안 이루어졌던 협상에서 사절단은 꽤 많은 성과를 올릴 수 있었다. 크리얀스 3세가 차일피일 미루며 보내지 않고 있던 볼모 문제도 해결한 데다, 첨예하게 대립하던 다른 사안들도 서로가 납득할 수 있는 정도에서 어느 정도 합의를 마친 상태였다. 내년에 한 번 정도 더 와서 자잘한 사안까지 확실하게 마무리를 한다면 적어도 향후 십 년 간은 리사 왕국의 일로 신경 쓸 필요가 없을 듯했다.

배웅을 나온 왕국의 대표를 향해 가볍게 묵례를 한 사절단의 인원들이 하나둘 말머리를 돌렸다. 나 역시 그를 향해 슬쩍 고개를 숙여 보인 뒤 말고삐를 잡아당겼다.

높다란 성벽에 부딪힌 햇살이 금색과 은색으로 산산이 부서지고 있었다. 반짝이는 그 빛을 보자 문득 이곳에서 만났던 은색 머리카락의 여인이 떠올랐다. 백색에 가깝던 은발과 새카만 눈동자를 가진, 제나 공녀를 무척 닮았던 여인이.

그 여인은 어떻게 되었을까.

스치듯 지나가는 궁금증에 어깨를 으쓱했다. 어차피 타 가문의 일인데, 그 여인이 어찌 되었든 내가 알게 뭐란 말인가. 그보다는 수도로 돌아가면 다시 마주쳐야 할 또 다른 은발의 여인이 문제였다. 떠나오기 전 나는 분명 귀환할 때에는 우정만 가지고 돌아올 테니 조금만 더 기다려 달라 하지 않았나.

천천히 눈을 감았다. 까맣게 변한 시야 위로 매일같이 생각했던 그녀와의 추억들이 다시 한 번 지나갔다.

구불구불 물결치던 은색 머리카락을 쓰다듬던 일, 그날의 감촉, 서로 등을 맞대고 싸웠던 전투와 함께 울고 웃었던 수많은 날의 기억들, 그리고 늘 그녀의 주위를 맴돌던 은은한 차 향기.

눈을 감으면 늘 떠오르던 총천연색의 그 추억들을, 나는 수도를 떠나오던 때부터 조금씩 고운 갈색으로 물들여 가리라 생각하며 곱씹었다.

언제부턴가 환하게 빛나던 그 기억들이 눈부심보다는 아련함으로 남아 가기 시작했다. 그리고 지금, 감은 눈 위로 떠오른 그녀와의 추억들은 분명 예전과는 조금 다른 색으로 물들어 있었다.

이제는 그녀를 친구처럼 대할 수 있을까? 떠나올 때 했던 말과 다짐처럼, 수도로 돌아가 그녀를 다시 마주했을 때 나는 과연 장난기 어린 표정으로 웃어 줄 수 있을까. 부러 밝게 보냈던 편지에서처럼이 아니라 진심에서 우러나오는 우정을 돌려줄 수 있을까?

고민을 거듭하다 생각했다. 솔직히 아직은 모르겠다고. 어찌 생각해 보면 될 것 같기도 하고 또 어찌 생각해 보면 아닐 것 같기도 해서, 정말로 아직은 잘 모르겠다고.

하지만 그럼에도 한 가지 확실한 사실은 있었다. 이렇게 하루가 흐르고 이틀이 흐르다 보면 언젠가는 진정으로 편안하게 웃을 날이 올 것이라는 것, 그리고 쓰린 실연의 기억조차 한때의 좋은 추억으로 회상할 날이 올 것이라는 것.

그것이면 충분했다. 내겐 아직 시간이 많이 남아 있으니까. 나는 분명 고운 갈색으로 물들어 가는 그녀와의 추억을 보았으니까.

마지막으로 한 번 뒤를 돌아보고서, 나는 앞서 가는 사람들과 함께 힘차게 말을 박찼다. 다각다각 달려가는 말발굽 소리 위로 은빛 햇살이 눈부시게 부서지고 있었다.

14. 그림자의 하루

14. 그림자의 하루

"제국의 태양, 황제 폐하께 알렌디스 데 베리타가 인사 올립니다."

"어서 오시오, 베리타 공자. 무척 오랜만에 보는 듯하군. 십삼 년 만이던가?"

"그렇습니다, 폐하."

가슴속에서 슬금슬금 피어오르는 감정을 감춘 채, 알렌디스는 눈앞의 남자를 향해 고개를 숙이며 답했다. 엄밀하게 따지면 십일 년 만이었지만, 그거야 자신 혼자 일방적으로 본 것이니 직접 마주한 건 십삼 년 만이 맞았다.

"그렇잖아도 공작에게 얘기는 전해 들었소. 이번에 작위를 넘기기로 했다더군. 승계식은 필요 없다기에 일단 단순 승인만 하였소만, 공자도 동의한 것이오?"

"네, 공연히 형수님께 상처만 드릴 것 같아 그냥 생략하기로 하였습니다."

"하긴 그렇겠군. 알겠소. 그럼 내 그리 알고 최종 승인을 내리리다. 하면 재상직은 언제부터 이어받을 것이오? 인수인계는 거의 끝났다 들었는데, 일주일 정도 시간을 주면 되겠소?"

"그 정도면 충분합니다. 배려에 감사드립니다."

"좋소. 그럼 일주일 뒤 정무회의에서 봅시다. 그대의 활약을 기대하겠소."

"네, 폐하. 그럼 이만 물러가겠습니다."

알렌디스는 어느새 다시 서류를 들여다보고 있는 황제를 향해 천천히 고개 숙여 예를 갖췄다. 만만치 않은 인물이기에 혹시라도 내심을 들킬까 염려했는데, 나름대로 조심한 덕분인지 다행히 그렇지는 않은 것 같았다.

속으로 한숨을 내쉰 그가 걸음을 막 떼려 했을 때, 갑자기 뒤에서 서늘한 목소리가 들렸다.

"아참, 공자."

멈칫하며 돌아보자, 여전히 서류에 시선을 고정한 황제가 깃펜을 적셔 뭔가를 적어 넣으며 말했다.

"귀환 소식을 들은 이후로 황후가 무척 기다리고 있던데, 한 번 찾아가 보지 그러오?"

'그럼 그렇지.'

무심한 듯 던지는 발언에 실소가 터져 나왔지만, 알렌디스는 재빨리 표정을 수습하며 황제를 바라보았다. 여기서 내심을 드러낸다 해도 베리타가의 수장이 될 자신을 황제가 어찌하지는 못할 터였으나, 어쨌든 앞으로 군주로서 모셔야 할 사람인데 굳이 처음부터 틀어지고 싶지는 않았다. 어차피 이제는 어느 정도 자제할 자신이 있다 여겼기에 공작위를 물려받기로 한 것이 아닌가.

'그래도 조금은 괜찮지 않을까? 그렇잖아도 곱게 보이지만은 않는데, 저리 태연한 표정을 보니 굉장히 얄밉단 말이지.'

문득 드는 충동에, 알렌디스는 자신도 모르게 다소 도발적인 어조로 물었다.

"그래도, 괜찮겠습니까?"

"음?"

그제야 서류에서 시선을 뗀 황제가 고개를 들었다. 도전적으로 노려보는 에메랄드빛 시선과 무심한 듯 쏘아보는 바닷빛 시선이 허공에서 맞부딪혔다.

잠깐 동안 말없이 그의 눈빛을 받아치던 황제가 슬쩍 입꼬리를 들어 올렸다. 별로 관심 없다는 듯 무덤덤한 목소리가 공기 중으로 울려 퍼졌다.

"당연한 얘길 묻는군. 황후와 공자는 오랜 친구 사이가 아니오."

"……깊으신 배려, 감사드립니다."

심장이 욱신거려서, 알렌디스는 황급히 고개를 숙이며 표정을 감추었다. 보이지 않게 말아 쥔 주먹 사이로 손톱이 파고드는 것이 느껴졌다.

"내 약혼녀를 잘 부탁하오. 앞으로도 계속 그녀의 절친한 벗이 되어 주시오."

문득 떠오르는 하나의 기억.

무심한 듯한 표정으로 단호하게 친구라 못 박는 목소리는 오래

전에 들었던 그 음성과 무척이나 닮아 있었다.

알렌디스는 알싸해지는 가슴을 부여잡으며 쓰디쓴 미소를 지었다.

모두의 앞에서 보란 듯이 그녀를 내 여자라 선언하고 당당하게 춤을 추는 당시의 황제를 보며 고작해야 공작가 차남밖에 되지 않는 제 처지를 저주했었는데, 십 년이 훌쩍 넘는 세월이 흐르고 자신의 지위 역시 그때와는 비교할 수 없을 정도로 올랐음에도 그녀는 여전히 그의 여자였다. 그리고 자신은 그때와 마찬가지로 타오르는 질투심에 어찌할 바를 모르며 애꿎은 주먹만을 괴롭히고 있었다.

'공연히 도발하는 게 아니었는데.'

뒤늦은 후회에 이를 악물며, 알렌디스는 애써 태연한 표정으로 예를 표한 뒤 황제의 앞에서 물러나왔다.

쓸쓸한 웃음이 나왔다. 이거야말로 접시로 주고 냄비로 받은 격이 아닌가. 이제는 자제할 수 있노라 자신해 놓고 괜한 충동에 넘어가 버린 자신의 꼴이 왠지 우스웠다.

'어차피 이리된 것, 한번 찾아나 가 볼까.'

기다란 복도를 지나 중앙궁을 벗어난 후에도 내내 고민하던 알렌디스는 한참을 망설이다 황후궁으로 발걸음을 돌렸다. 영영 안 볼 사이도 아니니 그나마 용기가 났을 때 찾아가는 편이 나을 듯했다.

그리 가깝지만은 않은 거리를 걷는 동안에도 몇 번이고 돌아가고 싶다는 생각이 치밀었지만, 알렌디스는 그때마다 마음을 다독인 끝에 간신히 황후궁의 입구에 발을 들일 수 있었다.

미리 대기라도 하고 있었던 듯, 그를 알현실로 안내한 시녀는 바로 황후 폐하를 모셔 오겠노라며 서둘러 안으로 사라졌다. 알렌디스는 말없이 크림색 소파에 앉아 천천히 주위를 둘러보았다. 아늑하고 포근한 분위기와 화려하지 않으면서도 세련된 실내 장식은 마치 어린 시절 모니크가에서 보았던 그녀의 응접실을 연상하게 했다. 누구의 방해도 눈치를 볼 필요도 없었던 아련한 그 시절의 기억에, 이제는 버릇이 되어 버린 씁쓸한 미소가 절로 입가에 걸렸다.

그녀를 떠올릴 때마다 습관적으로 따라오는 흉통에 작게 한숨을 내쉬었을 때, 밖이 다소 소란스러워진다 싶더니 곧이어 문이 벌컥 열렸다. 그녀가 왔나 싶어 돌아보던 알렌디스는 그대로 뻣뻣하게 얼어붙었다. 도저히 믿을 수 없는 광경이 눈에 들어왔기에.

자그마한 은발 소녀가 전속 시녀로 보이는 여자와 함께 서 있었다. 십칠 년 전 처음 만났던 모습 그대로, 제 나이 또래보다도 훨씬 작아 보이는 여자아이는 다소 놀란 듯한 눈으로 자신을 바라보고 있었다.

시녀로 보이는 여자가 소녀를 향해 무어라 얘기를 하고 있었지만, 알렌디스의 귀에는 아무것도 들리지 않았다.

구불구불 물결치는 은빛 머리카락, 아이답지 않게 차분한 느낌의 푸른 드레스, 그리고 햇살을 머금은 황금색 눈동자.

"티아……?"

신음과도 같은 음성이 입술 사이를 비집고 흘러나왔다. 믿을 수가 없었다. 어떻게 그 시절의 그녀가 지금 제 눈앞에 서 있을 수 있단 말인가. 처음 만났던 때로부터 벌써 십수 년이 넘는 세월이 흘렀는데, 대체 어떻게.

알렌디스는 저도 모르게 자리에서 일어나 소녀에게 다가갔다. 말끄러미 올려다보는 황금색 눈동자를 마주하자 머릿속이 하얗게 비는 기분이었지만, 그는 마지막 남은 이성으로 주먹을 말아 쥐며 소녀를 향해 뻗어 나가려는 손을 붙들었다. 손바닥을 파고드는 아릿한 통증에 그제야 조금 정신이 돌아오는 듯했다.

서둘러 말문을 떼려는 순간, 활짝 열린 문 안으로 여인 하나가 들어섰다. 굽슬굽슬한 은빛 머리카락을 곱게 틀어 올린 여인은 눈 앞에 서 있는 소녀와 놀라울 정도로 닮아 있었다.

'그랬던가.'

뒤늦은 깨달음에 혼란스러웠던 마음이 비로소 차분하게 가라앉았다. 여인에게서 뿜어져 나오는 익숙한 향기에 심장이 또다시 아픔을 호소하며 날뛰기 시작했지만, 알렌디스는 애써 태연한 표정으로 정중하게 고개를 숙이며 예를 갖췄다.

"알렌디스 데 베리타가 제국의 달, 황후 폐하께 인사 올립니다. 오랜만에 뵙습니다, 폐하. 그간 강녕하셨는지요?"

"······알렌."

십삼 년 만에 듣는 음성. 사무치도록 그리웠던 그 목소리는 잔뜩 젖어 있었다. 커다란 두 눈 가득 물방울을 매단 그녀가 알렌디스의 손을 꼭 붙잡으며 말했다.

"이제는 떠나지 않는 거지? 완전히 돌아온 거지? 응? 그렇지?"

"그, 렇습······."

"정말, 너무 한 거 아냐? 어떻게 십삼 년 동안 연락 한 번 없을 수가 있어?"

"······심려를 끼쳐드려 송구합니다, 황후 폐하."

익숙한 온기에 움찔 몸이 굳었지만, 알렌디스는 이를 악물며 슬쩍 힘을 주어 잡힌 손을 빼내었다. 그제야 자신의 행동을 깨달은 듯, 소나기처럼 말을 쏟아 내던 여인이 황급히 표정을 수습하며 말했다.

"아, 미안해요, 베리타 공자. 너무 오랜만이라 그만 결례를 범했네요. 반가운 마음에 그런 것이니 부디 이해해 줘요."

"……아닙니다, 폐하."

"공작위를 물려받게 되었다는 얘기는 들었어요. 행정부의 수장이 되실 분께 비례非禮라는 건 알고 있지만, 내게 그대의 이름을 부를 수 있도록 허락해 주겠어요? 그대와는 오랜 사이인데, 딱딱하게 부르고 싶지는 않아서 그렇답니다."

"물론입니다, 폐하. 제겐 영광인 것을요."

순식간에 바뀐 말투를 듣자 새삼 변해 버린 서로가 선명하게 느껴져 또다시 익숙해진 흉통이 엄습해 왔다. 그렇지만 알렌디스는 아무렇지도 않은 듯 부드러운 미소를 지으며 답했다.

"고마워요, 알렌디스. 그럼 이제 앉을까요? 내가 너무 오래 세워 둔 것 같군요."

조심스럽게 그녀를 살피던 알렌디스는 속으로 안도의 한숨을 쉬었다. 혹시라도 표정이 일그러지지는 않았을까, 그래서 아직도 놓아 버리지 못한 이 마음을 들키는 것은 아닐까 내심 걱정했는데, 그동안 오늘을 상상하며 수천, 수만 번을 연습해 왔던 덕분인지 다행히 그렇지는 않은 듯했다.

그때, 샐쭉한 얼굴로 알렌디스와 여인을 바라보던 소녀가 말했다.

"모후 폐하, 이분은 누구시죠?"

"아, 디아, 내 너를 깜빡했구나. 이분은 어미의 오래된 친구란다. 알렌디스 데 베리타, 곧 베리타 공작이 되실 분이지. 알렌디스, 이쪽은……."

"제1황녀 디아나 레풀젠티아refulgentia 샤나 카스티나입니다. 만나서 반가워요, 알렌 아저씨. 모후 폐하께 얘기는 많이 들었답니다."

'알렌…… 아저씨?'

전혀 예상치 못한 호칭에 할 말을 잃은 알렌디스는 인사를 해야 한다는 것도 잊은 채 눈앞의 황녀를 물끄러미 바라보았다. 자그마한 은발 소녀는 늘 차분한 그녀와 똑 닮았다고 생각했던 첫인상이 무색하게 몹시 당돌했다.

황제, 그녀, 그리고 황녀.

어쩐지 앞으로의 황궁 생활이 순탄하지만은 않을 것 같다는 불길한 예감이 알렌디스의 머릿속을 스치고 지나갔다.

"앗, 아저씨다! 알렌 아저씨!"

결재를 요하는 서류를 들고 중앙궁을 찾아가던 알렌디스는 멀리서 들려오는 목소리에 저도 모르게 슬쩍 눈썹을 찌푸렸다. 처음 대면했던 날, 모후에게 야단을 맞으면서도 끝끝내 호칭을 고치지 않던 당돌한 황녀는 그 후로도 툭하면 자신을 찾아와 이리저리 들쑤시고 가곤 했다.

만류하는 시녀도 뿌리친 채 달려오는 작은 소녀를 보며 알렌디스는 깊은 한숨을 쉬었다. 처음부터 다짜고짜 애칭을 넣어 부르질 않나, 시도 때도 없이 집무실로 찾아와 방해하질 않나. 평소의 자신이었다면 아무리 황녀라 해도 잔뜩 성질을 부렸을 텐데, 솟구치는 짜증에 울컥울컥하다가도 그녀를 똑 닮은 얼굴만 보면 화가 사그라지니 미칠 지경이었다.

"좋은 아침이에요, 알렌 아저씨! 우리 사흘 만에 보는 것 같은데, 나 안 보고 싶었어요?"

"……황녀 전하를 뵙습니다. 그리고 지금은 오후인 데다, 전하와는 그제도 뵌 것 같습니다만."

"그런 건 좀 넘어가요. 하여간 까칠하기는. 그보다 알렌 아저씨, 지금 어디 가는 중이에요? 나 차 한 잔만 주면 안 돼요?"

"황제 폐하를 뵈러 갑니다. 차는 다음에 하시지요. 결재받을 것이 좀 많아서, 아무래도 시간이 되지 않을 것 같습니다만."

"그렇구나. 알았어요. 그럼 기다릴 테니까 빨리 와야 해요?"

"황녀 전……."

"조금 이따 봐요, 알렌 아저씨!"

제 할 말만 던지고 사라지는 소녀를 어이없게 바라보던 알렌디스는 다시 한 번 한숨을 내쉬며 지끈지끈 쑤셔 오는 관자놀이를 문질렀다. 착하게만 산 것은 아니나 그렇다고 해서 그리 악하게 살아오지도 않았는데, 주신께서는 어찌해서 제게 이런 시련을 겹겹이 내리시는지 도무지 알 수가 없었다.

어쩐지 피곤해진 마음으로 중앙궁에 도착한 알렌디스는 집무실로 향하는 대신 곧장 정원을 향해 몸을 돌렸다. 때마침 교대를 위해 이동하던 근위기사에게서 황제가 현재 정원에서 티타임 중이라는 이야기를 전해 들었기 때문이었다.

근위기사를 따라 황제의 개인 소유라는 정원에 들어서자, 온통 연두색으로 물든 세상 속에서 유독 도드라지는 은빛과 푸른빛이 눈에 들어왔다.

눈처럼 새하얀 테이블을 앞에 둔 채로 두 남녀가 사이좋게 앉아 있었다. 작은 원탁이니 마주 보고 앉는다 하여 그리 멀지도 않은 터인데, 그 거리조차 멀다 느낀 것인지 그들은 나란히 앉아 도란도란 이야기를 나누고 있었다.

은은하게 미소 띤 얼굴로 무언가를 말하고 있는 은발의 여인, 그리고 가만가만 고개를 끄덕이며 그녀의 이야기를 듣고 있는 푸른 머리카락의 남자.

불현듯 심장이 욱신거려서, 알렌디스는 서류를 쥐지 않은 손으로 가슴을 움켜쥐었다. 이제는 조금 괜찮을 거라 생각했는데, 황제와 그녀의 다정한 모습을 볼 때마다 느껴지는 아픔은 시간이 지나도 여전하기만 했다.

가슴을 움켜쥐는 모습을 보았음인가? 몇 발자국 떨어진 곳에 서 있던 근위기사 중 하나가 다가와 걱정스러운 목소리로 물었다.

"공작 전하, 어찌 그러십니까? 혹 어디가 편찮으십니까?"

"……괜찮소. 내 잠시 생각할 것이 있어 그랬던 것뿐이니, 신경 쓸 것 없소."

"아, 네. 음, 폐하를 뵈러 오신 것입니까? 말씀 전해 올릴까요?"

"아니오. 보아하니 휴식을 취하고 계신 것 같은데, 공연히 방해하여 눈총을 받고 싶지는 않군. 수고롭겠지만, 티타임이 끝나거든

시종을 보내 주겠소? 그때 다시 오는 편이 나을 것 같아 그러오.”

“알겠습니다. 그리하지요.”

“고맙소. 그럼 나중에 또 봅시다.”

가볍게 고개를 숙여 보이는 근위기사에게 인사를 건넨 뒤, 알렌디스는 자꾸만 그녀에게로 향하는 시선을 떼어 내며 돌아섰다.

이미 뇌리에 박혀 버린 장면을 지워 내려 애쓰며 걸음을 옮기는데, 갑자기 뒤에서 달려든 누군가가 어깨를 확 감쌌다. 알렌디스는 인상을 찌푸리며 어깨를 감싼 팔을 쳐 냈다. 흩날리는 머리카락 색만 보아도 누구인지 알 수 있었지만, 설사 그것이 아니라 해도 자신에게 이런 짓을 할 수 있는 사람은 단 한 명밖에 없었다.

“여어, 풀떼기, 오늘은 왜 또 그리 죽을상이신가?”

아니나 다를까, 신경질적으로 팔을 떨쳐 냈음에도 불쾌감이라고는 전혀 없어 보이는 얼굴로 싱긋 미소 지은 남자가 말했다.

알렌디스는 다시금 쑤셔 오는 관자놀이를 꾹꾹 누르며 답했다.

“애도 아니고, 지금 이게 뭐하는 짓입니까, 카르세인 경?”

“음? 갑자기 웬 존대? 자네 진짜 무슨 일 있었나? 아, 이건 아닌가? 우리 공작 전하께서 까칠하신 거야 하루 이틀 일이 아니니 말일세.”

“……후우, 됐습니다. 그보다, 용건이 뭡니까?”

“꼭 용건이 있어야만 말을 거는 건가? 이것 참 섭섭하군. 우리 사이가 고작 그 정도밖에 안 되었다니 말일세.”

“우리 사이요? 본인이 경과 한데 묶어서 불릴 만큼 친근한 사이였습니까?”

속에서 욱하고 무언가가 치밀어 올랐지만, 알렌디스는 솟구쳐

오르는 화를 누르며 싸늘하게 내뱉었다. 그가 이런 식으로 깍듯하게 존대를 할 때마다 대부분의 사람들이 벌벌 떤다는 것을 감안해 볼 때, 여전히 빙글거리고 있는 눈앞의 남자는 대단히 강심장이거나 손 쓸 수 없을 정도로 멍청한 자식임이 틀림없었다.

개인적으로는 후자 쪽에 무게를 두고 싶었지만, 유감스럽게도 그는 멍청이가 아니었다. 그것은 남들은 잘 건드리지도 못하는 자신의 신경 줄을 벅벅 긁으면서도 제 나름대로는 일정 수위를 지킨다는 점을 보아도 알 수 있었다.

그런 쓸데없는 영민함이 오늘도 발휘된 것인지, 재빨리 두 손을 들어 항복을 표시한 남자가 말했다.

"알겠네, 알겠어. 오늘은 여기까지만 하지. 실은 중앙궁에 볼일이 있어서 가는 길이었는데, 마침 자네가 정원에서 나오길래 인사도 할 겸 붙들었네. 이제 되었는가?"

삽시간에 사라지는 장난기 어린 모습에 왠지 조금 억울한 기분이 들었지만, 알렌디스는 새어 나오는 한숨을 삼키며 답했다. 저 인간과 더 얽혀 봐야 결국 피곤해지는 쪽은 자신이었다.

"……폐하를 뵈러 가는 길이라면, 이따가 다시 오는 편이 나을 것 같네만."

"그런가? 어째서?"

"티타임 중이시더군. ……황후 폐하와 함께 말일세."

"아아, 그런가? 안 봐도 알만 하군. 알겠네. 그럼 본인도 이따가 다시 와야겠군."

정원 쪽을 바라보며 가볍게 혀를 찬 남자는 곧장 미련 없는 태도로 돌아섰다. 아무래도 오늘은 마가 낀 것이 틀림없다고 생각하며 알렌디스가 걸음을 떼자, 남자는 곧바로 그에게 보폭을 맞춰 오며 말했다.

"그나저나 티타임이라. 아아, 황제 폐하가 부럽군. 자네는 안 그런가? 나는 가끔씩 티아가 만들어 주던 차가 그립다네. 자네는 레몬밤, 나는 히비스커스. 서로의 취향까지 딱딱 맞춰 주고 그랬는데 말일세."

아무렇지도 않게 툭 던지는 말에, 알렌디스는 황급히 주위를 돌아보며 낮게 경고했다.

"말조심하게. 이제는 황후 폐하가 아니신가."

"에이, 뭘 그렇게 까탈스럽게 굴고 그러나. 우리끼리니까 하는 이야기인 게지."

"구석구석 듣는 귀가 박혀 있는 곳이 황궁일세. 조심하고 또 조심해서 나쁠 것은 없음이야."

"거참 깐깐하기는. 자네가 그러니까 아직까지도 혼자인 거……."

"내 분명 그 입 좀 닥치라고 했을 텐데."

사납게 으르렁거리는 알렌디스를 보며 멈칫한 남자가 황급히 손사래를 치며 말했다.

"어우, 알겠네, 알겠어. 내 앞으로 조심할 터이니 이제 그만 진정하게나. 이거야 원, 잘못하다가는 한 대 맞겠군그래."

"……."

"그냥, 가끔은 황후 폐하의 차가 그립더라는 말을 하고 싶었네. 자네도 알다시피 폐하만큼 차에 조예가 깊은 사람은 흔치 않잖은가. 그런 차를 예전만큼 자주 마실 수 없다는 건 참 슬픈 일이지. 게다가 이건 비밀이네만, 내 아내는 차를 정말 기똥차게 못 만들거든.”

‘그래서 뭐 어쩌라고?’

그녀의 차가 떠올라 알싸한 기분이 든 것도 잠시, 이어지는 말에 어이가 없어진 알렌디스는 남자를 물끄러미 바라보았다. 이 자식이 지금 자신과 뭘 하자는 것인지 알 수가 없었다.

시선의 의미를 알아채기라도 한 듯, 그는 다음에 또 보자며 손을 휘휘 저어 보이고는 재빨리 사라졌다. 어쩐지 피로한 기분으로 돌아서던 알렌디스는 문득 머릿속을 스치고 지나가는 생각에 손으로 이마를 짚었다.

그러고 보면 아직 하나가 더 남아 있었다. 그에게 계속해서 두통을 불러일으키는 무시무시한 재앙이.

도저히 들어갈 엄두가 나지 않아 방황하던 알렌디스는 제법 시간이 흐른 후에야 행정부로 향했다. 하지만 집무실에 도착한 그를 반긴 것은 예상외로 소파에 모로 누운 채 새근새근 잠이 들어 있는 작은 소녀였다.

자다가 풀어헤치기라도 한 것인지, 굽슬굽슬한 머리카락이 소파 위로 달빛 구름을 드리우고 있었다. 뭔가 기분 좋은 꿈이라도 꾸는 듯 그녀를 똑 닮은 입매가 부드러운 곡선을 그리고 있었다.

문득 가슴 한 구석이 아릿해졌다. 지금은 남의 여인이 되어 버렸지만, 그녀 역시도 저리 작고 가녀린 소녀였던 때가 있었더랬다. 체력의 한계까지 검술을 수련한 탓에 까막까막 졸 때면, 건드리면 사라질세라 조심조심 어깨를 빌려 주던 제가 있었지.

먹먹한 기분으로 잠든 황녀를 잠시 내려다보다가, 알렌디스는 천천히 겉옷을 벗어 소녀에게 덮어 주었다. 몸을 뒤채며 새하얀 재킷을 꼭 끌어안은 소녀가 빙긋 웃으며 속삭이듯 말했다.

"으음, 따뜻해."

들뜬 부분을 덮어 주려 다가가던 손이 흠칫 굳었다. 삽시간에 떠오르는 선명한 기억에, 알렌디스는 망각이라는 축복을 받지 못한 스스로를 저주하며 시큰거리는 가슴을 부여잡았다.

조금 전 황녀가 한 말은 오래전 그녀가 했던 말과 완벽히 일치하는 것이었다. 그것은 매번 자신을 벅벅 긁는 바로 그 자식의 서임 기념 연회가 있던 날, 잠든 그녀에게 도둑 키스를 했던 때 그녀가 중얼거렸던 말이었다.

늘 비어 있는 것 같던 가슴에 차오르던 뿌듯한 충족감, 그리고 무척이나 따스하던 그녀의 온기.

갑자기 목울대가 뜨겁게 달아올라서, 알렌디스는 자꾸만 넘어오려는 열기를 꾹꾹 눌러 삼키며 잠든 황녀에게서 시선을 뗐다. 작은 소녀를 볼 때마다 불쑥불쑥 찾아드는 과거의 기억에 가슴이 아팠다.

"하……."

한참 동안 아픈 마음을 달래다 도저히 안 되겠다 싶어 몸을 일으켰을 때, 노크 소리가 들리고 곧이어 한 여인이 안으로 들어섰다. 제 주인의 등장에 겨우 진정시킨 심장이 또다시 아픔을 호소하며 날뛰기 시작했지만, 알렌디스는 익숙한 그 통증을 무시하며 정중하게 예를 갖췄다.

"알렌디스 데 베리타가 제국의 달, 황후 폐하를 뵙습니다. 어인 일로 신을 찾으셨는지요?"

"갑작스럽게 찾아와서 미안해요, 알렌디스. 디아가 여기 와 있다면서요? 아무리 돌아가자 해도 막무가내라며 유모가 내게 도움을 청하더군요."

미안하다는 듯한 표정으로 조곤조곤 말을 건넨 그녀가 그를 걱정스레 올려다보았다.

"그런데 알렌디스, 안색이 영 좋질 않네요. 디아가 많이 곤란하게 한 건가요? 그렇다면 정말 미안해요. 앞으로는 이러지 못하도록 따끔하게 얘기할 터이니, 부디 한 번만 더 이해해 주겠어요? 내가 대신 사과할게요."

"사과라니요? 그러실 필요 없습니다. 황녀 전하를 제대로 모시지 못한 책임을 묻지 않으시는 것만으로도 충분히 감사드려야 하는 것을요."

"그렇게 얘기해 줘서 고마워요, 알렌디스. 내가 늘 고맙게 여긴다는 것, 알고 있지요?"

따스한 빛을 머금은 황금색 눈동자가 그를 담았다. 부드럽게 웃어 보인 그녀가 근위기사를 부르는 모습을 보며 알렌디스는 그녀가 눈치채지 못하도록 작게 심호흡을 했다.

재빨리 다가온 근위기사가 잠든 황녀를 조심스레 안아 올리자, 그에게서 받아 든 재킷을 알렌디스에게 건네준 그녀가 말했다.

"그럼 방해하지 않도록 이만 가 볼게요. 다음에 봐요, 알렌디스."

"네, 황후 폐하. 살펴 가십시오."

"언제 한번 황후궁에 들러 줘요. 차 한 잔 대접할게요. 그럼."

부드럽게 인사를 남긴 그녀가 돌아서다 말고 멈칫했다. 황금색 시선이 잠시 뭔가를 담는 듯했지만, 그녀는 곧바로 그곳에서 눈길을 거두며 그대로 걸음을 옮겼다. 옷감이 바스락거리는 소리만이 뒤에 남았다.

재킷에 남은 온기를 느끼며 그녀가 남기고 간 은은한 차향에 젖어 있던 알렌디스는 사락사락 옷자락 끄는 소리가 완전히 사라지고 난 후에야 비로소 잠시 잊었던 의문을 떠올렸다.

'뭘 보고 멈칫했던 거지?'

좀 전에 그녀가 섰던 곳을 떠올린 알렌디스는 그 자리에 서서 그녀가 보았음직한 곳을 하나씩 살펴보았다.

책장에 꽂힌 두꺼운 책과 서류철들, 선반에 놓인 각종 장식품들, 그리고 책상 위에 놓인 온갖 잡동사니들.

빠르게 이곳저곳을 훑어 내리던 시선이 문득 한 자리에 멈췄다. 선반에 놓인 각종 장식품 중 눈에 띄지 않는 구석에 감춰 두었던 자그마한 물건 하나.

'저것이었나.'

알렌디스는 천천히 선반으로 다가가 문제의 물체를 꺼내 들었다.

본디 그녀에게 선물로 주기 위해 만들었던 체스 세트 중 외롭게 남은 하나의 말.

그녀의 결혼식 날 선물로 보낸 퀸을 제외하고 나머지는 모두 버렸지만, 끝끝내 미련이 남아 차마 버리지 못했던 마지막 하나, 백금 비숍.

비숍을 바라보는 알렌디스의 입술 사이로 깊은 한숨이 새어 나왔다. 에메랄드로 만든 미트라mitra, 주교관에, 초록빛 입김이 눈물처럼 맺혔다.

15. 아드리안의 일기

나는 단언한다.
부황 폐하께서는 세기의 로맨티시스트가 아니라 그저 팔불출이었노라고.
그렇지 않고서야 어떻게 모후 폐하에게 그런 표현을…….
그래, 나도 모후께서 현숙하고 능력 있는 분이라는 것은 인정한다.
그렇지만, 아무리 그래도
그분에게 귀엽다느니 치명적인 매력을 갖고 있다느니 하는 표현은
조금, 아니 사실 전혀 말이 안 되지 않느냔 말이다.

– 휘황 아드리안의 일기 중에서

15. 아드리안의 일기
1) 그렇게 역사는 이루어졌다

"이제 그만 침수 드실 시간입니다, 황후 폐하."

"응? 아, 그, 그래."

은은하게 빛을 밝힌 초와 탁자 위에 놓인 두 개의 와인 잔, 그리고 그가 좋아하는 제국력 900년산 벨로트산 적포도주.

침대 위에 나란히 놓인 두 개의 베개를 보자 나도 모르게 얼굴이 붉어졌다. 뜨끈하게 달아오른 볼을 감싸며 돌아서자, 머리카락을 감싼 수건을 벗겨 낸 리나가 이리저리 상태를 살피고는 흡족한 표정으로 말했다.

"이 정도면 충분하네요. 황제 폐하께서는 은은한 향을 좋아하시니, 향유를 뿌릴 필요까지는 없을 것 같습니다."

"돼, 됐어, 그런 거. 향유는 무슨……."

황급히 손사래를 치는 나를 향해 빙긋 웃어 보인 리나가 말했다.

"일단 이리로 앉으세요. 머리를 말려 드리겠습니다."

"응."

황가의 문장이 화려하게 세공된 은거울 앞에 앉자, 설렘이 가득한 여인의 얼굴이 보였다.

나는 익숙한 듯 어색한 그 표정을 잠시 바라보다 천천히 눈을 감았다. 머리카락을 탁탁 두드리는 부드러운 천의 느낌이 기분 좋았다.

"이러고 있으니까 옛날 생각나네요. 그때는 폐하께서 정말 황후 폐하가 되실 거라고는 생각도 못했는데 말이에요."

"응? 언제?"

"왜, 영지에 한참 있다가 돌아오셨을 때 있잖아요. 겨울맞이 대청소를 하는 날인가 그랬는데, 그때도 제가 이렇게 머리를 만져 드리다가 여쭈었거든요. 황후 폐하께서는 어떤 남성분을 좋아하시냐고요."

"아, 그래. 기억난다."

그것은 햇살이 유독 눈부시던 어느 겨울날의 이야기였다. 뭔가 기분 좋은 일이 있었던 듯 그날 리나는 잔뜩 들뜬 모습이었다. 흥얼흥얼 콧노래를 부르는가 하면, 꾸미는 데 관심을 좀 가지라며 다정스레 타박도 하고. 혹시 연애라도 하냐며 놀리는 내게 그러는 아가씨는 어떤 남성을 좋아하시느냐며 역공을 가하기도 했었지.

"저기, 황후 폐하."

"응?"

"갑자기 궁금해져서 말인데요. 그때 그거, 답이 뭐였나요? 결국 끝까지 말씀해 주지 않으셨잖아요."

"아, 그거? 음……."

그때 리나는 꽤나 집요하게 나를 추궁했지만, 당시 나는 사랑을 다시 할 마음이 전혀 없었기에 굳이 이상형을 꼽을 생각조차 하지 않았다. 어차피 황실과의 혼약에 묶여 있는 이상 고민해 무얼 하느냐고, 어떤 사람이든 간에 어쨌거나 황태자 전하, 즉 지금의 황제 폐하만 아니면 된다고 여겼던 탓이었다.

그러고 보니 그때 뭔가 생각했던 것 같긴 한데, 그게 뭐였더라?

나는 부드럽게 머리를 빗겨 주는 손길에 차분히 몸을 내맡기며 곰곰이 생각에 잠겼다. 다른 기억들은 선명한데 이상하게도 그것만큼은 잘 떠오르지가 않았다. 잡힐 듯 말 듯한 느낌에 왠지 애가 탔다.

"이상하네. 내 이상형이 뭐였더라? 분명 생각했던 게 있었는데."

"……"

조심스레 이어지던 빗질이 불현듯 멈추는 것이 느껴졌지만, 나는 그것에 아랑곳하지 않고 계속해서 기억을 더듬었다.

당시 리나는 듬직한 남자라느니 다정한 사람이라느니 하면서 몇 가지 예를 들었지만, 보답받지 못한 사랑의 상처가 깊이 남아 있었던 나는 그녀가 들었던 많은 예시 중 어느 것에도 끌리지 않았다. 굳이 꼽아야 한다면, 두 번 다시 버림받는 아픔을 겪지 않도록 해 줄 남자가 좋겠다고 생각했다. 그리고…….

"아, 생각났다. 그게 있잖아…… 폐, 폐하?"

손뼉을 탁 치며 돌아보다 멈칫했다. 뜻밖의 인물이 그곳에 서 있었기에. 좀 전까지만 해도 리나가 서 있던 곳에는 어느새 그녀 대신 푸른 머리카락의 청년이 자리하고 있었다.

"어, 언제 오셨어요? 어서……."

허겁지겁 말을 건네며 서둘러 일어나려는 나를 저지한 그가 말했다.

"그냥 그대로 계시오. 내 마저 빗겨 줄 터이니."

"네? 그렇지만 어찌 폐하께서 그런 일을……."

"듣자하니 민간에서는 다정한 부부끼리 많이들 그리한다고 하더군. 본인도 한 번쯤은 그리해 보고 싶소."

"그, 그런……."

어쩐지 얼굴이 화끈거려서, 나는 황급히 두 손으로 볼을 감싸며 고개를 푹 숙였다. 그런 나를 보며 쿡쿡 소리 내어 웃은 그가 부드럽게 내 머리카락을 감아 올렸다.

사락사락 빗 스치는 소리에 온몸의 신경이 예민하게 곤두섰다. 조심스레 머리카락을 빗어 내리는 손길은 리나의 것과 그리 다를 바가 없었건만, 이상하게도 그녀에게 맡겼을 때와는 달리 빗이 스치고 지나가는 부분마다 마치 소름과도 같은 무엇이 느껴졌다. 머리카락이 그리도 민감하게 감촉을 느낄 수 있을 것이라고는 전혀 생각지 못했다. 가볍게 와 닿는 숨결에마저 올올이 곤두설 정도일 줄은 더더욱.

끊어질 듯 계속되는 빗질에 점점 숨이 가빠 왔지만, 나는 차마 그의 손길을 떨쳐 내지 못한 채 그저 바르르 몸만 떨었다. 거울 속에 비치는 평온한 표정, 부드러운 손놀림과는 달리 무섭도록 열중하는 저 눈빛을 감히 깨뜨릴 엄두가 나지 않았다.

얼마나 시간이 지났을까? 머리카락에서 시작된 떨림이 발끝까지 내려갔을 무렵에야 비로소 빗을 내려놓은 그가 말했다.

"티아."

"네, 넷, 폐하? 부르셨어요?"

그저 평범하게 대답하려 했을 뿐인데, 입술을 타고 흘러나온 목소리는 평소보다 훨씬 높았다. 마치 비명과도 같은 그 음성에 슬쩍 눈썹을 추켜세운 그가 의아한 표정으로 물었다.

"어찌 그러오? 혹 내가 뭔가 실수라도 하였소?"

"아, 아뇨, 아니에요, 폐하. 그냥, 제가 잠시 딴생각을 해서……."

"음? 그대, 너무한 것 아니오? 나를 앞에 두고 딴생각이라니. 내 조금 자존심이 상하려고 그러오."

"아, 그게, 사실은 그게 아니라, 그러니까……."

마음대로 움직여지지 않는 혀가 답답했다. 아무리 긴장했어도 그렇지, 어린아이도 아니고 바보처럼 이게 뭐란 말인가.

그렇지만 이쯤 되면 뭔가 이상하다고 생각했을 것이 분명함에도, 그는 횡설수설 말을 늘어놓는 나를 지그시 바라보다 이내 아무렇지도 않다는 듯한 표정으로 말했다.

"흠. 한 잔 들겠소?"

"네? 하, 한 잔이라니, 무엇을……."

"와인 말이오. 기껏 가져다 두었는데 손도 아니 대면 시녀들이 슬퍼하지 않겠소."

"아, 아, 네, 그럴…… 게요."

간신히 고개를 끄덕이자, 그는 묵묵히 병을 들어 두 개의 잔에 와인을 조금씩 따라 냈다. 그러고는 침대에 걸터앉아 내게 잔을 들어 보이며 말했다.

"이리 와 앉으시오. 그러고 보니 그대와 대작하는 것은 처음인 것 같군."

"아…… 네, 그러네요."

침대 위에 나란히 앉는다고 생각하자 가뜩이나 두근대던 심장이 미친 듯 빠르게 뛰기 시작했지만, 나는 애써 태연한 척 숨을 고르며 머뭇머뭇 그의 옆에 자리를 잡았다.

떨림을 감추며 조심스레 잔을 건네받자 슬쩍 입꼬리를 들어 올린 그가 말했다.

"아무리 약간이라고는 해도 함께 마시는 첫 와인인데, 뭔가 건배사라도 해야 할까? 흠, 이런 것은 어떻소? 그대 눈동자에 건배를."

"네…… 에?"

어디선가 많이 들어본 듯한 말에 멍해진 것도 잠시, 두어 번 눈을 깜빡인 후에야 찾아온 뒤늦은 깨달음에 갑자기 웃음이 터져 나왔다.

오, 세상에. 다른 것도 아니고 그 유명한 대사를 그가 할 줄이야.

그대 눈동자에 건배를.

그것은 요즘 들어 몹시 각광을 받고 있는 로맨스 소설의 대사 중 하나였다. 얼마 전부터 필독서라며 리나가 들들 볶는 바람에 나 역시 읽어 보았는데, 문제의 그 대사는 남자주인공이 연인에게 건배를 제안하면서 한 말이었다. 그 때문에 더 우스웠다. 아무리 유명하다고는 해도 일개 소설, 그것도 여성들이 주로 보는 로맨스 소설의 대사를 그가 할 것이라고는 정말이지 꿈에도 몰랐으니까.

생각하면 생각할수록 우스워서, 나는 조금 전까지 바짝 긴장하던 것도 잊고 신 나게 웃음을 터트렸다. 저런 진지한 얼굴로 그런 대사라니. 정말이지 너무 안 어울리지 않은가.

"풋, 폐, 흡, 폐하…… 후우, 께서 그 대사, 를 어찌 아셔요? 폐하께서도 그 소설, 을 보신 거예요?"

"음, 아니오. 실은 펜릴 백작이 그렇게 하면 긴장이 좀 풀릴 거라고…… 이런, 이것까지 말할 생각은 아니었는데."

낭패스럽다는 듯한 목소리에 또다시 웃음이 나왔지만, 소리 내어 웃는 나를 보며 빙그레 미소 짓는 그를 발견한 순간 문득 깨달았다. 그가 일부러 그랬다는 것을. 목소리마저 제어가 되지 않을 정도로 굳어 있는 나를 위해 일부러 답지 않게 농담을 던진 거라는 사실을.

그러고 보니 좀 전까지만 해도 뻣뻣하게 경직되어 있던 몸이 한결 부드럽게 풀려 있었다. 한바탕 웃고 난 덕분인지, 서로의 체온이 느껴질 정도로 바짝 붙어 있음에도 아까처럼 그렇게까지 긴장되지도 않았다.

갑자기 밀려오는 감동에 환하게 미소 짓자, 헛기침을 삼킨 그가 잔에 담긴 와인을 단숨에 입안에 털어 넣고는 말했다.

"그보다 티아, 내 한 가지 궁금한 것이 있소만."

"네? 그게 뭔가요?"

"아까 시녀와 하던 얘기 말이오. 계속 들려줄 수 없겠소? 그대의 이상형이라니 몹시 궁금하군."

"아, 그게…… 그러니까……."

"그러니까?"

귓가에 와 닿는 숨결에 솜털이 오스스 솟아올랐다. 그의 손이 닿은 어깨가 불에 덴 듯 달아오르고 온몸의 피가 불현듯 속도를 높이며 빠르게 질주하기 시작했다. 또다시 떨리기 시작한 입술 사이로 자그마한 음성이 흘러나왔다.

"실은…… 폐하였어요."

"나라고? 진정 나란 말이오?"

"네, 그게, 제 앞에 무릎을 꿇고서 절대 버리지 않겠다는 맹세를 해 줄 남자…… 라고 생각했거든요."

"아."

낮은 목소리가 들리는가 싶더니, 곧이어 정수리에 부드러운 무언가가 가볍게 와 닿았다가 떨어졌다. 오싹하면서도 짜릿한 느낌에 몸을 바르르 떨자 어느새 빈 잔을 내려놓은 그가 나를 부드럽게 품으로 끌어당기며 말했다.

"그리 얘기해 주어 고맙소. 그리고…… 그런 생각을 하게 만들어 미안하오."

"아, 아니에요, 폐하. 그런 뜻으로 한 얘기는 아니었는데……."

"이 목숨이 붙어 있는 한, 그럴 일은 결코 없을 것이오. 그대는 이미 내 피와 심장의 주인이니까."

"폐하……."

짙게 가라앉은 눈이 나를 응시했다. 천천히 올라온 손이 부드럽게 볼을 감싸고, 어느새 다가온 푸른 그늘이 입술 위로 내려앉았다. 깃털처럼 가벼운 그 느낌에 움찔하자, 허리를 더 가까이 끌어당긴 그가 아랫입술을 살짝 깨물었다. 살며시 벌어진 입술 새를 비집고 뜨거운 무언가가 미끄러지듯 들어왔다.

"하아……."

집요하게 몰아붙이는 혀와 얇은 옷 사이로 전해져 오는 뜨거운 체온에 절로 신음이 새어 나왔다. 그의 손이 스치고 지나가는 곳마다 마치 감기라도 걸린 것처럼 열이 올랐다. 어딘가 간질간질하기도 하고 구름 위를 걷는 듯 폭신폭신한 느낌에 흠뻑 취해 있는 사이 어느새 부드러운 천이 등에 와 닿는 것이 느껴졌다.

깜짝 놀라 눈을 번쩍 뜨자, 활짝 열린 시야에 푸른 물결이 한가득 들어왔다. 늘 차분하던 평소와는 달리, 그의 얼굴에는 열기가 한가득 어려 있었다. 몸 위로 실리는 묵직한 체중에 순간 과거의 악몽이 떠올랐지만, 짙게 가라앉은 바닷빛 눈동자는 얼어붙을 듯 차가웠던 그때와는 달리 수많은 감정을 품은 채 나를 응시하고 있었다.

경외, 찬탄, 애정, 그리고…… 짙은 욕망.

떨리는 눈으로 바라보자, 천천히 손을 뻗어 흐트러진 머리카락을 정리해 준 그가 물었다.

"아직도 두렵소?"

"네, 조금…….."

"실은 말이오, 티아. 나 역시 그대를 다치게 할까 두렵소. 그대가 아파하는 모습은 더 이상 보고 싶지 않다오. 설령 그것이 나로 인한 것이라 하더라도."

나지막한 음성은 나와 같은 떨림을 머금고 있었다. 몹시 다정한 그 말, 그리고 그 역시 나처럼 두려워하고 있다는 사실에 시트를 꽉 움켜쥐고 있던 손에서 나도 모르게 스르르 힘이 풀렸다.

"사랑하오, 티아."

작은 속삭임만큼 조심스레 내 손을 잡아 올린 그가 손등에 가볍게 입을 맞추었다. 달래듯 느릿하고 깃털처럼 보드랍게 다가왔던 숨결은 이내 조금씩 무게를 더해 갔다.

맛난 음식을 탐하듯 진하게 지분거리는 느낌에 짜릿한 전율이 맞닿은 곳에서부터 온몸 구석구석까지 번져 갔다. 억눌린 신음이 절로 흘러나왔다.

"읏……."

입술을 꽉 깨물며 새어 나오는 소리를 삼키는 순간, 짙게 드리웠던 푸른 그늘이 사라지며 깊은 바다가 나를 담았다. 검게 가라앉은 눈동자 속에서 넘실거리는 욕망의 그림자에 절로 숨이 거칠어졌다.

기다리고 있는 걸까? 서로의 마음을 확인했던 그날처럼, 오늘도 역시 그는 내가 허락하기만을 기다리고 있는 걸까. 이토록 진하게 나를 원하고 있으면서도, 마지막 남은 이성으로 스스로를 억누를 만큼?

한 가닥 남아 있던 두려움이 과거의 악몽과 함께 산산이 부서졌다. 가슴 가득 번지는 따뜻한 느낌에, 나는 천천히 팔을 뻗어 그의 목을 그러안았다. 그러고는 묻는 듯 바라보는 그를 끌어당겨 입술 위에 가볍게 입을 맞추었다.

"그대?"

"폐하."

무어라 더 말을 하고 싶었지만, 없는 용기를 모두 짜낸 탓인지 도저히 더는 입술이 움직여지지가 않았다. 분명 이럴 때 해야 할 이야기들을 리나에게 잔뜩 들었던 것 같은데, 하얗게 변한 머릿속에서는 아무것도 떠오르지가 않았다.

하릴없이 눈을 감으며 그의 목을 안은 팔에 힘을 주었다. 떨리는 입술이 다시 그에게 닿은 순간, 뒷머리를 받치며 강하게 짓쳐들어온 그가 곧바로 혀끝을 밀어 넣었다. 뽑아 버릴 듯 강렬하게, 태워 버릴 듯 뜨겁게 얽어 오는 그. 그러면서도 격렬한 입맞춤과는 달리 부드럽게 단추를 풀어 내리는 손길에 고분고분 응하며 나는 천천히 몸에서 힘을 뺐다.

한 우산 아래 걸었던 어느 날의 빗속 풍경이 떠올랐다. 황명이라 다정스레 윽박지르며 우산을 빼앗아 가던 모습, 다 젖지 않았느냐며 천연덕스럽게 어깨를 감싸 안던 강인한 팔, 그리고 언제쯤이면 마음을 열어 주겠느냐며 바라보던 진지한 눈빛이.

그의 품 안에서 마지막 숨을 내뱉던 순간이 떠올랐다. 차가운 눈밭 위에 무릎 꿇은 채 평생을 사랑하겠노라 맹세하던 모습과 두 개의 발자국 길이 새겨져 있던 눈 쌓인 정원도.

"사랑하오."

그때와 한 치의 다름도 없는 눈으로 그가 나를 담았다. 그 눈동자에 담긴 내 모습은 어느새 흰 나신을 드러내고 있었다. 그렇지만 두려움이나 부끄러움을 느낄 이유는 없었다. 이미 나는 내 모든 것을 그에게 주기로 마음먹었으므로.

활짝 열린 심장 속으로 비가 내렸다. 깨질세라 망가질세라, 조금씩 다가오는 그에게 가랑비에 옷이 젖어 들 듯 나는 그렇게 차츰 녹아들었다.

그리고 마침내…….

푸른 파도가 나를 덮쳤다.

사락사락.

간질간질하면서도 공중에 붕 뜨는 듯한 느낌에 잠에서 깼다. 누군가가 흐트러진 머리카락을 느릿느릿 쓸어 넘기고 있었다. 귀한 예술품을 만지는 양 조심스레 쓰다듬는 손길에 절로 입꼬리가 스르르 올라갔다. 소중하게 아껴지고 있다는 듯한 느낌이 몹시 기분 좋았다.

몽롱한 부유감에 나른하게 몸을 뒤채다, 나는 얇은 옷 사이로 느껴지는 단단한 근육의 감촉에 놀라 눈을 떴다.

여긴 어디지? 누가 감히 내 옆에 누워 있는…… 아.

"잘 잤소, 티아? 좋은 아침이오."

이른 아침이라 그런지, 다소 가라앉은 목소리는 낮고도 부드러웠다. 온기 어린 바닷빛 눈동자를 마주하자 갑자기 볼이 확 달아올랐다.

나는 황급히 눈을 내리깔며 이불 속으로 얼굴을 감추었다. 솟구쳐 오르는 민망함에 차마 그와 시선을 마주칠 수가 없었다.

하지만 이제야 조금 살 것 같다며 안도한 것도 잠시, 허리를 휘감은 강인한 팔이 나를 단단한 품으로 끌어당겼다. 그 바람에 이불이 벗겨지며 애써 숨겨 왔던 얼굴이 드러났다. 웃음기 어린 눈으로 나를 바라보던 그가 정수리에 가볍게 입 맞추며 말했다.

"정말이지, 그대, 너무 귀여운 것 아니오?"

"폐하."

"단둘이 있을 때는 루브라고 불러 달라 하지 않았소. 어젯밤에는 잘만 부르더니, 그새 잊어버린 것이오?"

"폐하!"

빽 소리를 질렀지만, 어젯밤의 일은 이미 머릿속에 떠오른 후였다. 이름을 불러 보라며 몇 번이고 괴롭히던 그가 떠오르자 온몸에 열이 올랐다. 시키는 대로 거듭해서 애칭을 불러도, 아무것도 못 들은 양 계속해서 다시 불러 보라며 나를 몰아붙였지.

견딜 수 없는 쾌감에 신음하며 몇 번이고 내뱉었던 그의 이름, 그때마다 짙게 타오르던 바닷빛 눈동자, 부수어 버릴 듯 세게 안아 오던 강인한 팔, 그리고 젖은 눈가를 핥아 주던 뜨거운⋯⋯.

으으, 정신 차리자, 아리스티아. 아침부터 대체 무슨 생각을 하고 있는 거야.

애써 마음을 가다듬으며 욱신욱신 쑤시는 몸을 일으키자 웃는 낯으로 나를 향해 팔을 뻗던 그가 멈칫했다. 보일 듯 말 듯 미세하게 찌푸려지는 얼굴에 깜짝 놀라서, 나는 조금 전까지만 해도 눈길을 피하던 것도 잊고 황급히 그에게 달려들었다.

"어찌 그러셔요? 어디 미령하신 곳이라도 있으신 거예요?"

"별일 아니오. 그냥, 쥐가 좀⋯⋯ 나서 말이오."

"네? 갑자기 왜⋯⋯? 아."

그러고 보니 여태껏 그의 팔을 베고 있었지.

그렇다면 지금 저 모습도 충분히 이해가 갔다. 아무리 평소 단련을 게을리하지 않았더라도, 밤새도록 팔베개를 해 주었으니 쥐가 날 수밖에.

갑자기 몹시 미안해져서, 나는 우물쭈물하며 그에게 사과했다.

"죄송해요, 폐하. 괜히 저 때문에⋯⋯."

"쉿, 내 일전에 얘기하지 않았소. 더 이상은 내게 송구하다느니 죄송하다느니 하는 말은 하지 말라고."

"그렇지만⋯⋯."

"되었소. 그대에게 그 말을 들을 때마다 심장이 덜컥덜컥 내려 앉는단 말이오."

질색하는 표정을 보자 어쩐지 말문이 막혔다. 하긴 그럴 만도 했다. 그의 마음을 거절할 때마다 매번 했던 얘기가 바로 그것이었으니까. 심지어는 감사하다 해야 할 때조차 그랬지.

"알겠어요, 폐하. 다시는 그런 얘기하지 않을게요."

빙긋 웃으며 답하자, 그는 만족스럽다는 듯 고개를 끄덕였다. 그러고는 가볍게 손을 쥐었다 폈다 해 보다가 그대로 내 목에 팔을 휘감았다.

어, 하는 사이 나를 도로 눕힌 그가 부드럽게 입술을 훔치며 말했다.

"한데, 지금 어딜 가려는 게요."

"이만 일어나야지요. 해가 이미 중천인데……."

"중천이라니, 그게 무슨 소리요. 내 눈엔 아직 한밤중으로 보이오만."

천연덕스럽게 하는 말에 기가 막혔다. 창밖이 저리도 밝은데 한밤중이라니.

그렇지만 그는 황당해하는 내 눈빛을 모르는 척하며 흐트러진 머리카락을 쓸어 넘겼다. 귓가에 와 닿는 따뜻한 숨결에 오싹한 전율이 흘렀지만, 나는 애써 그를 밀어내며 머리맡에 늘어진 줄을 잡아당겼다. 이제는 정말로 일어나야 했다.

"줄을 당겼으니, 이제 그만 일어나시어요. 곧 시녀들이 들어올……."

무어라 더 말을 하려고 했지만, 그것은 입술 사이를 가르며 얽어오는 혀에 막혀 밖으로 나가지 못했다. 솜털처럼 부드럽게 입안을

간질이는 그것에 나도 모르게 스르르 눈이 감겼다. 어느새 익숙해
진 흐름대로 뻗어 나간 팔이 그의 목을 그러안았다.

손가락에 감겨 오는 보드라운 머리카락을 만지작거리며 뜨거운
숨을 토해 냈을 때, 몽롱하게 풀린 귓가에 꺼져 들어가는 목소리
가 들려왔다.

"소, 송구합니다, 두 분 폐하! 당장 나가겠습니다!"

순간 정신이 번쩍 들었다. 내가 지금 뭘 하고 있었던 거지? 황급
히 그를 밀쳐내며 고개를 돌리자 새빨개진 얼굴로 허겁지겁 방을
빠져나가는 시녀들의 모습이 보였다. 그중에는 리나도 포함되어
있었다.

참을 수 없는 민망함이 물밀 듯 몰려왔다.

이제 어떻게 저들의 얼굴을 본다지? 난 몰라. 이건 전부 폐하 때
문이야. 분명 곧 시녀들이 올 거라고 했는데, 왜 또 사람 정신을
빼놓는 건데.

이불을 확 걷고서, 입술을 삐죽이며 침대 밑으로 내려섰다. 샐쭉
하게 뜬 눈으로 노려본 뒤 홱 돌아서자 다급하게 손목을 잡아챈
그가 말했다.

"화났소?"

"네."

시선을 마주하고 있지는 않았지만, 단호한 대답에 당황한 그가
어쩔 줄 몰라 하는 것이 느껴졌다.

안절부절못하고 있을 그의 얼굴을 떠올리자 부끄러운 마음에 솟
아올랐던 화가 사그라지며 피식 웃음이 나왔지만, 나는 여전히 화
난 척 고개를 돌린 채 그를 외면했다. 사라진 분노 대신 장난기가

삐죽 돋아난 탓이었다.

"······미안하오. 그대를 난처하게 만들 의도는 아니었소."

"흥, 몰라요."

"티아."

"그럼 먼저 가 보겠습니다, 황제 폐하."

부러 더 강한 어조로 말하고서, 자꾸만 스르르 올라가려는 입꼬리를 단속하며 잡힌 손목을 부드럽게 빼내었다. 등 뒤에서 다급하게 나를 부르는 목소리가 들려왔지만, 나는 간절한 그 음성을 못 들은 척 외면하며 드레스룸으로 향했다.

상쾌한 아침의 시작이었다.

　

　

······에게 전해들은 얘기에 따르면, 부황 폐하의 팔불출기는 두 분께서 첫날밤을 치르시던 그날부터 여지없이 발휘되었다고 한다. 모후 폐하의 휴식을 방해하기 싫다며 시녀를 내보내고는 머리카락을 대신 빗어 주셨다나?

그래, 그거야 뭐, 지금도 종종 보는 일이니 그렇다고 치자. 하지만 결혼식 다음 날 아침에 있었던 일은 아무리 내가 두 분의 자식이라도 좀 도가 지나쳤노라고 말할 수밖에 없다.

전해 들은 말에 따르면, 당시 부황 폐하께서는 부끄럽다고 숨어버린 모후 폐하를 달래기 위해 하루 종일 문 밖에서 사과의 말을 늘어놓으셨다고 한다. 그것도 의관조차 제대로 갖추지 않으신 채로 말이다. 결국 이 웃기지도 않는 사건은 부황 폐하의 건강을 염려한 모후 폐하께서 어쩔 수 없이 사과를 받아들이신 후에야 일단

락되었다고 하는데, 정말이지 지엄한 황실의 일원으로서 한탄을
금치 못할 일이라 할 것이다.

　……후우.

　　　　　　　　　　　　　　－ 휘황 아드리안의 일기 중에서

2) 흔한 신혼부부의 하루

칠월의 태양이 찬란하게 내리쬐고 있었다. 이른 아침임에도 눈부시게 밝은 창밖에 잠시 눈길을 주다가, 나는 옷자락 끌리는 소리가 나지 않도록 조심하며 걸음을 옮겼다.

넓은 방 한가운데 새하얀 휘장이 드리운 침대가 놓여 있었다. 조금씩 가까워지는 시야에 포효하는 황금 사자의 문장이 들어왔다. 어느새 익숙해진 그 문장을 잠시 바라보다 나는 조심스레 휘장을 걷어 안을 들여다보았다.

시리도록 푸른 머리카락 아래 같은 빛의 속눈썹이 짙은 그늘을 드리우고 있었다. 좋은 꿈을 꾸기라도 하는 건지, 늘 무표정하게 굳어 있던 얼굴이 편안하게 풀려 있었다. 보기만 해도 행복해지는 그 모습에 절로 입가에 미소가 걸렸다.

조심조심 침대 위에 앉아 그를 향해 팔을 뻗었다. 모처럼 곤히 잠든 그에게 미안하기는 했지만, 오늘 중요한 회의가 있다고 들었기에 어쩔 수가 없었다. 늦지 않게 제시간에 보내려면 이제 그만 그를 깨워야 했다.

단단한 팔을 어루만지며 그를 부르려는데, 문득 며칠 전 그가 지나가듯 했던 이야기가 떠올랐다. 눈을 뜬 내게 부드럽게 입 맞추고서, 한 번쯤은 내가 먼저 그래 주면 안 되겠느냐고 했더랬지.

어떡하지? 한번 해 볼까?

살짝 열린 입술을 보자 가슴이 빠르게 뛰었지만, 나는 사그라지려는 용기를 애써 북돋으며 그에게 닿지 않도록 머리카락을 한데 그러쥐었다. 그러고는 눈을 질끈 감은 채 조심스레 그를 향해 입술을 가져갔다.

한 뼘 한 뼘 거리가 좁혀질수록 심장 뛰는 소리가 점점 더 크게 울렸다. 살짝 열린 입술 사이에서 느껴지는 따스한 숨결에 온몸의 피가 전력 질주라도 한 듯 빠르게 돌았다. 조금만 더 다가가면 닿을 거리가 마치 한참이나 먼 것처럼 느껴져, 나는 파르르 떨리는 가슴을 간신히 붙들며 허리를 더 숙였다.

겨우겨우 입 맞추고 몸을 일으키려는 순간, 어느새 허리를 휘감은 손이 나를 확 끌어당겼다. 어, 하는 사이 입술 사이를 가르고 들어온 무언가가 말캉한 혀를 휘감았다. 부드럽게 입안을 탐색하는 그 느낌에 정신이 번쩍 들었다.

뭐, 뭐야? 설마 깨어 있었던 건가?

당혹스러운 마음에 버둥거렸지만, 그는 내가 벗어나지 못하도록 더욱 힘을 주어 나를 끌어당겼다. 부드럽게 얽어 오던 혀도 점점 더 집요해졌다. 단단하게 허리를 휘감은 팔과 뒷머리를 받친 손, 그리고 아침이 무색하도록 격렬한 입맞춤에 딱딱하게 굳었던 몸에서 차츰 힘이 빠졌다. 놀라 크게 뜨였던 눈도 스르르 감겼다.

얼마나 시간이 지났을까? 저항을 포기한 채 순순히 입맞춤에 응한 지도 한참, 옷 사이로 슬금슬금 들어온 손이 가슴을 부드럽게 움켜쥐었을 때에야 비로소 정신이 들었다. 지금 이러고 있을 때가 아닌데. 이렇게 해가 밝은데 대체 지금 뭘 하는 거야.

나는 황급히 몸을 일으키며 그를 가볍게 흘겨보았다. 또 당했다는 생각에 그런 것이었지만, 평소였다면 웃음기 어린 표정으로 매무시를 정돈해 주었을 그는 의외로 별 반응이 없었다. 짙게 가라앉은 바닷빛 시선으로 나를 물끄러미 바라보았을 뿐. 그러고는 내가 무어라 말할 틈도 주지 않은 채 갑자기 나를 꽉 끌어안았다.

"폐하?"

갑자기 왜 그러나 싶어 조심스럽게 부르자, 그는 가볍게 내 정수리에 입 맞추고는 말했다.

"그대, 날 죽일 셈이오?"

"네? 갑자기 그게 무슨……."

"모닝 키스라니, 내가 얼마나 놀란 줄 아시오? 하마터면 심장이 터질 뻔했단 말이오."

"……."

그럼 그렇지.

또 당했다 싶어 침묵하자, 쿡쿡 웃으며 나를 좀 더 바짝 끌어당긴 그가 길게 늘어진 머리 타래에 얼굴을 묻으며 말했다.

"후우, 정말 일어나기 싫군. 이게 다 그대가 너무 예쁜 탓이오."

"……폐하."

"한데 어찌 이리 일찍 일어난 것이오? 단장까지 전부 마치고."

"음, 그리 일찍 일어난 것은 아니에요. 해가 벌써 중천인걸요. 그리고 폐하께서 잠이 너무 없으신 거지, 저도 그리 잠꾸러기는 아니에요, 뭐."

샐쭉한 목소리로 답하자, 그는 다시 한 번 낮게 소리 내어 웃었다. 그러고는 가볍게 내 이마에 입술을 가져다 댄 뒤 한숨을 내쉬며 자리에서 일어섰다.

"이제 정말 일어나야겠군. 이대로 있다가는 회의고 뭐고 다 작파할 것 같아서 말이오."

몹시 아쉬워하는 그 말투에 어쩐지 웃음이 나와서, 나는 배시시 웃으며 줄을 당겼다. 결혼식을 올린 지 어느새 반년이 지났음에도 그의 이런 모습을 볼 때면 늘 새로운 느낌이 들었다. 어딘가 간질간질하기도 하고 가슴이 따뜻해지기도 하는 그런 기분이.

"실례하겠습니다, 두 분 폐하. 황후 폐하, 시중은 어찌할까요?"

"의관은 내가 직접 챙길 터이니 간단하게 소세만 도와드리도록. 리나는 잠시 이리 와 주고."

금세 들어온 시녀들에게 그가 시중을 받는 동안, 내게 다가온 리나가 흐트러진 매무시를 바로잡아 주었다. 옷을 정돈하고 머리를 다시 빗겨 주며 리나는 무언가 하고 싶은 말이 많아 보였지만, 나는 연신 생글거리는 그녀를 모르는 척 외면하며 시녀에게서 그의 옷을 받아들었다.

눈처럼 새하얀 예복에 혹시 구겨진 곳이나 잡티는 없나 꼼꼼히 살피는 사이 어느새 세안을 마친 그가 가볍게 손을 휘저었다. 나는 조용히 물러나는 시녀들을 일별하며 그에게 다가갔다. 처음 용기를 내어 시도한 이래, 그의 옷시중을 드는 일은 어느덧 한 달 가까이 내 담당이 되어 있었다.

이제는 조금 익숙해진 것인지, 그는 무척 흐뭇해 보이는 얼굴로 아직은 서투른 내 시중을 받았다. 셔츠와 바지, 웨이스트코트와 재킷을 거쳐 마지막으로 푸른색 크라바트를 풍성하게 매듭짓자 그는 가볍게 내 이마에 키스하며 낮게 속삭였다.

"고맙소, 티아."

"아니에요, 폐하. 어디 불편한 곳은 없으신가요?"

"없소. 아주 편안하오."

"정말이지요? 불편하신 곳이 있으면, 공연히 지난번처럼 참지 말고 바로 말씀해 주시어요. 나중에 귀띔을 받고 제가 얼마나 민망했는지 아셔요?"

살며시 눈을 흘기자, 빙긋 웃어 보인 그는 그렇게까지 심하지는 않았노라며 나를 안심시켰다. 그러고는 몹시 정중한 태도로 내게 손을 내밀면서 말했다.

"내게 그대와 함께 식사할 수 있는 영광을 주겠소?"

"그야 물론이지요."

새침하게 답하며 가볍게 손을 얹자, 쿡쿡 소리 내어 웃은 그가 나를 이끌었다. 부드러운 그 인도에 몸을 맡기며 나는 빙긋이 미소 지었다.

행복 가득한 웃음이 나란히 걷는 우리를 따랐다.

"그러지 말고 같이 갑시다."

"하오나 폐하."

"어차피 선례가 없던 일도 아니잖소. 더욱이 처음 가 보는 것도 아니고, 이미 경험도 많은 그대가 참석하겠다는데 무엇이 문제란 말이오."

"그, 그야 그렇지만……."

투정 어린 표정으로 내어놓는 그의 말은 목적이야 어쨌든 논리 정연했다. 그 바람에 잠시 머뭇거리자, 그는 곧바로 빈틈을 비집고 들어오며 나를 설득했다.

"어차피 그대는 황후인 동시에 모니크가의 후계자가 아니오. 후작이 자리를 비운 이상, 그대가 참석한다 하여 무어라 할 사람은 아무도 없을 것이오."

"으음, 네, 알겠어요. 그럼 같이 가요, 루브."

순순히 수긍하는 나를 향해 흐뭇하게 미소 지은 그가 자리에서 일어났다. 그 모습을 보자 왠지 웃음이 나왔지만, 나는 뭐라고 토를 다는 대신 말없이 들고 있던 셔벗을 내려놓았다.

오랜만에 들어서는 회의장은 여전히 활기찬 모습이었다. 그와 함께 입장하는 나를 본 귀족들은 조금 당혹스러운 기색들이었지만, 양 계파 사이에 흐르던 팽팽한 긴장감은 그 수장들이 미소 띤 얼굴로 나를 환영하자마자 눈 녹듯 사라졌다.

온화하게 웃어 보이는 미르와 후작을 향해 눈으로 인사를 건네고서, 나는 잠시 망설이다 폐하의 옆자리에 앉았다. 아무리 내가 모니크가의 후계자라고는 해도 지금은 황후의 신분이니만큼 상석에 앉는 게 맞는 듯했다.

"흠흠, 그럼 정무회의를 시작하겠습니다. 오늘의 주제는……."

나는 베리타 공작이 짚어 주는 회의의 주제를 들으며 새삼스러운 눈으로 회의장을 둘러보았다. 반년 전까지만 해도 내가 앉던 모니크가의 자리가 아니라서 그런지, 온화한 미소 속에 비수가 오고 가는 정무회의의 풍경은 익숙한 듯하면서도 어딘가 생소했다. 어쩌면 그것은 늘 대립하던 제나 공작과 그 지지자들이 사라지고 그 자리를 신진 귀족파 세력이 채웠기 때문일지도 몰랐다.

사절단으로 파견된 탓에 비어 있는 아버지의 자리에 잠시 시선을 주는데, 따뜻한 무언가가 오른손을 살며시 감싸 쥐는 것이 느껴졌다. 깜짝 놀라 옆을 돌아보자 책상 밑으로 손을 잡아온 그가 보일 듯 말 듯 희미하게 입꼬리를 들어 올리는 것이 보였다.

비밀을 공유하듯 은밀한 그 웃음에 절로 입가에 미소가 걸렸지만, 나는 행여 들킬세라 얼른 표정을 관리하며 앞을 돌아보았다. 그러나 회의에 집중하려던 마음은 시간이 지날수록 점점 사그라졌다. 처음에는 그저 가볍게 어루만지던 손길이 갈수록 농도가 짙어진 탓이었다.

잡힌 손을 슬쩍 빼내려 했지만 그는 아무렇지도 않게 나를 저지하며 손가락을 하나하나 얽어 왔다. 커다란 손바닥이 손등을 부드럽게 덮어 내리고, 가느다란 손가락 틈 사이로 파고든 단단한 손가락이 손바닥을 느릿하게 어루만졌다. 굳은살이 사라져 말랑해지기 시작한 손바닥 안쪽에 그는 나른하면서도 은밀하게 점점이 촉감을 남겼다. 마치 어젯밤처럼.

뜨거웠던 시간을 연상시키는 에로틱한 그 움직임에 몸에서 열기가 올랐다. 점점 숨이 가빠 와서, 나는 자꾸만 흐트러지려는 호흡을 애써 가다듬으며 그를 지그시 노려보았다. 단둘이 있는 자리도 아니고, 공식석상에서 이게 뭐하는 짓이란 말인가. 이러다가 들키기라도 하면 어쩌려고.

하지만 그는 분명 날카로운 시선을 느꼈을 것임에도 별다른 반응이 없었다. 여전히 느릿하게 내 손을 어루만졌을 뿐.

그 모습을 보자 갑자기 얄밉다는 생각이 들어서, 나는 자유로운 왼손으로 그의 손등을 슬쩍 꼬집었다. 그제야 움찔한 그가 단단하게 얽혀 있던 손을 놓아주었다. 워낙 오랜 세월 단련한 탓에 여전히 무심한 얼굴을 고수하고 있었지만, 그 위로 잠시 잠깐 스쳐 지나갔던 것은 분명 아차 하는 표정이었다.

흥, 그러게 적당히 놓아주었으면 좋았잖아.

샐쭉한 얼굴로 고개를 돌리는데, 이쪽을 바라보고 있던 미르와 후작과 시선이 마주쳤다. 연갈색 눈동자에는 별다른 것이 담겨 있지 않았지만, 어쩐지 지레 찔리는 기분에 나는 최대한 자연스럽게 그에게서 눈을 떼어 장내를 쓱 훑어보았다.

"……할 경우, 올 가을쯤이면 정비가 완비될 것으로 보입니다."

"좋군. 그대로 진행하시오."

"하오나 폐하, 공작의 의견은 지나치게 낙관적인 전망이 아닙니까? 자칫……."

팽팽하게 벌어지는 설전에 귀를 기울이는 순간, 한 마디를 툭 던지고는 책상을 톡톡 두드리던 청년이 불현듯 단상 한 구석에 놓여 있던 종이를 끌어당겨 뭔가를 적기 시작했다. 갑작스러운 그 행동에 설전을 벌이던 귀족들이 멈칫했지만, 그는 속행하라는 듯 손을 휘휘 젓고는 계속해서 깃펜을 놀렸다.

나는 슬금슬금 눈치를 살피는 귀족들을 일별하며 옆을 돌아보았다. 여태껏 회의에서 뭔가를 적는 법이 없던 그가 뭘 저리 쓰는지 궁금했다.

그런 내 마음을 알아차린 것일까? 한참 후에야 깃펜을 내려놓은 그가 종이를 내게 쓱 내밀었다. 나는 은연중에 집중되는 시선을 느끼며 새하얀 종이에 눈길을 주었다. 뭘 그리도 많이 적은 것인지, 그리 크지 않은 그것에는 새카만 글자가 빽빽하게 들어차 있었다.

그대, 너무 야박한 것 아니오? 말이야 바른 말이지, 이게 다 아침부터 그대가 날 유혹한 탓이 아니오. 확 안아 버리고 싶은 마음을 참고 나왔거늘. 그대는 내가 불쌍하지도 않소?

그리고 말인데, 아까부터 왜 그리 미르와 후작을 보는 것이오? 내 심히 불쾌하오. 딱히 의심하겠다는 것은 아니지만, 그대가 그리 쳐다보는데 어느 남잔들 흔들리지 않겠냔 말이오. ~~자금까자만도 충분하거늘, 어가다가 하나른~~

모처럼 함께 보내는 시간인데 그대를 빼앗기는 것 같아 영 섭섭하군. 그러니 티아, 이제 그만 내게 집중해 주면 아니 되겠소?

"헉……."
채 삼키지 못한 경악성이 입술 새로 흘러나왔다.

이게 뭐야. 사람들의 시선을 있는 대로 집중시켜 놓고는 지금 이런 걸 쓰고 있었던 거야?

황당한 마음에 입만 벙긋거리자, 손을 들어 올려 회의를 중단시킨 베리타 공작이 물었다.

"무슨 일이십니까, 황후 폐하? 황제 폐하께서 뭐라고 하셨기에 그러시는지요?"

"아, 그게, 그러니까……."

"짐의 생각에 대한 황후의 견해를 물었소. 좀 전의 건에 대해 서로의 관점이 엇갈리는 것 같아, 아무래도 조금 절충할 필요가 있을 것 같아서 말이오."

"아, 그렇습니까? 하면 두 분 폐하께서 내리신 결론은 무엇이온지요?"

나는 가볍게 수긍하는 베리타 공작을 보며 헛헛한 웃음을 흘렸다. 사람들은 그저 좀 전에 다루었던 사안을 말하나 보다 생각하고 있겠지만, 그가 얘기한 것은 그런 뜻이 아니었다. 누가 정치의 정점인 황제 아니랄까 봐, 그는 다른 사람들이 못 알아채도록 교묘하게 말을 돌리며 내게 쪽지의 답을 요구하고 있었다. 그것도 자신이 바라는 쪽으로.

"그건 먼저 황후의 의견을 들어봐야 알 것 같은데. 대답해 주시오, 황후. 짐의 말에 대해 어찌 생각하오?"

"……옳으신 말씀이라고 생각합니다."

"진정이오? 좀 전까지만 해도 그렇지 않은 것처럼 보였소만."

"아니오, 아무래도 제 생각이 짧았던 것 같습니다. 폐하의 말씀이 옳습니다."

이런 상황을 만든 그가 얄미웠지만, 일이 이렇게 돌아간 이상 답은 오직 하나밖에 없었다. 귀족들 앞에서 황제와 황후가 대립하는 모습을 보여 줄 수는 없었으니까. 그렇다고 해서 쪽지의 내용을 공개할 수도 없는 노릇이고.

"그렇군. 그럼 황후도 찬성한 것으로 알고 이대로 진행하겠소. 베리타 공작? 속행해도 좋소. 본의 아니게 회의를 중단시켜 미안하군."

"아닙니다, 폐하. 레슬랭 백작, 이어서 발언하시오."

"알겠습니다. 좀 전에 드린 제 말씀은……."

나는 언제 그런 일이 있었느냐는 듯 본래의 주제로 돌아가는 사람들에게 시선을 고정한 채 속으로 입술을 삐죽였다.

흥, 치사하게 이런 식으로 나온다 이거지? 어디 두고 보라지. 당장은 보는 눈이 있어 그냥 넘어갔지만, 회의가 끝난 뒤에도 그럴 수 있는지 보겠어.

슬금슬금 다가오는 손을 탁 쳐 내며 새치름하게 눈을 흘기자 나를 물끄러미 바라보던 그가 슬쩍 입꼬리를 들어올렸다. 귀엽다는 듯 바라보는 그 눈빛에 바짝 약이 올라서, 나는 어디 두고 보자고 중얼거리며 그가 건넸던 쪽지를 잘게 접었다. 늘 스리슬쩍 넘어가긴 했지만, 오늘은 정말로 가만있지 않을 생각이었다.

얼마나 시간이 지났을까? 만족스러운 표정을 띤 베리타 공작이 회의의 종료를 알리자 그는 곧바로 자리에서 일어나 내게 손을 내밀었다. 잠시 그냥 황후궁으로 돌아갈까 하는 생각도 들었지만, 나는 일단 말없이 그를 따라 회의실 밖으로 걸음을 옮겼다.

대기하고 있던 근위기사들이 나란히 나오는 우리를 향해 예를 갖췄다. 나는 회의를 마치고 나온 사람들로 시끌벅적한 복도를 걸으며 옆에 선 그를 가볍게 흘겨보았다. 동그맣게 움켜쥔 왼손에서 잘게 접힌 쪽지가 바스락거리는 것이 느껴졌다.

"아까는 너무 하셨어요, 폐하."

"음? 무엇이 말이오?"

"모르는 척하실 거예요? 그 쪽지 말이에요. 회의에 참석했으면 의제에 집중해야지, 어떻게 폐하에게 집중하란 말씀이셔요?"

샐쭉한 목소리로 말하자, 그는 어깨를 으쓱해 보이며 답했다. 정말이지 몹시 얄미운 태도였다.

"그거라면 이미 끝난 얘기가 아니오. 분명히 그대, 아까는 내 의견에 찬성한다 했던 것 같은데."

"그야 폐하께서 그럴 수밖에 없는 상황을 만드셨으니까 그렇지요. 혹시라도 누군가가 알아챌까 봐 제가 얼마나 조마조마했는지 아셔요?"

"좀 들키면 어떻소? 부부지간에 그럴 수도 있는 거지."

"아이참, 계속 이러실 거예요?"

째릿 노려보자, 그는 빙긋 미소 짓고는 집무실의 문을 열었다. 그런 뒤 무심코 안으로 들어서는 나를 곧장 두 팔 사이에 가두며 말했다.

"알겠소. 그럼 앞으로 회의 시간에는 의제에만 집중하면 되는 거요?"

"아, 네, 그렇…… 지요."

갑작스럽게 가까워진 거리 탓일까? 한 손으로 벽을 짚은 채 나를 내려다보는 그에게서 알 수 없는 위압감이 느껴져서, 나는 나도 모르게 더듬거리며 고개를 끄덕였다. 온몸을 휘감아 오는 짜릿한 긴장감에 조금씩 심장이 빠르게 뛰었다.

"그렇군. 그러면 말이오, 티아."

"네…… 폐하."

"회의가 끝났으니, 이제 아까 하던 걸 마저 해도 되겠소?"

귓가에 바싹 입술을 가져다 댄 그가 낮게 속삭였다.

귓바퀴에 와 닿는 따스한 숨결에 솜털이 오스스 솟아올랐다. 닿을 듯 말 듯한 그 거리에서 느껴지는 짜릿한 전율에, 나는 나도 모르게 혀를 내밀어 바싹 마른 입술을 축였다. 다리 사이에서 전해져 오는 저릿한 느낌에 자꾸만 숨이 가빠 왔다.

"음? 어찌 답이 없소?"

"그건……. 그러니까……."

"어찌 그러오? 지금은 그대가 그리 좋아하는 회의도 끝나지 않았소."

은밀한 밤을 연상시키듯 나른한 목소리와 느릿느릿 볼을 어루만지는 손길에 온몸이 파르르 떨렸다. 더는 버틸 수가 없어서, 나는 달아오르는 얼굴을 푹 숙이며 기어들어 가는 목소리로 말했다.

"그, 그럼 적어도 침소에서……."

"분명히 허락한 거요."

"네…… 에, 폐하."

화끈거리는 볼을 감싸며 답하는 순간, 갑자기 공중에 붕 뜨는 느낌이 나더니 삽시간에 시야가 바뀌었다.

나는 깜짝 놀라 반사적으로 그의 목을 붙들었다. 상황 판단이 된 것은 그다음이었다.

"내, 내려 주세요, 폐하."

"싫소."

"그, 그렇지만······."

"지금도 많이 참고 있거늘, 한 번만 더 내려 달라고 하면 그냥 여기서 안아 버릴 테요. 어찌하겠소? 내가 내려 주길 바라오?"

짙게 가라앉은 바닷빛 눈동자에 넘실거리는 열망을 보자 갑자기 말문이 막혀서, 나는 입을 꼭 다문 채 고개를 도리도리 저었다. 그제 야 만족스럽다는 듯 미소를 지은 그가 복도로 향하는 문을 열었다.

성큼성큼 걸어 나가는 그를 따라 경악성과 놀라움에 가득 찬 눈 길이 쏟아졌다. 그럼에도 그는 아무렇지도 않은 표정이었지만, 나는 도저히 그 시선을 버텨 낼 수가 없어 황급히 그의 품에 얼굴을 묻었다. 이런다고 달라질 것이야 없겠으나 적어도 오늘만큼은 저 시선에서 탈출하고 싶었다.

일단 눈에서 멀어졌기 때문일까? 급한 숨을 들이쉬는 소리와 경 악성은 여전히 여기저기서 들려오고 있었지만, 그럼에도 좀 전보 다는 한결 부끄러움이 덜해지는 듯했다. 어쩌면 그것은 익숙한 향 기와 규칙적인 흔들림에서 전해져 오는 안온한 느낌 때문일지도 몰랐다.

그래, 조금 민망하면 어떠하랴. 이토록 듬직한 품이 나를 안아 주고 있는데. 사랑하는 사람이 이렇듯 나를 원한다는데.

문득 가슴 가득 따뜻한 기분이 차오르는 것이 느껴져, 나는 그를 끌어안은 팔에 좀 더 힘을 주며 스르르 미소 지었다.

행복한 하루였다.

부황 폐하께서 보여 주시는 팔불출 같은 행동이야 이제는 새삼스러울 것도 없지만, 그중에서도 수위에 속하는 것을 꼽으라면 아무래도 그날의 일이 아닐까 싶다.

전해 들은 얘기에 따르면, 한창 신혼을 즐기던 어느 날 부황 폐하께서는 모후 폐하와 함께 정무회의에 참석해서 모두를 놀라게 하셨다고 한다. 지금이야 그리 특별한 일이 아니지만 그때는 아마도 그것이 이례적인 일이었던 모양이다.

어쨌든 그날의 회의가 끝나자마자 두 분께서는 뭐에 쫓기듯 회의장을 뜨셨다고 하는데, 집무실에 들어갔던 부황 폐하께서 잠시 후 모후 폐하를 번쩍 안아 들고 나왔을 때는 모두가 놀라움을 금치 못했다나? 하긴 부황 폐하의 온갖 행적을 다 들은 나조차도 경악스러웠던 일인데 직접 목격한 이들은 오죽했겠는가. 그것도 회의가 끝난 지 얼마 지나지 않아 수많은 귀족들이 중앙궁에 남아 있던 시점에 말이다.

게다가 더 경악스러웠던 건 그렇게 모후 폐하를 안아 들고 중앙궁을 뜨셨던 부황 폐하께서 결국 다음 날에야 복귀하셨다는 사실이다. 물론 자식 된 자로서 두 분 폐하의 금슬이 좋은 점은 환영해야 마땅하지만, 아무리 한창 신혼 때라고는 해도 좀 너무하시지 않은가? 이래서야 내가 나중에 정비正妃 될 자를 어찌 대해야 할지도 걱정스럽다.

후우, 정말이지 못 말린다니까.

― 휘황 아드리안의 일기 중에서

3) 달에 달이 깃든 날

"이건 어디다 둘까요, 황후 폐하?"

"일단 여기다 둘래? 그건 내가 봐야 할 것들이니까, 이따 황후궁에 돌아갈 때 가져가야겠네."

"그럼 이거는요?"

"그건 저쪽. 아, 거기 있는 묶음은 황궁 도서관에 가져다 줘. 필요 없으면 버려도 된다고 전해 주고."

마지막으로 한가득 쌓여 있는 묶음을 가리키며 말하자, 고개를 끄덕인 리나가 시녀들을 향해 빠르게 지시를 내렸다.

나는 그녀의 명에 따라 일사분란하게 움직이는 여자들을 보며 빙긋 미소를 지었다. 황궁에 들어온 지도 어느새 세 계절이 되어가는 지금, 리나는 전속 시녀로서의 권위를 확실하게 정립하고 있었다.

"휴우, 이제 얼추 다 된 것 같네요. 뭔가 더 시키실 것이 있으신

가요?"

"음, 아니. 일단은 이 정도면 된 것 같아. 수고했어, 리나. 이만 물러가도 좋아."

"네, 황후 폐하."

리나를 비롯한 시녀들이 하나둘 방을 빠져나간 뒤, 나는 배치를 바꿔 훨씬 산뜻해진 그의 집무실을 쭉 훑어보았다.

폐하를 따라 정무회의에 참석하는 날이 자꾸만 늘어 가면서 어느새 나는 황후궁에 있는 내 집무실보다 그의 집무실에서 더 많은 시간을 보내고 있었다. 그 바람에 내가 해야 할 일 역시 늘어난 건 사실이었지만, 그로 인한 피로보다는 함께 보내는 시간에서 얻는 즐거움이 더 컸기에 괜찮았다. 다만 그동안 이곳은 오직 그만을 위한 공간이었기에 내게는 맞지 않는 부분이 있어 다소 불편했을 뿐.

그래서 그의 허락을 받아 내게 편하도록 조금 손볼 겸, 어쩐지 요즘 들어 자꾸 울적해지는 것만 같아 기분도 전환할 겸해서 해 본 일이었는데, 이처럼 후련한 마음이 드는 것을 보니 다행히 효과가 있었던 듯했다.

조금은 편안해진 기분으로 그가 부탁한 서류를 찾는데, 빼곡하게 꽂힌 서류철 사이에 마치 숨기듯이 감추어진 편지 묶음이 눈에 들어왔다. 푸른 바탕에 금빛 펄이 촘촘히 뿌려진 봉투에 적힌 수신인의 이름은 몹시 익숙한 것이었다.

아리스티아 라 모니크.

이게 뭐지? 내게 쓴 편지인가? 이상하네. 그가 보낸 편지는 모두 빠짐없이 철해서 잘 보관해 두었는데.

그럼 혹시 파지인가? 아냐, 그것도 이상해. 그런 건 보통 태워 버리거나 파기하는 게 정상이지, 이런 식으로 모아 놓지는 않잖아.

아무리 생각해도 의아한 마음이 들어서, 나는 잠시 주저하다 편지 묶음을 꺼내 그중 하나의 봉인을 뜯었다. 적절한 행동이 아니라는 것은 알고 있었지만, 무슨 내용이기에 저곳에 숨겨져 있는 건지 몹시 궁금했다. 그 안에는 어쨌든 내가 수신인으로 되어 있으니 괜찮을 거라는 핑계도 숨어 있었다.

어제 연회에서 있었던 일은 전해 들었다. 황제파 영애들의 잘못을 감싸기 위해 이트 왕녀에게 허리를 숙였다지.

할 말은 참으로 많지만 우선 사과부터 해야 할 것 같군. 미안하다. 내가 왕녀에게 드레스를 내리지 않았다면 애초에 그런 식으로 사과를 해야 할 이유조차 없었을 테지. 내 불찰로 공연히 그대가 피해를 본 것 같아 마음이 영 좋지 않군.

그런데 어째서 그렇게까지 한 것인가? 그대는 내 약혼녀가 아닌가. 다른 여인에게 고개 숙이는 모습을 보고 싶지 않아 지난번에도 왕녀와 대치중인 그대를 구해 내었거늘, 어찌해서 또다시 그런 수모를 감수한 것인가? 누구보다 고귀하게 자랐으면서도 그런 모욕을 감내할 정도로…… 그대는 그렇게까지 내가 싫은가?

편지지를 쥐고 있던 손이 파르르 떨렸다. 그랬던가. 그때 그는 이런 마음이었나?

황실 특유의 화려한 글씨체를 보자 이제는 추억이 되어 버린 과거의 한때가 떠올랐다. 황실과 엮이기 싫다는 생각에 수모를 감수하던 기억과 그런 나를 보며 화를 내던 그, 그리고 드레스에 맞춰 제작한 티아라, 그래, 차마 직접 건네주지 못해 선황제 폐하의 손을 거쳐서야 겨우 내게 주었던 바로 그 티아라도.

어쩌면 그가 송구하다는 말을 몹시 싫어하게 된 계기 중 하나가 저것 아니었을까. 어째서 그런 수모를 감수하느냐고 화를 내는 그에게 내가 했던 말은 황실의 명예에 누를 끼쳐 송구하다는 말이었으니.

상처 입은 마음을 숨기며 한숨을 내쉬던, 그러면서도 나를 배려해 걸음의 속도를 늦추던 그날의 그를 떠올리자 어쩐지 몹시 미안해졌다.

왠지 뭉클한 마음으로 서명조차 없는 편지의 끄트머리를 조심스레 어루만지고 있을 때, 갑자기 머리 위로 기다란 그림자가 드리워졌다. 따뜻한 무언가가 정수리에 와 닿는 느낌과 함께 시원한 향이 온몸을 감쌌다. 코끝을 감도는 그 특유의 향에 가슴을 꽉 채웠던 먹먹한 기운이 사르르 사그라졌다.

나는 허리를 휘어감은 단단한 팔에 손을 얹으며 뒤를 돌아보았다. 따스한 빛을 한껏 머금은 바닷빛 눈동자가 나를 가득 담고 있었다.

"놀랐잖아요, 폐하. 언제 오셨어요?"

"그대, 뭘 그리 열심히 보고 있었소? 가까이 다가와도 못 알아채던데."

"그랬나요? 죄송해요, 폐하. 잠시 뭘 좀 보느라고…… 아."

아차 하는 마음에 황급히 편지지를 숨기려 했지만, 그는 이미 내 손에 쥐어진 것을 발견한 후였다. 살짝 허리를 굽혀 내가 보던 것을 확인한 그의 얼굴에 갑자기 붉은빛이 번졌다. 허리를 감싼 손을 풀어 황급히 편지 묶음을 뺏어 든 그가 조금 커진 음성으로 말했다.

"그대, 이건 어떻게 발견한 거요?"

"그게, 서류를 꺼내려는데 안쪽에 뭐가 보여서……. 죄송해요, 폐하. 저기…… 화나셨어요?"

눈치를 살피며 우물쭈물 묻자, 그는 내게서 뺏어 든 편지 묶음을 본래의 자리가 아닌 서랍 속에 집어넣으며 말했다.

"아니, 신경 쓰지 마시오. 그보다 방 배치는 모두 끝낸 거요? 보아하니 그리 많이 바뀐 것 같지는 않은데."

"……네, 어차피 제가 쓰는 부분은 한정되어 있는 걸요."

공연한 일을 했다는 생각에 왠지 기분이 가라앉아서, 나는 눈을 살짝 내리깔며 작은 목소리로 답했다. 내게 보이지 않도록 치우는 것으로 보아 아무래도 그는 말로만 괜찮다고 했을 뿐 실상은 그렇지 않은 것 같았다.

역시 그런 일은 하는 게 아니었어. 아무리 수신인이 나라고는 해도, 그가 직접 준 것이 아닌 이상 보지 말았어야 했는데.

화났을까? 많이 화났으면 어떡하지? 지금이라도 다시 한 번 잘못했다고 얘기할까? 그렇지만 그는 미안하다는 얘기를 몹시 싫어하는데, 괜히 사과했다가 더 화를 내면 어떡하지?

머릿속을 뱅뱅 맴도는 온갖 부정적인 생각에 돌연 눈물이 핑 돌았다. 나는 황급히 고개를 숙이며 젖어드는 눈을 빠르게 깜빡였다. 갑작스럽게 터진 눈물 때문에 당혹스럽기도 했거니와, 이런 식으로 일을 무마하려 한다는 인식을 그에게 심어 주고 싶지는 않았다.

떨어지는 눈물을 막으려 입술을 꼭 깨무는데, 어느새 다가온 그가 내 어깨를 감싸 안으려다 말고 멈칫했다. 다급한 손길로 내 얼굴을 들어 올린 그가 몹시 당혹스러운 목소리로 물었다.

"그대, 우는 거요? 어찌 그러오? 혹 내가 마음 상하게 하였소?"

"아, 아니에요, 폐하. 그냥, 갑자기……."

"갑자기라니, 그래도 뭔가 이유가 있을 것 아니오. 울지 마시오, 티아. 대체 무슨 일이기에 이러오?"

황급히 나를 끌어안은 그가 연신 떨어지는 눈물을 닦아 주며 물었다. 조심스러운 손길, 걱정스러운 빛이 역력한 바닷빛 눈동자를 보자 혹시 화가 난 것은 아닐까 하고 조마조마하던 가슴이 탁 하고 풀어졌다.

그렇지만 오해였다는 생각에 안도한 마음과는 달리 눈에서는 거듭해서 눈물이 쏟아졌다. 내 의지와는 상관없이 점점 더 거세지는 물줄기에 그가 안절부절못하는 것이 느껴졌다. 어찌할 바를 모르고 나를 품에 끌어당긴 그가 부드럽게 등을 토닥이며 말했다.

"어찌 이러오. 대체 무슨 일이기에 이리도 서럽게……."

"저, 저도 모르겠어요, 폐하. 이렇게 울 일은 아닌데, 이상하게 자꾸만, 흡, 눈물이 나와서……."

"음? 울 일은 아니라고?"

잠시 멈칫한 그가 설마 하는 목소리로 물었다.

"그대, 혹…… 아까 그 편지 때문에 그러오?"

"편지 때문이라기보다는, 제가 잠깐 오해를 해서……."

"오해? 무슨 오해 말이오?"

"그게, 폐하께서 화나신 줄 알고……."

"아, 그런 거였소?"

잔뜩 경직되어 있던 그의 몸에서 힘이 빠져나가는 것이 느껴졌다. 부드럽게 나를 품에서 떼어 낸 그가 슬쩍 허리를 굽혀 눈높이를 맞추며 말했다.

"그럴 리가 없잖소, 티아. 고작 그런 걸 가지고 내가 그대에게 화를 낼 리가 있겠소?"

"……."

"그대도 봤으니 알겠지만, 막상 쓰기는 했으나 차마 부치지 못하고 모아 뒀던 것들이라……. 크흠, 그래서 그대가 그걸 봤다는 사실이 민망하여 그랬소."

조곤조곤 설명한 그가 손을 뻗어 눈가에 매달린 눈물방울을 쓸어냈다. 다정하기 그지없는 그 태도에는 오직 해명 외에는 다른 뜻이 요만큼도 없었지만, 어쩐지 부끄러운 마음에 나는 그와 시선을 마주할 수가 없었다. 어린 아이도 아닌데 고작 이만한 일로 눈물을 쏟았다는 사실이 몹시 민망했다.

달아오르는 볼을 감추려 슬쩍 고개를 숙이는데, 노크 소리가 들리고 곧이어 들어온 시종장이 말했다.

"황제 폐하, 말씀하신 대로 준비를 마쳤습니다만, 좀 더 대기하라 이를까요?"

"아, 깜빡 잊고 있었군. 음, 그대, 혹 아직 해야 할 일이 더 남았소?"

"아, 아뇨."

"그럼 됐군. 시종장, 곧 갈 터이니 예정대로 준비하라 이르도록."

"명을 받듭니다."

정중하게 허리를 숙여 보인 시종장이 방을 나서자, 흐트러진 매무시를 가다듬어 준 그가 내게 손을 내밀었다. 어디론가 에스코트를 하겠다는 그 행동에 나는 잠시 고민했다.

어딜 가자는 거지? 준비했다는 건 또 뭐고?

"음? 어찌 그러오?"

"저, 폐하, 지금 어딜 가는 거죠?"

"아, 내 정신이 없어 말하는 걸 잊었군. 식당으로 가는 거요. 저녁을 들 시간이잖소."

"아."

"내 특별히 조리장에게 그대가 좋아하는 음식 위주로 준비하라 일렀소. 요즘 들어 그대가 입맛이 영 돌지 않는 것처럼 보여서 말이오."

아, 그 얘기였구나.

나는 오전에 있었던 일을 생각하며 살며시 고개를 끄덕였다. 요 며칠 속이 좋지 않아 끼니를 자주 걸렀더니, 한두 번쯤은 그러려니 하고 넘어가 주던 그도 더는 안 되겠다고 생각한 모양이었다.

결국 오늘 아침 그는 아침 식사로 대충 샐러드만 한 접시 들고 넘어가려던 나를 타박했다. 그러고는 이제부터 제대로 먹는지 살피겠다고 했는데, 말하는 품새로 보아하니 아마도 조리장을 닦달해 뭔가를 잔뜩 준비시킨 듯했다.

딱히 뭔가를 먹고 싶다는 생각은 들지 않았지만, 나는 말없이 그가 내민 손 위에 조심스레 손을 얹었다. 별것도 아닌 일로 갑자기 운 걸로도 모자라 이런 일로까지 걱정을 끼치고 싶지는 않았다.

요즘 들어 자주 이용하게 된 작은 식당에 도착하자 잠시 후 시종과 시녀들이 음식을 들여오기 시작했다. 생채소로 만든 온갖 요리와 아스파라거스를 곁들인 구운 버섯 요리, 그리고 톡 쏘는 맛이 좋아 내가 즐겨 찾는 델라꽃 열매 요리 등, 은접시에 예쁘게 담긴 요리들은 그의 말대로 전부 내가 좋아하는 것들이었다.

　과제를 점검하듯 접시를 쓱 훑어본 그가 물었다.

　"어떻소, 마음에 드오?"

　"네, 폐하."

　나는 살며시 미소 지으며 고개를 끄덕였다. 한눈에 봐도 나를 배려한 것이 분명한 상차림에 행복한 기분이 들었다. 내가 좋아하는 요리들이라서 그렇기도 했으나, 입맛이 없어 보이는 나를 위해 그가 직접 지시했다고 했기에 더욱 그랬다.

　"많이 드시오. 내 오늘은 반드시 그대가 접시를 다 비우는 것을 봐야겠소."

　"그럴게요. 폐하께서도 어서 드셔요."

　즐거운 마음으로 포크를 들었지만, 그의 마음에 부응하기 위해서라도 열심히 먹자고 생각했던 것과는 달리 울렁거리는 속은 음식이 들어가는 것을 거부했다.

　대체 왜 이러지?

　문득 드는 의문에 살며시 입술을 깨물었다. 분명 평소에 몹시 좋아했던 요리들만 놓여 있음에도 어쩐지 영 당기지가 않았다. 미식가인 그가 별말이 없는 것을 보면 맛이 이상한 것도 아닐 텐데, 담백하게 구워 낸 버섯 요리조차 느글느글한 느낌이었다. 급기야는 그 냄새마저 역하게 느껴졌다.

슬쩍 포크를 내려놓은 뒤 물을 마셨다. 그렇지만 찬물이 들어가자 그나마 가라앉는 듯했던 속은 음식을 보자마자 또다시 치받기 시작했다.

나는 아무래도 이따가 조용히 황궁의를 불러야겠다고 생각하며 시종에게 빈 잔을 채우도록 지시했다. 그동안은 그가 걱정할까 봐 굳이 부르지 않았지만, 요 며칠 내내 속이 안 좋은 것이 아무래도 좀 찜찜했다. 단순히 뭔가가 얹힌 것이라고 보기에는 지나치게 오래간다 싶기도 했고.

여전히 울렁거리는 속을 달래려 두 잔째 물을 들이켜자, 음식을 드는 와중에도 간간이 내 접시를 살피던 그가 걱정스러운 목소리로 물었다.

"어찌 그러오? 음식이 입에 맞지 않소?"

"아뇨, 폐하. 그게 아니라…….."

"그게 아니라?"

"아, 실은 속이 영 좋지가 않아서요. 아무래도 뭔가가 얹혔나 봐요."

"하면 요 며칠 내내 음식을 제대로 들지 않은 것이 그것 때문이었단 말이오?"

"음, 그게…….."

괜한 걱정을 키울까 싶어 조심스레 말을 고르려 했지만, 그는 이미 자초지종을 다 파악한 듯 잔뜩 화가 난 표정이었다. 시종을 불러 당장 황궁의를 데려오라 지시를 내린 그가 나를 매섭게 질책했다.

"그대, 이게 무슨 미련한 짓이오. 그런 일이 있으면 진작 시료를 받았어야지, 어찌 말 한마디 없이 참고 있었단 말이오?"

"……죄송해요, 폐하."

"도대체가, 그대는 왜 그리 매번 혼자 끙끙 앓다 일을……. 후
우, 아니오. 내 말이 과했군."

뭐라 말하려다 말고 입을 다문 그는 묵묵히 손가락으로 관자놀
이를 꾹꾹 눌렀다. 그러고는 제법 시간이 흐른 후에야 한숨 섞인
목소리로 말했다.

"마음은 알겠소만, 앞으로는 절대 그러지 마시오. 그러다가 공
연히 병을 더 키울까 걱정되오."

"네, 폐하."

"……대답이나 못하면 밉지나 않지."

매섭게 질책하던 좀 전과는 달리 가볍게 나를 타박한 그가 무릎
위에 가지런히 놓여 있던 손을 끌어당겼다. 어찌 그러나 싶어 의
아한 눈으로 바라보자, 그는 엄지손가락으로 내 손바닥을 꾹꾹 누
르며 말했다.

"정말이지 그대, 나를 너무 쥐락펴락하는 것 아니오? 하루에도
몇 번씩 심장을 조이게 하니, 아무래도 내 이러다 제 명에 못 죽을
것 같군."

"……폐하."

"갑자기 화내서 미안하오. 그렇지만 티아, 앞으로는 이런 일이
있거든 먼저 얘길 해 주시오. 걱정 끼치기 싫다는 생각일랑은 하
지 말고. 어차피 말하지 않는다고 해서 계속 감춰질 일도 아니잖
소. 응?"

"네, 그럴게요. 제 생각이 짧았어요. 죄송해요, 폐하."

순순히 고개를 끄덕이자, 딱딱하게 굳어 있던 그의 얼굴이 그제
야 스르르 풀어졌다.

그때, 멀찍이 떨어진 곳에 서 있던 시종장이 조심스럽게 다가오는 모습이 보였다. 그 뒤를 따라 걸어오는 중년 여인은 베아트리샤의 일로 안면이 있는 여의女醫였다.

"제국의 태양과 달, 두 분 폐하께 헤레스 란트가 인사 올립니다. 찾아 계셨다 들었습니다, 황제 폐하. 어인 일로 신을 찾으셨는지요?"

"황후께서 몸이 불편하다 하시니 살펴드리도록."

"그러하십니까? 하면 잠시 여쭙겠습니다, 황후 폐하. 어디가 미령하신지요?"

"실은 요 며칠 계속 속이 좋지 않아서 말일세. 음식을 보기만 해도 자꾸만 치받는 것이, 뭘 제대로 먹을 수가 없군."

"하오시면 황후 폐하, 신이 폐하를 잠시 살펴봐도 되겠습니까?"

"그리하게."

천천히 고개를 끄덕이자, 여인은 곧바로 이곳저곳을 짚어 보며 나를 살피기 시작했다. 그러고는 잠시 후 어딘가 기대에 찬 눈빛으로 나를 바라보며 물었다.

"저, 폐하, 혹시 평소 즐기던 음식이 내키지 않으신다거나, 냄새만 맡아도 역하다거나 하는 느낌이 있으십니까?"

"그러하네."

"그렇다면 혹 최근 들어 잠이 늘지는 않으셨는지요?"

"음……. 그러고 보니 그런 것 같군. 일을 하다 깜빡 잠이 든 적도 있었고."

"기분이 자꾸만 왔다 갔다 하지는 않으셨는지요? 급격히 우울해진다든가 갑자기 눈물이 난다든가 하는 식으로 말입니다."

"그랬네."

식당에 오기 전 있었던 일을 생각하며 답하자, 여인은 어쩐지 기뻐 보이는 듯한 얼굴로 물었다.

"마지막으로 한 가지만 더 여쭙겠습니다, 황후 폐하. 마지막으로 달거리를 하신 날이 언제이온지요?"

"달거리? 갑자기 그건 왜 묻는……. 서, 설마?"

갑작스러운 깨달음에 절로 눈이 크게 뜨였다. 차마 묻지 못하고 입만 벙긋거리는 내게 크게 고개를 끄덕여 보인 여인이 한껏 올라간 목소리로 말했다.

"감축 드립니다, 황후 폐하! 회임이십니다!"

"정…… 정말인가? 내가 진정, 회임을 하였다고?"

"그렇습니다. 달거리가 다소 불규칙적이신지라 궁내부에서도 미처 파악을 못했나 봅니다만, 폐하께서 보이시는 증상이나 맥을 보아하건대 회임이 확실합니다. 감축 드립니다, 황후 폐하! 감축 드립니다, 황제 폐하!"

"감축 드립니다, 황제 폐하! 감축 드립니다, 황후 폐하!"

황궁의를 비롯한 시중인들이 황급히 예를 갖추며 외쳤지만, 나는 아무 말도 입 밖으로 꺼낼 수가 없었다. 전혀 예상치 못했던, 그러나 마음속으로는 늘 바라 왔던 이야기에 뭔가에 얻어맞은 듯 머리가 멍했다. 터질 듯 두근거리는 심장 소리만이 귓가를 두드렸다.

그러니까, 내가, 아이를 가졌다고? 불과 일 년 전만 해도 석녀라 손가락질당하던 내가?

눈물이 핑 돌았다. 믿기지가 않았다. 아이를 가질 수 있다는 황궁의의 진단을 받기는 했지만, 그럼에도 내가 회임을 하는 건 몹시 힘든 일일 거라 생각했었기에. 어쨌거나 나는 그 지독한 독에 제법 긴 시간 동안 중독되어 있지 않았나. 게다가 같은 독에 중독되었던 어머니께서도 결혼 생활 칠 년만에야 간신히 나를 가지셨다 들었고.

그런데…… 그런데 내가 아이를 가졌다니.

"하……."

가슴이 뻐근하게 차올랐다. 무어라 형언할 수 없는 기분이 온몸을 휘감아, 나는 떨리는 손을 배 위에 얹으며 젖어드는 눈을 빠르게 깜빡였다.

고맙다, 아가야. 내게 찾아와 줘서 정말 고마워.

손바닥을 타고 마치 아이의 온기를 머금은 듯 따뜻한 기운이 느껴졌다. 함박웃음을 머금은 황궁의가 무어라 열심히 말하고 있었지만, 내게는 아무것도 들리지가 않았다. 지금 내게는 벅찬 가슴을 진정시키는 것조차 몹시 힘겨운 일이었다.

쉼 없이 두근거리는 심장을 진정시키려 크게 숨을 내뱉는 순간, 갑자기 새파란 무언가가 일렁이며 시원한 향기가 나를 감쌌다. 익숙한 온기 사이로 떨리는 음성이 들려왔다.

"고맙소, 티아."

"폐하."

"그것 보시오. 내 뭐라 하였소. 그대는 그런 몸이 아니라고, 절대로 희망을 놓지 말라 하지 않았소. 장하오. 참으로 장하오. 내 그대라면 해낼 줄 알았소. 이리 잘해 낼 줄 알았단 말이오."

"……."

폭포수처럼 말을 쏟아내는 그를 보자 나도 모르게 입꼬리가 스르르 올라갔다. 늘 이성적이던 그가 이토록 좋아한다는 사실에 몹시 기뻤다. 어쩌면 이리도 기분이 붕 떠오르는 것은 그가 저리 기뻐한다는 사실뿐만 아니라 후사를 잇지 못할 수도 있다는 두려움에서 온전히 벗어났기 때문일지도 몰랐고, 그럼으로써 그에게 안도감을 선물했다는 자각 때문일지도 몰랐다. 그래, 그동안 가장 불안했던 사람은 그였을 테니까. 내가 상처받을까 봐 아무런 내색조차 할 수 없었기에 더욱 그랬을 테지.

홀로 마음 고생했을 그를 생각하자 갑자기 목이 메어서, 나는 그를 마주 안으며 조금씩 젖어드는 목소리로 말했다.

"다행이에요. 폐하의 믿음에 부응할 수 있어서. 사실 많이 걱정했거든요. 폐하께서도 그러셨지요?"

"……티아."

"감사해요. 많이 힘드셨을 텐데 묵묵히 지탱해 주신 것도, 포기 않고 끝까지 저를 붙들어 주신 것도, 그리고…… 이렇게 기뻐해 주시는 것도."

"기뻐해 주다니, 그게 무슨 말이오? 이런 경사에 기뻐하지 않을 사람이 어디 있단 말이오. 그리고 정말 고마워해야 할 사람은 나요. 그대가 없었다면 나는 평생 행복이라는 것을 맛보지 못했을 테니까."

나직하게 속삭이는 말에 눈물이 핑 돌았다. 이제는 모두 아물어 흉터만 남은 옛 상처 위에 또다시 새살이 한 겹 덮이는 기분이었다. 두근거리는 그 느낌은 무척이나 안온하고 또 따스했다.

잠깐, 그러고 보니……?

문득 머릿속을 스치고 지나가는 생각에 이미 한껏 차오른 가슴이 터질 듯 더 크게 부풀어 올랐다. 그것은 빛바랜 기억 속의 그와 함께 불현듯 떠오른 어떤 깨달음 때문이었다.

제국력 965년 여름, 여덟 번째 달의 열아흐레 날, 바로 오늘.

과거의 오늘, 나는 피맺힌 가슴을 안고 처형장에서 스러져 갔는데, 그때와 마찬가지로 열일곱 번째 생일을 갓 넘긴 현재의 오늘, 나는 그의 품에 안겨 몹시 행복해하고 있었다. 사랑받지도 환영받지도 못했던 과거와는 달리 아이도 사랑도 모두 얻은 채, 그 누구보다 행복하다는 듯 활짝 미소 지으면서.

"하……."

눈앞이 뿌옇게 흐려지는 느낌에, 나는 그를 끌어안은 팔에 힘을 주며 방울방울 떨어지는 눈물을 감췄다. 목숨을 잃었던 악몽 같은 날은 어느새 환희에 가득 찬 생명의 날로 바뀌어 있었다. 언제나 내가 꿈꿔 왔던 것처럼.

"울지 마시오. 이리 좋은 날 자꾸 울어서야 되겠소."

"흑, 네, 폐하."

"울지 말라는 데도. 고운 얼굴이 엉망이 되었잖소. 이거야 원. 아이를 가지더니 그대가 아이가 되어 버렸군. 나야 뭐 그것도 좋다만, 일국의 국모인 그대가 이리 울보인 걸 알면 사람들이 뭐라 생각하겠소. ……음?"

웃음기 어린 목소리로 나를 달래던 그가 갑자기 멈칫했다. 어찌 그러나 싶어 잠시 의아해하다가, 나는 갑자기 머릿속을 스치고 지나가는 생각에 아차 하며 살며시 입술을 깨물었다.

그러고 보니 여기, 식당이었지.

당혹스러웠다. 지금 이곳에는 우리 두 사람 말고도 많은 이들이 있지 않던가. 날것 그대로의 감정을 드러내는 우리를 보며 그들이 무슨 생각을 했을까를 떠올리자 눈앞이 캄캄했다. 앞으로 저들을 어찌 보아야 한단 말인가.

그러나 우려했던 것과는 달리 식당 안에는 이미 개미 새끼 한 마리조차 보이지 않았다. 아무래도 모두가 눈치 빠르게 자리를 피한 듯했다.

갑자기 안도감이 확 밀려와서, 나는 가슴을 쓸어내리며 슬쩍 한숨을 내쉬었다. 어디까지 보았는지는 모르겠지만 어쨌든 다행이었다.

그런 생각은 마찬가지였던 듯, 나처럼 슬며시 한숨을 내쉰 그가 실소를 지으며 말했다.

"정말이지, 그대와 함께 있으면 하루하루가 새롭군. 나도 몰랐던 내 모습을 자꾸만 발견하게 되니 말이오."

"그건 저도 마찬가지예요, 뭐. 그나저나 어쩌죠, 폐하? 여기 계속 앉아 있을 수도 없고, 나가자니 민망한데……."

"뭐 어쩌겠소. 더 들 것이 없다면 나갑시다. 아니지, 그래도 뭔가 조금이라도 들어야 하는 것 아니오? 이제는 홑몸도 아니잖소."

"으음, 그렇지만 도저히 넘어가지가 않는 걸요. 기껏 생각해 주셨는데 죄송해요, 폐하."

"하는 수 없지. 하면 뭔가 당기는 것은 없소? 생각나는 것이 있다면 내 당장 준비하라 이르리다."

나는 가볍게 고개를 저으려다 말고 살며시 미소를 베어 물었다. 문득 스치고 지나가는 생각에 장난기가 삐죽 솟아오른 탓이었다. 궁금한 것도 사실이었고.

"당기는 건 없고, 갖고 싶은 건 있는데……. 주실 거예요?"

"그대가 바라는 것이라면 뭐든지. 말해 보시오, 티아. 그대가 갖고 싶은 게 뭐요?"

"아까 그 편지 묶음이오."

"음? 편지 묶음?"

의아한 표정으로 되묻던 그의 얼굴에 붉은 기가 확 돌았다. 생글거리며 웃는 나를 당혹스러운 표정으로 바라보던 그는 조금 망설이는 듯한 목소리로 말했다.

"으음, 꼭 그거여야 하겠소?"

"네에, 안 되는 거예요?"

"아무래도 그것은 좀……. 그것 말고 다른 것으로 주면 아니 되겠소? 응? 티아."

"그치만, 궁금했는데……."

부러 더 시무룩하게 중얼거리자, 그는 안절부절못하는 표정으로 나를 바라보았다.

나는 터져 나오려는 웃음을 참으며 슬쩍 고개를 돌렸다. 평상시와는 완전히 뒤바뀐 이 상황이 몹시 즐거웠다. 이 맛에 그가 매일 나를 놀리는 건가?

어쩔 줄 몰라 하는 그를 보자 조금 더 장난치고 싶다는 생각이 들었지만, 나는 애써 웃음기를 가라앉히며 그를 돌아보았다. 좀 더 했다가는 그가 정말로 난처해할 것 같았다.

"그럼 폐하, 그것 말고 다른 편지를 주시면 안 될까요?"

"음? 다른 편지라니, 어떤 것 말이오?"

"그냥 아무거나요. 솔직히 조금 섭섭했단 말이에요. 결혼 전에는 잘만 보내시더니."

"아하, 알겠소. 내 앞으로는 매일매일 한 통씩 써 주리다."

삐친 척하며 입술을 삐죽이는 내게 웃음기 어린 표정으로 답한 그가 가볍게 내 손을 잡아 올렸다. 그러고는 부드럽게 손등에 입 맞춘 뒤 말했다.

"이제 슬슬 나갑시다. 모두들 어쩔 줄 몰라 하고 있을 테니."

"네, 폐하."

"한데, 이리 걸어 다녀도 되는 것이오? 회임 초기에는 몹시 주의 해야 한다 들었소만."

"네에? 아무리 그래도 그렇지, 그 정도는 아니에요. 그렇게 치면 이 세상에 무사히 태어나는 아이가 어디 있겠어요?"

"그래도 혹시 모르는 일이 아니오. 그러지 말고 그냥 내게 안기 시오. 내 안전하게 모셔다 드리리다."

"흥, 싫어요. 지난번처럼 부끄러웠던 일은 한 번으로 족하단 말 이에요."

가볍게 눈을 흘겨 보이고서, 나는 그가 붙들기 전에 황급히 몸을 돌려 식당을 빠져나왔다. 황급히 허리를 숙여 보이는 궁내부원들 의 뒤로 다급하게 나를 부르는 그의 목소리가 들려왔다.

스르르 웃음이 나왔다.

부황 폐하의 팔불출 행적 중에는 전술한 사건과 더불어 수위에 꼽히는 몇 가지가 더 존재하는데, 뭐니뭐니 해도 그중 백미는 디 아나 누님을 가지셨을 때의 일화가 아닐까 싶다.

아니, 진짜, 좀!

어디를 가든 로맨스 소설 몇 권씩은 펑펑 양산해 내는 두 분이다만, 아무리 그래도 다 늦은 저녁에 '나 잡아 봐라' 놀이는 좀 아니지 않나?

여태까지는 부황 폐하께서 못 말리는 팔불출이라 그렇다고 여겼는데, 곰곰이 생각해 보면 모후 폐하도 마찬가지시다. 물론 부황 폐하께서 원인을 제공하신 건 맞다. 아무리 그 전에 그런 일이 있었다고 해도 그렇지, 중앙궁에서 황후궁까지 조금 걷는다고 문제가 생길 리가 없지 않은가.

그렇지만 넘어질까 봐 걱정되어 필사적으로 쫓았다는 부황 폐하나 전술한 사건 같은 일이 또 벌어질까 두려워 도망 다녔다는 모후 폐하나, 솔직히 말해 두 분 모두 오십 보 백 보로 보인다. 특히 모후 폐하. 아니, 대낮부터 번쩍 안아 올려 침궁에 틀어박히는 일은 부끄럽다 하시면서, '나 잡아 봐라' 하며 쫓고 쫓기는 일은 안 부끄러우셨단 말인가?

이렇게 말하면 불효겠지만, 정말이지 두 분 다 뻔뻔하신 것 같다. 평소에는 아닌 척하셔도 저런 일화들을 보면 확실하다.

……아, 혹시 그래서 디아나 누님이 그런 성격인 건가?

― 휘황 아드리안의 일기 중에서

4) 그대는 나의……

짙은 어둠이 너른 방 안 가득 먹빛을 드리우고 있었다. 모두가 잠의 여신에게 안겨 휴식을 취하는 깊은 밤, 홀로 깨어 침대에 기대어 앉은 남자가 한 손으로 이마를 짚었다. 뭔가 문제라도 있는 듯 곧게 뻗은 눈썹이 잔뜩 찌푸려져 있었다.

얼마나 시간이 지났을까? 한참 동안 그 자세로 앉아 있던 남자가 천천히 고개를 들어 텅 빈 옆자리를 돌아보았다. 흔한 창 하나 존재하지 않아 어두컴컴한 사위 속에서 짙게 가라앉은 바닷빛 눈빛만이 어둡게 빛났다.

"티아."

곁에 없는 황후, 그립고도 그리운 그녀의 이름을 나지막하게 부른 그가 긴 한숨을 내쉬었다.

그녀가 떠난 지도 어언 한 달.

그동안 내내 계속되어 온 불면의 밤은 마침내 오늘 절정을 맞이

한 듯했다. 겹겹이 쌓인 피로로 눈이 뻑뻑하다 못해 찢어질 듯 아
픈데도 잠이 오지 않는 것을 보면.

언제쯤이면 이 불면의 밤에서 벗어날 수 있을까.

루블리스는 다시 한 번 한숨을 내쉬며 지끈지끈 쑤시는 관자놀이
를 꾹꾹 문질렀다. 조심스레 유예를 청하는 그녀의 편지를 받고 좀
더 즐기다 오라며 애써 아무렇지도 않은 척 답장을 보낸 것이 불과
며칠 전의 일이었는데, 이럴 줄 알았으면 자존심이고 뭐고 다 팽개
치고 그만 돌아오라고 할 걸 그랬다는 생각에 몹시 후회가 되었다.
아니, 어쩌면 아예 처음부터 보내 주지 말았어야 했을지도.

한 달 전 있었던 일을 생각하자 절로 눈썹이 찡그려졌다. 그녀를
얻기 위해서라면 뭐든 감수하겠다는 생각에 모니크 후작의 요구
를 순순히 받아들인 것이 문제였을까? 결혼 전에 한 약속에 따르
면 사랑스러운 그의 아내는 황후인 동시에 여전히 모니크가의 후
계자였으므로, 그로서는 아버지와 더불어 영지를 방문했으면 좋
겠다는 간절한 청을 외면할 명분이 없었다. 그것도 십여 년 만에
가 보는 것이라는 데에는 더더욱.

'뭐, 어쨌거나 티아가 즐겁다면 된 거지.'

한숨처럼 중얼거린 그가 줄을 당기자, 잠시 후 번番을 서던 시종
이 들어와 정중하게 예를 갖추고는 물었다.

"찾아 계셨습니까, 폐하."

"불을 가져와라. 그리고……."

"네, 폐하. 하명하십시오."

잠시 집무실로 이동할까 생각했던 루블리스는 곧바로 생각을 접
으며 가볍게 손을 휘저었다. 어차피 지난 밤 챙겨 온 일감도 제법

되는 데다가, 공연히 야심한 시각에 여러 사람을 번거롭게 할 필요는 없을 것 같았다.

"되었다. 그냥 불만 밝히도록."

"명을 받듭니다."

깊숙이 허리를 숙여 보인 시종이 들고 온 촛불로 방 안 곳곳에 불을 밝혔다.

루블리스는 너른 방 안을 조금씩 메우기 시작하는 주홍색 불빛을 보며 쓴웃음을 지었다. 티아와 결혼하기 전까지만 해도 이것이 일상이었는데, 어느새 그녀가 주는 편안함에 길들여진 것인지 오랜만에 겪는 불면의 밤이 무척 힘겨웠다.

긴 한숨과 함께 일감을 펼친 그는 한참 동안 흐릿하게 보이는 글자들과 싸우다 짜증스레 서류를 접었다. 제대로 잠을 못 잔 탓에 눈이 몹시 뻑뻑해서 무언가를 제대로 읽을 수가 없었다. 심지어는 간신히 진정시켰던 머리도 다시금 아파 오는 듯했다.

도저히 안 되겠다 싶어서, 루블리스는 서류를 치운 뒤 다시 침대에 누워 눈을 감았다. 그녀와 함께 있을 때는 그리 넓은 줄 몰랐던 침대가 오늘따라 유독 휑하게만 느껴졌다.

그녀는 지금쯤 무얼 하고 있을까. 자신처럼 빈자리를 아쉬워하며 잠 못 이루고 있을까? 아니면 늘 그렇듯 평화로운 얼굴로 새근새근 잠들어 있을까?

잠든 티아의 얼굴을 떠올리자 내내 날카롭게 벼려져 있던 신경이 비로소 조금 가라앉았다. 그녀의 모든 면이 사랑스러웠지만, 그중에서도 그가 가장 좋아하는 것은 자신의 품에 안겨 잠든 그녀의 모습이었다. 늘 경계하고 두려워하던 옛날 따위는 모두 잊어버렸다는 듯, 자신에게 모든 것을 내맡긴 채 평온하게 잠든 그녀를 볼 때면 늘 가슴 한 쪽이 저릿할 만큼 뿌듯하게 차오르곤 했으니까.

그 느낌이 좋아 그는 늘 일부러 티아보다 조금 일찍 깨어 잠든 그녀를 바라보곤 했다. 그러다 차오르는 마음을 참지 못하고 분홍 빛 입술에 입 맞출 때면, 파르르 떨리는 속눈썹 사이로 드러나는 황금색 눈동자는 또 얼마나 아름답던가.

나긋하게 안겨 오던 낭창한 몸과 달콤하던 그녀의 입술을 생각하자 갑자기 아래쪽에서 뜨거운 열기가 훅 올라왔다. 피곤에 절어 몸이 무거운 와중에도 어김없이 나타나는 그 반응에 루블리스는 피식 실소를 머금었다.

그녀와 결혼한 지도 벌써 팔 년째. 이미 그녀를 똑 닮은 딸까지 본 사이이건만, 아직까지도 그녀를 떠올릴 때면 자신의 몸은 여지 없이 정직한 반응을 보여 주곤 했다. 남들은 그쯤 되면 정으로 산 다던데, 아무래도 자신은 그 범주에서 벗어난 듯했다. 지금까지의 정황으로 미루어 보면 아마도 자신은 영영 그녀에게서 헤어 나올 수 없을 것이 분명했다.

'역시 그때 맹세하기를 잘했지.'

자신의 목숨을 걸고 그녀만을 사랑하겠다 맹세하는 대신 그녀의 마음과 평생 역시 제게 엮었던 그날. 그날의 맹세가 없었다면, 늘 의심하고 두려워하던 그녀는 물론이거니와 자신 역시 견디지 못 했을 것이 분명했다. 솔직히 말해 그동안 질투에 미치지 않고 버 텨 낸 것만 해도 기적이었으니까.

호시탐탐 그녀의 옆자리를 넘보던 자들 때문에 속 끓이던 날들 을 생각하자 문득 입가에 비뚜름한 미소가 걸렸다.

그나마 지금이니까 웃으며 회상할 수 있는 거지, 당시 그는 하루에도 몇 번씩 광폭해지려는 심기를 다스려야만 했다. 어쨌거나 그들은 그녀가 소중하게 생각하는 사람들이었으니까. 그리고 공연히 그녀의 마음을 상하게 했다가는 정말로 두 번 다시 자신을 돌아봐 주지 않을 것이라는 사실을 분명하게 알고 있었으니까.

'그러니 지금까지도 내가 이리 쩔쩔매며 사는 게지.'

그러나 그것도 나쁘지 않다고, 루블리스는 진심으로 생각했다. 티아가 활짝 웃는 모습을 볼 때면 '세상을 다 얻은 기분—물론 그는 이미 세상을 다 가진 황제였지만—이 이런 것이구나.'라는 걸 느낄 수 있었으니까. 그리고 어차피 침대 위에서 대화할 경우 구할 이상의 확률로 그의 뜻대로 관철되곤 했으니 상관없었다. 물론 그 다음 날 두 배로 잔소리를 들어야 하기는 했지만.

잔뜩 흐트러진 모습으로 눈매를 일그러뜨리는 그녀를 떠올리자 간신히 가라앉혔던 열기가 다시 솟아올라서, 루블리스는 고통스러운 신음을 내뱉으며 베개에 머리를 파묻었다. 한 달째 지속되는 독수공방에 정말이지 미칠 지경이었다.

어쩌면 이러다가 신관으로 전향해야 할지도.

문득 떠오르는 냉소적인 생각에 그는 신경질적으로 이불을 뒤집어쓰며 다짐했다. 그녀가 황궁에 돌아오기만 하면 맹세컨대 적어도 사흘 정도는 침대 위에 못 박아 놓겠다고.

"······폐하."

"······."

"부황 폐하! 일어나세요! 벌써 아침이란 말이에요!"

"으음······."

"아이참, 일어나 보시라니까요? 오늘따라 왜 이리 못 일어나시는 거예요? 평소에는 잠도 없으시면서."

카랑카랑 울리는 아이 특유의 높은 목소리에 루블리스는 눈썹을 잔뜩 찌푸렸다. 야심한 시각에야 간신히 잠든 탓에 몸이 물 먹은 모래주머니처럼 무거웠다.

정신 사납게 잡아 흔드는 손길에 간신히 눈꺼풀을 들어 올리자, 서서히 밝아 오는 시야에 은빛의 무언가가 아른거리는 것이 보였다. 왠지 모를 기시감에 얼굴을 찌푸리는 그를 향해 자그마한 아이가 배시시 웃음을 지었다.

"안녕히 주무셨어요, 부황 폐하!"

"······디아가 아니냐. 아침부터 어인 일이냐?"

천천히 몸을 일으키며 묻자 아이는 커다란 황금색 눈동자를 도로록 굴리며 잠시 말을 골랐다. 그 모습이 마치 자신의 눈치를 살필 때의 티아와 똑 닮아 보여서, 루블리스는 억지로 눈을 뜬 탓에 잠시 불쾌하던 마음도 잊고 피식 웃어 버렸다.

"부황 폐하, 저 오늘 궁 밖에 좀 나갔다 와도 돼요?"

"음? 어디로 말이냐?"

"그라디스랑 놀다 오려고요. 다녀와도 돼요? 네? 네?"

루블리스는 애교 섞인 목소리로 보채는 딸을 보며 슬쩍 눈썹을 추켜세웠다.

그러니까 지금 그놈 때문에 이른 아침부터 들이닥쳐 이렇게 애교를 부리고 있는 거란 말이지?

제 아비를 쏙 빼닮은 붉은 머리카락의 남아를 떠올리자 그렇잖아도 좋지 않던 기분이 수직 낙하했지만, 그렇다고 해서 기대감에 가득 찬 눈초리로 자신을 바라보는 딸을 실망시킬 수는 없었다. 그래서 그는 불편한 심기를 애써 속으로 갈무리하며 답했다.

"……그래, 다녀오너라."

"감사합니다!"

"단, 지난번처럼 근위기사들을 떼어 놓고 다녀서는 아니 된다. 알겠느냐?"

"네! 잘 다녀오겠습니다!"

조마조마한 표정으로 그를 바라보던 아이는 허락의 말이 떨어지자마자 활짝 웃음을 지었다. 그러고는 곧장 그에게 달려들어 볼에 가볍게 입맞춤을 남긴 뒤 방을 뛰쳐나갔다.

그 모습을 잠시 지켜보다가, 루블리스는 헛웃음을 삼키며 자리에서 일어났다. 채 두 시간도 붙이지 못한 눈 때문에 몸 상태가 말이 아니었지만 어찌할 도리가 없었다. 갖은 노력 끝에 간신히 들었던 잠이 이제 와 다시 올 리가 없었으니까.

무거운 머리를 부여잡고 겨우겨우 옷을 갈아입은 루블리스는 다시 한 번 황후의 부재를 실감하며 집무실로 향했다. 잠시 근위기사단에 들를까 생각했지만, 피곤에 잔뜩 절어 있는 현 상황에서 아침 운동은 영 무리일 듯했다. 기사단 시찰 역시 마찬가지였고.

몹시 날카로운 그의 심기를 알아챈 것인지, 보좌관들은 소리 없이 서둘러 일을 처리했다. 루블리스는 요 한 달 사이 기합이 바짝 들어간 그들을 보며 비뚜름하게 입꼬리를 들어 올렸다. 황후가 있었다면 분명 적당한 말로 그들을 다독여 주었을 터이나, 그로서는 별로 그러고 싶은 마음이 없었다. 애초에 이쪽이 그가 선호하는 방식이기도 했고.

'억울하면 황후더러 빨리 돌아오라고 읍소라도 해 보든가.'

문득 떠오르는 생각에 더욱 못마땅한 기분이 들어서, 루블리스는 보좌관이 건네주는 서류를 사납게 낚아채며 앞장을 펼쳤다.

도대체가, 어쩌면 저리도 하나같이 눈치가 없단 말인가. 윗사람이 체면상 말 못하고 있다면 알아서 가려운 부분을 긁어 줄 줄도 아는 것이 제대로 된 보좌관의 본분이 아니겠느냐 말이다.

'하긴, 그 정도로 넉살이 좋은 건 그자뿐이지.'

서글서글하게 웃는 얼굴이 떠오르자 기분이 더욱 가라앉아서, 루블리스는 신경질적으로 종이를 넘기며 냉기를 뿜어냈다.

적발 청안의 기사. 한때 티아의 마음을 바라 그녀의 주위를 맴돌던, 사랑스러운 제 아내의 몇 안 되는 친구 중 하나인 남자, 카르세인.

이제는 그가 그녀에게 품은 마음이 오직 우정뿐이라는 것을 알고 있었지만, 그리고 그는 이미 행복한 가정을 이룬 가장이라는 사실 역시 잘 알고 있었지만, 그럼에도 루블리스는 그가 그녀와 친하게 지내는 것이 영 거슬렸다. 십 년에 가까운 세월 동안 루블리스 자신과 그가 쌓은 우정 비슷한 무엇을 고려하더라도.

"……인가."

"네, 폐하?"

저도 모르게 튀어나온 혼잣말에 화들짝 놀란 보좌관들이 슬금슬금 눈치를 살폈다. 루블리스는 슬쩍 눈썹을 찌푸리며 가볍게 손을 휘저었다.

"아무것도 아니다. 계속하도록."

"아, 아, 네, 폐하. 그럼 계속하겠습니다. 이 경우에는……."

루블리스는 보좌관들이 무어라 하는 말을 한 귀로 흘려들으며 깃펜을 집어 들었다. 이미 한 달 전의 일이었지만, 아무리 생각해도 그때의 일은 곱씹으면 곱씹을수록 기분이 나빴다.

도대체가, 왜 하필이면 카르세인 경이 영지로 떠나는 황후의 수행원이 된단 말인가. 하고 많은 기사들 중에서 왜 하필 그가.

그자의 아들과 놀겠다며 아침 댓바람부터 자신을 깨워 대던 딸까지 떠오르자 가뜩이나 하향 곡선을 그리던 기분이 끝을 모르고 추락했다. 루블리스는 저도 모르게 깃펜을 쥐고 있던 손에 힘을 주며 속으로 중얼거렸다.

하여간에 그 부자는 마음에 드는 구석이 하나도 없어.

"헉, 폐, 폐하?"

"……또 뭔가?"

상념을 깨고 들어오는 말 더듬는 소리에 날카롭게 답하자, 흡 하고 숨을 들이켠 보좌관 하나가 파르르 떨리는 목소리로 말했다.

"깃, 깃펜이……."

"깃펜이 뭐 어쨌단 말인…… 후우."

루블리스는 잉크투성이가 된 손을 내려다보며 짜증스럽게 한숨을 내쉬었다. 어느 틈에 부러진 깃펜 때문에 손바닥이 얼룩덜룩 엉망으로 물들어 있었다.

신경질적으로 깃펜을 내려놓는 그를 보며 안절부절못하던 보좌관들이 말했다.

"저, 폐하, 아무래도 금일 업무는 명일明日, 내일로 미루시는 것이 좋을 듯싶습니다."

"마, 맞습니다. 미흡한 부분은 신들이 좀 더 보충하여 다시 보고드릴 터이니, 오늘은 이만 휴식을 취하심이 어떻습니까? 안색이 영 좋지 않으십니다."

"그렇습니다. 이러다 옥체 미령하실까 염려스럽습니다. 하니 금일 업무는 이만 작파하시지요."

"……그리하지. 모두 이만 물러가도록."

그가 생각하기에도 업무를 볼 만한 형편이 아니었으므로, 루블리스는 무어라 토를 다는 대신 순순히 고개를 끄덕였다.

뭐에 쫓기듯 황급히 집무실을 빠져나가는 보좌관들을 보자 어쩐지 기분이 더 나빠졌지만, 그는 말없이 줄을 당겨 손 씻을 물을 가져오라 일렀다. 티아가 직접 만들어 준 소중한 손수건을 이만한 일에 쓸 수는 없었으니까.

시종들이 들고 온 더운 물로 깨끗하게 손을 닦아 낸 루블리스는 한숨을 내쉬며 며칠 전 그녀에게서 온 편지를 다시 펼쳐들었다. 은빛으로 반짝이는 편지지의 맨 아래쪽에는 창과 방패, 그리고 사자와 티아라가 어우러져 있는 황후 고유의 문장이 찍혀 있었다. 그것은 황후인 동시에 모니크가의 후계자인 그녀를 위하여 그가 특별히 내린 문장이었다.

어쩐지 온기가 느껴지는 그것을 한번 쓸어보고서 루블리스는 거의 외우다시피 한 그녀의 편지를 다시 한 번 읽어 내렸다. 벌써 여러 번 읽은 탓인지, 동글동글한 그녀 특유의 글씨로 빼곡한 편지는 제법 그 분량이 길었음에도 삽시간에 끝을 보였다.

은애하는 루브,

잘 지내고 계신가요? 옥체는 평안하시지요?

저는 잘 지내고 있답니다. 수행원들도 모두 무탈하고요.

……(중략)…….

해서 조금만 더 이곳에 머물렀다 갈까 하는데, 그래도 될까요? 아버지께서도 무척 즐거워하시는 데다 쉽게 올 수 없는 곳이라 그런지 막상 떠나려니 자꾸만 아쉬운 마음이 남네요. 정말 죄송해요. 그래도 제가 몹시 뵙고 싶어 한다는 것, 잘 알고 계시지요?

디아나에게도 안부 전해 주세요. 그럼, 답장 기다리고 있을게요.

사랑을 담아, 아리스티아.

조심스레 유예를 청하는 문구를 보자 다시금 속이 쓰려 왔지만, 그런 마음은 맨 밑에 적힌 문장을 보는 순간 눈 녹듯 사라졌다. 결혼한 지 십 년이 다 되어 가는데도 아직까지 그녀에게서 사랑한다는 말을 듣는 것은 무척 힘든 일이었으므로.

슬쩍 입맛을 다신 루블리스는 은빛 편지지를 다시 편지철에 잘 갈무리한 뒤 서랍에서 새 깃펜과 푸른색 편지지를 꺼냈다. 그녀에게 보내는 답장이야 이미 편지를 받은 날 곧바로 보낸 상태였지만, 오늘 해야 할 공식 일정을 모두 재껴 버린 탓에 딱히 할 일이 없었다. 어차피 디아나를 회임한 사실을 알았던 날 했던 약속을 지켜야 하기도 했고.

매일 밤 그대 없는 옆자리를 아쉬워하며 전전반측輾轉反側. 잠 못 이루는 밤이 늘어갈수록 그리움 역시 쌓여 가기만 하는군. 하루에 도 몇 번씩 모니크 영지로 달려가고픈 마음을 억제하고 있거늘, 그대는 왜 이리 내게 잔인한…….

'이건 아니군.'
잠시 자신이 쓴 내용을 훑어본 루블리스는 미련 없이 편지지를 구겨 버리고는 다시 깃펜에 잉크를 적셨다.

잘 지내고 있소? 늘 함께 있었던 탓인지, 오늘따라 그대가 없는 빈자리가 유독 크게 느껴지는군.
디아나의 걱정은 마시오. 건강하게 잘 지내고 있으니. 어찌나 팔 팔한지, 오늘은 꼭두새벽부터 찾아와 그라디스와 놀겠다며 나를 깨웠지 뭐요.
그런데 말이오, 티아. 디아나도 이제 일곱 살인데 외간 남자와 놀게 두어도 되는 거요? 사실 나는 그라디스가 별로 마음에 들지 않소. 카르세인 경의 아들인 것으로도 모자라 이름은 왜 또 하필 이면 베리타 공자와 비슷하냔…….

'이것도 아니군.'

또 다시 편지지를 구겨 버린 루블리스는 슬쩍 한숨을 내쉬며 깃펜을 내려놓았다. 그동안 쌓인 것이 많기는 했던 모양인지, 자꾸만 속마음이 날것으로 나오는 통에 도저히 편지를 완성할 수가 없었다. 물론 그는 결국 그녀에게 문제의 편지 묶음을 주어 버리고 말았으므로 이제 와 딱히 가릴 것도 없기는 했지만, 아무리 그래도 이렇게 대놓고 질투심을 드러내는 것은 조금 그랬다.

루블리스는 뻑뻑한 눈 사이를 손으로 꾹꾹 누르며 등받이에 몸을 기댔다. 그녀와 함께 있을 때엔 시간이 물 흐르듯 빠르게 흘러갔는데, 최근 한 달 동안은 하루가 너무도 길게만 느껴졌다.

'차라리 그냥 데리러 갈까.'

문득 머릿속을 스치고 지나가는 생각에 그동안 애써 유지하고 있던 인내심이 끊어질 듯 위태롭게 흔들렸다. 이성은 아직 한참 어린 디아나만 두고 수도를 비울 수 없다며 참으라고 외치고 있었지만, 그녀가 떠난 이래 차곡차곡 쌓이고 있던 감정은 복잡한 사정 따위 알 게 무어냐며 그를 유혹했다.

마음속에서 벌어지던 치열한 전쟁의 승자가 막 가려지려던 그때, 노크 소리가 들리고 곧이어 안으로 들어선 시종장이 말했다.

"황제 폐하, 펜릴 후작이 알현을 청하고 있습니다. 어찌할까요?"

"들라 하라."

속으로 한숨을 삼킨 루블리스가 답하자 잠시 후 새하얀 제복 차림의 남자가 안으로 들어와 깊숙이 허리를 숙여 예를 갖췄다.

"제국의 태양, 황제 폐하께 이스테론 라 펜릴이 인사 올립니다."

"어서 오시오, 펜릴 후작. 무슨 일로 짐을 보자 하였소?"

좀 전까지 하던 생각 탓에 괜히 뜨끔한 마음으로 묻자, 후작은 굳은 표정으로 잠시 머뭇거리다 말했다.

"저, 폐하, 실은 드릴 말씀이 있습니다."

"말해 보시오."

"송구합니다, 폐하. 황후 폐하께서 단단히 함구령을 내리신 탓에 미처 말씀드리지 못하였으나, 사실 황후 폐하께서는 이미 이틀 전 모니크 영지를 출발하셨……."

"뭐라고? 방금 뭐라 하였소? 황후가, 언제 영지를 출발했다고?"

"이틀 전이라 들었으니, 아마도 지금쯤이면 수도에 도착하셨을…… 폐, 폐하?"

이 여자가 진짜!

자리에서 벌떡 일어선 루블리스는 황급히 자신을 부르는 펜릴 후작을 무시한 채 그대로 방을 박차고 나갔다. 함구령이라니, 대관절 누구를 말려 죽이려고 이런 깜찍한 장난을 쳤단 말인가. 그렇잖아도 그리움에 속이 타들어 가 그냥 황궁을 뛰쳐나갈까 고민하기까지 했는데.

폭풍 같은 기세로 걸음을 옮기는 그를 보며 궁내부원들이 모두 허겁지겁 예를 갖췄지만, 루블리스는 그런 그들을 깡그리 무시한 채 속도를 더욱 높여 중앙궁을 빠져나갔다. 황황히 따라오는 사람들 같은 건 이미 안중에도 없었다. 그저 지금쯤이면 그녀가 수도에 도착했을 것이라는 펜릴 후작의 말만이 머릿속을 뱅뱅 맴돌았을 뿐.

점점 빨라지던 걸음이 어느새 뜀박질 수준으로 변했을 무렵, 저 멀리 외궁과 내궁을 나누는 견고한 성벽이 보였다. 아직 오후인 탓에 활짝 열려 있는 성문 사이로 곧장 돌진하려던 다리가 우뚝 멈췄다. 성벽이 드리운 그늘 속에서 모습을 드러낸 한 사람 때문이었다.

"폐하?"

"……."

"어떻게 아신 거예요? 놀래 드리려고 했는데. 아니, 그보다 왜 이렇게 얼굴이 상하신 거예요? 혹 어디가 미령하신 거예요? 네?"

후다닥 달려들어 자신을 이리저리 살피는 그녀를 보자 그제야 비로소 내내 그리워하던 아내가 돌아왔다는 사실이 실감나서, 루블리스는 폭포수처럼 걱정을 쏟아내는 그녀를 끌어당겨 그대로 품 안에 가두었다. 나긋하게 안겨 오는 자그마한 몸과 폐부 가득 느껴지는 은은한 라벤더 향에 날카롭게 벼려졌던 신경이 비로소 사르르 풀어졌다. 이제야 좀 살 것 같았다.

"폐하?"

"그대는."

"……?"

"그대는 내 숨이라 하지 않았소. 다시는 날 그리 홀로 내버려 두지 마시오. 제발 부탁이오."

두서없이 쏟아지는 말에 잠시 침묵하던 그녀가 달래듯 그의 등을 부드럽게 쓸어내렸다. 다정한 그 손길이 행여 멀어질세라, 루블리스는 그녀를 끌어안은 팔에 더욱 힘을 주며 나지막하게 속삭였다.

"날이 지날수록 점점 더 숨이 막혀…… 이대로 죽는 줄만 알았소. 그대가 하루만 더 늦게 왔어도, 내 분명 살기 위해 황궁을 박차고 나갔을 게요."

"폐하."

"보고 싶었소, 티아. 그대가 없는 한 달이 어찌나 긴지, 이대로 영영 내일이 오지 않는 것은 아닐까 두려웠소. 그러니 제발 다시는…… 다시는 날 그리 외롭게 버려두지 마오. 부탁이오."

"그럴게요. 정말 죄송해요, 폐하. 미리 전갈을 보냈어야 했는데, 제가 생각이 짧았어요."

거센 힘에 다소 힘겨워하면서도, 그녀는 그의 품에서 벗어나려 하는 대신 그저 조곤조곤 사과의 말을 건넸다.

"실은 답장을 받자마자 바로 짐을 꾸렸는데, 생각보다 챙길 게 많아서 조금 늦어졌어요. 죄송해요, 루브. 좀 더 빨리 왔어야 했는데……."

조금 진정이 된 덕분일까?

안절부절못하며 거듭 사과의 말을 늘어놓는 그녀를 보자 그제야 비로소 지난 한 달간 얼어붙어 있었던 갖가지 감정들이 하나둘 수면 위로 떠오르기 시작했다.

루블리스는 슬쩍 팔에서 힘을 풀며 뭐라고 종알종알 이야기하는 그녀를 내려다보았다.

따스하게 빛나는 황금색 눈동자와 곧게 뻗은 은빛 속눈썹, 그리고 무척이나 탐스러워 보이는 분홍빛 입술.

오랜만에 마주하는 그 모습에 문득 지난밤 이를 갈며 했던 굳은 결심이 떠올랐다. 루블리스는 아래쪽에서 슬금슬금 퍼지기 시작하는 열기를 애써 누르며 그녀의 귓가에 작게 속삭였다.

"정말 미안하오?"

"네, 폐하."

"그럼 이렇게 말로만 할 것이 아니라 제대로 된 사과를 해야 하지 않겠소?"

"제대로 된 사과…… 요?"

의아하게 얼굴로 되묻는 그녀를 보자 온몸을 짓누르고 있던 피로가 한순간에 날아가는 듯했다. 그 놀라운 변화에 문득 웃음이 나왔지만, 루블리스는 터져 나오려는 웃음을 다정한 미소로 위장하며 애써 시커먼 속내를 숨겼다.

"그건 천천히 얘기하도록 하고, 일단 들어갑시다. 긴 여행에 피곤했을 터인데."

"네? 아, 네, 폐하."

"경들도 모두 고생했다. 황후를 무사히 모셔 온 것에 대한 치하는 다음날 할 터이니, 오늘은 이만 해산하도록."

그제야 눈에 들어온 근위기사들에게 가벼운 치하의 말을 남기고서, 루블리스는 사랑스러운 아내의 어깨에 팔을 두른 채 황후궁을 향해 걸음을 옮겼다.

아무래도 오늘은 푹 잠들 수 있을 것 같았다.

……여러 가지 의미에서.

그동안 나는 아마도 디아나 누님과 우리 두 사람의 탄생 사이에 팔 년이라는 세월이 존재하는 만큼 여러 가지 말 못할 사정이 있던 게 아닐까 짐작했었는데, 나중에 알고 보니 정말로 그런 사연이 있긴 했다. 모 부인에게 슬쩍 귀띔받은 바에 따르면 아무래도 달랑 황녀 하나, 그것도 디아나 누님 같은 천방지축 황녀 하나만을 생산한 후 소식이 없다 보니 모후 폐하께서 마음고생이 제법 심하셨던 모양이니까.

어쨌든 그 바람에 모후 폐하께서는 결국 반포기 상태로 외가의 후계자 문제를 해결하고자 영지를 방문하셨다고 하는데, 신기하게도 마음을 비우자 좋은 소식이 찾아왔다고 한다. 영지를 방문했다 귀환하신 직후 나와 엘리나를 회임하셨다나?

사실 이 대목에서 나는 놀라움을 금할 수가 없었다. 그 부황 폐하께서 모후 폐하를 무려 한 달간이나 곁에서 떨어뜨려 놓으시다니! 게다가 그런 이유였다면 더더욱 보내 주셨을 리가 없는데 말이다. 이 점이 궁금해서 나중에 따로 알아 봤더니, 당시 부황 폐하께서는 그런 사연을 모른 채 그저 영지를 둘러보고 싶다는 모후 폐하의 간청에 넘어가 허락하신 거였단다. 으이구, 그럼 그렇지.

어쨌든 그 얘기를 하면서 모 부인이 왜 그리 얼굴을 붉히나 했는데, 후일 들은 바로는 그럴 만한 이유가 있었다. 두 분의 애정 행각이야 워낙 유명하지만, 그럼에도 모후 폐하께서 귀환한 날 부황께서 보여 주셨던 행동은 내가 생각하기에도 타의 추종을 불허하는 일이었으니까.

수, 숨…… 으윽, 여하튼 그런 닭살 돋는 대사까지는 그렇다고 쳐도, 세상에 힘도 좋으시지. 어떻게 사흘 밤낮을 침실에서……. 하, 차마 더 쓰기도 부끄럽다.

……어쨌든 그 덕분에 나와 엘리나가 태어날 수 있었으니, 감사하다고 해야 하나?

— 휘황 아드리안의 일기 중에서

16. 오후의 티타임

16. 오후의 티타임

"하오면 폐하, 이 건은 어찌할까요?"

슬쩍 창밖을 내다보며 시간을 가늠한 루블리스는 계속해서 물어 오는 보좌관을 향해 눈썹을 잔뜩 찌푸렸다. 평소에도 별로 눈치가 없는 자라고 생각하기는 했지만, 마음이 조급한 탓인지 오늘따라 그 모습이 더욱 거슬렸다.

그렇지만 기분이 나쁘다 해서 대답을 안 해 줄 수는 없는 노릇이었으므로, 루블리스는 어쩔 수 없이 그가 내미는 서류를 휘리릭 훑어보고는 말했다.

"……이게 왜 또 문제가 되는지 모르겠군. 분명 작년에도 이 비슷한 일이 있었던 것 같은데. 담당자가 누구지?"

"레슬랭 백작입니다."

"당장 소환장을 날리도록. 내일 이맘때까지 해결책을 찾아오지 못한다면 엄하게 책임을 묻겠다고 하고. 되었나?"

"네, 폐하. 하옵고…….".

"또 뭔가?"

짜증스럽게 되묻자 그제야 움찔한 보좌관은 아무것도 아니라며 황급히 고개를 저었다. 일국의 황제를 보좌하는 자치고는 신기하리만큼 느려 터진 반응이었다.

'능력만 없었어도 확 잘라 버리는 건데.'

루블리스는 뒤늦게 슬금슬금 눈치를 살피는 보좌관을 잠시 노려보다 자리에서 벌떡 일어났다. 도대체 어떻게 해서 저 지위에 오른 것인지. 보통 보좌관이라 함은 빠릿빠릿한 것을 미덕으로 치는 직위 중 하나가 아니던가.

하지만 지금 그에게 중요한 것은 보좌관의 눈치 여부가 아니었다. 다시 한 번 창밖을 내다보며 시간을 가늠한 루블리스는 빠른 걸음으로 중앙궁을 나섰다. 약속했던 때보다 한참 시간이 지난 탓에 마음이 무척 다급했다.

등나무로 만든 아치형 문을 지나 한참을 걷자 저 멀리 점점 좁아지는 산책로 끝에 서 있는 근위기사들의 모습이 보였다. 그 뒤로 펼쳐진 작은 정원 한가운데 자리 잡고 있는 은빛 꽃나무도.

"황제 폐하를…….".

"쉿, 예는 생략해도 좋다."

예를 갖추려는 근위기사들에게 빠르게 명한 루블리스는 잠시 입구에 서서 꽃나무 그늘에 옹기종기 모여 있는 크고 작은 인영들을 말없이 바라보았다.

은빛 머리카락을 곱게 틀어 올린 채 은은하게 미소 짓고 있는 여인, 그녀를 똑 닮은 얼굴로 무어라 열심히 이야기하고 있는 은발 소녀와 제 누이의 말에 귀 기울이는 푸른 머리카락의 남아, 그리고 또랑또랑한 눈으로 제 형제들을 바라보고 있는 자그마한 은발 여아.

그의 마음을 온통 사로잡은 네 사람을 보자 오전 내내 그를 휘감고 있던 짜증과 피로가 한 번에 씻겨 내려갔다. 보기만 해도 사랑스러운 그 모습에 몹시 행복한 기분이 들어서, 루블리스는 저도 모르게 숨을 죽인 채 조심스레 걸음을 옮겼다.

"……다니까? 내가 진짜, 아우, 얼마나 짜증났는데."

"그렇지만 그거, 누나가 잘못한 게 맞는 것 같은데?"

조금씩 좁혀지는 거리 사이로 카랑카랑한 아이들 특유의 목소리가 들려왔다.

루블리스는 심각한 표정으로 대화를 나누는 두 아이를 보며 슬며시 웃음을 머금었다. 저보다 여덟 살이나 어린 동생에게 억울함을 호소하는 디아나나 다섯 살 아이답지 않게 진지한 표정으로 그 말을 들어주는 아드리안이나, 둘 다 하는 짓이 귀엽기 짝이 없었다.

"아니거든! 네가 그 상황을 못 봐서 그래! 그리고 너, 아무리 그래도 너는 내 편을 들어줘야 하는 거 아냐? 어떻게 그라디스 편을 들 수가 있어?"

"그렇지만 아무리 생각해 봐도 누나가 잘못한 것 같은걸. 게다가 옳고 그름을 따지는 데 네 편 내 편이 어디 있어?"

"이씨, 이게 진짜?"

"언니, 오빠, 싸우지 마아."

점점 높아지는 목소리에 겁을 먹은 듯, 한 손으로 제 어미의 치맛자락을 움켜쥔 여아가 울먹거리는 목소리로 말했다. 당장에라도 울음을 터트릴 것 같은 그 모습에 황급히 대화를 멈춘 두 아이가 고개를 붕붕 저었다.

"아니야, 엘리나. 우리 안 싸웠어. 싸우긴 누가 싸웠다고 그래?"

"맞아. 그러니까 울지 말고 뚝. 모후 폐하께서 울면 나쁜 아이라고 했어, 안 했어?"

사랑스럽기 짝이 없는 그 모습에 잠시 걸음을 멈추고 조용히 대화를 듣는데, 조금 당황한 표정으로 막내 동생을 달래던 디아나와 문득 시선이 마주쳤다. 이제 살았다는 표정으로 한숨을 푹 내쉰 은발 소녀가 여아를 쿡 찌르며 말했다.

"엘리나, 부황 폐하 오셨다. 어서 가서 인사해야지?"

"어, 진짜다. 부황 폐하!"

언제 울먹였냐는 듯 활짝 얼굴을 편 자그마한 아이가 의자에서 폴짝 뛰어내렸다. 루블리스는 뽀르르 달려오는 아이를 번쩍 안아 올리며 빙긋이 미소 지었다.

"왜 이렇게 늦었어요, 부황 폐하?"

"미안하구나. 빨리 오려고 했는데, 일이 자꾸 생겨서 말이다. 많이 기다렸느냐?"

"응, 정말 많이 기다렸어요. 모후 폐하가 부황께서 오시기 전에는 케이크 먹으면 안 된다고 했단 말이에요."

이건 그를 반기는 건지 아니면 드디어 케이크를 먹을 수 있게 되어서 좋아하는 건지.

고개를 끄덕끄덕하는 엘리나를 안아 든 채 알쏭달쏭한 기분으로 그늘에 들어서자, 살며시 미소 지은 아리스티아가 말했다.

"어서 오셔요, 루브. 일이 많으셨나 봐요?"

"딱히 그런 건 아니었는데, 랑클 보좌관이 눈치 없게 자꾸 붙들어서 말이오. 내 울컥하는 마음을 참느라 힘들었소."

"그러지 마시어요. 다 제국을 위하여 그러는 것이 아닙니까. 매사 열심히 하는 사람이기도 하고요."

달래듯 조곤조곤한 목소리로 그를 다독인 그녀가 아이들을 돌아보며 말했다.

"디아나, 아드리안, 부황 폐하께 인사 드려야지?"

"어서 오세요, 부황 폐하!"

"오셨어요?"

애교 있게 웃어 보이는 디아나와 꾸벅 고개만 숙여 보이는 아드리안, 그리고 제 목에 팔을 감은 채 고개를 묻고 있는 엘리나. 티아와의 사이에서 낳은 세 아이들은 그 생김새만큼이나 성격도 각양각색이었다.

그중 아드리안만이 저를 닮은 듯 몹시 차가운 성격으로 보였지만, 그럼에도 루블리스는 그가 귀엽게만 느껴졌다. 지금처럼 손을 뻗어 머리카락을 쓰다듬어 주면 어색한 듯 눈썹을 찡그리면서도 목을 벌겋게 물들이곤 했으니까. 나이답지 않게 냉철한 아들이 가끔씩 보여 주는 그런 아이다운 모습은 살갑게 구는 두 딸과는 또 다른 의미에서 몹시 사랑스러웠다. 비록 그와 티아를 제외한 다른 이들은 그렇게 느끼지 않는다 하더라도.

다시 한 번 아드리안의 머리를 쓰다듬어 주고서, 루블리스는 엘리나를 안은 채 빈 자리에 앉았다. 혹여 불편할세라 자세를 고쳐 편안하게 무릎 위에 앉히자 엘리나는 곧바로 자그마한 포크를 집어 들며 말했다.

"모후 폐하, 저 이제 케이크 먹어도 돼요?"

"부황 폐하더러 먼저 드셔 보세요, 라고 해야지."

"웅, 부황 폐하? 케이크 드세요오."

"그래, 너도 많이 먹거라."

고개를 끄덕인 그가 포크를 드는 시늉을 하자, 침을 꼴깍꼴깍 삼키며 그를 바라보던 작은 아이는 기다렸다는 듯 케이크 접시에 덤벼들었다.

루블리스는 그 모습을 잠시 흐뭇한 표정으로 바라보다 도로 포크를 내려놓으며 옆을 돌아보았다.

"아참, 티아."

"네, 말씀하세요, 루브."

"어젯밤 그대가 얘기한 그 건 말이오. 어느 정도 가닥이 잡힌 것 같은데, 한번 살펴보겠소?"

"아, 네. 그럴게요."

"잘됐군. 그럼 티타임을 마치고 함께 갑시다."

"그래요, 그럼."

따스하게 빛나는 황금색 눈동자가 그를 향해 부드럽게 휘어졌다. 루블리스는 잔잔하게 미소 짓는 그녀를 보며 마주 웃음 지었다.

그가 황위에 오른 지도 어언 십사 년.

길다면 길고 짧다면 짧은 그 세월 동안 정말 많은 일이 있었지만, 그녀가 있었기에 그는 이 큰 제국을 건사하면서도 외롭지 않을 수가 있었다. 그와 같은 곳에 서서 함께 고민해 줄 수 있는 사람은 그녀가 유일했으니까.

"아, 또 시작하셨다."

"……그러게."

"솔직히 좀 그렇지 않아? 아니, 물론 사이가 좋으신 건 우리한테도 좋은 일이긴 한데……."

"뭐, 어쩌겠어. 자식인 우리들이 이해해 드려야지."

"휴우, 그래. 우리도 케이크나 먹자. 이러다 엘리나가 다 먹겠다."

가슴 속까지 따스해지는 기분에 슬며시 보드라운 손을 감싸 쥐려던 루블리스는 소곤소곤 들려오는 대화 소리에 멈칫하며 동작을 멈추었다. 디아나와 아드리안의 속삭임을 들은 것은 마찬가지인 듯, 뜨끔하는 표정으로 재빨리 손을 거둔 그녀가 황급히 찻잔을 내밀며 말했다.

"어서 드셔요. 이러다 다 식겠어요."

"음, 그럽시다. 그대도 어서 드시오."

괜히 멋쩍은 기분에 무릎 위에 앉아 있는 엘리나를 한 번 추스른 루블리스는 천천히 팔을 뻗어 찻잔을 입가로 가져갔다. 세월이 갈수록 흥취가 더해져 가는 그녀의 차는 정말이지 그의 입맛에 딱 맞았다. 그 바람에 이제 그는 그녀가 직접 우려낸 것이 아니면 그 어떠한 차도 입에 댈 수가 없었다.

어찌 보면 손해 같지만 뭐, 아무려면 어떠랴. 어차피 그녀는 저 사랑스러운 아이들과 함께 늘 그의 곁에 있는데. 그와 함께 평생을 살아가겠노라 굳게 약조하였는데.

잠시 눈을 감은 채 은은한 차향에 취해 있을 때, 갑자기 차가운 무언가가 입가에 와 닿았다. 깜짝 놀라 눈을 뜨는 그에게 활짝 웃어 보인 자그마한 여아가 손에 쥔 무언가를 불쑥 들이밀었다.

"케이크 드세요, 부황 폐하!"

"아, 그래. 고맙구나, 엘리나."

얼굴 여기저기에 하얀 크림이 묻는 것이 느껴졌지만, 루블리스는 아무렇지도 않게 미소 띤 표정으로 딸아이가 주는 케이크를 받아먹었다. 고작 그깟 크림 때문에 저리 방긋거리고 웃는 딸아이를 실망시킬 수는 없었다.

"아하하, 부황 폐하! 얼굴이 그게 뭐예요!"

"큭……."

"이런, 엘리나. 조심해야지."

까르르 웃는 디아나와 애써 웃음을 참는 아드리안을 보며 역시 입가에 웃음을 머금은 티아가 서둘러 손수건을 꺼내 들었다. 아무래도 그의 얼굴 상태가 여간 심각한 것이 아닌 모양이었다.

하지만 모두가 웃거나 말거나, 또다시 케이크를 뚝 잘라 낸 엘리나는 곧바로 포크를 제 어미에게 내밀며 방긋 웃었다.

"모후 폐하도 케이크 드세요!"

"응? 어머나, 모후에게도 주는 거니?"

"응! 이거 정말 맛있어요!"

"그래. 고맙다, 우리 딸."

루블리스는 무척 즐거워 보이는 얼굴로 케이크를 받아먹는 아내를 보며 애써 웃음을 삼켰다. 늘 단정하던 그녀가 입가에 하얀 크림을 묻힌 모습이 무척 생경하면서도 우스웠다.

그런 그의 속마음을 알아차린 듯, 그에게 손수건을 내밀다 말고 가볍게 눈을 흘긴 그녀가 말했다.

"그렇게 보지 말아 주실래요? 폐하께서도 마찬가지거든요?"

"그거야 그렇지만…… 큭, 너무…… 웃기잖소."

"아이참, 웃지 마시라니까요?"

아이를 셋이나 낳은 여자답지 않게 잔뜩 토라진 표정이 몹시 귀여워, 루블리스는 한껏 웃음을 머금은 채 그녀에게서 손수건을 받아들었다. 그러고는 자신의 얼굴을 닦는 대신 팔을 뻗어 그녀의 입가를 꼼꼼하게 닦아 주었다.

"그리 화내지 마시오. 그대가 어릴 때조차 보지 못했던 모습이라, 어쩐지 신기하기도 하고 귀여워 보이기도 하여 그랬소."

"……."

"저기 부황 폐하, 저희도 있다는 걸 잊지 말아 주셨으면…… 악!"

"자, 아드리안, 엘리나, 케이크도 다 먹었으니 이제 우리는 저쪽에 가서 놀까? 아까 오면서 보니까 꽃이 잔뜩 피었더라."

투덜거리는 아드리안의 옆구리를 슬쩍 꼬집은 디아나가 발딱 일어서며 말했다. 곧바로 고개를 끄덕인 엘리나가 의자에서 폴짝 뛰어내리자, 눈썹을 찌푸린 채 제 누이를 노려보던 소년 역시 자리에서 일어났다.

루블리스는 눈치 빠르게 자리를 비켜 주는 디아나를 보며 피식 웃었다. 오랫동안 이 비슷한 일들을 겪은 탓인지 행동이 참 잽싸기도 했다. 뭐, 물론 그의 입장에서야 무척 고마운 일이었지만.

앞서거니 뒤서거니 하며 멀어지는 아이들을 입가에 은은한 미소를 머금은 채 한참 동안 바라보던 아리스티아가 말했다.

"우리 아이들, 참 예쁘죠?"

"물론이오. 나중에 어찌 결혼을 시킬까 벌써부터 걱정이 되는군."

"그러니까요. 어릴 때만 해도 이런 날이 올 거라고는 전혀 생각지 못했는데……. 행복하네요."

"나도 그렇소, 티아. 그대와 나란히 앉아 이렇게 웃는 날이 올 줄은 꿈에도 몰랐지. 우리를 닮은 아이들과 함께할 거라고는 더더욱."

나지막하게 답하자, 그녀는 엷게 미소 띤 얼굴로 살며시 그의 어깨에 머리를 기댔다.

루블리스는 그녀 특유의 은은한 라벤더 향을 깊숙이 들이마시며 조심스레 팔을 들어 가냘픈 어깨를 감쌌다.

"그렇지만 말이오. 아이들도 물론 그러하나, 내게는 언제나 티아, 그대가 가장 소중하오. 그대는 내게 늘 갈망하는 무언가였고, 오직 하나뿐인 마음의 안식처였으며, 숨결과도 같은 사람이었으니까. 물론 앞으로도 계속 그러할 테고."

"……루브."

"그대는 어떠하오? 그대 역시 나와 같이 생각하오?"

"그럼요. 언제까지나, 지금껏 늘 그래 왔던 것처럼."

가만가만 건네 오는 음성은 무척이나 포근했다. 저 멀리서 들려오는 아이들의 웃음소리도.

세상 무엇과도 바꿀 수 없는 따스한 그 느낌에 가슴 속 깊은 곳이 뿌듯하게 차올랐다. 사랑하는 사람들의 모습을 두 눈 가득 담은 채, 루블리스는 보드라운 은빛 머리카락을 쓸어내리며 빙긋이 미소 지었다.

따스한 어느 봄날의 오후였다.

17. 항상, 늘, 언제까지나

17. 항상, 늘, 언제까지나

"제국의 태양과 달, 두 분 폐하께 모니크가의 집사 앨런 데이커가 인사 올립니다."

"오랜만이군."

"오랜만이야, 집사. 그동안 잘 지냈어?"

나는 정중하게 허리를 숙이는 노인을 향해 희미하게 미소 지었다. 보통은 이리 친근한 말투를 쓰지 않는데, 어린 시절부터 가문을 떠나던 날까지 늘 함께하던 사람이라 그런지 이상하게 그와 리나에게 사용하는 말투만큼은 쉽게 고칠 수가 없었다. 황후의 자리에 오른 지 벌써 스무 해가 넘게 지났음에도 그랬다.

못 보던 사이 부쩍 희끗해진 머리를 보자 또다시 울적해졌다. 처음 집사 자리를 물려받았던 당시에는 삼십 대 초반에 불과했던 그도 어느새 저렇게 나이가 들었다는 생각이 들어서. 하긴 늘 정정하실 줄 알았던 아버지께서도 그예 비타의 품으로 떠나 버리셨는데, 집사가 저리 늙은 것도 당연한 일이겠지.

언제나 자상하시던 아버지의 모습이 떠오르자 또다시 눈시울이 뜨겁게 달아올라서, 나는 젖어 드는 눈을 빠르게 깜빡이며 허공을 올려다보았다. 이리 일찍 가실 줄 알았다면 아버지와 더 많은 시간을 함께 보냈을 텐데. 잠시라도 좋으니 자주 찾아뵙고 더 많이 대화를 나눴을 텐데. 조금이라도 더…… 잘해 드렸을 텐데.

뿌옇게 흐려지던 시야가 기묘하게 일그러지는 순간, 맞잡은 손에 슬쩍 힘이 들어가는 것이 느껴졌다. 위로하듯 손등을 토닥인 그가 한 발 앞으로 나서며 나를 사람들의 시야에서 가려 주었다.

나는 속으로 그에게 감사를 표하며 사람들의 눈에 띄지 않게 서둘러 눈물을 닦아 내었다. 이미 장례식도 치르고 영지로 향하는 운구 행렬 역시 배웅하고 난 뒤이건만, 아버지를 잃은 슬픔은 비보悲報를 막 접했을 때에 비해 조금도 줄지 않았다. 오히려 시간이 흐를수록 그리움마저 더해 갔을 뿐.

가라앉은 목을 가다듬으며 그의 뒤에서 빠져 나오자, 잠시 집사와 대화를 하고 있던 그가 곧바로 나를 돌아보았다. 나는 걱정스레 바라보는 그를 향해 애써 입꼬리를 들어 보이며 말했다.

"폐하께서도 함께 가시겠어요? 아니면 잠시 기다리실래요?"

"나야 물론 함께 가고 싶소만, 괜찮겠소?"

지금 나는 시집간 딸로서 친정을 찾아온 것이 아니라 모니크가의 일원으로서 전前 가주였던 아버지의 유지를 받들러 온 것이었으므로, 함께 가도 괜찮겠느냐는 그의 질문은 타당한 것이었다. 황가의 일원인 그가 아무리 아내의 가문이라 한들 타 가문의 일에 관여하는 것은 비례였으니까. 그럼에도 그가 저렇게 말하는 것은 아마도 아버지의 얘기만 나오면 몹시 우울해지는 내가 걱정된 탓이리라.

그 마음이 고마워서, 나는 맞잡은 손에 가볍게 힘을 주며 고개를 끄덕였다.

"그럼요. 다른 분도 아니고 폐하이신걸요. 음, 집사, 어디로 가면 되지? 집무실? 아니면 내 방?"

"집무실로 가시면 됩니다, 황후 폐하. 안내하겠습니다."

"아니, 괜찮아. 오랜만에 집도 좀 둘러볼 겸 알아서 갈게. 가요, 루브."

"그럽시다."

그와 함께 이 층에 올라 커다란 방문을 열자 무척 친숙한 공간이 눈에 들어왔다.

결혼 전에도, 그리고 그 후 방문했을 때에도 아버지와 더불어 가장 많은 시간을 보냈던 공간, 아버지의 집무실.

눈을 감았다 뜨면 저기 저 자리에 아버지께서 앉아 계실 것 같은데, 언제나 그랬듯 희미한 미소를 지으며 어서 오라고 나를 반겨 주실 것 같은데, 아무리 여러 번 눈을 감았다 떠 봐도 커다란 책상 앞은 텅 비어 있었다. 그리운 잔향만이 남아 있을 뿐.

간신히 진정시켰던 눈물이 또다시 왈칵 솟아오르는 것이 느껴졌지만, 나는 애써 달아오른 눈시울을 감추며 텅 빈 책상 위를 쓸어보았다. 신임 가주를 위해 치워 둔 듯한 그곳에는 아버지께서 내게 남기셨다던 몇 가지 물건과 은빛 편지 봉투 하나만이 놓여 있을 뿐 아무것도 존재하지 않았다.

여인의 것으로 보이는 머리 장식 하나와 아버지께서 항상 몸에

지니고 다니시던 인장 브로치, 그리고 열여섯의 어느 겨울에 내가 말없이 내려놓았던 두 줄의 은빛 어깨끈.

떨리는 눈으로 한참 동안 그것들을 바라보다가, 나는 천천히 팔을 뻗어 은빛 편지 봉투를 집어 들었다. 그러고는 혹여 내용물이 망가질세라 조심조심 봉인을 뜯었다.

딸 티아 보아라.

얼마 만에 네 이름을 불러 보는지 모르겠구나. 이리 부르는 것이 도리가 아님은 알고 있으나, 마지막 순간까지 딱딱하게 너를 부르고 싶지는 않았다. 이해해 다오.

네가 걱정할까 봐 자세히는 얘기하지 않았지만, 아무래도 아비는 살날이 얼마 남지 않은 것 같구나. 하루하루가 다르게 느껴지는 데다 요즘 들어 네 어미가 자주 꿈에서 나타나는 것이, 그녀와 재회할 날이 머지않은 것 같다는 생각이 자꾸만 든단다.

하여 그날을 대비해 몇 가지 물건과 함께 이 글을 적어 집사에게 맡긴다. 이 편지를 네가 받아 볼 때쯤이면 아마도 아비는 이 세상에 없을 테지. 영특한 너이니, 아마도 이미 물건들을 보고 아비가 무슨 말을 하고 싶었는지 알아차렸을 게다. 그래도 혹시나 하는 마음에 굳이 사족을 덧붙인다.

머리 장식은 네 어미의 유품이고, 인장 브로치와 어깨끈은 만에 하나 가문으로 돌아올지도 모르는 너를 위해 남겨 둔 것이다. 물론 일전에 네게 언질받은 바도 있고 변함없이 너를 아끼시는 황제 폐하를 보아하니 그럴 일은 없을 것 같다만, 그래도 사람의 일은 모르는 것이니 잘 간직하고 있거라. 만약의 경우가 닥친다면 그것이 네게 큰 힘이 되어 줄 것이니.

이제 와 하는 얘기지만, 아비는 너를 보내 놓고도 한동안 몹시 걱정했었다. 하나 그 모든 염려가 무색할 정도로 폐하와 행복하게 잘 사는 모습을 보니 어느 순간부터 안심이 되더구나. 게다가 이제는 황태자 전하와 두 황녀 전하께서도 계시니 더는 그런 문제로 걱정할 필요도 없겠지.

사랑하는 내 딸 티아야.

너는 내게 있어 언제나 자랑스러운 아이였고, 또 외로운 세상에 단 하나 남은 소중한 보물이었다. 무뚝뚝한 아비 밑에서 제대로 된 애정 표현 한 번 받아 보지 못했음에도 반듯하게 잘 자라 준 네가 아비는 참 고맙구나. 덕분에 아비는 네 어미와 재회하는 날 자랑스레 말할 수 있을 것 같다. 우리 딸이 이렇게 잘 자랐노라고. 그리고 앞으로도 잘해 낼 거라고.

그러니 내 딸아, 부디 아비의 죽음을 슬퍼 말거라. 아비는 네가 있어 몹시 행복했고, 곧 네 어미와 재회할 수 있다는 생각에 또다시 행복하다. 그러니 너도 이제 그만 나를 기쁘게 보내 다오. 언젠가 다시 만날 그날이 오면 우리 웃으며 재회하자꾸나.

그러니 그날까지, 오래오래 행복하게 잘 살아야 한다.

사랑한다, 티아. 어여쁜 나의 딸아.

케이르안 라 모니크.

추신. 예전에 가르쳐 주었던 비밀 장소를 기억하느냐? 도저히

헤어 나올 수 없는 수렁에 빠졌을 때, 창의 궁지를 기억하거라. 그
것이 네게 길을 열어 줄 것이다.

　뿌옇게 차오른 습막 때문에 마지막 문장은 잘 보이지도 않았지
만, 나는 이를 악물며 흐릿한 눈가를 거칠게 닦아 내었다. 슬퍼하
지 말라던 아버지의 당부를 보았기에 도저히 울 수가 없었다.
　네, 울지 않을게요, 아버지.
　속으로 중얼거리며 은빛 편지지를 곱게 접으려는 순간, 좀 전에
는 미처 읽지 못했던 편지의 끄트머리가 눈에 들어왔다.
　비밀 장소, 창의 궁지.
　그 문구를 보자 문득 잊고 있었던 과거의 기억이 떠올라, 나는
생각을 정리할 틈도 없이 자리에서 일어나 태피스트리 뒤편의 한
지점을 손으로 짚었다. 그 순간, 무언가가 맞물리는 소리가 들리
고 곧이어 오목한 홈이 여러 개 파인 문과 함께 수십 개의 문자열
이 모습을 드러냈다.
　갑작스럽게 나타난 모니크가의 비밀 장소에 당황한 그가 놀란
목소리로 물었다.
　"티아? 이게 무슨……?"
　"확인해야 할 것이 있어서요. 함께 가실래요, 루브?"
　"……그래도 괜찮겠소?"
　"괜찮아요. 오래전 말씀드렸듯, 모니크가는 황가와 운명을 함께
하니까요."
　"그렇다면 기꺼이."
　가볍게 고개를 끄덕여 보인 그가 슬쩍 시선을 돌리는 사이, 나는

후계자가 되던 날 아버지께 들었던 암호를 맞추었다.

글로리아 모니카 Gloria Moniqua, 모니크가의 영광.

철컥.
문이 열렸다.

"이건 뭐요?"

비밀 장소에 들어선 이후로 내내 침묵하던 그가 물었다. 나는 차곡차곡 쌓인 재화들과 각종 장부들을 뒤적이다 말고 그를 돌아보았다. 그가 가리키는 곳에는 초창기 우리 가문의 문장, 즉 네 자루의 창만이 새겨져 있는 단아한 보석 상자가 놓여 있었다.

"아, 그게 제가 찾던 거예요. 감사해요, 루브."

나는 그에게 상자를 받아 이음쇠 부분을 자세히 살폈다. 옛날 아버지를 따라왔을 때 보았던 대로, 자물쇠가 달려 있어야 할 부분에는 그것 대신 여러 개의 문자가 적힌 톱니바퀴가 죽 늘어서 있었다.

역시 이거겠지?

암호를 맞춰야만 열 수 있는 그 상자를 보자 추측에 무게가 더해졌다. 이곳에서 내가 내용을 알지 못하는 것은 이 상자밖에 없는 데다, 과거 이것을 발견하고 용도를 여쭈었을 때 아버지께서는 때가 되면 알려 주겠다고 답하지 않으셨던가.

그리 크지 않은 상자를 잠시 바라보다 나는 조심스레 톱니바퀴를 돌려 단어를 맞췄다.

수페르비아 텔리Superbia teli, 창의 긍지.

마지막 문자를 맞추는 순간, 달칵 소리와 함께 뚜껑이 열렸다. 나는 군청색 벨벳 위에 얌전히 놓여 있는 물건을 보며 고개를 갸웃했다.

"이게 뭐지……?"

상자 안에 든 것은 홍옥으로 만든 작은 봉이었다. 한 손에 들어오는 길이의 그것에는 작은 글씨가 빼곡하게 세공되어 있었는데, 한쪽 끄트머리에는 청은색 술까지 달려 있어 무척이나 아름다웠다.

천천히 손을 뻗어 봉을 들어 올리는 순간, 팔랑 하고 무척 오래된 것으로 보이는 양피지 하나가 바닥으로 떨어졌다. 하지만 나는 그것을 줍는 대신 옆을 돌아보았다. 내내 침묵하며 옆에 서 있던 그가 갑자기 신음을 뱉은 탓이었다.

"루브? 어찌 그러셔요?"

의아한 표정으로 묻자, 복잡한 눈빛으로 내 손에 들린 것을 바라보던 그가 말했다.

"……그대가 찾고 있던 것이 이거였소?"

"음, 네."

"어찌해서? 그대에게 이것이 필요할 일이 뭐가 있다고……."

"응? 폐하께서는 이게 뭔지 알고 계신 거예요?"

대체 이게 뭐길래 저런 표정을 짓는 건가 싶어 되묻자, 그는 나를 유심히 살펴보다 한결 안도한 얼굴로 말했다.

"그대는 아직 모르나 보군. 그러고 보니 좀 전에도 이게 뭐냐고 했었지."

"네, 이게 뭔데 그러세요?"

"음, 내가 설명해 주어도 되겠지만 그보다는 직접 읽어 보는 편이 나을 것 같군. 자, 읽어 보시오."

직접 허리를 굽혀 양피지 조각을 집어 든 그가 내게 그것을 넘겨주었다. 나는 조금 놀란 마음으로 그에게 감사를 표한 뒤 봉을 내려놓고 양피지 조각을 펼쳐 들었다.

영광된 카스티나 제국의 제9대 황제인 짐 아브락사스 솔 샤나 카스티나는 모니크가에 대하여 그 어떤 죄에 대해서도 일 회 면책을 받을 수 있는 권한을 부여하는 바, 이는 황실의 피로 언약한 사실임을 천명하노라.

제국력 197년, 아브락사스 솔 샤나 카스티나.

양피지를 쥔 손이 파르르 떨렸다. 더 이상 커질 수 없을 정도로 크게 뜨인 눈에 유독 한 문구만이 도드라지게 들어왔다.

그 어떤 죄에 대해서도 일 회 면책을 받을 수 있는 권한.

"하……"

입술 사이로 의미를 알 수 없는 탄성이 새어 나왔다.

면책권이라니. 게다가 반역죄에서조차 행사할 수 있는 권리라니. 이런 게 우리 가문에 있었단 말인가? 그것도 거의 팔백 년 전 부터?

그제야 나는 아버지께서 내게 남긴 마지막 말씀의 진정한 의미 를 깨달았다. 어째서 이것을 발견한 폐하께서 그리 불편한 표정을 지으셨는지도.

도저히 헤어 나올 수 없는 수렁에 빠졌을 때 내게 길을 열어 줄 물건이라 하셨지. 그렇다면 아버지께서는 인장 브로치 등으로 안 배해 주신 걸로도 모자라 선대 가주들이 오랜 세월 비밀리에 지켜 왔던 면책권까지 내게 쥐어 주셨단 말인가? 만에 하나라도 가문에 돌아올 때를 대비해서?

속에서 무언가가 찰랑찰랑 차오르는 기분에 입술을 꽉 깨무는 순간, 문득 오래 전의 대화 한 자락이 머릿속을 스치고 지나갔다.

내가 아직 폐하를 피해 다니던 시절, 아버지께서는 피의 맹세를 거절당하고 의기소침해 있던 내게 그리 말씀하셨더랬다. 우리 가 문에 내려오는 것은 피의 맹세뿐만이 아니라고. 그러니 최악의 경 우 미리 얘기를 해 주면 어떻게든 처리해 주겠노라고.

그날 내가 무어라 답했는지는 잘 기억나지 않았지만, 자신만만 한 그 말씀에 한결 안도했던 것만큼은 또렷하게 기억났다. 아마도 그날 아버지께서 말씀하셨던 것이 바로 이것이었던 모양이었다.

그랬구나. 그래서 아등바등하던 나와는 달리 아버지께서는 어느 정도 여유가 있는 것처럼 보이셨구나. 그래서 선황제 폐하께서는 나를 그리 탐내면서도 차마 강제하지는 못하셨던 거구나. 다른 귀 족들이었다면 그 귀중한 권리를 고작 딸의 안위를 위해 쓰지는 않 겠지만, 어머니를 얻기 위해 목숨을 걸었던 아버지라면 충분히 그러실 수 있다는 사실을 잘 알고 계셨을 테니까. 그리고 그리된다면 목적도 이루지 못하면서 아버지와의 관계만 틀어질 뿐이라는 사실도.

어라, 잠깐, 목숨? 내가 방금 목숨이라고 생각했던가?

갑자기 머릿속을 스치는 어마어마한 추측에 휘청하며 몸이 꺾였다. 비틀거리는 나를 황급히 잡아챈 그가 걱정스러운 목소리로 물었다.

"괜찮소, 티아?"

"……아, 네."

간신히 답을 하기는 했지만, 문득 떠올린 추측에서 기인한 충격은 나를 쉽사리 놓아주지 않았다. 무언가에 얻어맞은 듯 머리가 어질어질했다.

"황후 폐하의 오해를 풀기 위해 급하게 일어서던 폐하께서 밀치셨다 들었습니다. 그 바람에 그리되셨다고요. 사실입니까?"

제국과 황실에 대한 좋지 않은 말은 듣지도 입에 담지도 않던 아버지께서 던지셨던 뜻밖의 물음.

"전하를 이곳에 보내는 것이 아니었습니다."

지은의 회임 소식을 듣고 반쯤 넋이 나간 내게 말씀하시던 한숨 섞인 목소리. 그리고―.

"조금만 기다리십시오. 돌아오면, 전하를 집에 모셔 가겠습니다."

결연해 보이는 표정으로 하시던 말씀!

"하······."

무어라 형언할 수 없는 감정이 가슴속을 가득 채웠다. 이미 잊었다고 생각했던 그날의 대화와 아버지의 표정, 그리고 단호하던 눈빛이 마치 어제 겪은 일인 듯 선명하게 떠올랐다. 어떤 의미로 하신 것이었는지, 그리고 이미 황비인 나를 어찌 데려가겠다는 건지 끝끝내 그 의미를 알 수 없었던 그날의 이야기, 확신에 찬 그 음성만이 귓가를 뱅뱅 맴돌았다.

그랬나요, 아버지? 제가 짐작하고 있는 그것이 맞는 건가요? 그때의 아버지께서도, 저를 구하기 위해 면책권을 쓰려고 하셨던 건가요? 그래서 그런 얼토당토않은 누명을 쓰신 후에도 당신을 위해 그걸 사용하지 않고 아껴 두셨던 건가요? 아니면 혹여 아버지의 목숨을 담보로 저를 놓아 달라 거래라도 하신 건가요? 네?

"아아······."

비명과도 같은 울음이 터져 나왔다. 머릿속을 뱅뱅 맴도는 갖가지 생각들이 진실인지 혹은 그저 허황된 추측에 불과한지 알 수는 없었지만, 적어도 당시의 아버지께서 내게 주셨던 사랑 역시 현재의 그것 못지않게 컸다는 한 가지 사실만은 확실했다. 정작 당시의 나는 죽음을 맞이하는 순간까지도 아버지의 마음에 대해 반신반의했음에도.

편지를 읽고 났을 때만 해도 결코 울지 않겠노라 굳게 다짐했건만, 오랜 세월이 지나서야 간신히 깨달은 과거의 진실 한 자락은 어렵사리 막아 두었던 눈물의 둑을 그예 무너뜨려 버렸다. 너무도 늦은 깨달음이, 그리고 그것을 털어놓으며 감사하다고 말씀드리고픈 아버지의 부재가 시리도록 서글프게 다가와, 나는 욱신거리는 가슴을 두드리며 울고 또 울었다.

얼마나 시간이 지났을까?

끝없이 쏟아지던 눈물이 차츰 잦아들고, 바들바들 떨리던 몸도 조금씩 안정을 되찾았다. 그제야 나는 어느새 그의 품에 안겨 오열하고 있었다는 사실을 깨달았다. 끅끅 차오르던 숨을 고르며 젖은 눈가를 닦아 내자, 내가 우는 내내 말없이 등을 쓸어 주던 그가 말했다.

"······이제 좀 괜찮소?"

"네, 흡, 폐하."

"나는 그대가 이미 오래전부터 알고 있었을 거라 생각했는데······. 후작도 참 어지간한 사람이군. 아무리 그게 원칙이라고는 해도, 그리 많은 일이 있었는데 끝까지 알려 주지 않았다니."

"네? 원칙, 이라니오?"

"음, 본디 이 면책권의 존재는 모니크가의 가주와 당대의 황제 두 사람만 아는 것이 원칙이라오. 하여 본인도 황위에 오른 뒤에나 알게 되었지."

가만가만 답한 그가 부드럽게 내 등을 쓸어내렸다.

"혹 내가 아직 황태자이던 시절, 후작 부인과의 일화를 얘기해 줬던 것을 기억하오? 어렸을 적 그녀에게 몹시 혼난 적이 있었다던 이야기 말이오."

"네, 기억해요."

그가 묻는 것은 무척 오래전의 일이었지만 그때의 대화만큼은
생생하게 기억이 났다. 생각지도 못한 위로에 감사해하면서도, 아
픔을 채 딛고 일어나지 못하는 나 자신 때문에 서글퍼했던 당시의
감정은 그리 쉽게 잊힐 수 있는 것이 아니었으니까.

지은이 나타난 지 얼마 안 됐던 날, 자칫 황태자비로 끌려갈지도
모르는 상황에다 뜻밖에 밝혀진 어머니의 출신까지 겹쳐 기분이
몹시 가라앉아 있던 내게 그는 비난을 퍼붓는 대신 어머니와의 일
화를 얘기해 줬었다. 내 어머니는 무척 훌륭한 분이셨다고, 밝고
따뜻한 데다 황태자인 자신을 혼낼 정도로 강단이 있는 사람이었
다고. 그러고는 자신이 혼났던 이유에 대해 설명해 줬었지.

어라? 그러고 보니?

갑자기 떠오르는 생각에, 나는 고개를 들어 그를 올려다보며 물
었다.

"그럼 혹시 그때 폐하께서 몰래 들고 나오셨다는 물건이?"

"그렇소, 바로 이거였다오. 당시에는 그저 한낱 장식품인 양 놓
여 있었기에, 이리 대단한 의미가 담긴 물건일 거라고는 전혀 생
각지 못했지. 후에 진실을 알고 얼마나 놀랐는지 모르오. 생각해
보면 그대의 아버지도 참 대단한 사람이오. 이런 물건을 그리 아
무렇지도 않게 보관하다니."

"본디 귀한 물건일수록 하찮게 취급하라는 말이 있지요. 아마도
그래서 그러셨나 보네요. 그래도 폐하께서 그걸 들고 가실 뻔했단
얘기를 들으셨을 땐 무척 놀라지 않으셨을까요? 그러니 이곳에 보
관하신 게지요."

살며시 미소 지으며 말하자, 가볍게 고개를 끄덕인 그는 어쩐지

복잡해 보이는 표정으로 말했다.

"그런데 티아, 그것…… 계속 가지고 있을 거요?"

"음, 글쎄요. 본가의 물건이니 여기다 두는 게 나을 것 같기는 한데, 아버지의 유지를 생각하면 간직하고 있어야 할 것 같기도 하고……."

"보안을 유지하려면 이곳이 낫지 않겠소? 보아하니 가주와 후계자만 들어올 수 있는 비밀 공간인 것 같은데."

"그건 그러네요. 그럼 여기다 두고 가죠, 뭐."

나는 가볍게 수긍하며 홍옥 봉과 양피지를 도로 상자에 넣고 뚜껑을 닫았다.

톱니바퀴의 문자를 처음처럼 뒤죽박죽 흐트러뜨려 놓은 뒤 상자를 원래의 자리에 내려놓자, 그는 마치 기다렸다는 듯 내게 손을 내밀었다. 어딘가 부자연스러운 그 태도에 조금 의아한 마음이 들었지만 나는 말없이 그에게 손을 맡긴 채 비밀 장소를 빠져나왔다.

벽으로 위장된 문을 닫은 뒤 태피스트리를 내리자 집무실 안은 언제 그런 곳이 있었냐는 듯 원래의 모습으로 돌아왔다. 책상 위에 곱게 놓여 있는 아버지의 유품을 잘 갈무리하고서, 나는 밖으로 나가기 전 마지막으로 방 안을 한 번 돌아본 뒤 조용히 문을 닫았다.

고즈넉한 복도를 걷는데, 문득 아버지와의 추억이 하나둘 떠올랐다. 저기 저 방문을 열고 들어서면 서재 특유의 책 냄새와 함께 아버지께서 나를 반겨 주곤 했었지. 책을 읽으시는 동안 두근거리는 마음으로 차를 만들던 기억, 그리고 맛있다며 웃어 주시면 그제야 안도하며 마주 웃던 추억이 가슴속을 아릿하게 채웠다.

잠 못 이루는 밤이면 잠이 들 때까지 가만가만 토닥여 주던 커다란 손, 조심스레 이마에 와 닿던 굿나잇 키스. 머리카락을 쓰다듬어 주던 부드러운 손길과 다감하게 건네 오던 나지막한 목소리. 때로는 엄하게, 때로는 다정하게 나를 담던 군청색 눈동자, 그리고…… 언제나 내게 든든한 울타리가 되어 주던 너른 품.

울고 웃고 힘들고 즐거웠던, 이제는 모두 아련한 추억이 되어 버린 아버지와의 수많은 기억들을, 너른 복도를 걸으며 나는 하나둘 가슴속에 곱게 묻었다. 장례를 치른 지도 제법 시간이 지났는데, 이제야 비로소 아버지를 마음 편히 보내 드릴 수 있을 것 같았다.

행복하신가요? 늘 그리워하던 어머니와 다시 만나 즐거운 시간을 보내고 계신가요? 그렇다면 저는 이제 슬퍼하지 않겠습니다. 당부하신 대로 기쁘게 보내 드리지는 못하겠지만, 다시는 뵐 수 없는 아버지의 얼굴이 사무치도록 그립지만, 그럼에도 울지는 않으렵니다.

그러니 아버지, 이제 제 걱정은 마시고 그곳에서 어머니와 행복하세요. 다시 만나 뵙는 그날까지, 저 역시 행복하게 잘 살겠습니다.

먹먹한 기분으로 묵묵히 걷는데, 문득 복도 저편에 비치는 붉은 빛이 눈에 들어왔다. 어느새 해질녘이 된 듯 열려 있는 발코니를 통해 붉은 노을이 저택 안으로 쏟아져 들어오고 있었다.

마음이 통했음인가? 내내 말없이 걷던 그가 발코니 앞에 멈춰 섰다.

나는 그와 나란히 발코니에 서서 서서히 저물고 있는 저녁 해를 바라보았다.

조금씩 어둡게 물들어 가는 붉은 하늘, 노을을 등져 검게 보이는 저택의 그림자, 그리고 해질녘 특유의 어둑어둑하고 가라앉은 공기.

어쩐지 숙연해지는 기분에 침묵하고 있을 때, 문득 내 손을 받치고 있던 커다란 손이 부드럽게 손가락을 얽어 오는 것이 느껴졌다. 나는 손바닥을 타고 흘러오는 따스한 온기를 느끼며 고개를 돌려 그를 올려다보았다. 노을을 받아 붉게 물든 입술이 가만가만 움직이는 것이 보였다.

"티아."

"네, 루브."

"사실은 말이오. 아까 그 물건을 보았을 때…… 솔직히 말해 기분이 조금 그랬다오."

"네? 어째서요?"

"그 물건의 정체를 알게 되었던 날부터, 나는 혹시라도 그것을 다시 보게 될까 봐 내내 두려워했거든."

"아……."

그래서 내내 그런 표정이었나? 피의 맹세로 얽혀 있는 사이니 그럴 리야 없겠지만, 만에 하나라도 내가 황실을 떠나겠다는 생각에 면책권을 들이밀기라도 할까 봐서?

"하지만, 그보다는 이렇게 오랜 세월이 흘러 다시 보게 되니 감회가 새로웠소. 짧은 순간 정말 많은 생각이 들더군."

"네? 어떤 생각이오?"

"내가 그 물건을 처음 발견했을 때만 해도 우리는 사이가 괜찮았는데, 그 후로 참 많은 일이 있었지. 서로를 미워하고 두려워하며 오래도록 평행선을 걷기도 했고, 마음대로 되지 않는 감정 때문에 수없이 상처받기도 하고, 아픈 마음을 달래느라 밤잠을 못 이루기도 하고……. 지금에야 이리 추억하며 말할 수 있다지만, 당시엔 참으로 힘겨운 세월이었지. 그렇지 않소?"

"네, 그랬지요."

"고맙소, 티아. 그 많은 어려움과 두려움을 딛고 일어나 나와 함께해 줘서. 그대가 아니었다면 나는 그저 황제였을 뿐, 한 남자로서의 삶은 살아가지 못했을 것이오. 내게 사람다운 삶을 선물해 주어 정말 고맙소."

문득 불어온 바람에 푸른 머리카락이 사르르 휘날렸다. 어느새 깔리기 시작한 어스름에 검게 물든 그것을 바라보며 나는 속으로 속삭였다. 그건 나도 마찬가지라고. 과거의 아픔 때문에 늘 뒷걸음질 치던 나를 한결같이 기다리고 배려해 준 당신이 없었더라면, 나는 아직도 그저 버림받은 황비 아리스티아였을 뿐 지금처럼 사랑받고 사랑하는 아리스티아는 되지 못했을 거라고.

어둡게 물든 정원 속에 함께 서 있는 두 아이의 모습이 그려지는 듯했다. 맑게 웃는 은발 여자아이와 그 미소를 복잡한 표정으로 보았을 푸른 머리카락의 소년이. 비록 당시의 일이 기억나지는 않지만, 오래전이었다면 쓸쓸한 표정으로 상상했을 그 장면이 이제는 그저 한 가지 추억으로만 곱게 색을 입고 있었다.

그러고 보면 지금 이 자리에서 저 아래 정원에 서 있는 그를 보았던 적도 있었지.

문득 오래 전 리그 경과 했던 대화가 생각났지만, 나는 가벼운 미소 한 번으로 그때 가졌던 의문을 털어 버렸다. 이제와 그 답을 알아낸들 무슨 상관이겠는가. 이미 그와 나는 오랜 세월을 돌고 돌아 지금 이 자리에 함께 서 있을진대. 지독하리만큼 서로를 상처 입혔던 과거에서 벗어나, 이렇듯 손을 맞잡은 채 같은 곳을 바라보고 있는데.

맞잡은 손에 살짝 힘을 주며 그를 올려다보자, 정면에 시선을 고정하던 그가 천천히 나를 돌아보았다. 온통 검고 붉은 세상 속에서 오직 홀로 푸르게 빛나는 바닷빛 눈동자가 나를 담았다.

"티아, 그대……."

"네, 폐하."

"앞으로도 영원히, 나와 함께해 주겠소?"

"……네, 루브. 물론이지요."

"항상?"

"늘, 언제까지나."

젖어 드는 목소리로 답하자, 맞잡은 손을 부드럽게 끌어당긴 그가 나를 품 안에 가뒀다. 언제부턴가 내게 든든한 울타리가 되어 버린 그 품에 폭 안겨서, 나는 사랑하는 남자를 향해 환하게 미소 지었다.

저물어 가는 석양만이 우리를 가득 비추고 있었다.

-fin.-

작가 후기 ··

안녕하세요, 정유나입니다.

작년 봄 완결권을 마감하며 『버림 받은 황비』로 또다시 인사를 드릴 거라고는 생각지도 못했는데, 이렇게 또다시 만나 뵙게 되니 정말 감회가 새롭습니다. 사실 완결권을 출간하던 당시 외전권과 함께 내보내려고 기획을 했었습니다만, 여러 가지 사정 때문에 그러지 못했거든요. 그런데 결국 근 일 년 만에 외전권을 출간하게 되었네요. 이 자리를 빌어 외전권 출간에 힘을 실어 주신 독자 여러분과 출판사 여러분께 감사드립니다.

이미 지난 후기에서 말씀 드린 바 있지만, 『버림 받은 황비』는 제 습작 중 하나인 「카스티나 제국사」를 리메이크한 글입니다. 본디 「카스티나 제국사」는 미르칸, 루블리스의 2대에 걸친 제국의 역사와 황실·귀족간의 암투가 중점인 글이었고, 티아는 그 와중에 희생된 조연 중 하나였을 뿐이었어요. 오히려 주연은 선황제와 아버지 세대였죠(아버지 세대가 왠지 더 끌린다고 하셨던 분들, 무척 감사했습니다. 제 습작은 헛되지 않았어요ㅠㅠ).

또한 「카스티나 제국사」는 회귀 전과 같은 흐름으로 흘러가 결국 비극으로 끝나는 내용이었습니다. 그런데 '만일 이 중 한 인물이 회귀라는 현상을 겪는다면 어떨까?' 라는 생각에서 선택된 인물이 주인공 아리스티아입니다. 차원이동과도 맞물릴 수 있겠구나, 하는 생각에 새롭게 탄생한 인물이 지은이고요.

사실 그렇게 단순한 생각에서 무턱대고 쓰기 시작한 것이 프롤로그입니다. 당시에는 연재 완결까지 설마 이 년 가까이 걸릴 거라고는 전혀 생각지 못했어요. 거기다 외전권을 쓰느라 걸린 시간까지 포함하면 꼬박 삼 년……. 지긋지긋하다고 하셔도 뭐라 할말이 없을 텐데, 그 긴 시간 동안 외면하지 않고 꾸준히 사랑해 주신 독자님들께 어떻게 감사의 인사를 드려야 할지 모르겠습니다. 정말, 진심으로 감사드려요.

그래서 여기까지 읽어 주신 독자 여러분을 위해 후기 뒤편에 「버황」의 몇 가지 비하인드 스토리를 풀어 볼까 합니다. 만일 이 글을 또다시 읽으실 일이 있다면, 숨겨진 이야기를 찾아보시는 재미도 쏠쏠하지 않을까요? 혹은 그동안 찾아내셨던 것들과 맞춰 보시는 재미라도요^^;

완결권이 나가고 가장 많이 들었던 이야기가 달달한 내용이 부족하다는 것이었습니다. 그리고 주변 인물 시점의 에피소드나 후일담이 궁금하다는 말씀도 많이 들었죠. 그래서 외전권에서는 못다한 과거의 이야기, 알렌디스, 카르세인, 지은의 이야기, 그리고 무엇보다 본편에서 부족했다 여겨지는 루브·티아 커플의 달달한 일상을 많이 넣으려고 노력했습니다. 부디 마음에 드셨으면 좋겠습니다.

아, 이제 정말로 「버황」과도 안녕이네요. 완결권을 내보내고서도 못 다한 이야기 때문에 뭔가 영 미진한 기분이었는데, 이제야 비로소 홀가분한 마음으로 루브와 티아를 놓아줄 수 있을 것 같습니다. 물론 '모든 이가 행복하게 잘 살았습니다.'로 끝나지는 않았지만, 제게는 애증의 캐릭터가 되어 버린 알렌디스나 모니크 후작 다음으로 가장 많은 애정을 쏟았던 카르세인, 제일 아픈 손가락 지은, 그리고 루브·티아 커플의 2세들의 이야기는 독자 여러분들의 상상 속에 남겨 두렵니다. 혹시 또 모르지요, 언젠가 기회가 된다면 그들의 이야기로 다시 찾아뵐 수 있을지도요.

어쨌거나, 정말 긴 시간이었습니다. 종이책 출간 시기부터 계산해 봐도 거의 일 년하고도 반이 지났으니까요. 처음에는 다소 꺼리셨지만 이제는 가장 든든한 지지자가 되어 주신 부모님, 긴 시간 동안 꾸준히 응원하고 도움 주셨던 작가 유은서(젬씨) 님을 비롯한 많은 동료 작가님들, 늘 많은 도움 주셨던 디앤씨미디어 전 로맨스 팀장 김래현 편집장님과 새 마음 새 뜻으로 외전권 출간 및 교정 작업을 할 수 있도록 힘을 실어 주신 김은주 실장님, 그리고 박상희 편집자님, 늘 조용한 곳임에도 잊지 않고 들러주시는 '꿈을 잣는 물레' 카페 회원 여러분, 마지막으로 끝까지 「버황」을 아끼고 사랑해 주신 모든 독자 여러분께 감사드립니다. 이 글이 여러분께 조금이나마 즐거움을 드렸기를 진심으로 기원합니다.

2015년 봄의 초입에서, 정유나 드림.

부 록

1. 비하인드 스토리

2. 아리스티아 라 모니크 관찰 일기

비하인드 스토리

1. 사실 『버황』의 주요 인물들은 각각 그 색깔로써 상징하는 것들이 있다.

- 아리스티아: 은빛. 고요하고 은은한 이미지. 구불구불한 은빛 머리카락은 잔잔하게 흐르는 강물의 이미지를 형상화한 것.
- 루블리스: 푸른색 혹은 바닷빛. 차갑고 이성적인 이미지. 그러나 폭풍이 들이치면 격해지는 바다처럼 냉철한 외면 속에 뜨거운 열정이 잠재되어 있다.
- 카르세인: 붉은색. 불처럼 활발하고 열정적인, 그래서 늘 정적인 티아에게 생동감을 부여하는 이미지.
- 알렌디스: 연두색 혹은 녹색. 회귀 후 죽은 사람과 다름없었던 티아에게 심리적 안정감을 주어 새 생명을 불어넣는 역할.

2. 사실 티아는 외모를 설정했을 때부터 루블리스의 짝으로 결정되어 있었다.

- 은발에 금안: 황후를 상징하는 달빛(=은빛) 머리카락에 황가를 상징하는 황금색 눈동자.
- 굽슬굽슬한 은빛 머리카락: 강물과 같은 이미지. 강은 바다로 흐르며, 바닷빛은 루블리스의 상징색 중 하나임.
- 티아의 고양이 루나: 루나Luna는 라틴어로 달을 의미함. 『버황』에서 달은 황후를 상징.

3. 리나는 평민이 아니라 단성 귀족이다.

- 단성 귀족에 불과하긴 하지만 나름 모니크가의 가신 가문의 방계 출신이다. 어린 나이에 고아가 되는 바람에 생계가 막막해진 그녀를 후작이 티아의 말동무 겸 전속시녀로 데려온 것. 사실 알고 보면 리나가 하는 일은 그렇게 많지 않다. 티아의 몸시중이나 잔심부름을 하는 정도?

4. 외전권 부록으로 수록된 「아리스티아 라 모니크 관찰 일기」의 역사는 생각보다 길다.

- 모니크가에서 관찰 일기 작성을 시작한 건 티아가 회귀하고 얼마 지나지 않아서부터. 알고 보면 1권에서 모니크 후작이 티아에게 인형을 선물한 것도 기사단의 영향이 컸다. 티아가 문제의 인형을 안고 황궁을 방문하던 날의 관찰 일기는 수십

페이지를 넘는다고.

· 티아에게 소소하게 보낸 선물도 많다. 주로 머리끈이라든가 장갑 같은 사소한 액세서리류. 그러나 오직 리나만이 진실을 알 뿐 정작 당사자는 선물의 출처를 모르고 있다는 것이 함정.

5. 티아는 체스를 꽤 잘 둔다.

· 어릴 적 알렌디스와의 수많은 경험으로 나름 발군의 실력을 자랑한다. 어쩌면 전략·전술에 능한 것도 그 덕분일지도? 그러나 알렌디스와의 전적은 그야말로 처참한 수준.

6. 1권 6챕터 초반에 나오는 알렌디스의 편지는 외전권의 「어느 달콤한 하루」와 관련이 있다.

· 본편에서 언급된 '약속했던 그날'은 바로 알렌디스의 승리 이후 매해 선물 전쟁이 이루어지게 된 그날이다.

7. 1권에서 주석으로 언급된 바 있는 로맨스 소설, 마담 젬씨의 「달이 일곱 번 차고 지면」은 작가 유은서(젬씨) 님의 작품으로 실존하는 소설이다(3월 말 이북 출간 예정).

8. 『버황』에 나오는 차는 전부 실존하는 것이며, 서술된 효능 역시 실제의 효능이다.

　· 알렌디스가 티아에게 주었던 블루멜로우 역시 실존하는 차이며, 산酸과 만나면 분홍색으로 바뀐다. 리트머스 종이와 같은 원리라고. 그렇지만 예쁜 색깔에 비해 맛은 그럭저럭.

9. 1권 외전 「그들은 오래오래 행복하게 살았을까?」에서 나왔던 수첩의 주인공은 지금도 중앙궁의 조리장으로서 즐겁게 일하고 있다.

10. 알렌디스의 형에게 시집갔던 제노아 영애는 남편의 이른 죽음으로 비록 공작 부인의 지위에 오르지는 못했지만, 지금도 티아의 최측근으로서 사교계에서 활발하게 활동하고 있다.

11. 대신관 세쿤두스는 어렸을 때 귀족파 출신 영애를 짝사랑한 적이 있다.

　· 그가 귀족파를 싫어하는 이유는 여러 가지지만, 그중에는 귀족파 내부의 알력 다툼에서 밀린 그녀의 가문이 완전히 몰락해 버리는 바람에 일가족이 모두 자결했다는 것도 포함되어 있다.

12. 선황제 미르칸은 도둑놈이다.

· 제나 공작이 티아의 외할머니를 그의 정후正后로 삼고자 했다
는 점을 생각해 보면 티아의 어머니 제레미아를 사랑한 그는
도둑놈이 확실하다.

· 티아의 외할머니가 도망친 시점이 그녀 16세, 당시 황태자였
던 미르칸이 18세였을 때이므로, 외할머니가 제레미아를 17
세에 낳았다손 치더라도 미르칸과 제레미아는 무려 열아홉 살
차이.

· 루블리스의 어머니가 하급 하녀 출신인 것도, 제레미아를 잊
지 못한 그가 술김에 그녀와 비슷한 용모를 가진 여자와 하룻
밤을 보낸 탓이다.

13. 티아는 뒤늦게 어머니의 죽음을 알고 펑펑 울다 경기를 일
으켜 숨이 넘어갈 뻔한 적이 있는데, 그 이후로 여섯 살 이전의 기
억을 모두 잃어버렸다.

· 그 바람에 과거의 루블리스는 자신이 그토록 갈구하던 어머니
의 사랑을 깡그리 잊어버렸다며 티아를 더 미워했다.

14. 루블리스는 티아의 성인식 날 그녀를 괴롭히던 삼인방을 잊
지 않았다. 그저 티를 내지 않고 지방으로 좌천시켰을 뿐.

· 즉 그는 그때 카르세인이 했던 고백 비슷한 말도 다 들었다.
루블리스가 특히 카르세인을 경계하는 이유 중에 하나가 바로

그때의 사건이다.

15. 그레이스는 결국 에네실 후작 부인이 되었다.

16. 신년제까지는 반드시 결혼을 해야겠다는 루블리스 때문에 행정부는 지옥을 맛보았다.

17. 티아의 결혼 이후에도 「아리스티아 라 모니크 관찰 일기」는 꾸준하게 갱신되고 있다.
   · 성이 바뀌었으니 관찰 일기 제목도 바꿔야 하는 것이 아니냐 는 의견이 있었으나, 꼭 그렇게 가슴 아픈 현실을 직시해야겠 냐는 다른 기사들의 성토에 의해 묵살당했다.
   · 자매품으로 「엘리나 황녀 관찰 일기」가 존재한다.

아리스티아 라 모니크 관찰 일기

  제국력 1085년, 역사가 니샤는 황궁도서관에서 낡은 책 두 권을 발견한다. 닳아 버린 표지 때문에 제목이 뭔지는 잘 보이지 않았지만, 언뜻 누군가의 관찰 일기라고 쓰여 있는 것 같아 시간 때우기용으로 책을 읽어 본 그는 놀라운 사실을 알게 된다.

  해당 문헌은 제국력 962년 및 963년에 쓰여진 것으로, 당시에는 모니크 영애였던 아리스티아 황후에 관한 것이었다. 이 기록에는 비단 그녀에 대한 기록만이 아니라 당시 기사단의 생활이나 기후, 정세에 관한 내용도 드문드문 적혀 있는데, 언뜻 보기에는 가벼워 보이지만 그 속에 내재된 상징이나 은유적인 풍자 등을 깨닫게 될수록 감탄을 금치 못하게 하며, 니샤의 발견 이래 당시 궁내의 분위기를 알 수 있는 귀중한 역사적 자료 중 하나로 손꼽히고 있다……(하략)

  -『역사가라면 반드시 읽어 봐야 하는 사료 모음』제이나 저, 149페이지에서 발췌

아리스티아 라 모니크 관찰 일기 제1권

제국력 963년, 제2기사단

◎ 오늘부터 이 기록을 시작한다. 이 기록은 아름다운 우리의 여신, 아리스티아 라 모니크에 대한 것을 담은 것이다.

└ 무게 잡고 앉았네.

└ 절대로 모니크가의 기사들에게 밀려서는 안 돼! 그놈들이 먼저 시작했더라고!

└ 그래서 오늘 여신님은 무얼 하셨다고?

└ 모니크 경이라고 불러, 임마.

└ 아, 아까 보니까 좀 졸리신 듯 나무에 기대어 서 계시던데.

└ 헐, 거기가 어디야!

└ 왜 저번에 화재 났던 거기. 자주 가시는 듯.

└ 너 그 나무 반대쪽은 못 봤냐? 황태자 전하도 같이 계시던데.

└ 뭐라고! 전하께선 왜!

└ 어쩔 수 없잖나. 명색이 약혼자이신걸.

└ 안 돼! 여신님은 우리 모두의 것이다!

└ 우리 모두의 것이다 222

◎ 올 신년제에서는 정식기사가 15명이나 임명되었다면서? 그런데 그거 들었냐? 그 왜, 왕녀와 정을 통했다던 호위기사 녀석도 이번에 서임이 된 모양이야.

└ 뭐? 그 정도로 실력이 있진 않아 보였는데? 기껏해야 일개 왕국
   의 기사잖아!

└ 그래도 왕족의 호위기사였으니…….

└ 어느 기사단으로 간다나?

└ 우리 쪽으로 온다고 들었는데?

└ 맙소사!

◎ 방금 근위기사단에서 얻은 최신 정보! 전하께서 제1기사단 연무장에서 수련하는 우리의 여신을 한참 보다 가셨다고 한다.

└ 아아 여신님……. 우릴 버리지 말아 주세요ㅠㅠ

└ 헐, 이러다가 여신님 정말 황태자비 되시는 거 아니냐?

└ 안 되는데. 우리 단장님으로 모셔 와야 하는데!

└ 모니크 경을 후작으로!

└ 난 이 커플 반댈세!

└ 나도 반댈세 222222

└ 나름 어울리지 않냐?

└ 근데 단장님은 오히려 카르세인 경에게 관심이 있으신 것 같던데?

└ 뭐야, 그게 무슨 소리야!

└ 아니 그게, 자주 드나들던데 요새.

└ 하긴 여신님과 둘이 같이 다니는 것도 많이 봤지.

└ 아, 안 돼! 그 녀석 친구인 척 떠돌더니만!

└ 멍청한 놈, 원래 남녀 사이에 친구란 없는 거 모르냐?

└ 난 이 커플도 반댈세.

└ 커플지옥 솔로천국!

└ 우울하다. 여신님이 황태자 전하든 누구의 것이 되는 건 상상만
   해도 슬픈 일이야.

└ 힘내, 자식. 우린 모두 한마음이야!

◎ 최근 만나던 여자에게 차인 것 같아. 가 보고 싶다는 식당에
서 식사를 했는데 미처 그렇게 비싼 곳인지 몰라서 돈이 모자랐
어. 그래서 정말 조금! 그 여자에게 빌렸는데, 그게 그렇게 꼴불견
이었나? 원래는 다음 일정이 있었는데, 무시무시한 얼굴로 바로
돌아가 버리더라고. 내가 뭘 잘못한 거냐? 도저히 모르겠다.

└ 예쁘냐?

└ 쯧쯧, 그러니까 네가 모태솔로인 거다.

└ 예쁘냐? 222

└ 돌싱이 되었군! 축하하네! 난 이미 아내가 있지만^^

└ 예쁘냐? 3333

└ 저능아 같은 놈, 생각해 봐. 네가 낚은 여자가 가슴이 작은 걸로
   도 모자라 뽕까지 넣은 거였다고!

└ 아…….

402

└ 상상해 보니 눈에서 땀이 날 것 같아…….

◎ 날이 너무 건조하니까 나무들도 축축 늘어지는 느낌이야. 나
도 축축 늘어져서 그늘 아래에 숨다시피 있었는데, 그 여자 봤다!
그 여자! 의외로 평범한 느낌이던데?
└ 엘라가 평범하다고? 너 이 자식, 결투를 신청한다!
└ 짜식, 내가 누군 줄 알고 감히 결투를? 좋다, 덤벼라. 장소와 시
  간을 정하도록!
└ 워워, 진정들 하게. 이곳은 결투를 위한 공간이 아니지 않은가.

◎ 덥다, 더워.
└ 물통을 한 바가지 끼얹어도 금세 말라 버리니 이거 원. 이럴 때
  만큼은 기사인 게 참 한스럽지 뭔가. 복장을 갖추고 있어야 하니
  웃통을 벗을 수도 없고 말이지.
└ 웃통을 벗을 만한 몸매는 되나?
└ 반사! 자네야말로!
└ 유치하기 짝이 없구먼. 이 구역의 몸짱은 나라는 거 모르냐?
└ 아아, 정말. 겉으로 보기엔 다들 멀쩡한 녀석들인데 이런 댓글을
  다는 녀석은 대체 누구야. 얼굴이 보고 싶구먼.

◎ 폐하께서 요새 예전 같지 않으시다던데, 사실일까?
└ 안 그래도 요새 일을 황태자 전하께 맡기고 계신 모양이야. 그래
  서 다들 술렁이고 있다네.
└ 에이, 그거 다 루머야 루머. 그분이 어떤 분인데 그리 쉽게…….

└ 쉿, 목이 날아갈까 두렵네.

└ 그런데 혹시나, 혹시나 말인데 말이야. 황태자 전하께서 전적으
   로 정국을 보시면 그만큼 황태자비를 들이는 시간도 빨라지
   는……. 으아악! 안 돼! 폐하! 만수무강하소서!

└ 만수무강하소서 2222

└ 만수무강하소서 3333

◎ 아니 이런. 우리의 여신님께서 수도를 떠나신다고 한다. 크흑…….

└ 말도 안 돼! 어딜 가시길래? 영지에 가시나?

└ 이 친구, 그러고도 모니크 경의 팬클럽이라고 자신 있게 말할 수
   있나? 여름 별궁에 가신다지 않아, 황제 폐하와 함께.

└ 아아, 나, 나도 휴가를 내고 따라 붙으면 안 될까?

└ 따라 붙으면 안 될까 222

└ 따라 붙으면 안 될까 333

└ 여름 별궁이 있는 쪽으로 하계 훈련을 떠나자고 건의해 보는 건
   어떻겠나.

└ 좋은 생각일세. 당장 건의해 보도록 하지.

└ 멍청아, 그럼 수도는 어느 기사단이 맡냐? 제1과 바꿔 달라고
   건의를 해야지!

└ 건의하자고 한 놈 나와. 덕분에 단장님과 한 시간 동안 대련을
   했더니 죽을 지경이다. 아이고, 삭신이야 --+

└ 어쩔 수 없지. 모니크 경이 일찍 돌아오시도록 비는 수밖에. 아
   아, 비타시여! 사람들은 가뭄에 목이 마르다지만, 저희는 여신님
   이 안 계셔 시름시름 말라 갑니다. 어여삐 여기사 빨리 돌아오도

록 도와주십시오ㅠㅠ

◎ 오늘은 서쪽 정원을 순찰했다. 그런데 시녀들이 이상한 소릴 했다. 검은 머리의 여자가 갑자기 하늘에서 떨어졌다나 어쩐다나.

ㄴ 뭐야, 그런 일이 있었으면 이렇게 조용할 리가.

ㄴ 사실이다, 바보야. 근위기사단 xx(이름이 지워져 있다)에게 들었어.

ㄴ 맞아, 전하께서 직접 보셨다고 하던걸.

ㄴ 황태자 전하께서? 그럼 그 여자는 지금 어디 있대?

ㄴ 감옥에 있다나 봐.

ㄴ 아무리 확인된 이야기라도 여기다가 함부로 이름 쓰지 말자. 징계받으면 어쩌려고.

ㄴ 징계받고 싶다. 여름 별궁으로 떠나게.

ㄴ ㅋㅋㅋㅋㅋㅋㅋㅋㅋㅋㅋㅋㅋㅋㅋㅋㅋㅋㅋㅋㅋㅋ2222

ㄴ 동감한다 3333

◎ 검은 머리 여자가 감옥에서 나왔다는 특급 정보야. 한동안 로즈궁에서 머무른다고 하던데. 귀족파의 압박이 대단한 것 같아. 진짜 신탁의 아이라고······.

ㄴ 쓸데없는 소리 말아! 넌 대체 무슨 소릴 주워듣고 와선 여기다 싸질러 놓는 거냐!

ㄴ 뭐라고? 그럼 모니크 경은 어떻게 되는 건가?

ㄴ 글쎄, 저번과는 달리 귀족파의 공세가 거센 것 같아. 어쩔 수 없겠지. 하늘에서 떨어졌다고 하질 않아?

ㄴ 아냐아냐, 정보를 알고 있어서 나쁠 건 없지. 우리는 어차피 여

405

신님을 위해 대동단결이니까! 이따위 루머로 흔들리지 않아!

ㄴ 하지만 스파이가 있다면 어떨까?

ㄴ 스!

ㄴ 파!

ㄴ 분위기 파악 좀 해라. 지금 심각한 것 안 보여?

ㄴ 어딜 가나 분위기 파악 못하는 눈새가 있기 마련이지. 하여간 쯧
쯧, 한심하기는＿＿^

◎ 우리의 여신을 그려 보았다. 비록 그 아름다움을 먼지만큼도
표현하지 못했다고는 해도 용기를 내서 첨부해 본다.

ㄴ 눈이 좀 더 맑아야 하지 않겠냐?

ㄴ 나의 여신님은 이렇지 않아!

ㄴ 잘 그리기만 했는데 왜들 그래 ＿＿

ㄴ 절필하겠다.

ㄴ 헐, 안 돼! 부탁한다. 제발 계속 그려 줘!

◎ 검은 머리 여자가 제나 공녀가 되었다고 하더군. 모니크 경과
누가 황태자비가 될지를 놓고 기 싸움이 대단한 모양이야.

ㄴ 헐, 제나 공녀라고?

ㄴ 황태자 전하께선 어쩌시려는지 원.

ㄴ 그동안 마음 쏟으신 걸 보면 당연히 모니크 경을 택하시지 않겠나?

ㄴ 당연하지! 감히 그 누가 우리 여신님을 이길쏘냐!

ㄴ 멍청아! 그럼 여신님이 황태자비가 되시는 거잖나! 제발 생각 좀
하고 살자, 응?

└ 아니, 현 상황에선 황태자비가 안 되셔도 문제다. 이거 일이 복
  잡해지는걸.
└ 하아, 뭐가 됐건 간에 여신님이 마음 상하시지 않았으면 좋겠다.
  가뜩이나 체구도 작으신 분이.
└ 맞아, 뭐라도 항상 챙겨 드리고 싶을 정도지.
└ 모니크가 녀석들과 협의해서 뭘 좋아하시는지 좀 알아볼까? 기
  분 전환이라도 하시게끔 선물이라도 드리는 게 어때?
└ 좋은 생각이다.
└ 난 찬성.
└ 나도 찬성!

◎ *사랑이란 대체 무엇일까? 그녀만 생각하면 가슴이 싱숭생
숭……. 하아, 마음이 아프다.*
└ 무플 방지 위원회에서 나왔습니다.
└ 무플 방지 위원회 2222
└ 설리.
└ 이런 잔인한 놈들. 사랑이 뭐 별거냐. 우리에겐 여신님이 계신
  다! 힘내라 전우여. 참고로 난 어제 솔로 탈출에 성공했다. 훗.
└ 예쁘냐?
└ 예쁘냐? 222
└ 예쁘냐? 333

* 이하는 소실되어 알아볼 수 없다.

우리의 블링블링한 아리스티아 아가씨 관찰 일기 제4권
제국력 962년 가을~963년 여름, 모니크 기사단

◎ 이것으로 벌써 아가씨에 대한 기록이 네 권째군. 흐뭇하기 그지없네.

└ 하아, 벌써 세월이 그리 되었던가.

└ 그동안의 기록을 보고 싶은 자는 회장을 개인적으로 찾아오도록!

└ 뭐야, 독재 회장. 회장은 각성하라! 지난 기록을 모든 이들이 열람 가능하게 기사단 휴게실에 둬라!

└ 동감한다 2222

└ 누군지 걸리기만 하면 자격 정지시킬 테다. 각오들 하고 있도록.

└ 흥, 과연 찾을 수 있을까?

◎ 이중인격 쩌는 초록 머리 애송이가 사라진 이후로 아가씨께서 영 우울해 보이신다. 뭐 좋은 방법이 없을까?

└ 선물을 해 드릴까?

└ 무난한 방법이긴 한데, 웬만한 건 이미 다 드렸잖아?

└ 그럼 뭔가 특별한 걸 드리면 되지.

└ 새로운 검은 어떨까? 검집이라든가.

└ 눈엣가시였는데 아주 잘됐네, 잘됐어. 그런 놈에게 아가씨를 허
   락할 순 없지!

└ 야, 네가 후작님이냐? 어디서 허락한다 만다야.

└ 너라면 우리 아가씨를 누구에게 줄 수 있냐?

└ 아가씨를 허락할 수 없다 2222

└ 하여간 그 애송이는 마음에 안 들었어!

└ 우리한테는 샐쭉하면서 아가씨 앞에서는 그렇게 풀어지는 얼굴
   이라니- - 이렇게 되어서 다행이라니까? 그렇지만 아가씨께서
   침울하신 건 가슴이 아프다.

└ 툭하면 머리끈을 만지고 계시던데. 설마 그놈이 선물한 걸까?

└ 그렇다면 아가씨께 머리끈을 수백 개 선물하는 건 어때?

└ 워워, 진정들 해. 이미 떠난 사람이잖나.

◎ 오늘도 하루 종일 검만 휘두르시는 아가씨를 보며 가슴이 아
팠다. 어쩨 점점 더 마르시는 것 같아.

└ 안 그래도 바람 불면 날아갈 것 같은 아가씨가……. 크흑, 아가씨!

└ 아가씨를 위해서라면 내 한 몸 바쳐 일할 텐데!

└ 너보단 내가!

└ 그래도 연무장에서 하루 종일 뵐 수 있었던 건 좋았다.

└ 하필 내가 비번인 날! 으아아아아아, 이럴 순 없어!

└ 아가씨께 뱀이라도 고아 드리는 건 어때? 저번에 먹었던 뱀 구
　이가 기력 회복에 아주 좋은 것 같더라고! 특히 밤에 말이야. 으
　흐흐.

└ 뱀이라니! 우리 아가씨는 이슬만 먹고 사신다고!

└ 에헤이, 이 친구…….

└ 너 이 자식! 감히 아가씨 이슬공주설에 반기를 들 셈이냐! 어디
　서 온 스파이냐!

└ 감히 아가씨를 상상하며 음흉한 생각을 한 건 아니겠지? 그렇다
　면 이건 규정 위반이다!

└ 설마 그럴 리가 있겠나. 치도곤을 당하고 싶지 않고서야 말일세.

◎ 근위기사단에 있는 친구한테서 들은 소식인데, 요새 전하께
서 제1기사단에 자주 발걸음 하신다더라. 근데 정작 물어보는 건
없고 그냥 연무장만 왔다 갔다 하신단다.

└ 설마 아가씨를 노리고?

└ 아악, 안 돼! 동산을 넘었더니 태산이 눈앞에!

└ 아가씨는 영원히 우리의 여신이 되어 주실 순 없는 걸까? 헛된
　바람인 건 알지만…….

└ 황태자 전하가 적극적이신데? 정작 아가씨는 차갑게 대하시는데
　말이야. 이거 참, 아가씨도 곤란하시겠어.

└ 난 이 결혼 결사반대! 아가씨께선 무조건 가문을 이으셔야 해!

└ 나도 반대다 2222

└ 나름 어울리지 않나? 아가씨께선 왜 유독 전하에게만 그리 차가
　우신 걸까?

└ 여신님, 제발 우리를 버리지 말아 주세요ㅠㅠㅠ

◎ 올 겨울은 유독 따뜻해서 그런지 눈이 별로 안 오네. 눈밭에서 즐거워하는 아가씨 모습을 봐야 하는데……. 크흑.

└ 하긴, 아가씨께서 유독 눈을 좋아하시긴 했지.

└ 어렸을 적 눈밭을 맨발로 밟으며 즐겁게 웃으시던 모습은 죽어
　도 못 잊을 거야!

└ 그보다 말이지, 오늘 아가씨께서 황태자궁에 가시면서 나와 마
　주치셨단 말씀이야. 근데 오늘따라 은빛 머리가 한결 고와 보이
　지 뭔가! 머리 감을 때 대체 뭘 쓰시는 거지? 리나를 살살 꼬드
　겨 봐야겠다. 혹시 아는 녀석 있나?

└ 이 자식, 아가씨는 맹물로만 감아도 충분히 훌륭한 머릿결을 갖
　고 계신다고!

└ 멍청아, 그게 포인트가 아니다. 왜 황태자궁에 가신 거지?!

◎ 으이씨! 그노무 고양이! 아가씨가 데리고 다니는 고양이 있잖
나. 눈밭에서 헤매고 있길래 데려가서 아가씨께 칭찬이나 들어 볼
까 해서 집어들었는데 글쎄, 얼굴을 잔뜩 긁어 놓고 도망갔지 뭔
가! 쓰읍, 쓰라리다……. 자네들도 조심해. 그 녀석 은근히 사납더
란 말이야.

└ 그 녀석, 초록 머리 애송이가 가져온 거였지?

└ 그렇다네. 제 원 주인을 닮아서 두 개의 얼굴을 가진 냉폭한 고
　양이야. 생긴 건 아가씨를 좀 닮은 것도 같지만! 성격은 더할 나
　위 없이 포악하다고!

411

└ 아가씨 앞에서는 얌전한 척하는 것 봤나?

└ 그럼, 봤지. 마치 강아지처럼 고롱거리면서 아가씨 다리에 몸을 비비던 그 녀석! 그렇지만 우리에겐 맹수처럼 눈을 빛낸단 말이지. 사실 알고 보면 호랑이라든가 그런 거 아니야? 눈빛이 심상찮다고!

└ 이름이 루나였던가? 그 흉포한 생물에 어울리지 않는 예쁜 이름이군.

└ 이 자식이! 지금 아가씨의 작명 센스를 의심하는 거냐!

└ 아니, 맞는 말했구만 왜 그래.

└ 너 이 자식! 정체를 밝혀라. 결투다!

◎ 요새 리사 왕국이랑 뭐 교섭한다고 난리도 아니라면서? 그거 때문인지 아가씨도 매번 황성에나 가시고……. 슬프다.

└ 몇 년 전으로 돌아갔으면 좋겠다. 우리들만의 아가씨가 이젠 모두의 아가씨가 되었어.

└ 소문 들었냐? 왕녀가 호위기사랑 그렇고 그런 사이였다면서?

└ 아아, 그 이야기? 자네 너무 느린 거 아닌가! 아, 글쎄 그렇고 그런 사이면 말 다했게? 아이까지 배고 있었다던데? 까딱하면 목이 날아갔을 텐데 말일세.

└ 우리 아가씨는 마음씨도 착하시지. 그 왕녀에게 가끔 편지랑 선물 같은 거 보내신다더라.

└ 난 아직도 아가씨가 그 작은 발로 뛰어내려 오시던 그날을 잊지 못하는데 말이야. 어느새 이렇게 훌쩍 자라셔선 기사까지……. 믿어지지가 않아.

└ 아아, 그때 그 일 말인가. 난 후작님 바로 옆에 있어서 그 귀여운 모습을 똑똑히 볼 수 있었다네. 그런데 어느새 그렇게 훌륭히……. 그렇지만 난 드레스 차림의 아가씨가 더 좋아.

└ 제복을 입으신 모습도 훌륭하시다네. 아직 말라서 굴곡이 좀 적…… 긴 하지만. 잘 어울리시지 않나?

└ 굴곡이 적다니! 그것이야말로 여백의 미! 자네는 아직 티아 아가씨의 충실한 종이 되질 못한 게로군, 그런 소릴 하다니!

└ 너 이 자식 정체를 밝혀라. 아가씨의 명예를 대신해서 결투를 신청한다!

└ 이놈은 뭐 툭하면 결투야.

◎ 황태자 전하 탄신 연회에 가는 아가씨 표정이 유독 어두워 보이셨다. 내 가슴이 다 찢어질 것 같더라.

└ 그렇게나 약혼이 싫으신 걸까?

└ 그러고 보면 최근에 황태자 전하께서 거의 부르시질 않는 것 같던데, 혹시 무슨 일이라도 있는 거 아냐?

└ 왜 그렇게 싫으신 거지? 나름 잘 어울리는 듯도 해 보이는데 말이야.

◎ 요즘 각하께서 심기가 영 불편하신 듯하다. 아가씨와 마주칠 일이 점점 줄어들어서 그런 걸까?

└ 히히히, 후작님은 아가씨만 아는 바보! 바보!

└ 난 네가 누구인지 알고 있다.

└ 이거 후작님한테 보여 드리고 싶다. 그럼 연무장 빵빵이 백 바퀴?

└ 백 바퀴는 무슨. 그날은 우리 모두 죽는 거다.

└ 이 비밀은 무덤까지 갖고 가야 한다.

└ 이 녀석, 더위 때문에 맛이 갔구먼.

└ 그렇지만 스파이가 등장하면 어떨까?

└ 스!

└ 파!

└ 이!

└ 이 일기는 철저히 비밀에 부쳐야 해. 아가씨에게든 각하께든 들
   키면 우린 다 치도곤을 당할게야.

◎ 헛, 출근 안 하는 날인데도 각하께서 굳이 황궁에 가시더니,
밤늦게 아가씨랑 팔짱을 끼고 돌아오셨다. 이럴 수가.

└ 나, 나도 팔짱 낄 수 있는데! 아가씨!!!!!!!

└ 난 다음 생에는 꼭 후작님으로 태어나고 싶다.

└ 훗, 난 다음 생에는 아가씨의 부군으로!

└ 무슨 헛소리야, 이 녀석은. 잊었나? 아가씨는 우리 모두의 것이
   란 걸!

└ 다음에 기회가 생긴다면 내가 1등으로 팔짱을 낄 테다.

└ 겨우 팔짱 정도로 되겠나? 나라면…… 으흐흐.

└ 우리의 순결한 여신을 모욕하지 마라!

◎ 감히 아가씨를 건드리다니. 지옥 끝까지 쫓아가서라도 씹어
먹어 주마.

└ 씹어 먹는 건 너무 과분하지! 잘근잘근 손가락 끝부터 편으로 뜬

다음……! 바톤 터치!

└ 팔목까지 편을 뜬 다음에 그 앞에서 소스에 듬뿍 묻혀서 억지로
먹여 줄 테다!

└ 그럼 난 말에다 묶고 끌고 다녀 주겠어.

└ 다들 너무 관대한 거 아냐? 그런 놈은 성 지하 감옥에다 박아
놓고 하루에 빵 한 조각에 물 한 모금으로 삼십 년 정도 살게
만들어야지!

└ 감히 소중한 우리 아가씨의 몸에서 피를…… 크흑.

◎ 부엌 서빙 하녀에게서 들은 최신 정보! 각하께서 카르세인 경
을 흡족하게 느끼는 것 같았다고 한다. 경계경보 발령!

└ 맙소사, 카르세인 너마저!

└ 산 넘어 산이로군.

└ 우리 아가씨를 노리는 사람들은 우리를 밟고 지나가야 할 것이다!

└ 사뿐히 지르밟고……. 아가씨께라면 지르밟혀도 좋을 텐데, 아앙~.

└ 농담이 지나친 듯하군, 자네. 아가씨께서 그런 품위 없는 짓을
하실 리가.

└ 그런데 이건 정말 위험한 일이라고. 그동안 풀떼기 녀석은 각하
께서 적당히 막아 주셨는데…….

└ 그러게나 말일세. 황태자 전하께서 요즘 좀 뜸하시다 싶었더니,
이제는 그놈이란 말인가.

└ 여신님, 우리를 버리지 마세요ㅠㅠ

└ 너 임마 꾸준하구나. 꾸준한 그 마음 이 형님은 감동받았다.

└ 감동받았다 2222

└ 대책 회의가 필요하다! 세 명씩 조를 짜서 집중 마크 하는 건 어떠한가!

└ 좋은 생각일세. 제2기사단에 알려서 당분간 긴밀한 공조 체제를 유지하도록 하세.

◎ 가뭄이 점점 심해진다고 한다. 하긴 요샌 물 구하기도 쉽지 않다고 하니. 여름 별궁에 가신 아가씨께서는 그래도 시원하게 잘 계시겠지?

└ 대체 비는 언제 오려는지. 내 친척 동생이 농사를 짓는데 말이지, 너무 가물어서 땅이 다 쩍쩍 갈라졌다지 뭐야. 그런데 이렇게 심한 가뭄은 처음이라는 거야. 백성들이 수군거린다 하데. 신이 노하신 거라고.

└ 아니, 대체 무엇에 노했단 말인가?

└ 쓸데없는 소리 하지 말고. 안 그래도 흉흉한데 괜히 이상한 분위기 조장하지 말게. 불안하게스리.

◎ 그 소식 들었나? 황궁에서 흘러나온 최신 정보인데, 갑자기 웬 여자가 나타났다는데?

└ 무슨 소리야 그건?

└ 나도 들었어! 근위기사 몇몇이 함께 봤다고 하더군. 황태자 전하도 계셨다지?

└ 뭣? 전하께서 그걸 어떻게 보셨단 말인가.

└ 우리 각하도 함께 계셨다고 하던데?

└ 허, 우리 각하께서 보셨다면 거짓은 아니겠군. 대체 무슨 일이지?

◎ 각하께서 허겁지겁 여름 별궁으로 달려가셨다. 검은 머리 여자랑 관계라도 있는 걸까?

　└ 난 그렇게 평정을 잃은 각하의 모습은 처음 보았네. 대체 무슨 일일까.

　└ 뭔가 안 좋은 예감이 들어. 생각해 봐, 까만 머리라니! 그런 칙칙한 색깔의 머리를 가진 여인이 길할 리가 없지 않은가.

　└ 그렇군. 혹시 그 여자 때문에 신이 노하신 것은 아닐까.

◎ 긴급 입수! 아가씨께서 쓰시다 버린 듯한 편지지 파지를 첨부한다!

　└ 크으, 우리 아가씨는 글씨도 어쩜 이리 곱게 쓰실까.

　└ 뭐야! 누가 그새 떼어간 거냐! 이건 클럽 규칙 6조 3항에 어긋난다는 걸 모르나!

　└ 누구야! 자수해서 광명 찾자!

　└ 나도 아직 못 봤다고!

　└ 22222

　└ 《필독》 자체 조사 결과 범인은 두 번째 댓글의 주인인 것으로 판명 났다. 해당 회원은 팬클럽으로서의 모든 권리가 2주일간 정지되며, 편지는 팬클럽 회장인 내가 관리한다. 열람을 원하는 이는 개인적으로 오도록 – 회장백

◎ 제2기사단이 거래를 요청해 왔다. 아가씨의 황궁 모습을 알려 주는 대신 가문에서의 모습을 알려 달라는데. 어쩔까?

　└ 조, 좋은 거래다!

└ 진심으로 하는 소리냐? 아무리 생각해도 우리가 손해 보는 장사 아냐, 이거!

└ 아니, 그래도 손해는 아니지! 우리가 좀 밑지는 장사이긴 하지만 그래도 윈윈 아닌가?

└ 난 찬성일세!

└ 나도 찬성! 아가씨의 오피스 스토리……. 생각만 해도 2기사단 녀석들이 부러워 참을 수가 없다고!

└ 아가씨의 황궁 생활이라. 생각만 해도 좋군.

└ 그렇지만 넘겨주는 정보는 엄선이 필요할 것 같아. 아가씨가 각하께 은근히 스킨십이 잦다든가 하는 그런 귀여운 모습들에 대한 정보를 쉽게 넘길까 보냐!

└ 동감한다. 엄선이 필요할 듯.

◎ 각하를 따라 입궁했다가 운 좋게 아가씨의 방에 갈 수 있었다네! 그런데 그 빨간 머리! 카르세인 경과 함께 있지 않겠나. 전언을 전하고 나오려다 흘끗 그를 쳐다봤는데 순간 마음이 덜컹 했다네. 글쎄, 그 눈빛은 이미 아가씨께 푹 빠진 모양이었어! 조심해야할 것 같네.

└ 뭐라고? 그렇게 경계했는데 결국!

└ 초록 머리 녀석을 떨구니까 이제는 카르세인 경인가. 골치 아프군그래.

└ 그래도 황태자 전하보단 카르세인 경이 낫지 않겠나? 차남이니데릴사위로 들어올 수도 있지 않은가. 일전에 아가씨를 구해 온 적도 있고 말일세.

└ 무슨 소리야! 아가씨는 우리 모두의 여신이라고!

└ 모두의 여신이라고22222

└ 아냐, 일리 있는 말일세. 아가씨께서 계속해서 기사 일을 하시길
　원하는 사람 있나? 카르세인 경이라면 자격도 충분하지 않나.

└ 오오, 여신이시여. 부디 우리를 버리지 말아 주소서.

└ 그런데 요새 황태자 전하랑은 어떻게 되신 거지? 대회의에 갔다
　오신 이후로 아가씨의 기분이 영 말이 아니시던걸.

└ 요새 침울해 보이시던 게 그것 때문이었나?

└ 야, 이번 권은 유독 빵빵한데? 다음 책으로 넘기자! 한 장밖에
　안 남았어!

≪5권을 새롭게 가져다 두었다. 이 책은 아직 못 본 동지들을 위하여
일주일간 게시한 뒤, 회장이 따로 보관하도록 하겠다. 오늘도 우리 여신
님과 마주치는 행운이 함께하기를!≫

BLACK LABEL CLUB 007
버림 받은 황비 외전

1판 1쇄 발행 2015년 3월 17일
1판 11쇄 발행 2022년 11월 7일

지은이 정유나
펴낸이 신현호
편집장 예숙영
편집 박상희
편집디자인 한방울
영업 김민원
물류 이순우 박찬수

펴낸곳 ㈜디앤씨미디어
출판등록 2002년 5월 1일 제117-90-51792호
주소 서울시 구로구 디지털로 26길 111 JnK디지털타워 503호
대표전화 (02)333-2513 팩스 (02)333-2514
전자우편 dncbooks@dncmedia.co.kr
디앤씨북스 블로그 http://blog.naver.com/dncbooks

ISBN 978-89-267-7951-4 (04810)
ISBN 978-89-267-6212-7 (SET)